国家出版基金项目
NATIONAL PUBLICATION FOUNDATION

王力全集　第二十四卷

王力译文集
（七）

王　力　译

中华书局

目　录

卖糖小女

[法]嘉禾 著

剧中人物

男

费理湘·倬达利特——画家,简称费

赖丕斯多——巧古力糖商人,简称赖

保罗·诺尔孟——互助部职员,简称保

曼加稣——互助部经理,简称曼

杜披先生——互助部职员,简称杜

爱克多·巴甫查克——伴霞民之未婚夫,简称爱

班克莱——汽车夫,简称班

布瓦西先生——互助部职员,简称布

嘉西米尔——互助部职员,简称嘉

约翰

一个伙计

女

伴霞民——赖丕斯多之女,简称伴

玉荔——保罗之女仆,简称玉

罗赛德——费理湘之情妇、模特儿,简称罗

佛罗丽思——曼加稣之女,简称佛

(扮费理湘者,须稍带马赛口音)

著者小传与本剧略评

　　嘉禾(Paul Gavault),生于 1860 年,擅长于滑稽剧。他的著作里很有韵致与真理。他的杰作是:《灵异的儿童》(l'Enfant du Miracle,1903);《淑赛德小姐,我的妻》(Mademoiselle Josette ma femme,1906);《亢佛陇的姨妈》(Mataute d'Houfleur,1914);《卖糖小女》(La Petite Chacolatière,1909)等。

　　《卖糖小女》于 1909 年 10 月 23 日第一次在文艺复兴戏院开演,大受观众欢迎。此后常在奥迪安戏院开演,很能卖座。所以几乎每周开演一次,甚或二次。最近开演日期为 5 月 21、26 两日。

　　译者从前所译,都是法兰西戏院所演之剧本。然而奥迪安亦国立戏院,与法兰西戏院齐名,不宜忽略。所以先择其最常开演的一本译出,以后尚当陆续选择。

译者

十九年七月三十一日

第一幕

布景　台上表现胥西的一所乡间小屋的楼下。胥西乃是里昂林边的一个小地方。这楼下的房间颇宽,成为作业室的形式,房的右角有宽阔的火橱,台的第一行有门。左边有楼梯直通回廊,回廊的左边角上,正对两个卧室。台的后方有正门下临花园。时在晚上十点半钟。下次布景时,红日已升,在左边向后方的玻璃望过去,遥见一路直达安得利。楼梯下有一门通厨房或副厨。家具简单而文雅;这一种特别的野趣,一看即可知是巴黎人在乡间小住的地方。桌子在室之中央。谈话处在火橱前。

第一出

出场人:保罗、费理湘、罗赛德、玉荔。

打牌。保罗、费理湘、罗赛德依次把牌打出,玉荔举手,犹豫良久。

保　(向玉荔)请您打吧……不拘什么,只打出来就是了……

玉　也罢!……花!①

保　(生气)我早就料定您打花!

罗　我要了……现在我打两个角头。

---

①　牌有四种:花、枪、心、角(Trèfle、pique、cœur、carreau)。

费　这么一来,我们有一圈了。

保　(向玉荔)您为什么打花? 难道您没有心了吗?①

玉　怎么没有呢? ……我有心的三点与两点。

保　三点与两点,岂不是最大的了吗!? ……我们收起了两场,赢
　　过了两次……唉,不行,您这么一来,真令人灰心。

玉　我学会打牌还只有十五天之久……怪不得我打错了……您错
　　的也不止一次呢!

保　我吗?

玉　是的,是您。而且费理湘先生也一样……罗赛德姑娘错得更
　　多! 您晓得,我是不让人欺负的。

保　也罢。好的。我口渴得要死。你呢?

费　我也不辞一饮。

保　(向玉荔)请您给我们拿一瓶啤酒来。

玉　(把钱摆在桌上)我就去,但是我一定要与您说明:这一圈是我
　　弄输了,不错,然而昨天晚上您拆散了心,却累我输了两法郎
　　七十。您我两清了。(出)

第二出

出场人:保罗、费理湘、罗赛德。

保　她变成要不得的了。你们听见她回答我的话头吗?

罗　是您先开口的啊。

保　就算是我先开口! ……总而言之,她是我的女仆。

费　我不同你说,但是你这样冲撞她,乃是你不对。

罗　结果她会不再打牌了的。

费　你到这么一个地方来过假期,假使我们没有你的女仆凑成四
　　家打牌,我看你晚上怎样消遣。

---

① 这种牌戏只分两方面,保罗与玉荔是一方面,罗赛德与费理湘是一方面,所以保罗怪
　　玉荔打错了牌。

保　亲爱的,如果你讨厌我这里……

罗　您分明晓得他不讨厌的啊……

费　对不起……对不起……这里实在不开心……但是你很晓得我
　　不能领罗赛德到别处去,因为我没有钱……

保　但是,我的亲爱的费理湘,我的意思不是说……

费　我不晓得你的意思要怎样说,我只晓得你已经说出来的话。
　　你说:"如果你讨厌我这里……"好,我就答复你:"纵使我讨厌
　　你这里,我也不走,因为我与罗赛德需要乡村的空气。而且,
　　你虽则不很殷勤,你毕竟在胥西有一所小屋子,在里昂林
　　边……。"

保　在这小屋子里,我很喜欢款待你,你很知道的。

罗　所以我们很感激。

费　假使我们不住你这卧房,你有什么用处? 岂不是空着?

保　当然啦!

费　所以我们并不妨碍你。

保　难道我说过这话不成! ……

费　只剩有吃饭的问题。谢上帝,我的心还安宁,还没有关心到
　　饥寒。

保　请你赏脸,相信我……

罗　我很喜欢住在这里……舒服得很……

费　你很喜欢,你很舒服,因为你有我伴着你。你爱我。我到了什
　　么地方,你就在什么地方呼吸。

保　费理湘,我的老友! 恰是你于我有恩。你安慰我的寂寥。而
　　且,我是一辈子没有出息的。我只希望将来人家在你的传里
　　记载说:"法国新派画家费理湘·俾达利特曾与保罗·诺尔孟
　　做知己的朋友……"唉! 我有你做我的朋友,我是怎样骄
　　傲啊!

费　对的,我很有天才! 我的前程很大。所欠者……

保　所欠者,乃是现在……

费　还不是……乃是机会。

罗　爱! 机会就来的……

费　我晓得,所以我在胥西等机会,因为今年的夏天,保罗偏高兴到这里来避暑。

保　我很爱这树林!

费　这树林还不坏,但是我所需要的并不恰恰是树林……我是画像的。假使是在特鲁维尔岂不是好? ……也罢! ……

罗　人家在树林里游玩,实在很好。

费　是的……自从这里有了一辆双座脚踏车,倒还有趣。(向保罗)你买的时候,好容易! ……你说你不乘脚踏车,说这个……说那个……现在你看,我们要他很有用处。

保　我因此也就很快乐。

费　你应该常常听我指导。你是一个好少年,然而你是一个骑墙派。你的小家庭留下给你一些年金,你在互助部里得到一个小小的位置①。呀! ……这一切都小气得很。我呢,我看得很远。

保　各有各的性情。恰恰因为我们的性情不同,所以我们合得来。

费　是的,但是你的性情有令我讨厌的地方。你听我说,你在部里办事……好的……很好。但是,为什么你每天都按时刻到部里去呢? 你喜欢我说你吗? 你这人真是小气……先说你的头目们就讨厌你,因为他们常常迟到,岂不给你形容出他们的毛病来?

保　也许你说得有理。

费　你永远不会高升的。为什么? 因为当人家办理升任的时候,那部长自己说道:"这一个,用不着升他;他天天来,可见他已

---

① 互助部大约是假定的名称。

经满意了。"于是他先把那些不来的高升了,因为他自己说:
"这几个,如果我不给他们一些好处,他们简直溜走了。"

罗　您怎样回答这个呢?

保　(微笑)没有怎样。

费　你试看我绘画的秘诀。我真的绘画吗? 不。我在等候。我有
　　这样的天才,我尽可以画任何的标本……譬如你的头面,并不
　　很能表情! ……我可以画成一种杰作! 然而决没有人注意。
　　但是,你让我认识了比利时的国王,甚至于只认识了摩那哥的
　　酋长,我把我的调色板拿起来,不消三个月,我就出名了。

罗　呀! 将来到了这么一天,我是何等快乐啊!

保　还有我呢!

费　你们很好……你们两个都没有大志气,但是你们为人很好。

第三出

出场人:保罗、费理湘、罗赛德、玉荔。

玉　(入)啤酒来了。

费　很清凉吗?

玉　晚饭前,我已经把瓶子放在水桶里浸过了。(斟啤酒)

保　这倒是一个好主意!

罗　我给您斟酒好不好?

保　我很乐意,谢谢!

罗　您呢?

费　给我,小乖乖。

保　罗赛德,我为您的爱情祝寿。

罗　保罗先生,我也为您的爱情祝寿。

费　(吸烟斗)世事真是滑稽得很。

保　你笑什么?

费　我在想:我们四个人在这里,都是无名之辈……祝您健康,玉

荔……我不是骄傲的人,我们交杯吧……呃!

保 往后呢?

费 往后,也许二十年后你们三人都回到这里来,你们说:"老费毕竟进了国家学会了!"

保 这才漂亮啊!

费 对了。

保 绿色的衣服与剑子……恰与你相宜。

费 还不坏。我们南方人很会穿礼服。

    罗赛德掉过头去,欲哭。

保 (瞧见了)您怎么样了,罗赛德?

费 你哭起来了!

罗 二十年后……他早已忘记了他的罗赛德了……

费 哎呀!……不要伤感吧。

罗 那么,到了那时节,我变成怎么样?

费 放安静些吧,罗赛德……我说这话……但是这并不一定的!

玉 喂,费理湘先生,在您未进国家学会以前,我们再打一圈牌好不好?

费 不,不……快到十一点钟了。这么玩也尽够了。

保 我们睡觉去吧。

费 再者,我所以爱住乡下者正在乎此,因为可以早些睡觉,早上可以不必起得很早。

玉 (燃烛交给罗赛德)姑娘,这是您的蜡烛。

罗 谢谢。(上楼)

费 晚安,保罗,我的老友。(吻他的额)

保 说也可笑,你有这怪脾气,每天晚上都吻我的额。

费 这是南方的习惯,很天真,很有情。我很喜欢这样做。

保 那么……

费 (在楼梯上)呀!喂,我想起来了,这是你的信。

保　我的信吗？

费　是的……这是一封给你的信，今天早上到的……我放进了我的衣袋里。这里不是？（把信抛给他）

保　（接信）这很有趣！但愿没有紧急的事情才好。

费　假使有紧要的事，真是出我意料之外了……依封面看来，不像有急事。（再上楼梯，出）

保　（注视信面）这是曼加稣先生——我的副经理——的笔迹……（念那信）明天……他明天来吃中饭……同他的女儿来！这事本该有的……玉荔！

玉　（入）什么事，先生？

保　玉荔，曼加稣府里的人明天来吃中饭。

玉　曼加稣府里的人吗？

保　是的。曼加稣……一个重要的人物……总之，对于我乃是重要……

玉　好，那么，明天我们杀一只兔子。

保　是的……不错……

玉　曼加稣府里的人，一共有几个？

保　（拿着蜡烛）两个……他们一共两人……

玉　合起罗赛德与费理湘先生，一共五人坐席。

保　（把烛吹熄）呀！不行！呸！不要罗赛德……罗赛德是要不得的。（呼唤）费理湘？（向玉荔）我们在正午吃饭……曼加稣先生与我的佛罗丽思……天！……

玉　先生很有不自然的样子。

保　我吗？没有的事……我很安静……很安静……您让我自己在这里一会儿好不好？

玉　但是，先生，我没有关门。

保　您等一会儿再关吧。

玉　好的，先生。等一会儿您再叫我好了。

保　是的,去吧。

玉　我就去,先生。(出)

第四出

出场人:保罗、费理湘。

保　(呼唤)费理湘!

费的声音　你叫我吗?

保　是的……你来一下子好不好?

费　(只穿着衬衫背心,在回廊里)你搅扰我了……我已经睡去一半了。

保　我有话同你说。

费　什么事? 有什么话说?

保　关于这一封信的。

费　你早些看你的信不行吗?

保　刚才你才给我的。

费　也罢……我听你说。

保　不行! 你先下来再说。

费　(下楼)你叫我过的生活不是生活,请人家到乡下来住,却叫人家熬夜,真不成话!

保　老友,你我之间,还有什么客气的? ……我很麻烦。

费　呃……是的。你的姑母取消了你的承继权了吗?

保　不是的……我明天有客来吃中饭……官场的客。

费　我懂得……我懂得……我们不是正式结过婚的人……我们没有陪官场的客吃饭的权利。好的……我们走了就是了。(呼唤)罗赛德!

罗的声音　我的爱!

费　来!

罗的声音　好的,我的爱!

保 你不疯了？我并不希望你们走！……我尤其是不愿意罗赛德
　　有一点儿伤心……我们设法周全吧……我们大家想法子。

费 也罢……（呼唤）罗赛德！

罗的声音 我的爱！

费 不要来……（向保罗）明天同你吃中饭的官场的客是谁？

保 我的部里的副经理与他的女儿。

费 （不放心地）你的副经理与他的女儿来这里吃中饭吗？

保 是的。

费 保罗！

保 什么？

费 你结婚了！

保 我想是吧。

费 （嚷起来）唉！这到了极点了！

保 但是并没有什么一定不易的啊！

费 你结婚了！唉，十五年的推心置腹的知己，如此就完了！当
　　初，我们在一块儿，很安静，很镇定，有福同享，有忧同分，一个
　　拿着烟斗，一个拿着瘦钱袋，这是很难得的好事……而今有一
　　天你在路上得了一个山鸡……

保 对不起……你不认识她……她是一个美妙的女子。

费 （鄙薄地）对了……她有一份嫁奁。

保 当然啦。

费 当然啦。那么，告别了，费理湘，一切都告别了。人家把背脊
　　向着理想的路，居然结起婚来。

保 不怪我说，你推想错了！你以为这么一来，我们就不能再见面
　　了吗？

费 唉！对不起！我不是把生活的伴侣抛在河边的人。罗赛德不
　　到的地方，我也不到。

保 我会到你们家里去的……

费　我们家里!……我们的家在哪里,现在?

保　你听我说,我有一个错处,我本该即刻告诉了你才是……我早就想要与你说起我的计划了。

费　(不答复他的话)也罢,世事原是如此的!人生往往受些很严的教训,这倒有益处,可以磨炼我们。

保　唉!我料不到我对你宣告我结婚的一天,你会同我吵闹起来的!

费　唉!我并不同您吵闹,保罗·诺尔孟先生!您暗地里顺从着您那小家子的习气。这是您的祖传的守旧的毛病,在您身上乃是一种不可否认的宿命,我真佩服您。(呼唤)罗赛德……

保　请你不要告诉罗赛德吧……

费　罗赛德!

罗的声音　我的爱!

费　来!

罗的声音　但是我已经睡下了。

费　你起来,系上一条裙子就下来吧。

罗的声音　好的,我的爱!

保　费理湘,你使我十分难受。

费　真的吗?

保　你怎么会猜想到我有意思不再与你们相见呢?

费　偷偷摸摸地,每月一次吗?不行,先生!

保　没有的事!光朋正大地,常常见面,像昨天,像今天。

费　我不懂。

保　因为,我再说一次,因为你不认识佛罗丽思。她并不是一只山鸡。她是很会体贴的人,她预备对于一切我所爱的人们都有很好的友谊。总之,罗赛德不像你的妻子一样吗?等到我结了婚的第二天,你们来看我,我对佛罗丽思说:"这是我的两个好友。"于是生活仍旧是从前的生活,只一层,在我却有趣些,因为我有了一个妻子。

费　你会如此做吗?

保　是的,我会如此做。

费　你赌一个咒?

保　好的!

费　(吻他的额)好的。(呼唤)罗赛德!

罗的声音　我的爱!

费　不要来。

罗的声音　你用不着我了?

费　脱了你的裙子再睡下去吧。

罗的声音　好的,我的爱。

保　我还有一个主意,可以使这事更容易哩。

费　什么主意?

保　为什么你不同罗赛德结婚呢?

费　为什么吗?

保　是的。

费　因为我是一个会体贴的人。

保　正因为这个呢!

费　我一说你就懂的。罗赛德很可爱,很好看,还不笨,受过很好的教育。我看不出她的短处。她配得起一个王子,你懂吗?

保　那么,怎样?

费　怎样?此刻我是什么人?什么都不是!我有什么地位?什么都没有!我要做个丈夫,有什么保障?什么都没有!她这样一个女人,有要求一切的幸福的权利,我肯让她随便嫁一个人吗?不,朋友,我太爱她了,所以我决不同她结婚。

保　这是真的话……我没有想到这一层。

费　至于明天的事情,我们应该安排好。这一位亲爱的罗赛德不能停留在这里,这是显然的。

保　你们尽可以到安得利去吃中饭,我们晚上再会。

费　不……你用得着我……我不要走,我决不想卸了朋友的义务,你是很知道的。

保　那么怎样?……

费　你任凭我做去吧……(呼唤)罗赛德!

罗的声音　我的爱!

费　明天你拿了十个法郎,可以到外面过一个礼拜天吗?

罗的声音　当然可以啦,我的爱!

费　好,那么,明天早上保罗给你十个法郎,你等到晚上再回来……(向保罗)几点钟?

保　我不晓得……五点钟前后。

费　晚上五点钟回来。

罗的声音　好的,我的爱。

费　现在你可以睡觉了。

罗的声音　是的,我的爱。

保　呀!我的好费理湘,现在我深信能够保存你的友谊之后,我可以尽量地欢喜一场了。佛罗丽思同她的父亲在这里吃中饭……我的亲爱的佛罗丽思!

费　她是金黄头发的呢,还是棕色头发的?

保　等一等……这很不容易说。

费　依你的话看来,乃是栗色的了。

保　是的,不错……她是栗色的。她是谦虚的,她是害羞的,她是栗色的。呀!将来我得到怎样的一个妻子啊!

费　我们睡觉好不好?

保　是的,在我兴高采烈的时候,我忘记了……对不起。

费　好一个小家子气!(拍他的肩)正该如此,才能永远地继续你的苗裔。

保　你可以放心……我心心念念只要继续。(呼唤)玉荔!(二人同上楼梯)

费　十一点半钟了……真是胡闹……

第五出

出场人:保罗、费理湘、玉荔。

玉　(入)先生?

保　请您把门关上,睡觉去吧。

玉　好的,先生。晚安,先生们。

费　晚安,玉荔。

保　(在门阈上)似乎她的母亲曾经发明一种在衣橱里安排内衣的方法……

费　你放安静些吧,哎呀……你兴奋起来了……

保　是的,你说得有理。夜安……天!我多么爱她啊!

　　保罗出。玉荔在台的后方,把进口的玻璃窗的木棍关上,正在预备关门。静默了一会子,忽听见一种很厉害的爆炸声。

玉　呀!天啊!(俯首外望)

保　(只穿着衬衫与背心,入)什么事?

费　(像保罗一样,入)我们的屋子飞了?

玉　(到台前)没有事,先生,是一辆汽车,在拐弯的时候,那橡皮轮子破了。

保　呀……好的!(出)

费　好,他们这种人,也有他们的惊人的手段!(出)

第六出

出场人:玉荔、班克莱。

班　(入)对不起,姑娘。

玉　您想要怎样?

班　请您不要怕……我是刚才坏了的汽车的车夫。我看见这里有
　　灯光,所以我进来……

玉　这里有什么可以帮您的忙的,先生?

班　您长得蛮好,您晓得吗?

玉　呸,先生!

班　是的……对不起……我说话离题了……我的脾气真不好! 您
　　可否告诉我,这地方可以找到一个工程员吗?

玉　工程员! 唉,不,先生,连一个锁匠也找不出!

班　那么,糟糕! ……我在这里是什么地方?

玉　这里是胥西,离安得利有十个基罗米突的路。

班　这里附近没有火车站吗?

玉　怎么没有? 在加意阳。

班　远不远?

玉　唉! 不……二十五基罗米突! ……

班　那么,糟糕!

玉　如果是走路去的……

班　天呀天! 这是小姐的意思,偏要我在这时候开车赶回巴黎。
　　现在可糟了!

玉　您没有什么可以修理的吗?

班　怎么没有? ……只一层,自己一个人,很不方便……你们这里
　　没有一个种田的佣人吗?

玉　唉! 不……做佣人的只有我。

班　我舍不得把您这一双美丽的手……白嫩的手臂……弄疲倦
　　了,弄伤损了。天理良心! ……您毕竟是很可疼的!

玉　呸,先生!

班　是的……对不起……我说话离题了。

玉　好,您的老板们不能帮你一帮吗? 可见他们太骄傲了!

班　不是的。汽车上只有小姐一人。我同您说良心话,她这小鹿

子很不容易相与,也没有耐心……等一下我修理的时候,她还
要说一大堆的话哩!

第七出

出场人:玉荔、班克莱、伴霞民、(其后)保罗、(再后)费理湘。

伴　(入)喂,班克莱,您在做什么?

班　小姐……

伴　叫您调查一句话,要这许多时间吗?

班　我调查好了,小姐……我调查好了……这地方真没有一个
　　救星。

伴　这就妙了!……也罢,您自己去修理……要努力赶快些。您
　　要多少时候?

班　独自一人……至少要预备半个钟头……还不晓得行不行哩!

伴　这里没有一个人可以帮助您的吗?

玉　没有,夫人。

伴　谁住在这屋子里?

玉　保罗·诺尔孟先生。

伴　他是什么年纪了?

玉　二十九岁。

伴　好,这年纪正是年富力强的时候。叫醒他吧……

玉　但是,小姐……

伴　(呼唤)保罗·诺尔孟先生!

玉　(向班克莱)她倒有趣得很!……

伴　保罗·诺尔孟先生!

班　您的老板要给她叫出来的。

保　(衣服脱了一半,只穿着裤子、衬衫、拖鞋,入)谁叫我?

伴　是我,先生。

保　唉!对不起,夫人。

伴　小姐！

保　呀！正是！……您想要……？

伴　您今年二十九岁,是不是？

保　是的,小姐。

伴　二十九岁的人,还不像生得很结实的样子。

保　我请您恕罪,但是我一点儿摸不着头脑,不晓得您为什么来我家增光……

伴　也罢,我只有您在我手里,不是吗？……敢烦您下楼来。

保　下楼来做什么？

伴　我的汽车的后面的轮子破了一个,烦您帮助我的车夫修理。

保　呀！是您吗？

伴　是的。我本该在半夜到巴黎。此刻已经迟了,我家里的人要担心了。所以,如果您肯下楼……

费　(入,衣履如保罗)呀！糟糕！今天夜里睡不成了！

伴　晚安,先生。妙啊,这才是一个风流汉子。先生,您长得很结实！

费　对不起……我有什么荣幸,蒙小姐……

伴　请您下楼来好不好？……(保罗下楼)不,瘦弱的不必下来,我只要那南方人。

费　(向保罗)有什么事情发生了？

保　小姐的汽车刚才坏了,她的车夫需要一个人帮助修理。

费　这个,岂有此理,毫不客气……

伴　对不起,先生！……我偶然在这可笑的小乡村停了车,只你们这屋子有灯光。我急不暇择……请您下楼来吧。

保　但是,先说我们就不懂汽车的结构。

费　对不起,我倒还内行。

班　而且,先生您只听我请您怎样做就怎样做就行了。

费　这女子有趣得很！

保　我不觉得。

费　（下楼）好吧……让我来帮您一帮……

　　保罗随下。

伴　多谢,先生……烦您赶快些,时间太急促了……

班　（指玉荔）假使姑娘能够陪我出去……她可以替我拿着提
　　灯……

玉　我可以去吗,先生?

保　去吧,玉荔,去吧!

伴　我起动你们,我很抱歉,但是我非回巴黎不可,是不是?

费　自然啦。（向保罗）这女孩的胆子大得很。

班　先生跟我来好不好?……

费　你们的汽车是怎样的?

班　六十匹马力,样式是……

　　二人出,声音随灭。

第八出

出场人:保罗、伴霞民。

伴　先生,您做什么事情?

保　天! 小姐,我在等候人家修理好您的汽车。

伴　不……我问您在社会上做什么事情……

保　我是互助部的职员。

伴　您不说我也这么猜……看您很客气的样儿,我一看就该晓得
　　是一个政府里的职员。

保　（自语）这小姐,我不喜欢。

伴　您的朋友比您好多了。

保　我不否认。

伴　他是什么人?

保　是一个画家。

伴　一个艺术家! 妙啊!

保　要很久吗？修理您那六十匹马力？

伴　半个钟头。但是，如果您讨厌，您尽可以上楼再睡去。您不要
　　以为不得不……

保　对不起，我以为我不得不陪您。因为您在我家里。

伴　好，那么，先生，我们谈话吧。

保　我们谈话吧，小姐。

伴　谈什么呢？

保　随您的便……历史、地理、飞行术……随您的便。

伴　您要不要我说出我的名字？

保　不，小姐。

伴　说我的父亲做什么事情？

保　也不，小姐。

伴　您真是我生平不曾遇见过的一个没趣的职员。

保　既然我们不预备再见面……

伴　我很希望不再见面……

保　我也一样。

伴　您是不曾结婚的吗？

保　是的，但是我已经订婚了。

伴　您订婚不订婚，与我有什么关系？

保　没有什么。我因为很高兴想到这上头，所以顺口说出来了。

伴　你曾经博得一个女子的欢心吗？

保　是的，小姐。

伴　这有趣得很！

保　事情是如此的。

伴　总之，大约您所有的好处，是要很长的时间才能够逐渐发觉的了？

保　我的胆子小，有耐心，很温和。我最恨时髦的人，他们没有一
　　点儿出色，却藐视一切。

伴　您的话是说我吗！？

保　没有的事,小姐。

伴　恰恰相反,您觉得我没有受过好教育,是不是?

保　我没有评判的能力。

伴　那么,索性把您的深藏的意思说出来吧。我是没有受过好教育的。

保　(深信地)我不晓得您是否没有受过好教育,但是,小姐,您当然是一个很有胆量的人。

伴　这话倒有几分真理。

保　您走进了没有一个熟人的人家里,驱使一屋子的人们……

外面又有爆炸声,打断了他的话。

伴　唉!……糟糕!……

保　又是您的轮子破了吗?

伴　我觉得很像是的。

保　呀!见鬼!见鬼!见鬼!这一场把戏,怕不闹一个整夜!……

第九出

出场人:保罗、伴霞民、费理湘、班克莱、玉荔。

班　(入)小姐,得了!……汽车后面的另一个轮子又破了。

伴　真个把人累煞!

保　呀!真是!你们在夜里开行的车是什么劣货呢?

伴　先生!这劣货,单买车身,要二万五千法郎!……

班　只一层,经笨人摸过之后……

费　(入)好!您的轮子上有的是劣货。

班　先生,那一个轮子用不着度气,您偏要度气,却不曾帮我度那另一个轮子的气。

费　您想要说这是我的错处吗?

班　是的,先生。

费　我敢相信还很内行。

伴　我恰恰遇着一双怪物！又要在这里再停留半个钟头了！

班　小姐说的是笑话；我再也不能修理，因为只有一个待换的轮
　　子，而今又破了！

伴　怎么！我们不能走了吗？

班　这是不可能的，小姐。

伴　我们在这里停车吗？（向费理湘）呀！先生，您真是好手段！

费　我只晓得因此自己庆贺，因为我可以有利益，我们可以……

保　呀！不！不！……小姐，您听我说，我抱歉得很，因为明天我
　　们应该很早起来。

费　谁说不是呢？

保　所以我很抱歉，不能尽地主之谊。

伴　您不要怕，先生，您做主人，礼貌如此周全，我不忍烦累您太久
　　了……我同我的车夫到旅馆里睡觉去。

费　旅馆吗？……什么旅馆？

　　众人皆笑。

伴　我的话有什么可笑的？

费　您在胥西，还说到旅馆里住去，所以可笑。

保　这是真话，这里连一个小客店也没有。

伴　这是什么地方！

费　这地方很有些风景。但是，以游览而论……

伴　好，那么，班克莱把车子看守着，你们把我送到最近的火车站
　　去。（众人皆笑）我的话又有什么好笑的？

班　最近的车站是加意阳……离这儿有二十五基罗米突，小姐。

伴　（向保罗）先生，莫怪我说，住这种地方的，除非是一个呆子。

保　我当初不能料到……

伴　那么，我们只有一个主意了。

保　什么主意，小姐？

伴　我在这里睡觉。

保 唉！不行,不行!……这不行!

伴 为什么,先生?

保 为什么? 一则因为我这里没有地方;二则,一个少年男子款待一个不相识的女子,实在不合规矩。

费 他说得有理……让我给你们介绍:伴霞民·赖丕斯多小姐,巴黎霜邪利耶路一百二十一号巧古力糖店老板赖丕斯多先生的唯一的女儿。

保 小姐……

伴 (向费理湘)您认识我吗?

费 我很知道您,因为我们与班克莱谈起,我们还知道有些熟人开玩笑,把您叫做"卖糖小女"哩。

保 是的……总之……卖巧古力糖的也好,卖咖啡的也好,我不愿意……而且我每天早上才吃巧古力糖,夜里我是不吃的。

伴 真不懂人情!

保 呀！请您容许我,小姐……

伴 我什么也不容许,先生!……

费 (把他们劝开)哎呀哎呀,孩子们,不可失了我们的口齿。我们当然不能把这女孩抛到路上去。

玉 当然啦。

班 当然啦。

保 谁向你们二人说话?

费 你说你没有地方……这是推辞的话……你很可以把你的房间让给她啊。

玉 恰好今天早上我换了新褥子。

费 好,请您去看,缺少了什么不?

玉 我就去。

伴 喂,这是我的提包,请拿去吧。

玉荔上楼。

保　我的房间……我的房间……你尽可以奉献你那一间啊！

费　你说的是糊涂话……你分明知道我是不能的……

伴　有客吗？

费　唉！没有客……但是，总之有人就是了。

保　那么，我让了我的房间，好的……往后呢？……

费　往后，你把你的双座脚踏车借给班克莱。

班　我宁愿要一具单座脚踏车。

费　单座的没有。班克莱，您跑到加意阳去，赶明天早上两点钟的
　　火车，四点钟可以到巴黎。四点二十分您到她爸爸赖丕斯多
　　家里，把一打汽车烧热了一辆——因为这一家里共有一打汽
　　车——六点钟赶回到这里来……或六点五分……把这一小包
　　遗失了的巧古力糖送回糖厂里去。

伴　好极了！

保　是的，人家做梦也想不到。

伴　是您想到的吗！？

班　（沉吟地）一个人坐双座脚踏车，无聊得很。

第十出

出场人：保罗、伴霞民、费理湘、班克莱、罗赛德、（其后）玉荔。

罗　（在楼梯上）你们诸位听我说，对不起，我情愿加入你们的谈
　　话……因为我再不希望睡得着了。（下楼）

伴　唉！……我料不到这屋子住得这样有趣！

罗　您这人很可爱。您在这里做什么事情？

保　（笑）我不晓得。

罗　（挖苦地）保罗……保罗……您是一个卖糖小郎了。

伴　唉！不，不，您不要这样想……我这一来，是偶然……是意外……

保　是宿命！

费　小姐的汽车破了轮子。今天晚上她该在这里住下。

罗　唉！这个开心得很。

保　美妙得很！

伴　您呢,小姐,您是客吗?

罗　什么?

费　这是我的妹妹。

伴　兄妹同在一个房间里睡觉吗? 唉! 真所谓南方人的本能!

保　那么,话说定了……明天早上六点五分。您……

伴　呃,是的。不是吗,班克莱?

班　我负责。

玉　(出现,下楼)房间安顿好了,让我领这先生去找脚踏车。

保　呀! 玉荔,千万记得在明天早上五点三刻的时候叫醒我!

玉　好的,先生。

伴　(向保罗)您毕竟还怕我明天不走吗?

班　请您领我去看那脚踏车。

　　玉荔与班克莱出。

第十一出

出场人:保罗、伴霞民、费理湘、罗赛德。

保　(向伴霞民)那么,罗赛德领您到您的房间……我的房间里去。

伴　我们的房间。

罗　您容许我吗,小姐?

伴　怎么! 我很喜欢您,您的哥哥我也喜欢。(与罗赛德上楼)

罗　明天早上您看,这里的景致多么好! 这里看不见巴黎的铁塔。

伴　呀! 这才好呢!(她们出)

第十二出

出场人:保罗、费理湘。

保　你把我推进难关去了……你!

费　我们人少,寂寞得很……你晓得,那第二个轮子?

保　是的。怎么样？

费　我故意弄坏了的。

保　什么？

费　嘘！今夜有二万万的家财落在你家里。所以，就杀了我，我也不肯放他们到别处睡去。

保　为什么？

费　因为，这卖糖小女，对于我，也许对于你，乃是发财的阶梯。

保　你不疯了？

费　你不喜欢她吗？

保　唉！没有的事！

费　算了吧……我本来想劝你做一件事……也罢，我们不必再想起了……晚，晚安。（上楼）

保　（苦恼地）你真是个好心的人！

费　呃？真的！你到哪里睡去呢？

保　我？……在汽车里！（出）

费　好，也不苦了你！二万五千法郎的一张床。

罗　（从保罗的卧房里出）晚安，小姐。

费　（到门阈上与她会合）她安顿好了吗？

罗　是的……你不晓得……她很可疼……没有傲气……很有风度哩。（二人皆出）

第十三出

出场人：玉荔、班克莱。

玉　（入）不行，不行，不行，班克莱先生。我不愿意。

班　这是唯一的机会。一乘双座脚踏车！我非常会开车。我们在月光之下作一次很妙的夜游，直到车站为止。

玉　是的……唉！这很有诗意……但是……

班　什么"但是"？您没有一点儿危险。我们在两点钟到加意阳，于是我们坐火车，我替您买头等座，妈的！

玉　唉！头等座！

班　四点钟到巴黎。把那564-48烧热了。我叫你坐汽车,游逛一场……每一点钟走一百二十基罗米突,妈的!

玉　每一点钟走一百二十基罗米突!

班　这么一来,有两种可能:要么,弄得头破血流;要么,很早地赶回来,没人猜得到您离开过此地。

玉　唉！班克莱先生,班克莱先生……无论如何,您不要不怀好意才好啊!

班　嗳唷,您考虑吧! 我们有时间吗? 妈的!

玉　真的,我们没有时间……我答应了。

班　来吧。(二人出)

第十四出

出场人: 保罗、(其后)费理湘、(再后)罗赛德、伴霞民。

保　(入,上衣的领竖起来)这是一辆揭盖的车子……(打喷嚏)我在这里睡下就是了……(打喷嚏)在这靠背椅子上。(打喷嚏)

众人的声音　(从楼上)呀! 不行! 不行!

费　(在门口)是你在这里叽里咕噜吗?

保　我打喷嚏……我在汽车里受了凉。

费　你只把车篷盖上就完了。

伴　(在门口)呀! 不行! 我请求您! 我的习惯是要人家让我安静地睡觉。

保　我请您恕罪。我请你们都恕我的罪。

费　而且,这灯是要吹熄的。

伴　是的……那马赛佬说得有理……您这灯太妨碍人家了。

保　我就吹。(吹灯,两房之门复闭)在乡下住,所怕者不是跑江湖的无赖……却是百万的财主。

幕闭

第二幕

布景 同第一幕。时为晨九点。

幕启,保罗在台的中央一张靠背椅上打瞌睡。

第一出

出场人:保罗、费理湘。

钟鸣九下。

费 (从那可应用的门入,瞥见保罗)他还睡着……真是意想不到!
(呼唤)保罗!(保罗不应)他睡得很浓……小怪物!(下来,
走向保罗)喂,老伙计!

保 (惊醒)吁? 什么?

费 早上九点钟了。

保 九点钟了,……她走了吗?

费 谁?

保 那卖糖小女。

费 这个我不晓得。我晓得最清楚的乃是:今天早上我们还没有
用早餐。

保 唉! 我吩咐过玉荔,叫她唤醒我。(呼唤)玉荔! ……(向费理
湘)这是怎么的一夜,我的可怜的费理湘!

费 保罗……你不要时时刻刻想你自己,你也该照顾我们一下
子……我肚子饿了。

保　费理湘,我的好友,这不是大事情。玉荔可以安排你与罗赛德的早餐。最重要的乃是夜里的恶梦已经完结了。她已经走了。

费　她不唤醒你,就走了……可见她很细心。总之,她这人很可赞美。

保　是的……唉!此刻她走远了,我赞成你的话,她是一个妙人。

费　(自语)太迟了!

保　(上楼)我要梳洗一下子。你找玉荔去吧。等一会儿我再来会合你们。

费　快做去。

保　(在门阈上)只三分钟。(开卧房的门)我就来。

伴的声音　(自内)呃!喂!您……

保　唉!对不起。(又把门掩上)她在房里!

费　我听见了。

保　讨厌极了!刚才我十分失礼。

费　有这么厉害?

保　还说哩!

费　糟糕!

保　(向房门)喂!小姐?……

伴的声音　先生?

保　我以为人家该是在今早六点钟来接您回去了。

伴的声音　我也以为如此。

保　后来怎样?

伴的声音　后来却不见有人到。

保　您是否……您没有意思在今天回巴黎去吗?

伴的声音　哪里话!亲爱的先生。我穿好衣服就走,您放心吧。

保　唉!好的!

伴的声音　还是一样客气……甚至于初醒来的时候。

费　（呼唤）小姐……

伴的声音　日安，费理湘先生。

费　日安，小姐。早上您吃些什么？

伴的声音　吃些巧古力糖。

费　人家就给您做去。

伴的声音　谢谢！

费　不要客气。（向保罗）你竟没有想起，真是自私自利！

保　唉！我遇着这事情，真是冤枉！曼加稣父女要在十点钟来的……假使我的岳父知道了这一笔糊涂账，他就可以……

费　可以怎样？

保　可以解除我的婚约，还有什么好说的！

费　往后呢？

保　怎么！什么"往后呢"？

费　喂，保罗……你对你的未婚妻，是纯洁的爱情吗？

保　当然啦。

费　假使她的父亲是庚刚部亚路的一个锁匠，你会不会有一刻想念及她呢？

保　你这话，想要启发些什么意思？

费　要启发你结一个门户相当的婚姻……换句话说，结一个利益的婚姻。

保　我爱我的未婚妻。

费　不是的。

保　我清醒地爱她。老实说，我很快乐，因为她非但给我幸福，给我爱情，而且同时给我前程的保障，所以我爱她！

费　我们的意见是一致的。只可怜你这样有情，这样有见解，都不过是小家子气……我因此很伤心。

保　费理湘先生……

费　假使你的婚姻纯粹地为的是爱情或金钱，虽则因此破坏了我们同居的乐趣,我还可以原谅你……凡是俯就一个很穷的女子,或高攀一个很富的女子,都算有几分伟大的心胸。至于你呢,你也不俯就,也不高攀……你只就地打滚!

保　几点钟了?

费　九点二十分。

保　这女子,绝对地要她走了才行。

第二出

出场人:保罗、费理湘、罗赛德。

罗　(出现于她的房门阈上,下楼梯)我也是的,我要走了才行……日安……保罗……

保　日安,罗赛德。

费　是的,爱,你非走不可……这又是保罗先生的小家子气。

保　您应该懂得……

罗　当然,当然!

费　(向保罗)你还等什么? 给她十个法郎吧。

保　好,拿去吧。

费　而且我请你去看玉荔在什么地方,叫她预备些巧古力糖。

保　是的……好……我就去……这妇人,她到哪里去了?……(呼唤)玉荔!(出)

第三出

出场人:费理湘、罗赛德、(其后)保罗。

费　罗赛德,我做了一个梦。

罗　我的爱,这因为你伏着打睡的缘故。

费　不。我做了一个梦,一个好梦。你来,我叙述给你听。

罗　我听你说。

费　你晓得,那百万财主在楼上穿衣服?

罗　呀！她还在这里吗？

费　是的。呃，在我的梦里，她在一个很大的花园里的大路上散步，娇柔无力地偎倚着她的丈夫的肩，而她的丈夫……就是保罗。

罗　不！

费　是的！有好些孩子在绿色的草畦上玩耍。我呢，我穿着玄青色的衣服，站在府第的槛子上，微笑地望着这一双美妙的伴侣……（指上衣的空纽孔）那时节，我有一点红东西在这儿……①

罗　呀！我的爱……我的爱……我呢，我在哪里？

费　你吗？……你不在。

罗　（欲哭）吁？……

费　你不要哭，我们可以假定你在洗手……只不在阶台上……如此而已……呀！这府第！真是说不出的好处！……我不晓得这府第在什么地方。

罗　在西班牙，我的爱②。

费　也许吧。

保　（入）这真令人不懂，玉荔仍旧不见。我走进了她的卧房，看见她的床还很齐整的。

罗　岂有此理！

费　她在外面过夜了？

保　还有什么好说的！……

费　这还了得！

第四出

出场人:保罗、费理湘、罗赛德、伴霞民。

---

① 费理湘的意思是说那时节他已入国家学会，有红色的徽章。
② 法国俗话"西班牙的府第"，意思是说吹牛。

伴 （入）日安，姑娘。

罗 日安。

伴 （走下来，向保罗）您晓得，我抱歉得很。爸爸早该到来了，为什么这样迟，我不懂。

保 小姐，请不要提起……区区小事，何必挂怀。

伴 不，不，我分明晓得我终于弄到妨碍您的。我只找得出一种解释：大约是爸爸所开的汽车又破了轮子了。

费 那么，这乃是清一色了。

保 小姐，您听我说，我不晓得令尊在哪里买来这些汽车。老实说，他也该试一试别的唛头了。

罗 我先问您，您睡得好吧？

伴 很……很不好。

费 真的吗？

伴 呃。

保 然而我的床到底……

伴 唉！床是再好没有的了！……只一层，您的家禽埘里有一只鸭子在那里叫了一个整夜。

费 呀！对了，这是福烈德利克①，我们听惯了。

伴 我却不惯。究竟这鸭子怎么样的？

费 它有的是痛苦。

伴 真的吗？

保 是的……一礼拜前，我们吃了它的妻子。

伴 您听我说，您绝对地应该送它去会合它的妻子，这更慈悲些。再者，这么一来，人家在您这里可以睡得着……直睡到那驴子醒来的时候。我应该告诉你们，它昨天一夜不曾睡着哩。

保 这是一匹母驴。它也妨碍您的睡眠吗？

---

① 鸭的名字。

伴　天！一个人如果不曾习惯,听见了这不停止的驴声……您的
　　母驴是不是也有痛苦?

费　是的。

伴　你们怎样害它?

费　没有怎样……它的灵魂的状况不是我所能够断定的。这不久
　　也会好了的。

保　你住口好不好!

费　我没有多说一句话啊!

伴　巧古力糖呢?

保　没有女仆。

费　最方便的莫如自己去做。

伴　对了,罗赛德与我。

费　我们也来帮你们的忙。

罗　(向伴霞民)怎么!您晓得?……

伴　这是我的拿手好戏。

保　您这人很好。我本来情愿在别的情形之下与您认识……但
　　是,总之,您这人很好。

伴　呀!当心,保罗先生,您不要变成太客气的人吧。

保　为什么呢?

伴　(坐下来)因为我很可以趁势逗留。

保　那么,糟糕!

伴　(向罗赛德)我把他吓煞……

费　这边是厨房。(伴霞民与罗赛德出。费理湘向保罗)假使是
　　我,这样的一个女子从天上落到我的别墅来……

保　你真惹我生气,你!(二人出)

第五出

出场人:玉荔、(其后)费理湘、保罗。

台上杳然无人,半晌,玉荔自后方推着双座脚踏车入。

玉 但愿人家不知道我离家就好……这时候该是很不早了。

费 (入)白糖吗? 好的……我就拿来。(瞥见玉荔把脚踏车靠门安放)原来是玉荔!

玉 是的,先生。

费 连同那脚踏车吗? ……唉! 真是!

玉 几点钟了,先生?

费 九点半钟了,不幸的! 人家到处找您……

玉 我完了!

费 天! 这是什么神秘?

玉 先生,请您不要问得太严紧了! 我的心苦闷得很。

保 (入)喂,伙计……白糖呢?

费 (指玉荔)她来了。

保 您! 您从哪里出来的? 您到了什么地方?

费 她是送脚踏车回来的。(他把车子安放好)

保 那汽车夫呢? 他变成怎样了?

玉 他在巴黎,先生。

保 但是这家伙怎样到了您的手里?

玉 我对他说了不止一次,说这事结果是弄坏了的……

保 玉荔,我要您马上给我说明……

玉 是的,先生,我就对您说明。但是,请您温和地对我说,先生。如果您迫得太紧了,我会大哭起来,就不能告诉您了……

费 玉荔,恢复您的精神吧……

保 而且说吧。

玉 我做错了事了,先生。我是很有罪过的。但是他用他的眼睛诱惑我……

费 他把您带走吗?

玉 他答应过我,说可以回来得很早,使先生一点儿不知道。他本来说给我买头等座，又给我坐汽车。我从来没有坐过汽车……

保 后来呢？说呀！

玉 后来我们向火车站去。

保 在路上，车的轮子又破了吗？

玉 不是的，先生。我们平安地到了火车站，至少还早了一个钟头。于是不晓得做什么好。他领我去看一个小池塘，在大路的右边。先生，这池塘的风景很好，那里有的是月亮照下水里，有很好看的回光。

费 后来呢？

玉 后来他诱惑我，说了许多巴黎人的字眼。

保 略过去吧！

玉 不，先生，我不愿意略过去……我要把一切都告诉了您。先是他问我过了十五岁没有？

费 后来呢？

玉 后来我说我有十八岁了。他说这是恋爱的年龄了。我说也许是吧。他说当然是的。后来我对他说："放手吧！嗳呀，人家会看见我们的！"后来他说："这时候很不容易有人来的。"后来我说："您是一个无赖，您！……"后来他说："我奈何我自己不得！"

费 贱骨头！下文我知道了！忽然间，火车头的汽笛响了。

玉 是的，先生。

费 这是火车到了车站。

玉 是的，先生。

费 你们赶快跑去。

玉 是的，先生。

费 于是你们错过了它。

玉 错过了什么，先生？

费　火车。

玉　是的,先生。

费　那么……那无赖是几点钟走了的?

玉　下一次的火车是六点钟。他对我说:"我在这里等火车。"我呢,我步行把脚踏车拖了回来。

保　六点钟……他要在八点钟才到巴黎……现在快到十点了。

费　他不久就来的。

玉　他答应过我,说一定再来。他对我说他要补救……

保　又补救!

玉　不是补救汽车,先生……不是补救汽车!

保　这是干净的话!

玉　当然,先生把我赶出去。先生有道理。我没有什么好说的。

保　不,玉荔,我不赶您走。我把您看做汽车主义的牺牲者。我满心可怜您,我仍旧把您收留。

玉　任凭先生的尊意,但这不是本地方的习惯。

保　怎么?

玉　平常一个女子学坏了,人家把她赶走,于是她到巴黎,进音乐场去。

费　让她走吧……你没有破坏她的职业的权利。

保　总之,如果您情愿……

玉　唉! 不,先生。我很愿意在乡下多住几时……我的年纪这样轻!

保　好,那么,您到厨房里去,看小姐们正在做巧古力糖。

玉　好的,先生。(出时,向费理湘)先生,我做的事很不好。

费　是的,好孩子。我希望您能够改过才好……

玉　呀! 先生,这话难说得很……我想我会再做的!(出)

第六出

出场人:费理湘、保罗。

保　呀！不行！不行！我受不了气！我的家给人家侵进了，我的房间给人家占住了，我的女仆给人家弄坏了……赖丕斯多一家人都给我气受！

费　这是上流社会的人们……不像我们一样。

保　试看这样的一个汽车夫，我们就不能放心；我想这赖丕斯多小姐不会离开这里。

费　你说得太过了……

保　总之，双方并进比一方面安全些，我们到电报局里去，务必打电报通知赖丕斯多先生，说他的女儿在这里。

费　依你。

保　我告诉你一句话好不好？夜里有人敲门的时候，永远不该开门的。（二人出）

第七出

出场人: 伴霞民、罗赛德。

伴霞民自左方入，罗赛德随入。她们捧着许多小碗子，与一大碗的巧古力糖。

伴　您看，我的成绩很好。

罗　看来很像有美味，可见您有成绩了。

伴　（呼唤）保罗先生……费理湘先生……唉！他们哪里去了？

罗　（助她收拾桌子）也许他们到大路上去窥探赖丕斯多先生。

伴　算他们没有口福……我的肚子饿了，您呢？

罗　我也饿了。

二人就桌，吃巧古力糖。

伴　（向罗赛德）您爱您的费理湘吗？

罗　呀！是的，小姐！

伴　他有才学吗？

罗　很有才学。

伴　是的……我这话问得很笨……既然您爱他，当然觉得他有才学。

罗　当然啦。

伴　还有保罗·诺尔孟先生呢？我们谈一谈保罗·诺尔孟先生吧。既然您与他很熟，请您解释给我听听，为什么我自从入门之后，他总是不喜欢我呢？

罗　您怎样会猜想……

伴　我不是猜想，乃是断定。喂，我们说良心话吧。我本人有什么不好的地方，令他这样恼我？

罗　唉！小姐，您说的是笑话！谁不觉得您可爱呢？

伴　哪里！竟有人不喜欢我……有的是证据！

罗　您听我说……一则因为保罗是一个胆小的少年，有一点儿怪脾气，而且你们相会也唐突了些；二则因为他订了婚，所以对于别的女子不得不……

伴　我不懂。我也是订了婚的，但是我遇见了少年的男子们的时候，我总是很温和的，也没有什么妨碍。我甚至于想要说我只对于一个少年男子不很温和……而这一个男子就是将来与我结婚的。

罗　也许您太爱他了。

伴　太爱他，就弄得脾气不好了吗？

罗　有些时候……

伴　依您说，我该是万分爱他了，因为我自朝至晚都逗弄他。

罗　他喜欢给您逗弄吗？

伴　我想是吧。至少他是强装喜欢。您晓得，我因为太有钱了，所以我总不很知道人家是爱我的钱呢还是爱我。这讨厌得很，不是吗？

罗　为什么您想到这一层？

伴　我不愿意想，也不得不想。但是，您放心，我是不会伤感的。

当在她们谈到最后的几段的时候,曼加稣已与佛罗丽思出现于后方。他瞥见了伴霞民与罗赛德,遂在阈上止步,作欲进不进的样子。

第八出

出场人:伴霞民、罗赛德、曼加稣、佛罗丽思。

曼　(稍为下来)夫人们,我请你们恕罪。

罗　先生,您想要……?

曼　我先想要道歉,我不该毫无顾忌地闯进了你们家里。这是一个本地人的错处,因为我们向他问保罗·诺尔孟先生的住址,一定是他把一个不对的地址告诉我们了。

伴　恰是这里,先生。

曼　呀!我以为他自己住在这里……

伴　本来是的,但是……

曼　我请您恕罪,小姐。(向佛罗丽思)佛罗丽思,好孩子,烦你到外面去鉴赏一下子风景,等到我叫你才回来。

佛　好的,爸爸。(出)

罗　(向伴霞民)他本该是十点钟才来的。

伴　他们早到了。爸爸迟到,恰恰相抵消。

曼　(监视着他女儿走了之后)现在我听你们指教。

伴　呀!您是曼加稣先生吗?

曼　一点儿不错。

罗　先生,人家只在十点钟等候您。

曼　真的不错,小姐。但是我稍为改变了我的计划,我并不懊悔。因为这么一来,我可以证明……

伴　先生,您听我说。您这样说下去,要弄成一大堆的误会,可惜得很。

曼　但是,小姐……

伴　您相信我的话吧。今天早上,保罗·诺尔孟先生家里稍为混乱,都是我弄成的。所以您有要求我向您解释的权利。

曼　我听您说,小姐。

伴　您认识费理湘·俾达利特先生吗?

曼　认识的。

伴　姑娘是他的模特儿。

曼　好的。

伴　保罗先生知道您要来拜访他,所以他决定请罗赛德把位置让给您,好教保罗先生能够在这里招待他的未婚妻,罗赛德已经很客气地答应了。

曼　真的,假使是如此的,就好多了。

伴　我一来,便把一屋子的人都弄得七颠八倒。

曼　真的吗?

伴　是的。我是伴霞民·赖丕斯多小姐,巧古力糖商人赖丕斯多先生的女儿。

曼　不认识!

伴　(生气)天下只有您不认识!昨天夜里,我坐汽车经过这乡村,轮子破了,我停了车。不能修理,不能回家。保罗·诺尔孟不得已,把我款待在他家里。

曼　您来的时候是几点钟了,小姐?

罗　约摸在晚上十点。

曼　在十二小时的时间内,您还没有法子修理吗?

伴　(渐渐着恼)是的,先生!……

曼　然而我似乎听说汽车的进步……

伴　却不过如此……

曼　于是保罗·诺尔孟先生让了一个房间给您……

伴　是的,是他自己的房间。(向罗赛德)他开始惹我生气了!

曼　他自己睡在……?

伴 （大怒）先生！他睡在他想要睡的地方！……我还识体统，不
曾调查清楚！……

曼 您这意外的事情，真令人听不入耳！您承认我的话吧！……

伴 我什么也不承认。总之，我最大的错处，乃是事不关己也出
头！如果您要知道我深藏的心思，我就告诉您：我觉得您是一
个村学究，一个蠢才！……好。

曼 小姐！

罗 请你们放安静些吧！

伴 呀！因为他说了许多话挑拨我，使我生气。这先生，连赖丕斯
多家的巧古力糖店也不认识！

曼 我敢说，在这情形之下……

伴 保守住您的保罗·诺尔孟吧！……天保佑他同您的女儿结
婚，快乐一辈子……如果她像您一样，那就是一个泼妇
了！……罗赛德，来吧……（与罗赛德出）

第九出

出场人：曼加稣、佛罗丽思、（其后）保罗。

曼 奇哉怪事！我一生是统治人的，不曾遇着这种事！……（呼
唤）佛罗丽思！

佛 （自后方入）爸爸？

曼 好孩子……我知道你是很富于感情的人，我要好好地给你一
个预备，万一有严重的事件发生，好教你没有损害。

佛 严重的事件吗？……关于什么的？

曼 关于你的婚姻的……

佛 呀！天啊！

曼 我哀求你：不要发昏！……你受了你的可怜的母亲的遗传，很
容易发昏。一个人不是在自己家里的时候，最讨厌就是发昏
了……

佛　爸爸,我预备硬撑着……究竟有什么事?

保　(自后方入)曼加稣先生!……佛罗丽思小姐!……(奔赴他们)你们近来好吗?(握曼加稣的手)真是喜出望外!……我料不到你们来得这样早!

曼　然而我们毕竟来了!……

保　这越发好了!……我可以同我的未婚妻接吻吗?……

曼　是的……如果您有纯洁的良心?……

保　呀!好……(吻佛罗丽思)天!我多么快乐!您呢?

佛　我也一样。

保　你们很容易找到这屋子吗?

曼　容易得很。

保　(担心)而且……谁接见你们?

曼　没有人!

保　(自语)教我捏了一把汗!

曼　谁能接见我们呢?……您独自一人住这屋子,而您又出去了。

保　(窘)当然啦。

曼　您自己住在这里,不是吗?

保　是的,……这是说……同费理湘在一起。

曼　当然。假使这屋子里有任何的不规则的事情,您是决不肯在这里招待您的未婚妻与她的父亲的。

保　(窘,强笑)这是不用说的。

曼　您晓得我在这上头是很严的!

保　您的话有道理!

曼　佛罗丽思,好孩子……出去鉴赏一下子风景……

佛　我已经看过了……

曼　去!……

佛　好的,爸爸。(出)

曼　不要说谎了,先生!……我认识她们,我已经看见了她们了!

保　谁?

曼　罗赛德与伴霞民……

保　天啊,天啊!……叫我吃不了兜着走!……

曼　您冒险地让佛罗丽思在这里与俾达斯特先生的荡妇碰头,已
　　经了不得!……而且,我是您的经理,您的未来的岳父,您却
　　教我受那赖丕斯多小姐赐了无数的辱骂!唉!真是到了极
　　点了!

保　她辱骂了您吗?

曼　怎么?

保　我不觉得奇怪。这原是一个要不得的女子……自从昨天晚上
　　她在我家歇下之后,我真所谓步步招灾。

曼　我说不出我此刻的状况……我的手震颤了……我的领子妨碍
　　我了,我的肚子发烧了!……

保　她就走的,曼加稣先生,她就走的,我们再也不与她见面了。

曼　不行,先生,不行!我让位给她吧!我另拣一个女婿,要他有
　　好些的交游,不像您所交游的人们这么令人难堪!……

保　这是不可能的!……这女子做错了事,您打算惩戒在我身
　　上吗?

曼　在我这样地位的人断不能甘心忍受这样的耻辱……您要我不
　　走吗?那么,我要求道歉才行……

保　我跪下来告罪……

曼　我不应该要您道歉……

保　您要她道歉吗?……

曼　是的,先生……

保　这个等于说您决定走的了……我决不能得到她的同意!

曼　我的话已经说出来了。但是,我的性情的成分,有五分刚,有
　　五分柔。现在我到花园里会合我的女儿,在那边等候您五分
　　钟……如果过了期限,伴霞民·赖丕斯多小姐还不好好地向

我道歉,说她悔不该叫我做村学究与蠢才,那么,我就走……
我的女儿知道了,一定发昏,我把她背起来,回巴黎去,此后我
把您抹杀,我的生活里没有您了!

保 （沮丧）好的,曼加稣先生。

曼加稣先生出。

第十出

出场人：保罗、伴霞民。

保 我真用不着尝试……

伴 （自右方入）奇了！奇了！……爸爸老是不来！

保 唉！小姐,我再也不像刚才那样渴望他来了！

伴 呀！您与我熟起来了吗？

保 不！唉！不！……但是,因为此后您再也不能添上别的大祸
给我……

伴 有什么事情发生了？

保 没有什么！您成功了,把我的婚姻破坏了……

伴 我吗？

保 曼加稣把你们会面的情形告诉了我。您待他和气极了！

伴 呃……我放硬了些,把他按下去……这是他与我的事情……
与您没有关系！……

保 他倒不是这样见解。

伴 我料不到他这样傻……后来怎样？

保 后来,小姐,一切都完了,因为我要他不走,他却提出了一种不
可能的条件！……

伴 ……什么条件？

保 唉！……同您说有什么用处呢？

伴 如果这条件不关涉到我……

保 恰恰因为关涉到您,所以犯不着同您说……

伴　先说再看……说出来您有什么危险呢？

保　唉！现在没有什么危险了。这倒是真话！……曼加稣先生不
　　了解您，他敢说要您向他道歉……这真是滑稽得很！……

伴　我是办不来的！

保　唉！一点儿不错。

伴　喂，保罗……您猜错了我了，我要给您一个证明……

保　怎么？

伴　您的曼加稣在哪里？

保　在花园里。

伴　您去找他来吧！

保　您同意了吗？……

伴　这不算一回事。昨天夜里，多蒙您……给了我许多不良的印
　　象……然而到底！……我把您所最爱的佛罗丽思奉还给
　　您……

保　呀！小姐，您竟肯做好事了……您是一个好心人，良心与灵魂
　　都算是天下无双的！……

伴　大约您拼命要您的佛罗丽思了！……

保　还算是的……不错！

伴　将来您结婚之后，该教她学会穿衣服……她没有奶子，您不能
　　给她奶子……但是，她不时髦，也许您能教她学时髦！……

保　小姐，您不要破坏了我的好事吧！……刚才您已经把他的性
　　情压了一下子……请您不要让他再发作吧！……

伴　您去找您那两个怪物来吧！让我跪下去向他们请罪……

保　(指着自后方出现的曼加稣)他在那边……(走去找他)曼加稣
　　先生……

第十一出

出场人：保罗、伴霞民、曼加稣、(其后)佛罗丽思。

曼　(入)五分钟过了。

伴　呀！还有时间的条件吗？

保　曼加稣先生，赖丕斯多小姐有话，想要同您说……

曼　请说吧！

伴　先生，我虽则是无心之过，但是我觉得如果把同一个鼻孔出气
　　的人们分隔开了，实在抱歉得很……所以，刚才我们会面的时
　　候我说出了我心里想说的话，我现在向您道歉。

曼　是您心里想说的？

伴　我想到什么就说什么……这是我的一种美德。

保　我想您是满意的了？

曼　恰恰够！

伴　这话说过了，让我再加一句：刚才我的批评厉害了一点儿，也
　　因为您一方面批拨之所致！

曼　怎么？

保　小姐，事情已经完了！……

伴　对不起！假使先生所说的话里不含有污辱我的一种假定，我
　　决不至于冒昧地得罪先生……

曼　但是……这是一场教训了！……

伴　您说是呢就是。

曼　我是不承受的。

伴　我到底还是给您。

保　我们谈别的事情吧……

曼　小姐，您生成是无礼的……

伴　我觉得比遗传的糊涂性情还好些……

曼　这分明说我是一个呆子，只说弯了些罢了！……

伴　我还怕吗！……

保　（重重地坐他的椅子）糟糕！

曼　（呼唤佛罗丽思）这种道歉……——佛罗丽思！……——比那寻
　　仇的话更无礼些……佛罗丽思！……

佛 （入）爸爸？

曼 好孩子，放硬撑些！……这儿离大路还有一千八百基罗米突。你不要发昏！到家里再发昏不迟！

佛 什么事，爸爸？

曼 刚才你的父亲又给人家辱骂得很厉害……你的婚约解除了……

佛 天！……呀！……（倒在他的怀里）

曼 真把人累煞！……她受了她的母亲的遗传……

保 我去找些还魂砂来……

曼 用不着！……我把她驮到火车站就是了……

保 曼加稣先生，我要痛苦死了！……

曼 我满心希望哩！……告别了，先生！（负女儿出）

第十二出

出场人：伴霞民、保罗、（其后）费理湘。

保 （回向伴霞民）小姐！……

伴 这是我道歉的最后一次，令人太难堪了！……

保 尤其是我！

费 （自右方入）小姐，一切都好了，您父亲的汽车来了……

保 来得太早了！

费 （瞥见弄好了的巧古力糖）这是我的巧古力糖……（向保罗）您怎么样了？

保 曼加稣先生从这里出去了……小姐辱骂了他。我的婚约解除了……

费 这是料不到的！……

保 完全料不到。

伴 我说您一句好不好？……您没有一点儿勇气……

保 这是很可能的……自从昨天晚上以来，我的勇气渐渐地给您磨灭了！……

伴　一切都还有法子想。您的生活里快没有我了……

保　我开始怀疑您的话。

伴　您放心！……包您再得到您的佛罗丽思！

费　这是不用说的。

伴　说也奇怪,意外的事的妙处,你们都不晓得欣赏！……意外的事！……这乃是生活里唯一的乐趣！

费　而且,哲学也要的。

伴　说老实话……我应该比您担心千倍哩！……

保　您！

伴　我似乎觉得昨天晚上这一场意外的事显然有嫌疑的痕迹,以致人人都猜疑起来……

保　正因这个,所以我惹了是非了！……

伴　还有我呢！……我也是订了婚的！……谁晓得明儿巴甫查克先生怎样猜想？

费　这是真的话。

伴　好,我非但不因此心惊胆怕,而我从另一个好的方面设想……

保　如果您找得到另一个好的方面,我就快活了！……

伴　这乃是现成的。这一件事可以试验爱克多的爱情……

保　不要说了吧！

伴　明儿他一定发怒……一定同您吃醋……一定吵闹一场……于是他越吵闹,我越爱他……

费　这女子倒很刚强……

第十三出

出场人:伴霞民、保罗、费理湘、玉荔、赖丕斯多。

玉　(入而传报)小姐的父亲到！

保　毕竟来了！

伴　(走向赖丕斯多)日安,你！

赖　日安,我的女儿。我很不快活,我的女儿。你给我介绍这两位先生吧！

伴　这一位是费理湘·俾达斯特先生,是一个大画家……这一位
是保罗·诺尔孟先生,是互助部的编辑员……这是爸爸……
好！……

赖　(向保罗)先生,我很感谢您这样好意地收容伴霞民……班克
莱告诉了我……

保　先生,请不必提起……这是很小的事情……

费　我们已经不胜荣幸之至……

赖　先生,您容许我,不是吗？……我非责骂我的女儿一顿不可！
等一下我再也不想起了,真的……

伴　(吻他)我原值得骂！……

赖　伴霞民,这不是玩话！……你听我说,假使你养成了习惯,夜
里不回家,你就有过失了。

伴　你对于我,变成严厉的人了。

费　在这一场小小的意外,有些命运的关系,这是不能否认的！

赖　我很晓得……唉！当然,这不是要紧的事……我还想要说我
很喜欢,因为我因此认识了你们两位。

保　(显然有不好的脾气)先生,请您相信我的话,我也一样地喜
欢……

赖　我说一句很老实的话,亲爱的先生,您实在没有喜欢的样子。

伴　保罗先生刚才遇见了一场不如意的事情,关系不小。

赖　唉！……可惜。

伴　他订过婚而他的婚约解除了。

赖　天！怎么弄得这样的？

伴　因为我与他的岳父辩了一场。

赖　你吗？

伴　是的……而且这一场辩论里头,一切都是那先生没道理,这是
不用说的。

费　唉！这个！……一切都是他没道理？

赖　您在场吗？……

费　不,先生。

赖　这没有关系……（向伴霞民）刚才我已经责骂了你,我不愿意
　　再骂;但是,假使你这样地养成了习惯,弄得你所不认识的人
　　们解除了婚约,你就有罪过了。

保　几点钟了？

赖　我与您意气相投得很,先生。此刻是十一点了。

保　十一点半以前没有火车。我可以在车站里找着他们。我要跪
　　下去哀求曼加稣先生。

赖　我也劝您如此。

伴　而且我相信一切都可以弄妥的。请您把您所想到的我的坏处都
　　告诉了他,又声明我已经走了,那么,他就同您仍旧亲热起来了。

保　您以为吗？

赖　这是当然的。

保　呀！小姐,如果我的佛罗丽思失而复得……

伴　总之您的生活里有一段美妙的情感乃是我之所赐,还有什么
　　不是的！

保　那么,我真是一生感谢不尽。

伴　好,告别了……祝您顺利！

赖　亲爱的先生,再谢谢您！

保　不要客气,先生。我永远愿意效劳。（出）

赖　他的脾气真好。

伴　这是一个没有出息的人,然而还不坏。

费　呀！我生怕事情和解了……

赖　怎么！您怕什么？

费　当然……这是一头没道理的亲事,我不赞成……也罢！

赖　（向伴霞民）说到亲事……你晓得爱克多·巴甫查克今天早上

来看望你吗?

伴　后来呢?

赖　后来他知道你没有回来,于是他心烦意乱起来。

伴　这不算什么一回事。我宁愿他不心烦意乱还好些!

赖　他跳上了汽车,到叔特兰西家打听消息去。

伴　他到安得利!那么,他该是从这里经过了。

赖　大概是的。

费　有两条路可走。

伴　那么,大约他是走另一条路了。他笨到这地步!……

赖　这么一来,他可以娱乐一天。

伴　恰是他该倒霉!

赖　嗳!……嗳!(向费理湘)……您听见吗?她欺负她的未婚夫
　　活像欺负她的父亲一样!

费　这还算是幸福哩……

赖　当然!喂,女儿,我们可以打算向先生告别了。

伴　还不是吗?……请你容许我爬到我的卧房里去。

赖　你的卧房?

伴　是的。上面第一层楼乃是我的卧房。我预备好了就来。一会
　　儿见。(上楼梯)

费　她这人妙得很。

赖　是的……有一点儿特别,妙却妙。

伴　喂,费理湘先生,您以为我爸爸怎么样?他时髦不时髦,吁?

费　很时髦,小姐。

伴　您猜他几岁?

赖　嗳呀,女儿!

费　四十岁……还不够。

伴　他五十四岁了,老费。他这造我的人,您猜他硬撑不硬撑?而
　　且,风流的生活……他也在里头。

赖　伴霞民小姐……

伴　没法子叫他在早上三点钟以前回家。

赖　你呢! 你简直不回,比我更强呢!

伴　回答得好! ……我就来。(出)

赖　她那一张嘴真厉害!

费　一点儿不错。

赖　而且您还看不透她,因为她在这里还有点儿顾忌,至于她没有
　　顾忌的时候……她更有趣了。

费　我也这样猜想呢!

第十四出

出场人:赖丕斯多、费理湘、班克莱。

班　(入)老板! ……

赖　呀! 你来了! 喂,修理好了吗?

班　差不多完了,老板。我要些水放进发动机里。

费　(走向门口)再容易没有了……玉荔! 拿些水来给这汽车夫。

玉的声音　好的,先生。

班　(自语)糟糕!

赖　(看见桌上弄好了的巧古力糖)这是哪一家的巧古力糖?

费　不晓得。

赖　(尝试)这不是赖丕斯多字号的。

费　我们等候您给我们送些来……

赖　在这伴霞民预备的时候,我们参观主人的地方好不好?

费　您是不是开玩笑?

赖　没有的事……这里很好,刚才我看见花园的后方有一个养
　　鸡场。

费　好,那么,来吧。我给您看那树。

赖　呀! 有一棵树吗?

费　是的,这树是两家共有的,因为它生在两家的地皮交界的

地方。

赖　我要去鉴赏鉴赏。（他们出）

第十五出

出场人：班克莱、玉荔。

班　（自语）糟糕！这可逃不了！

玉　（入）一桶水来了。

班　日安，姑娘。

玉　日安，绿湘。

班　您很好吗？

玉　绿湘，您不爱我了吗？

班　我吗？我万分爱您。妈的！

玉　您不吻我吗？

班　我怕有人来。

玉　在加意阳的时候，您不是这样胆小的啊。

班　早上两点钟，在乡野里，什么都好办。但是，这儿……

玉　呀！班克莱先生，把您这一桶水拿走吧……我看得很清楚，是完了的！

班　我不能看见一个女人流泪，妈的！

玉　我只是您的一时的嗜好，现在您又爱了别人了，我敢断定。

班　唉，我又动了心！妈的！

玉　告别了！

班　玉荔……我不爱别人，只喜欢您。

玉　这是真话吗？您是个正气的人吗？

班　我是一个很正气的人！

玉　不，喓，不……我不相信您，您去吧！

班　我说一句话使您相信我，好不好？玉荔……将来我非您不娶！

玉　您肯发誓？

班　是的，我发誓！

玉　唉,我真快活! 我真快活! 我给您把这一桶水送出去。

班　我不忍……

玉　我要做,我要做……我很喜欢做……既然您将来非我不娶……
　　(上去)

班　(随她,临出的时候)呸,她可以放心吧……我已经结过婚了,
　　妈的! (二人出)

第十六出

出场人:罗赛德、(其后)赖丕斯多。

罗　(自右方)费理湘说我可以不走,没有什么妨碍。所以……

赖　(自左方入,作向人说话状)对了,亲爱的费理湘,您监视修理吧。
　　我等您。(瞥见罗赛德)唉,好一个漂亮女子! ……

罗　先生……

赖　姑娘……您容许我自己介绍吗? ……我是赖丕斯多小姐的
　　父亲。

罗　唉! 是的。

赖　您呢?

罗　我是罗赛德……费理湘的模特儿……

赖　钦佩,钦佩。我十分爱模特儿……而且我很爱图画。

罗　图画很美丽。

赖　是的……模特儿也很美丽……尤其是您。

罗　您太客气了。

赖　我决定与费理湘先生常常来往……将来我到他的画室里看望
　　他,我希望能够在那里遇着您。

罗　先生……

赖　我……我在剩下来的时间,也学画的,如果您愿意的话……

罗　我愿意什么,先生?

赖　做我的画兴的启发者……

罗　呸！先生,您枉费心机了……我只给我的爱人画罢了。(出)

赖　妙！妙！我顶高兴碰钉子!

第十七出

出场人:赖丕斯多、费理湘、爱克多。

费　(入)赖丕斯多先生,爱克多·巴甫查克先生来了。

赖　亲爱的爱克多！呀！很妙的意外！您怎么会摸到这里来的?

爱　我从安得利回来,心焦到了极点。忽然看见您的汽车,于是我停了车就来了。

赖　一切都好了。伴霞民在预备,让我催班克莱去。一会儿见。(出)

费　(自语)不晓得行不行?……让我试一试！……(高声)请坐,先生。

爱　谢谢……我受了几分刺激。

费　大约是担心吧?

爱　一点儿不错……是担心。

费　请您放心。赖丕斯多的身体很好。一切经过的事情,我简单地报告您一句！昨天晚上,恰在她的汽车到了我们的门口的时候,四个轮子都破了。

爱　四个?

费　四个。

爱　同时?

费　同时。

爱　您该承认这是一桩奇事!

费　为什么呢？平常的汽车,往往是一个一个轮子独自破了的,我才觉得稀奇呢！本来四个轮子都是一个工厂里造出来的,走的路相同,遭逢的命运相同,本该同时破了才合道理啊。

爱　这也罢了。但是,在这没道理的乡村里,甚至于没有一个很鄙

陋很鄙陋的小客栈,让一个女子在汽车坏了之后可以在那里
休息几个钟头的吗?

费　没有一个鄙陋的客栈,没有一个很小的旅馆。但是,您放心,
保罗先生对于您的未婚妻,非常殷勤。她在他的卧房里睡了。

爱　在他的卧房里!?

费　是的。但只独自一人。保罗先生却在这椅子上睡了。今天早
上,他去唤醒她。

爱　去唤醒她?

费　是的……他一进门,她猛然叫了一声,好听得很。后来大家一
块儿做巧古力糖,大家很和气地等候她爸爸赖丕斯多。好,完
了……再也没有什么了……没有什么了……您听了这清白的
报告,应该看做乡村的佳话。

爱　天啊!……天啊!……

费　我用不着说,您是知体的:从前赖丕斯多先生不相认识,从来
没有见过面,只这一场意外,使他们会合了。我以我的人格担
保我这话是真的。

爱　谢谢,先生。您是一个好人。您对于我,这样意气相投,我一
辈子也忘不了您。我打算同伴霞民大闹一场……

费　(自语)呀,不啊! 不啊! (向爱克多)先生,您听我说,既然您
我意气相投,您容许我向您进一个忠告吗?

爱　欢迎之至!

费　好,我说了吧。我们曾经与伴霞民谈起您。

爱　真的吗?

费　您一心要成就这婚姻吗?

爱　这是不消说的!……

费　我也看得出,一则赖丕斯多小姐是一个妙人;二则,不用说,这
当然是一个财源。

爱　一点儿不错,先生。一切都可以使我看见他年的光明之路。

费　那么,如果您觉得这一次的事件里头有些苦味……

爱　我相信您这话……

费　您就忍气吞声吧!不要责备人家一句,不要指摘人家一处,应该满面笑容,做出很客气的样子。

爱　话虽如此说,我最低的限度……

费　她声明过了:只要您指摘她半句,表示三分不满意,她就还您的自由!呀!她真厉害得很!

爱　唉!我晓得她!

费　好,我已经预先通知您了。

爱　好的。我自己节制一下吧,但是这太不容易了。

第十八出

出场人：费理湘、爱克多、伴霞民。

伴　(在楼梯上)好,我预备好了……呃?爱克多?

费　巴甫查克先生才来的。

爱　您……您好吗,伴霞民?

伴　(下楼)很好,爱克多,我谢谢您。

费　我告退了。你们该是有许多许多话说的。一会儿见。

伴　(向费理湘)我希望他把我大骂一顿。

费　这是很可能的,如果他爱您的话。(出)

爱　清晨的天气真好极了。

伴　(自语)他不敢!(高声)爱克多,我自己晓得我的品行有几分不妥了。

爱　唉,我们不要说这个吧!……

伴　怎么不呢!说吧。我偏要谈这个。我要您把心里所想的都说了出来。

爱　伴霞民,我在想:如果汽车走得顺利,我们可以赶得到巴黎吃中饭。

伴 关系不在这上头。我值得您责备,我自己知道的。请您打开
　　心肠告诉我吧。

爱 唉! 我不懂您的话。在这一场小意外上头,我丝毫不觉得稀
　　奇,也没有什么可责备的。

伴 真的吗?

爱 真的。

伴 那么,您觉得您的未婚妻独自一人夜里在路上往来,直到上午
　　十一点钟还不回家,这都是很自然的吗?

爱 汽车出了事,这是无可奈何的。

伴 您的未婚妻在一个少年男子家里过夜,睡在这少年男子的卧
　　房里,您还不在乎,是不是?

爱 只一个人睡,伴霞民,只一个人睡!

伴 您怎么晓得呢?

爱 嗳呀!

伴 人家向您解释,您没有一句话辩驳,就忍受了吗? 假使是人家
　　骗您的呢?

爱 我绝对怀疑不到这一层。

伴 这倒是真话!

爱 我相信您的人格。我笑了一笑,也就不说什么。

伴 不行,不行! 我绝对料不到人家这样对待我!

爱 伴霞民!

伴 我生平的美梦都打破了。

爱 您说什么?

伴 我说:假使您真的爱我,您这一来,一定是怒气冲冲的,满心愤
　　激,您把我当做一个最卑贱的人看待,说我这样轻佻是超过了
　　规矩,说我是一个无价值的、糊涂的女子……也许比这更坏,
　　先生,比这更坏,您可以骂我做个荡妇。您一定马上走了,把
　　门猛然一磕,声明我们此后断绝关系,眈起眼睛望着我,表示

您的鄙薄与怨恨。——这就是您应该有的态度，先生。呀！假使您有这种举动，我该是多么爱您啊！

爱　您说得太多了！自从您在这楼梯上出现之后，我忍气吞声，一句话不说……此刻我要说了！……是的，伴霞民，您做的事……

伴　太迟了，先生，太迟了！您忍耐太久了。我太懂得您了！我太看得清楚了！我永远不能做您的妻子！

爱　伴霞民，您不能……

伴　也许您希望补救吗？好，我索性对您声明。我记得《圣经》里有一个女子——我想不起她的名字，她守着她的女贞，一直到一百六七十岁，我宁愿学这女子做一辈子的处女，不肯给您破了我的女贞！

爱　我哀求您！……

第十九出

出场人：伴霞民、爱克多、赖丕斯多。

伴　（向进来的赖丕斯多）呀！爸爸！您来得恰好！

赖　又有什么事了？

伴　有的是：我与先生永远告别。

赖　你们再也不结婚了吗？……

伴　呀！不！不！

赖　（向爱克多）您又怎样得罪她了？

伴　等于最厉害的辱骂……他没有责备我。

爱　赖丕斯多先生，我希望您劝她懂得……

伴　懂得什么？懂得您只希望要我的嫁奁吗？我都懂得了。

爱　我受侮辱到了这地步，只好告退了。

伴　您早该走了！

爱　（向赖丕斯多）告别了，先生……

赖 我很抱歉……

　　爱克多出。

伴 呀！傻子！傻子！

赖 嗳呀，女儿，今天上午，这里没有婚姻可以打破的了……我们走吧。

伴 再者……这是您的罪过，爸爸！

赖 好的，这竟是我的罪过了！

伴 你太放纵我了……您任凭我无法无天，只晓得顺着自己的脾气，养成了习惯。于是仆人们、亲戚们、朋友们、未婚妻们、未婚夫们，都看惯了，都等候我做错一件事，或说错一句话，给他们开心！

赖 假使我料到……

伴 因此之故，我一生没有一个人指导我，忠告我。我只是顺着我的兴致，而我的兴致十次里有九次是不合理的，却从来没有一个反抗过我……唉！……说起来真令人伤心！

赖 你真讨厌！

伴 好的，不错……好了，我自从出世以来，这是第一次听见你一句好话了。

第二十出

出场人：伴霞民、赖丕期多、保罗。

保 （入）当着四十三个搭火车的人的面前，曼加稣先生把我叫做坏蛋！……佛罗丽思仍旧发昏。

赖 呀！亲爱的先生！您出去之后，这里又有快乐的事情发生。我的女儿把她的未婚夫赶走了。

保 先生，我老实对您说，我不管。如果她这坏脾气有时候害了她自己，这是她活该！

赖 先生，您容我说您一句，您大约因为伤心，所以动气吧？

保　你们要走了吗?

赖　是的,先生。

保　好,那么,在你们未走以前,我非说两句不可不说的真情话不可。

赖　先生!

伴　让他说吧。

保　您是我生平所未见的一个受过最坏的教育的女子。您在生活之路上,像一个溜缰的马,到处降灾降祸,没有一个人敢说您可恶。好,我就敢说您!……

伴　唉!到底!到底我发现了一个人能照我的希望对待我的了!

赖　够了,先生……

保　不,还不够。您不要以为您有钱,您怎样胡为都不要紧。您想错了。哪怕您更富些,有些罪恶不是钱可以弥补的!

伴　再说!再说!

保　假使从前有人说出您的错处,就是您的大恩人了!

赖　先生……

保　傻丫头!傻丫头!

伴　(眉飞色舞地)爸爸!爸爸!我喜欢这男子……

赖　呀!这不行!

幕闭

第三幕

布景　互助部的一个办事室。——后方两个窗子。二窗之间，一张写字台。右边角上有门直通部里的走廊。右边，台的第一行，一张写字台；左边，第一行，一门直通总经理的办事室。左边，第二行，一张写字台；好些椅子、小凳子。电话机在右边，第一行。

第一出

出场人：杜披、布瓦西、（其后）曼加稣。

二人皆就写字台前坐下。杜披阅一张报纸。布瓦西写字。

杜　这个礼拜又有两宗罪案，本月一共有十二宗了，如果我没有算错……而这时候，恰是人家想要取消死刑的时候呢……布瓦西，您是主张取消的吗？（布瓦西不应）布瓦西先生？

布　哦！对不起，杜披先生。

杜　我敬请先生指教：您是否主张取消死刑的一派？

布　唉！杜披先生……

杜　是的……您对于这个没有意见。您是一个编杂志的，只有一个穿紧身衣的小妇人的事件才与您有关系。再说，好像您对于互助部的职务……您是不管的！

布　唉！……杜披先生……

杜　而且您很有道理。亲爱的同事，您办杂志吧，这并不妨碍您高升。而且还可以留些位置给我们的首领,做个人情……

布　但是,杜拔先生,实际上……

杜　我说的不是赌气的话。我没有奢望了,因此也就没有忧虑了。您是20世纪的新人物,为目的不择手段。因为薪水太少了,所以靠着些不道德的文章以资弥补。我也许可怜您,却不责备您。委身于国的人,应该另有一种气概。我这样唠叨,大约打断了您所做的浪漫的诗了……我向您告罪……请您继续下去吧……(仍旧阅报)

布　我谢谢您,杜拔先生……(仍旧写字)

杜　(念)"今天材料太多,我们不得已,把余兴栏的续稿改在明天登载……"这个很妙!……也罢!……(折起报纸)今天是谁值日?(布瓦西不答)布瓦西先生?

布　先生,唉!对不起,杜拔先生。

杜　我敬请先生指示今天是谁值日?

布　是诺尔孟,杜拔先生。

杜　呀!原来是保罗·诺尔孟——我们的未来的副头目……五年前,这少年是我指导他做工的,明儿却是他发号施令了。这人乃是另一种人……他娶经理的女儿。这是一个走捷径者。您晓得什么叫做走捷径者吗?

布　我相信您……这是我的杂志的阿爷。阿妈乃是广告。意思很好。是不是?

杜　好极了!

布　(念)　"我要与全世界挑战,
　　　　　　　瞧不起什么廉耻;
　　　　　　没有什么可以打动我的心,
　　　　　　没有什么可以扰乱我的意。
　　　　　　我是一个走捷径之士。"

这是进场的一首。

杜　我觉得这是一首糊涂诗。

布　唉！杜拔先生！

杜　而且我觉得您的杂志都是糊里糊涂……

布　真的吗？

杜　是的。我这是平心静气的话，是旁观者的话。

曼　（自左方入，在门口止步）杜拔先生？

杜　（连忙上前）经理先生？

曼　烦您给我把这一份报告抄下来，好不好？这是今天下午四点钟一定要的。

杜　当然可以的，经理先生。

曼　诺尔孟先生没有来吗？

布　是的，经理先生。今天是他值日，所以要等到十点钟他才来。

曼　很好！（出）

杜　（施礼）经理先生……（曼加稣出后）老货！……害人的怪物！……今天下午要抄四页……为什么不叫保罗·诺尔孟先生抄去呢？……

布　因为您写得一笔好字！

杜　是的，先生，我写得一笔好字！我的祖父就会写工笔字，不觉得可耻。但是不见得会写的人就该多写！我打算不抄这一个报告。

第二出

出场人：杜拔、布瓦西、保罗。

保罗入，面带忧虑之色，走到衣钩前，把帽子外衣挂好。

保　日安，先生们！

布　日安。

杜　日安，诺尔孟先生。您迟到了五分钟了，诺尔孟先生。

保　不是我迟到，乃是火车迟到。

杜　谁强迫您住乡下呢？

保　您听我说，杜拔先生，我宁愿即刻告诉了您！今天我的脾气很
　　不好。

杜　吁？

保　是的。我如此占了你们的职分，我特此告罪……

布　这就奇了！

杜　您这半露不露的意思，我也不追究；但是，在您不曾做副头目、
　　不曾发号施令以前，我算不算一个资格最老的？

保　那么怎样？

杜　那么，我就以我这资格，把这一个报告交给您，请您在三点钟
　　以前抄好。

保　唉！愿意得很！在这时间内，我什么都不想就是了……

杜　（向布瓦西）您瞧，我说过我是不抄的！

布　看他很有心事的样子。

杜　是的。

布　他会有什么事情呢？

杜　大约他买了赛马票，输了钱。

第三出

出场人：保罗、杜拔、布瓦西、嘉西米尔。

嘉　（入）利足饭店的伙计，请问诺尔孟先生是否在办事室里吃
　　中饭。

保　是的，是的。

嘉　他把菜单送来了。

保　拿来我看。

嘉　我呢，我取了一盘小香肠与一盘蒸烧番茄。他们很会做香肠。

保　您对他说，叫他送给我一盘山芋拌羊肉，一盘生菜，一盘果品。

嘉　好的。咖啡？

保　是的。

嘉　冲些马克酒吗?

保　是的。

嘉　知道了。正午吗?

保　正午。

嘉　好的,诺尔孟先生。(出)

杜　布瓦西先生……

布　杜披先生?

杜　如果您在诗人与部员两重职务之外还有余闲,我想请您到互助啤酒店里打三十分的台球赌一瓶饮料。

布　我愿意得很,先生。但是我从来不喜欢饮料。

杜　我只说我自己。布瓦西先生,如果我输了,我就照平日一般地给您些邮票。

布　遵命。

他们披上了外衣,收拾好案件,预备出门。

第四出

出场人:保罗、杜披、布瓦西、费理湘。

费　(入)先生们,日安。

布　日安,先生。

杜　俾达利特先生,鄙人问安了。

费　鄙人也问安了,杜披先生。你们不是因为我来才走的吗?

杜　没有的事,没有的事……我们已经把上午的工作做完了,我们可以在规定的时间内先走几分钟,良心上没有什么不安。

杜披与布瓦西出。

保　你到巴黎来了?……为什么你不停留在那边呢?

费　因为我猜想我是不得不来的。而我猜得实在有道理。

保　还有什么事?

费　没有什么可以使你担心的。呀！你真烦躁起来了！

保　我似乎觉得烦躁是应该的！我没有再看见曼加稣先生，但是我把一本二十五页的说明书放在他的写字台上，说明昨天晚上的可怕的一场意外，我在等候他……呀！我的朋友！……我一想到我的亲爱的佛罗丽思会在我的手里溜走了！……

费　不要骗我吧！……你不爱她！

保　我吗？

费　是你。你以为你拼命地要她，只因你快要失了她。究其实，你是不爱她。我请你谈别的有趣的事吧。

保　我似乎觉得我的婚姻……

费　我到了赖丕斯多家里来。

保　（起立）你去看了那一类人吗？

费　当然啦。而且是他们邀请我的。

保　因此，你所吸的富人的香烟……

费　是他们家里的……这是一支哈瓦恩烟，值二法郎五十。我吸第一、第二支的时候，忍不住作呕，到了第三支之后，也就习惯了……

保　你只是一个听差！

费　你只是一个部员……是的，我同赖丕斯多家往来……是的，今天早上我去拜访他们，因为有一件事，我想使它显露真相……

保　这一件事是……？

费　保罗，你听我说，你晓得我的心理学很精明，我会猜，会料，会想……我是一个有思想的画家。

保　那么怎样？

费　那么，你对于那女子，有了一种很深的印象了。

保　哪一个女子？

费　自然是那卖糖小女啦！她不知不觉地也正在那里爱你。

保　我讨厌你，我讨厌你，我讨厌你！……赖丕斯多与我没有一点儿关系，我与她也没有一点儿关系。她不喜欢我，我也不喜欢她。谢上帝，我们是永远不会再见面的了！

费　永远不见面？

保　永远不见面，你相信我的话吧。

费　我呢，我不敢断定！……

保　（心神不定地踱来踱去）不行，不行，不行！我连想也不许想及！……这女子在我的生活里，曾经是一阵巨浪，一阵飓风，一场大雨，也就好了！大风雨过了之后，人家弄干了身子，把窗子的玻璃装上，重新再找生活……我决不愿意她……不行……我决不愿意她……

费　嗳呀！放安静些吧！……这只是一种假定罢了。你放心，你尽可以娶你的曼加稣小姐。你一辈子只是一个平庸的人。你愿意，我也就赞成你。

保　你以为曼加稣先生可以原谅我吗？

费　我敢绝对地断定。明儿，他瞧了你许久之后，说："是我误会了。看他这容貌，神色很温和，额角很窄，眼光很小，只能做一个办事室的职员，决不会做一个用手段的人，决不会做一个走捷径者。"

保　呀！假使你说的话有灵验！……

费　于是他把女儿嫁给你。这一位小姐可以在她的钢琴上奏《处女的祈祷》或《印度的进行曲》。

保　是的，是的……她奏这些曲子……

费　我早就猜着了。伴霞民奏的却是黑人琴！她甚至于允许我：不时到我的画室里弹奏。

保　你的画室吗？

费　是的，在维利耶路一百八十七号。屋子很漂亮。你可以到那边拜访我，我很欢迎。

保　你自己有一个画室吗？

费　当然啦。

保　什么时候有的?

费　今天早上有的,我就要画一个肖像……你猜是谁的? 乃是她
　　爸爸赖丕斯多的……我受了提拔了……至于你呢,你只就地
　　打滚!……也罢!……

第五出

出场人:保罗、费理湘、曼加稣。

曼　(从他的办公室出)呀! 保罗・诺尔孟先生,您在这里吗?

保　当然啦,曼加稣先生。

曼　这是对的。今天是您值日,而您却趁这机会接见朋友。我很抱
　　歉,因为今天我有许多工作交给您做……许多工作……

费　我告退了。日安,再会! 亲爱的曼加稣先生……

保　(向费理湘)再坐一下子吧。(向曼加稣)经理先生……

曼　怎么样?

保　我把一本小小的说明书放在您的写字台上,您大略翻过了吗?

曼　无论什么文件,我从来不肯大略翻过,我要审查彻底。

保　我请您看完了吧! 您不能把我排斥出了您的家庭,只因赖丕
　　斯多小姐喜欢……

曼　诺尔孟先生,假使只因这位小姐在我跟前无礼,也许我可以忘
　　记了,不至于把我们分离。但是,不瞒您说,我还有一种隐藏
　　的意思。

保　还有一种隐藏的意思吗,曼加稣先生?

曼　是的,先生。这女子在无意中到了您的家里,已经是夜里十一
　　点钟。直到第二天十点钟还没有起来……

保　这些不规则的行为,我已经在说明书第十九页与第二十页里
　　给您说明了。

费　先生,一切表面的情况都是害他的……其实他是无辜的人。

曼　可惜得很,保罗先生的一个游戏伴侣的证明,不能增加我的信心。我看见赖丕斯多小姐的时候,同时看见一个罗赛德,这是什么人?

费　这是我该负责的,她是我的情妇。

曼　一方面有您的情妇,另一方面有那女子……

费　是的。她们还很合得来呢。

曼　她们还很合得来呢。(向保罗)您承认这个吗,先生?

保　第二十一页与第二十三页,经理先生。

费　(嚷道)我用我的孩儿们赌咒……

曼　够了。先生,我就很细心地把您的说明书看完……如果有能够说服我的话……

保　有的。

曼　那么,我一定原谅您。

保　(快乐地)曼加稣先生!

曼　但是,我想要确切知道能够把佛罗丽思给了一个配得起她的人,所以我要监察您半年。您的门房是与我相熟的,如果在半年内,我向您的门房调查您的品行得了满意的报告,那么,您才可以同我的女儿结婚。

保　我等候……我等候,我等候!我是不怕试验的。

曼　那么,一切都好了。等一下我回家的时候,我对我的女儿说您承认了这些条件。她一定坐到一张椅子上发昏,我敢断定的。但是我在路上先买些英国的强烈的还魂砂……

保　呀!谢谢,曼加稣先生,谢谢!……一切关于政治与家庭的尽忠报答……

曼　够了。跟我到我的办公室来吧。我有许多话吩咐您。(向费理湘)先生,再会。(出)

保　(向费理湘)你替我辩护的话奇怪得很!

费　我已经用我的孩儿们赌咒了……

保　你没有孩儿啊！

费　你以为我没有就不爱了吗？

保　再者，你非说伴霞民与罗赛德很合得来不成？

费　这乃真情啊！现在你要我撒谎吗？

保　（发怒）唉！

曼的声音　保罗·诺尔孟先生！……

保　来了！来了！（向费理湘）你只是一个傻子……（出）

费　你只是一个写手！（独自一人）好，我不管你肯不肯，我偏要给你造福！……（从衣袋里掏出一张相片）我把那赖丕斯多的女儿的相片带了来。她长得很美！佛罗丽思与她比较真有天渊之别……好，我把它压在你的吸墨纸板下面；这么一来，她来的时候……——因为她就来的——她来的时候，总有一些灵验的。

第六出

出场人：费理湘、（其后）赖丕斯多、伴霞民。

费　（掏出表来）呀！真是！……他们迟到了……

赖的声音　这里走吗？……谢谢，朋友。

费　呀！这是他们了！

嘉西米尔引赖丕斯多与伴霞民入。

伴　我们来了……日安，费理湘先生。

费　（走向她）日安，小姐。

赖　为什么伴霞民一定要我送她到这里来呢？她说是您要求她来的。

费　令爱希望向我的朋友保罗道歉，于是……我说在正午的时候，可以在部里找得着他……我又说我也在这里……拜访了他之后，我就送你们回家，因为我们在您家里吃中饭。

伴　对了！

赖　你觉得你有向诺尔孟先生道歉的必要吗?

伴　是的。

赖　但是,他不是辱骂了你吗?

伴　我也辱骂了他。

赖　那么,你们不是两清了吗?

伴　清不了的。因我之故,他的婚约已经解除了。

赖　因他之故,你的婚约也几乎解除了。

伴　(向费理湘)您晓得我爸爸为什么脾气不好吗?

赖　我并不是脾气不好!……

伴　因为我打破他的计划了。

费　什么计划?

伴　今天正午,爸爸原要等候干娘①……这是一位很漂亮的干娘,常常弄得爸爸头昏脑胀……

赖　女儿!……

伴　您不要否认……当您把并奇怪的珠串子带上了的时候,人家就晓得你要出马了。

赖　不要信她的话,俾达利特先生。

费　我一点儿不相信。

伴　所以爸爸忙得很……我勉强拉了他来,因为我以为一个女儿家独自到部里来实在不合规矩……

赖　我也一样,我以为是不合规矩的。

伴　您放心,爸爸……人家只停留五分钟,以后您就可以自由了……(向费理湘)因为他怕干娘同他闹。您不晓得,干娘的脾气很不好。

赖　没有的事!

---

① 暗谓等候情妇。原文是 Papa est attendu à son conseil d'aom33inistration…直译该是"爸爸等候行政会议",不成话,故用意译。若径译作"情妇",又不合女儿说爸爸的口气,故勉强译为"干娘"。

伴　怎么没有呢？……而且，费理湘先生，这一切都为的是商量一件不好的事情……这事情，要挖空了荷包才行。

费　真的吗？

赖　（低声向费理湘）不要相信她一个字……这乃是很好的事情！……

第七出

出场人：费理湘、伴霞民、赖丕斯多、保罗。

保　（向曼加稣说话）经理先生，他大约还在这里。我去看。
　　（瞥见伴霞民与赖丕斯多）唉！

费　有人拜访你。

保　见鬼！

伴　我们太不知进退了，吓？

保　小姐……怎么！……经过了这些事情之后……还有您，先生……（向费理湘）你……我们再谈吧！

赖　我承认您的意思：我们这一来实在不合道理……只因我的女儿希望向您道歉。

保　道歉！？

伴　是的。

保　我忙得要命……

伴　先生。我只有一句话同您说……说了这一句话之后，我与爸爸就走，我们再也不见面了……

保　那么，说吧。

伴　您与您的岳父仍旧不和吗？

保　是的，仍旧不和。

伴　好，那么，你们不和，因我之故。我非常抱歉，请您不要恨我。

保　我不恨您，小姐。

伴　如果您愿意，我与爸爸还可以向曼加稣先生说情。

保　唉！不，小姐，这种说情不是幸福的……尤其是令尊陪着您
　　去……我宁愿自己做去……小姐，您很好心，但是我不要您，
　　一切还妥当些。幸亏曼加稣先生出去了，否则他看见你们到
　　部里来，我就难为情了。

伴　但是往后我再也不踏进这门口，亲爱的先生。

保　那么才好……再会，小姐……再会，先生……我很感动……永
　　远很感动……再会吧。（向费理湘）你把先生与小姐送出去好
　　不好？……你再回来与我说话吧。（出）

第八出

出场人：费理湘、伴霞民、赖丕斯多。

伴　他真的不晓得承受人家的道歉！

赖　这时候，他把你赶出门口，活该！

伴　唉！我晓得他为什么这样没情趣了。

赖　真的吗？

伴　他憎你这一副嘴脸……昨天在乡下我就注意到了。有你在
　　场，他就变成一个没情趣的人。

赖　我早就料到结果是归罪于我的。

伴　总之……算了，算了，不是吗？（向费理湘）说也奇怪，我一辈
　　子都给男子们围绕着追求，他们独脚跳遍巴黎，博取我的一涡
　　微笑。然而我今天在吃中饭的时候，却跑到这里来给一个小
　　职员奚落，真是奇事一桩！

赖　但是，女儿，也许有一种法子是你所想不到的，却是能够弄妥
　　一切的。这法子，就是我们走吧。

伴　是的，不错，我们走吧。（赖丕斯多出，伴霞民向费理湘）您懂
　　吗？他与这少年见面的时候，好像吃些不很熟的覆盆子，酸得
　　牙齿打震，然而我越发想要再吃哩。

赖　（在外面）伴霞民！

伴　呃，爸爸。再会，费理湘先生；算了吧，你的朋友的性情太坏了，我可怜有些人天天要与他见面。

费　（自语）她走了！……还有那相片呢！

伴　他在这里工作吗？

费　（连忙上前）是的，这就是他的写字台。

伴　这是他的椅子？

费　他的墨水池，他的刮字刀，他的印子，他的松香。

伴　这是他的吸墨纸板吗？

费　（作愁苦状）请您不要摸这纸板！

伴　为什么？

费　他特别叮嘱我说："尤其是伴霞民小姐到来的时候，不要叫她揭开我这纸板……"（以手掩板）呀！这下面有的是报告书、说明书及往来信件……

伴　这也许很有趣吧？（费理湘伴作不经心，揭起那纸板。伴霞民瞥见那相片）唉！

费　（自语）得了！我好容易！

赖　（再入）女儿，你何苦开玩笑，又迫我再上一层楼……来吧……

伴　虞勒，您听我说……您让我独自与俾达利特先生谈一会儿好不好？

赖　可又来！……你忽然又有什么话要对俾达利特先生说的？

伴　假使我把我要向他说的话告诉了您，我就用不着叫您走开才说了。

赖　好的，爸爸①！

伴　而且此刻只差十分钟就是正午了……

赖　糟了！她说的有理。那干娘要在两点钟到城外演剧去的！

费　什么？

_____

① 赖丕斯多叫女儿爸爸，是怄她的气。

伴　你是不能领我去的。

赖　这是真的话,但是我也不能丢你在这里。一则因为我有父亲的责任,二则我有监督的责任……天啊,做父亲真不容易!

费　应该弯弯曲曲地走去……

赖　我们就弯弯曲曲地走吧。

费　您坐不坐汽车?

赖　(犹豫)不,不。

费　那么,请您把伴霞民小姐交托给我,等一会儿我把她送回您家,我们再会合起来吃中饭。

赖　一点钟再见。(出)

伴　一点钟再见。

赖　再会,爸爸!

伴　再会,虞勒!

第九出

出场人:费理湘、伴霞民、(其后)饭店伙计、保罗。

伴　俾达利特先生?

费　(自语)她回到这上头来了……(高声)小姐……

伴　我没有做梦。刚才保罗·诺尔孟先生的态度是冷的,很冷的……

费　一点儿不错。

伴　他明白地表示他不希望他再看见我了……

费　是的,他明白地表示过。

伴　简单说一句,依保罗·诺尔孟先生的行径看来,我于他是无可无不可的。

费　(用力地)我们甚至于可以说是仇视的。

伴　好的。我请您揭起那吸墨纸板,看有什么在下面,好不好?

费　好的,好的。(揭起那纸板)唉!

伴　您没有看错了吧？这是我的相片。他的吸墨纸板下面有我的小照。费理湘先生，请您说明这个。

费　（作惊愁状）唉！傻子！唉！冒失鬼！唉！不幸的俾达利特！（坐下）

伴　您怎么样了。

费　因为我给捉住了……我发过誓不露泄，而我又有说话的必要。

伴　怎么！他叫您发过誓……

费　先说，他怎么弄来的您的一张相片？您的相片是出卖的吗？

伴　唉，没有的事……

费　那么……那么……？

伴　（学他的口气）那么？……那么？……我不晓得……

费　我也一样地不晓得……我一点儿不知道……人家一定不饶我的……唉！冒失鬼！……

伴　（走向他）他爱我吗？

费　我没有告诉您。您将来同他说时，请您说不是我告诉您的。

伴　喂，费理湘先生，这个……有趣得很！

费　你欢喜吗？

伴　欢喜吗？不……我想不是的……只心乱起来罢了！

费　然而他的行为到底是很简单的。他欺骗您，使人家不怀疑他希图您的百万家财。您本该猜着了他的爱情。一个对您冷淡的男子，至少对您还客气些。他呢，他对您毫不客气，把您当做最下流的人看待……可见他是爱您的了。

伴　这人，他爱我吗？

费　爱到发狂了！但是您该晓得，不要兴高采烈起来……这是没有法子的！您问他："我这相片是怎么样的？"他一定说："这不是我安放的。"好吧，来吧，做个好心人吧。不要再给他看见了。让他忘记了您，让他同曼加稣的女儿结婚吧。

伴　好，那么，我觉得这很有趣：一个人对一个女子，尽可以不要良心,不让她晓得有人爱她,真可谓时髦得很! 你们这职员,我一天一天地更喜欢他了。我非等到我们变成一对好朋友之后,我是不肯走的。

伙　(入)日安,先生夫人们。

伴　这人,他来这里做什么?

费　他把保罗的中饭送来。

那伙计把他的筐子安放在保罗的写字台边。

伴　他在这里吃中饭吗?

费　是的,当他办公的日子。

伴　在他的写字台上吗?

费　是的,在他的写字台上。

伴　这很有趣,(伙计出)做部里的职员,倒很好玩。(电话铃响)结过婚的男子们,是不是这般地与他们的妻子吃饭? (电话铃响)

费　不,这是没有的事。

伴　可惜之至……假使如此一块儿吃饭,岂不妙极!

电话铃连响。

费　有人打电话来。

伴　也许是保罗先生的小女友①,他有没有?

费　他从来没有向我说过。

电铃又响。

伴　嗳呀呀! 让我答话去。(向电话机说话)我同您说,他不在这里……要我去找他来吗? ……呀! 不行……呸! 胡子②! (把电话机放回原处)

费　这是什么事?

伴　没有什么……只是一个男子问……我不晓得……是了,他问值日的职员……这不算什么! ……

---

①　法国现代俗语,小女友即情妇。

②　法国人最讨厌的时候,骂一句“胡子”,这是鄙俚的话。

费　不要说吧……这不是您的父亲!

伴　嗳! 是爸爸也好,不是也好,我都不担心。

保　(入,手臂夹着一本记录册子)怎么! 还在这里?

伴　我们走! 我们走!

费　我们只想再向你说一次再会,便让你吃中饭了。(自左方出)

保　对了!

伴　您这菜很香。

保　您见笑了,小姐。

伴　没有的事。我相信这一定很好吃。这是什么菜?

保　羊肉拌山芋。

伴　这菜我没有吃过……好,再会。

保　再会。

费　不久再见。

保　好的。

伴　好吧,最后的努力,请您在我未离开您以前,对我说几句好话吧。

保　请您代我向您父亲请安……好……这算好话吗?

伴　很好。告别了。(她与费理湘出。保罗独留,摆好菜肴,坐下将食。门开,伴霞民再现)

第十出

出场人:保罗、伴霞民。

保　小姐,您忘记了什么吗?

伴　不,不……我什么也没有忘记。

保　那么?

伴　那么……我想要吃些羊肉拌山芋!

保　老实说,小姐……

伴　我早料到您如此招待我。但是我毕竟还回来。我想要吃些羊

　　　肉拌山芋。

保　无论哪一间酒店都可以买到，小姐。

伴　是的，但是我要吃这个。

保　刚才我同您说过：假使曼加稣先生遇见您在这里……

伴　我调查过了，没有危险。非三点钟以后，他绝对不会回来。您给我一些羊肉拌山芋，好不好？

保　假使我拒绝您，实在太不客气了，然而，真的话……

伴　唉！您这人真好！您不晓得，您永远不会晓得您怎样能博得我的欢心。（她就坐）

保　我相信您一吃就不满意的。

伴　（吃）妙妙！梦想的妙！我今天才晓得羊肉拌山芋好吃。

保　我觉得这羊肉太肥了。

伴　您有一种毛病，偏爱瘦的。我一看见曼加稣小姐，就知道您喜欢瘦的了。

保　佛罗丽思不瘦。

伴　您说不瘦也可以。她不瘦，也不胖。您容许我再吃一点儿这羊肉吗？

保　请呀……但是，您索性老实说您要同我吃中饭吧！

伴　我老实说，我要同您吃中饭！

保　但是，您累得您父亲等候您了。

伴　爸爸吗？随他等候去吧。为您之故，麻烦些也不要紧。假使我不怕十分失礼的话，我想请您……

保　什么？

伴　请您借给我一只杯子……我口渴得要命。

保　但是，我只有一只杯子，而我已经喝过了。

伴　唉！对于我是不要紧的。只一层，等一会儿我喝过之后，恐怕您再也不肯喝了。

保　我请您恕罪，小姐，说话不要说得太过了。这种很知己的人的举动,我实在不敢当,然而您喝过之后,我很可以在这杯子里再喝的。(斟酒而饮)这就是证据!

伴　人家说:这么一来,可以猜得透别人的心理。

保　唉!您的心理是很容易猜中的。直到现在,只有我一个人不曾顺从您的古怪脾气。刚才您要强迫我才得我与您并肩而坐,您心里很不舒服。

伴　呃……没有的事。我的心理比这个更笨。刚才我离开您的时候,我想到要回家再与巴甫查克先生相见,于是我的心就闷起来。

保　您的未婚夫吗?

伴　是的,我的未婚夫。我们本该在一块儿吃中饭,他也在等候我。后来我想起这羊肉很香,又有几分想起您,可怜您独自一人在一张桌子的角儿上慢慢地啃。于是我对俾达利特先生说道:"再会吧,我去尝一尝那羊肉再来。"他大笑一场,我也就来了!

保　百万财主的女儿的新花样!

伴　您听我说:看您的样子,老是怪我有钱。这并不是我的罪过,我自己也很不愿意啊!

保　对了,说是这样说的!再者,我只怪您一件事,乃是您希望把我当做您的不关重要的玩物。喂,小姐,我把我的真情吐露了吧。也许全世界都把我看做不长进的人,然而我自己却看得很重。

伴　而且,赖丕斯多小姐几乎把您与您的佛罗丽思分离,所以您希望她高飞远走。

保　这有几分是真情。

伴　我不晓得我看错了没有,我觉得您的佛罗丽思博得您如此热烈地爱她,实在没有话可以解释。她长得瘦得很。

保　不是的,小姐。

伴　她的头发的颜色很平常，又太高了，配不起您……呀！的确
　　的，您不能说："不是的，小姐。"您应该娶一个矮的、活泼的、有
　　趣的妻子，因为您需要人家逗引您才快乐。（起立，到杜披的
　　写字台前坐下）您在这里的生活单调得很。

保　对不起，小姐，您翻乱了杜披先生的案件了。

伴　（离开杜披的写字台）唉！对不起！（走向文件架子，打开纸
　　匣，取出些文件）再者，您这事业是赚不到钱的。您看，我随手
　　取出的。（念）"互助会。入会统计表。"（把那些文件抛在布
　　瓦西的写字台上）这里尽够闷死人了。

保　（连忙上前）我哀求您……（把文件放回原处）您喝不喝咖啡？

伴　是的，我很愿意喝。

保　（献上他的咖啡碗）请您赏光，先喝了吧。

伴　谢谢。

保　要糖吗？

伴　不，我从来不要糖。

保　奇了！我们没有一种嗜好相同的。我呢，我放四块糖。

伴　这不算咖啡了，只是些黄糖。（喝咖啡）您以为我的未婚夫怎
　　么样？

保　小姐，我从来没有看见过他。

伴　呀！他不像我。我看这少年很不行！

保　说哩！

伴　将来您到我家增光的时候……呀！您是辞不了的……我一定
　　要还您的人情……那时节，我一定把他介绍给您认识。他也
　　太高了，配不起我。

保　我替您可惜。

伴　不是吹牛，他受过很好的教育，然而他很呆！

保　那么，为什么您愿意嫁他？

伴　我不晓得。我想大概是因为他要求我同他结婚。

保　您说人家也不相信:像您这样的脾气,要使一个您所不喜欢的人与您订婚是不可能的。

伴　您太不了解我了。我表面上很任性,因为人人都对我让步。其实我的性情乃是很柔顺的。

保　(笑)哈! 哈! 这就好了!

伴　还不是吗? 换一句话说,您的性情乃是爱使势力。

保　我吗? 爱使势力吗?

伴　请您细想一想。您不愿意在您家里接待我,您不愿意把您的卧房给我,您不愿意我进您的办公室来,您不愿意我陪您吃饭。这是很容易明白的,每一次人家请求您什么事,您都拒绝了。好,我呢,您这强烈的专制的性情,倒反使我迁就您。

保　您这女子毕竟滑稽得很!

伴　这瓶子里有的是什么?

保　是些马克酒!

伴　马克酒的酒性猛烈得很!

保　是的。

伴　这是给男人喝的吗?

保　是的。

伴　我也要喝些。

保　嗳呀! 小姐,您是喝不得的。

伴　呃……刚才我说的话真不错! (斟酒)您竟不肯给我喝马克酒。(尝)您说的话有道理,因为这酒很可憎。

保　活该! (也喝酒)

伴　您的情妇叫什么名字?

保　我的情妇!? 我没有情妇啊!

伴　您这样的年纪,叫人也难相信。

保　相信不相信也是如此。

伴　巴甫查克就有一个,也在赛马场里指给我看过;她很美,名叫

　　"两个铜子的油炸山芋"。这名字很新鲜,不是吗?

保　新鲜得很。

伴　他同我说过,说快要离开她了,然而这不是真话。

保　怎么?

伴　在我们的社会里,一个少年人结婚之后是不离开他的情妇的。否则要给人家嗤笑。

保　不要说吧!

伴　这种男子,在结婚之日,赠给他的情妇一种很好的赠品,向她作永远的告别,但是一礼拜之后,仍旧到她家里去。

保　(把吸墨纸板仍放回桌上)奇怪。

伴　这是巴黎的派头。我希望将来您陪您的妻子去拜访我。

保　愿意之至。

伴　保罗先生……请您把眼睛望着我……

保　把眼睛望着您?

伴　您同曼加稣小姐结婚,您很满意吗?

保　很满意。

伴　那么,请告诉我……为什么?……

保　什么"为什么"?

伴　为什么您把我的相片放在您的吸墨纸板下面?

保　这下面并没有相片。(揭起纸板)奇了,是的,是您……您同我开玩笑。我不觉得好笑,而且太不谨慎了。假使曼加稣先生看见……

伴　好的,我看得出您有很强的愿望,的确隐藏着您的感情。

保　呀!

伴　我爱这个!但是我从来不像现在这般地发怒,恨我不该生在富家!

保　(走向她)为什么?

伴　没有什么,怪物!没有什么!……我们至少还保存友谊,不是吗,保罗先生?

保　很好的友谊,小姐。

伴　在我们永远不再相见之前,我们接一个吻好不好?

保　我满心愿意。

伴　无论在什么马路上,人家找不到您这种男人!

保　有的!

伴　没有的!

保　有的!

伴　没有的……吻我!……

保　(吻她)您是一阵飓风……又是一个哑谜!

第十一出

出场人:保罗、伴霞民、曼加稣先生。

曼　(出现于他的办公室门阈上)当然!

保与伴　(分离)唉!

曼　有人匿名打了一个电话给我,我跑了来,却看见您在小姐的怀里。

保　我同您发誓,这是宿命……

曼　先生,总长传您去。

保　呀! 为什么?

曼　我不晓得。大约是些公事。

保　未走以前,请您让我告诉您:这些情形……

曼　不要累总长久候了,先生。

保　(向伴霞民)小姐,请您向他解释……

伴　您放心。

保　请您向他解释,说我不曾丧失人格……曼加稣先生,第十五页与第十六页……而且我的亲爱的佛罗丽思……

曼　(用力地)我禁止您叫她做您的亲爱的佛罗丽思,她是无瑕的璧玉,此后她对于您只是一个路人。

保　天啊!

曼　我求您下楼,到总长的房里去吧。

保　是的,经理先生。(向伴霞民)唉! 您!(出)

第十二出

出场人:曼加稣、伴霞民。

伴　曼加稣先生?

曼　您呢,您也该即刻离开这里?

伴　离开这里?

曼　而且我劝您快活吧。人家要把您的小情人还给您了,因为我
　　想总长此刻正在赶走他哩。

伴　不是的!

曼　一点儿不错。

伴　这是什么缘故?

曼　因为保罗·诺尔孟先生在电话里对总长说:"呸! 胡子!"

伴　我的娘! 他原来是总长!

曼　他显然没有脑子了……他把他的上司骂起来……把办公室当
　　做幽会的房间……呀! 我的孩子,您缠住他了,您缠住他了。

伴　我不是您的孩子,我是上流社会的女士,老先生!

曼　好,上流社会的女士,我限您在五分钟内离开这屋子。

伴　喂,这是决定的了? 您再也不要保罗·诺尔孟先生做您的女
　　婿了?

曼　呀! 当然不要!

伴　您不后悔吗?

曼　我想不会吧。(出)

伴　好,我呢,我要他。这不算数的男子,我要他!(出)

第十三出

出场人:保罗、(其后)费理湘、(其后)爱克多。

保罗入,径趋写字台前坐下,两手捧腮。

保　我被辞退了!她趁我不在的时候,竟回答了总长一句:"呸!胡子!"我把真情说了,人家不相信。完了,我再也不奋斗了,一切听之天命吧。

费　(入)呀!你在这里!我来看你是否……

保　老费,我被辞退了。

费　呀!我的可怜的朋友!

保　但是,我再也不奋斗了。我微笑地承受将来一切的命运。我今天认识了部长。他这人很好。他向我说:"先生,此后您不是我这机关里的人员了。"我回答说:"谢谢总长。"就是这样完了。

费　一切都有办法。将来你看。

爱　(入)保罗·诺尔孟先生……

保　是我,先生。

爱　我是巴甫查克先生。

保　您有什么事情找我,先生?

爱　有人匿名打电话给我,说您偷了我的幸福去。

保　您不必费心。您要决斗吗?……好的。

爱　用骑士的佩刀,先生,明天上午。

保　好的,用骑士佩刀。我当初还不敢希望这光荣呢。

爱　好的。(向费理湘)先生,我向您施礼,您是一个忠厚的人。您却同这人往来,乃是您错了!

保　谢谢您!

费　先生!

爱克多出。

保　今天上午我没有什么可以希望的了。我要走了。

费　你到哪里去?

保　我不晓得……我想要笔直沿着马路走去,遇着第一条颇大的河……

费　大约是赛纳河。

保　我跳进里头去。

费　吓!……吓! 保罗……这一切都不算什么。

保　你以为吗?

费　我预先觉得前途的幸福了。

第十四出

出场人:保罗、费理湘、伴霞民、赖丕斯多。

伴　(与赖丕斯多入)他在这里,爸爸。

赖　我看见他了。

伴　带上你的手套①。

费　(自语)我到底得了胜利了。

保　日安,先生。小姐,我永远尊敬您。我不很晓得这一次您又有什么新的灾祸降临在我的身上,然而我到底听您说。

伴　(微笑)说呀,爸爸。

赖　先生,昨天您同我说话很轻薄。您甚至于到了无礼的地步,所以我发过誓不再见您。万一遇见了您的时候,只好赏您一巴掌。

保　请赏,先生!

赖　但是今天我承认不得不与比我更厉害的一个人商量。

保　吓?

赖　我不很瞧得起您的价值,但是我尊敬您。您有一种力量。保罗·诺尔孟先生,我不胜荣幸,特此要求您与我的女儿伴霞民·赖丕斯多小姐结婚。

① 带上你的手套,意思说预备求婚。

费　好啊！

伴　呀！我是多么感动啊！

保　对不起，先生，您说的是……？

赖　我说我要求您与我的女儿结婚，她现在这里。

保　哈！哈！要这个给我增加几分力量。

赖　至于嫁奁一层……

保　我吗！……娶您的女儿！……

费　你不肯！你真对不起人家的好意！

伴　保罗先生……

保　要我变成小姐的丈夫吗？您在开玩笑，赖丕斯多先生，您在开玩笑。

赖　他的神经错乱了！

保　老实说，我宁愿做一个填泥工人，在 7 月正午的时候，不戴帽子，在埃及之南的爱第奥丕国建造铁路，而不愿意每天看见她六十秒钟。

伴　爸爸……这不是真话……他爱我！

保　我吗，我爱您？……当心，小姐，这屋子的地板要裂开了，墙壁要坍倒了。我吗，我爱您？老实说，我重新鼓起勇气向您说我憎您，您是天下最可恶、最凶、最自私的人。不知是哪一个凶神把您放出了地层，到地球上来降灾惹祸。请您回家坐您的汽车，坐您的游船，住您的大屋子，伴着您的不幸的父亲，智识衰弱了的父亲……

伴　呀！……我万分爱他！

保　将来有一天，您的心里自怨自艾起来。到了那时节，您很惭愧，很恐怖，结果是修行去了的！告别了！（出）

赖　（向伴霞民）女儿，他叫我做得好事！

伴　他多么美啊！他多么美啊！

赖　此后如果你对我提起他的名字……

伴　爸爸……保罗·诺尔孟先生说过了,而且说得有理……要么我做他的妻子,要么我出家修行去!

赖　伴霞民!……

费　让她说去吧!……现在已经没有修道院了!

幕闭

第四幕

布景 新式的画室，家具很悦目，很合美术。正门在台的后方。台的第一行左右各有门。室中有赖丕斯多的画像，差不多已经完成，十分当眼。

第一出

出场人：费理湘、罗赛德。

幕启，罗赛德把画室收拾收拾，费理湘很愁闷地注视赖丕斯多的肖像。

罗　你望你的画片吗，我的爱？

费　是的。

罗　这能令你愁闷吗？

费　这所以能令我愁闷者，因为这肖像终于画不完成，像《巡夜》一般①。

罗　那么，真的吗……赖丕斯多小姐把你的画室收回吗？

费　再真不过的了！罗赛德，我们已经摸着了幸福……

罗　尤其是你，因为我已经得到了幸福……

费　你真是忠厚、简单、不很苛求的人。

罗　我不愿意你如此伤感……你离开了赖丕斯多父女，但是你的

---

① 《巡夜》是荷兰大画家蓝伯兰（1606—1669）的杰作。

才艺还跟随着你啊。

费　说得好！才艺并不稀奇，所难得的是机会！现在我们到哪里
　　找饭碗去呢？

罗　到我们的朋友保罗家里去吧。我们三人都有愁，索性混合起
　　来吧。

费　（气冲冲地）你不要说起保罗·诺尔孟先生，我的一切的希望
　　都给他故意弄坏了！我想要这样，他偏要那样。这乃是朽腐
　　了的阶梯！

第二出

出场人： 费理湘、罗赛德、保罗。

保　（进来已经一会子）你在说我吗？

费　一点儿不错。

保　日安，罗赛德。

罗　日安，我的可怜的保罗……

费　喂，那河呢？……你在路上没有遇见一条河吗？

保　（胆怯地）遇见的……但是又有一座桥……于是我利用这桥，
　　又利用二十四小时的生命给予我的经验……要我为一个无聊
　　的女子而死，实在不值得！我要活着！我不嫌我的生命太长，
　　因为我可以有恨她的时间，而且有报复她的日子！……

费　好，那么，你先恨你自己吧，呆子！

保　你说什么？……

罗　费理湘！

费　唉！我非大发牢骚不可！你是一个呆子……尤其是一个小气
　　的人……很小气的人……怎么！我费理湘·俾达利特……我
　　看中了法国第一有钱、第一美丽的女子，不知什么神差鬼使，
　　竟令我决定教她爱上了一个毫无价值的男子。我达到这一种
　　不可思议的结果，而这毫无价值的男子竟自不服气，要喊报

仇？……呀！不行！……不行！……

保　你咕噜些什么？你决定了……

费　是的,先生！我因为太爱朋友之故,把 815-105 号的汽车弄破了四个橡皮轮子。吸了几支令人头昏的雪茄,偷了些相片放在你的吸墨纸板底下……

保　原来是你！

费　我弄到人家向你求婚……人家向你求婚了……因为人家爱你……

保　你说谎！

费　人家爱你！

保　你说谎！……这女子始终恨我。证据乃是她与另一个男子结婚……今天早上《费嘉洛报》上登了广告了。

费　（耸肩）小气……真小气！……

保　不,不……我从刚才你的口供看来,只知道你欺骗我,你有野心……卑鄙的野心……你把我看做你的阶梯……这是你刚才自己说出口的……要把我的幸福的残砖剩瓦,做你的幸福的高堂大厦。

费　好,我们索性说个明白！……

罗　先生们,我请求你们！……

费　我们就说我自己的幸福吧！朋友,赖丕斯多父女已经向我下逐客令了……

保　真的吗？

罗　真的！

保　毕竟有一个好消息了！

费　好极,妙极！

罗　您所在的画室,我们该在今天晚上以前退还伴霞民小姐。

保　怎么！退还！……依您说,这画室不是你们的了？

罗　不是的……

保 你对我说过……

费 当我对你说我有一个画室的时候,我不晓得我的领有的期间是以每小时计算的……

保 由此看来,我来请你们给我一个容身之处,教我与她远离……而我却来错了!……告别了!

费 你又回到河边去吗?

保 我高兴回到哪里就回到哪里。大约是我那胥西的小屋子……罗赛德,我很欢迎您到胥西去看望我……

罗 我的亲爱的保罗,您不要太伤心……我心里在想:佛罗丽思终于归您的……

保 (先是不懂)佛罗丽思……呀!是的,佛罗丽思。(片刻之后)告别了!

第三出

出场人:费理湘、罗赛德、(其后)赖丕斯多。

罗 这毕竟是一个好少年……

费 这尤其是封闭得很紧的头脑。

赖 (入)刚才我在楼梯上所遇见的是保罗·诺尔孟先生吗?

费 是的。

赖 您还与这位先生往来吗?

费 我不得不重寻旧友,因为新的……

赖 新的朋友并不抛弃了您,俾达利特先生……(向罗赛德)鄙人请安了。姑娘。

罗 我告退了。

赖 不,不……您在这里并不是多余的。

费 您说的是……

赖 我说的是:我还是您的朋友,我的亲爱的大师……我们要完成我的肖像的最后一次的工作。

费　嗳！天！有什么事情发生了？

赖　（哈哈地笑说）发生的事情是：我的女儿要弄得我"一夜发白！"……（罗赛德微笑）您为什么笑，姑娘？

罗　没有为什么……

赖　这是她的条子，刚才她的女仆才交给我的。（念）"我的亲爱的爸爸。今天早上我看见了《费嘉洛报》，报上载我一定同巴甫查克先生结婚，我因此考虑了很久。这未婚夫，我信了你的话允许他，乃是我一时的消遣；后来我驱逐了他，乃是我一时有见识；后来我又收容他，乃是我一时发怒……这些反反复复的举动，皆出于一个原因。这原因乃是：我在世上只爱一个人……最高无上的一个人……我叫他做天神……"她完全疯了！

费　（微笑）不疯！不疯！

赖　（继续念下去）"……我要修行去……人家常常同我谈起瞑想宗，我也许就修这一门。既然你去让俾达利特先生画像，请你对他说我后悔不该对他不好。至于他的一个朋友——我记不清楚叫做什么名字——我也不该那样对他。俾达利特先生领有了他的画室，便请他保守着吧……"

费　自从她出家之后，她变成很好的人了。

赖　"……告别了，爸爸，现在你自由了，你可以尽量地眠花宿柳，因为我替你祈祷。"

费　奇怪！

赖　我呢，我了解伴霞民……她这种怪脾气只能够支持一礼拜。

罗　这是很可能的。

赖　但是，总算在一个礼拜内她不会搅扰我，却去搅扰她那另一个父亲去了……

罗　怎么？

赖　她那天上的父亲恰轮着他了。

费　巴甫查克呢？……他将以为如何？

赖　照从前一样。

费　对了！那么,我们继续我们的工作吗？

赖　当然啦……

费　呀！我多么快活！罗赛德,这又是光荣,又是成功！……我的毛笔都捆起来了,现在我再去找来吧……

赖　喂,差不多完成了吗？

费　差不多了……

赖　可以看吗？

费　请看……(展开那画,半晌)怎么样？

赖　(没有兴高采烈的样子)呃,是的……

费　这是令人惊奇的一幅画,是不是？

赖　喂,这是我吗？

费　当然啦。

赖　我一眼看见的时候却认不出来。

费　这并不是一张照片。这是绘画的关于您的印象……

赖　是的……这样观察……

费　将来在展览会里,不知有多少呼声啊！

赖　我相信您的话……我想人家一定喝彩的。

费　好啊！您答应过我的话,您记得吗？如果您愿意,请您替我拉两个主顾,譬如博旦小姐或杜波奈公子。

赖　好的,我就提拔您！……但是,天呀天！亲爱的朋友,您的画也就特别了！

费　幸亏是特别哩！我找毛笔去……(出)

第四出

出场人:赖丕斯多、罗赛德。

赖　姑娘,我给您的朋友的快乐,同时就给您的愁容……

罗　说哩！还不是吗？……

赖　为什么？

罗　没有为什么。

赖　我这样不知进退，请您宽恕我，但是，这因为我真的太关心于您了……

罗　呀！

赖　是的……在诺尔孟先生家里的时候，您同我说的第一句话，就是要给我碰钉子……这好极了，我没有忘掉……

罗　唉！先生……

赖　是的……是的……您是个好人……您是一个好女人……再者，您爱您的费理湘……这也是好事……

罗　呀！是的，我爱他！……呃，这是真的话，先生……他可以变成著名的人物吗？

赖　这个我答应您。我负了这责任，一定不肯失信！……

罗　唉！谢谢，先生。您不晓得您供给我多少快乐啊！

赖　一年之后，俾达利特的画要卖得很贵。在我们二人中间不妨说……我向他自己，也说过我的意见了……我觉得他的画有些特别……然而这没有什么要紧……我还是要提拔他！

罗　真的？提拔一个画家是很不容易的，不是吗？

赖　不！……提拔一个画家，也像提拔巧古力糖。这只是舆论的关系。

罗　再者，有一件事您也应该顾到的，您晓得吗？

赖　不……

罗　这乃是使他结一场很好的婚姻。

赖　一场很好的婚姻！是您来请求我……

罗　当然！我是不算数的！我常常想到终有一天我在他的生活里消灭了。现在我不愿意与他同居了。

赖　为什么呢？

罗　因为他快要改变他的生活了。他要到您家去，到别的很好的
　　人家去，这些人家是不能接待我的……于是他会丢我自己在
　　家里……我一定很痛苦……或者，有时候他想要同我在一块
　　儿……而人家又会说他不应该。

赖　那么怎样？

罗　那么，我既然不愿意妨碍他的前程，我就要离开他了。

赖　您同他谈起过这计划吗？

罗　唉！不……也许他会叫我不走，于是就减了我的锐气了。

赖　（自语）看这女孩不出，她的话倒很妙！

罗　您看，先生，爱一个男子就伴着他在一块儿，这乃是容易的事；
　　爱他而因怕妨碍他就走了，这却是难做的事。但是，我晓得我
　　做得出来。

赖　说得妙！

罗　我说的话是不是有理？

赖　我不说您没有理。

罗　当然，开始的几天，他一定觉得缺少了些什么似的……

赖　您预备到哪里去呢？

罗　先生，我有一种职业。我是做女帽的。

赖　好极了。

罗　而且我并不笨。在和平路，十年内，我可以成为第一等的
　　裁缝。

赖　在别人家里工作吗？……笨法子！……您应该自立……好孩
　　子……

罗　是的，先生，自立……您并不想一想。

赖　在奥比亚的左近，开一间小铺子，白色的墙，金字的招牌："罗
　　赛德姑娘，时式帽子。"于是就发财了……

罗　（笑）好容易！

赖　我常常有意思要投资给人家一间帽子店……这是真话……

罗　唉！先生！……

赖　我再说远些。您能引起我的信任心。（在一张写字的桌子前面坐下）先说，我素来会猜度人心……

罗　先生，您在做什么？

赖　我使您自立，这里是二万五千法郎的支票。

罗　唉！不，先生……

赖　怎么不？……您可以拿这个到普通公司去领款子，人家认得我的签字。（递支票给她）

罗　先生，我不晓得您是否注意到：其实您使我心里很痛苦。

赖　为什么呢？

罗　像您这样年纪的一位先生，把二万五千法郎交给像我这样年纪的一个女人，人家晓得他想打她什么主意了。

赖　我一言为定……

罗　先生，请您保存您的钱吧。我也许是不识抬举，然而我是一个正经女子……

赖　罗赛德姑娘……人家遇得着……甚至在巴黎……虽则少见，到底遇得着些老先生们对于妇人们并不一律看待，并不个个都打主意。请您拿了这支票吧。您放心，我绝对没有与您再见的野心。您去买您的小铺子吧，将来如果您变成很有钱的人，好，您就还我的钱……连本带利。

罗　（十分感动）但是，先生……我怕不成功！……我没有主顾。

赖　将来人家拉些主顾给您！我要提拔您，不是吹牛，帽子店，我是从来没有开过，但是我想不比别的生意更难做吧。我提拔您，像提拔我的巧古力糖。

罗　先生，我不晓得怎样感谢您……

赖　唉！不……我请求您……不要道谢……我讨厌这个。再者，我忙得要命。我不奉陪了。最要紧的乃是：这事情只我们二人晓得就好。

罗　然而我到底想要人家知道我受谁的恩……

赖　不，不……我是晓得巴黎人的，如果这事传了出去，一切的人们的意见都像您刚才的意见了。我不晓得您怕不怕这种麻烦，我呢，我怕极了……

罗　您很愿意我同您接吻吗？

赖　不……请您把您的指头给我。（拿她的手吻）好！……祝您好机会，小老板娘！……俾达利特先生还不回来，太迟了！我要到交易所去了。请您告诉他，我明天上午再来。（注视那画像）而且，他不要我，也许还画得好些……

第五出

出场人：罗赛德、赖丕斯多、爱克多。

爱　（慌张地）伴霞民不在这里吗？

赖　是的。

爱　呀！岳父……我是从您家里来的。人家告诉我，说伴霞民再也不接见我了……永远不接见我了……

赖　真的……她再也不结婚了。她出家了。这是最近的消息。

爱　唉，这真没有道理！……今天早上的《费嘉洛报》！……（向罗赛德）日安，姑娘……（向赖丕斯多）这真没有道理！

赖　您不必烦恼……她会仍旧归您的。

爱　这是可能的，但是我不能如此活下去——在她的爱情与她的脾气中间打回旋！

赖　这种打回旋的生活，我十八年来不曾脱离过，先生！……

爱　对不起，对不起……这是您的成绩，却不是我的成绩！

赖　您说的是反抗的话吗？

爱　不，是埋怨的话。

赖　好，那么，随我来吧……我到交易所去。在交易所出来之后，我们努力设法找到她，教她重归于好。

爱　我请求您……(向罗赛德)再见,姑娘……

赖　(向罗赛德)再见,我的亲爱的孩子。

爱　(对着画像)这是什么东西,岳父?

赖　这是俾达利特先生画的我的肖像……

爱　您的! ……唉! 天呀天! ……

赖　您与我的意见完全相同。(二人出)

第六出

出场人: **罗赛德、费理湘。**

费　(入)呀! 亲爱的赖丕斯多先生……呃? 他走了?

罗　是的……刚刚出了门口。

费　罗赛德,你怎么样了? ……你的样子很奇怪……

罗　我吗? ……不……我没有怎么样。

费　你看,你哭了! ……

罗　不是的……你信我的话吧……

费　嗳呀,罗赛德……有什么事?

罗　不错,你有道理……我同你说了还好些……好,我就说了吧:
　　我已经向赖丕斯多先生声明我有离开你的意思了。

费　离开我?

罗　是的……我常常说过的话,你记得吗? 现在你出名了,我不愿
　　意妨碍你进国家学会。

费　那么怎样?

罗　他觉得在我一方面做得很好。

费　太好了……我不肯受这种牺牲。往后呢?

罗　往后他给了我一张二万五千法郎的支票,使我自立。

费　一张支票……天呀天! ……你真有彩数!

罗　这就是支票!

费　(半晌)算了……我料不到赖丕斯多先生如此,……也料不到

你如此……二万五千法郎……好的,祝你们幸福吧!

罗　唉! 费理湘……你要猜想到哪里去了?

费　我似乎觉得这是很显明的!

罗　果然不出我之所料……我料定我接受这钱是有罪过的。好,既然你可以猜想到这上头,我就不肯要他的钱。你看这支票……我撕破了就完了!

费　(止住她)不……不要撕破了……

罗　但是,既然……

费　不要撕破了! ……二万五千法郎的支票,哪怕它的来路如何……是不该撕破的……只该支取。

第七出

出场人:费理湘、罗赛德、保罗。

罗　(瞥见保罗入)呀! 是保罗!

保　(向费理湘)人家爱我! 刚才你根据什么,说人家爱我?

费　根据显明的事实。

保　那女子,她同你说过她爱我吗?

费　嗳! 天! 她对我们都明白表示过的!

保　她爱我,同时又嫁巴甫查克先生,是不是?

费　她再也不嫁巴甫查克先生。

保　呀!

费　她出家了。将来她请求上帝宽恕你的。

保　她出家了!

费　至于我,我再也不恨你,绝对不恨你……赖丕斯多先生已经认识我的价值,我自己划船向财富之源走去,朋友……

保　你的朽腐了的阶梯毕竟还造福于你。

罗　保罗,您这一来真好……因为此刻这里就是您的家……

费　罗赛德说得有理。在你没有找到工作以前,我款待你,像当初你款待我一般。

保　谢谢,费理湘! 呀! 可怜的朋友们……不知将来我要变成怎
　　么样了?

罗　将来总有办法的。

保　我不相信。

罗　(向费理湘)我有一个主意……我想把我这支票给他。

费　唉! 不,不……你有的是怪毛病! ……让我穿了一件上衣便
　　带你出去,即刻领取……否则,依你这种性情……(向保罗)你
　　不怪我吗? 吖? (吻他)无家可归的可怜虫! ……一会儿见!
　　(出)

第八出

出场人: 罗赛德、保罗。

保　那么,既然这画室是你们的,她是再也不来的了,是不是?

罗　谁?

保　伴霞民……伴霞民·赖丕斯多……

罗　是的,她再也不到这儿来了,因为她出了家。

保　我宁愿她出了家。

罗　当然。

保　为什么当然?

罗　因为这么一来,她就不嫁巴甫查克先生了。

保　她嫁不嫁巴甫查克先生与我有什么关系?

罗　与您没有一点儿关系,保罗。

保　那么怎样? (半晌。保罗心不自在地踱来踱去)喂,罗赛
　　德……她该是幸福的了……

罗　(细心地)说哩! 没有爱人了,又有一个曼加稣先生做父亲,这
　　不是快活的事!

保　您说的是谁?

罗　是佛罗丽思小姐。

保　但是我说的是伴霞民,我说,她不是很不幸福,就不至于出家了……

罗　否则就是因为她觉悟她对您不住。

保　我到底不要求她补过啊。

罗　我想您不像从前那样恨她了。

保　谁?

罗　伴霞民。

保　不,我仍旧一样地恨她,只一层,我告诉您,罗赛德……我的心里常有她的影子……我如今相信:我们爱一个人的时候,未必像恨一个人的时候那么念念不忘哩。

罗　事实上乃是:您绝口不再提起您的未婚妻了……

保　我没有时间想起她,罗赛德……再者,佛罗丽思与我,我们是即刻发生了爱情的……这很简单,很甜蜜……当我沉吟着她的名字的时候,我很感动……但是,当我想起另一个的时候……我却是颠颠倒倒的……我恨不得咬她一口……您是不懂的。

罗　我懂,我懂……我晓得您爱赖丕斯多小姐,爱到发狂了……

保　不要说这个,罗赛德!……不要说这个!

罗　而且,假使她从这门口进来……

保　假使她从这门口进来……我就从那门口出去!呀!我尽够了……受她播弄尽够了。够了!

第九出

出场人:罗赛德、保罗、一个仆人。

仆　(入)有客来请见先生。

保　是谁?

仆　伴霞民道姊。

保　怎么?

仆　伴霞民道姊。

罗　赖丕斯多小姐吗？

仆　是的，姑娘。

保　但是，她怎么知道我在这里呢？

仆　我不晓得，先生。

罗　呃，但是……这是她的家，她要进来就进来……

保　罗赛德……

罗　她要进来就进来。（仆人出）我为人很好……这门是您该从这里出去的，让我替您出去吧。（出）

第十出

出场人：保罗、伴霞民。

保　我的心动了……这是我生气……当然是生气……

伴　我的哥哥，我很喜欢看见您。

保　这只是一场笑话吗，小姐？

伴　什么是笑话？

保　所谓出家……

伴　呀！您知道了吗？……不，这不是笑话。我有了信心，我已经启发了我的信心。

保　这真是奇事一桩！

伴　我这一来，为的是同我父亲接吻；但是，哥哥，人家说您在这里，我希望与您做一场太上的谈话。

保　但是，呸！您与巴甫查克先生结婚，已经在报纸上发表。为什么突然解约呢？

伴　因为我觉得我配不起他。

保　配不起他吗？……但是，巴甫查克生先不算什么……

伴　我越发不算什么，哥哥。

保　您听我说，小姐，您还没有出家，不是吗？那么，虽则您是不在乎的，而您叫我做哥哥，实在使我非常难为情！

伴　听凭尊便，先生。（瞥见赖丕斯多的画像）呀！这是什么？

保　这是令尊的肖像,费理湘画的。

伴　我要常常祈祷吾主耶稣,请他宽恕您的朋友画这肖像之罪。

保　但是,请说了吧:为什么您希望与我作一场太上的谈话呢?

伴　为的是请您恕罪……为的是对您说定,将来我替您祈祷上天给您一生的鸿福,没有一片乌云。

保　太迟了!我没有位置了,您又出了家!您还希望我明儿得到鸿福,没有一片乌云吗!?

伴　呀!是的,是的……我实在害人不浅……现在我觉得我已经离了人世的情网,我对于这些小小的事件,实在瞧不上眼睛。

保　我呢,我在这些小小的事件里头摸索!

伴　说话不要说得太过了……您终于可以得到您的幸福。我这一种非常的决定,可以使曼加稣先生恍然大悟,于是……

保　哝!曼加稣先生!请您不要提起曼加稣先生!这与我没有关系,曼加稣先生……

伴　唉!您说什么话,哥哥?……

保　我说:您所给我的害处是您意想不到的,我就原谅了您也无济于事……无济于事!我说:在胥西的时候,我觉得您是令人难堪的人……在部里的时候,您弄到我发狂;现在呢,您怀着宗教上的见解,越发令我着恼!……这就是我要说的话,我的道姊!

伴　呀!天!……您是不是爱我……?

保　我不晓得我是爱您呢或是恨您……但是,您像磁石般吸住我,这却是真的!……

伴　您爱我了!……您看,我做了一切,为的是想做您的人,而您却拒绝了我……而今我此身已经归属于吾主耶稣,所以我再也不能做您的妻子……您爱我了!

保　那么,俾达利特说的话是真的吗?……您对于我曾经有过爱情……真的爱情吗?

伴　是的……我有的是不服气的性情！那时节，一切都把我们隔开：我的身已经许给别人，而您也快要结婚了……您对于我，老是惹我生气；于是，我渐渐地注意到您与别人不同，以为您永远不会是我的……于是我偏想要您……唉！那时节，我不服气，偏要您！

保　伴霞民道姊！……

伴　是的，您有道理，我放安静了。这是过去的余情重上心头……但是现在都完了，我不爱您了。

保　那么，我还有什么好做呢？

伴　您只好学我。

保　学您出家吗？

伴　是的……人家说达赖干那边的善男子的生活很好。

保　我到达赖干去，是的……您呢，您到哪里去？

伴　我还不晓得。人家对我说起奥大利有一座很好的修道院。

保　奥大利离达赖干远不远①？

伴　很远。

保　当然……有法国在中间离开我们。

伴　还有意大利……

保　（十分伤感）还有瑞士……

伴　（亦十分伤感）又有波斯……

保　（垂泪）唉！不是的……波斯不近那边……

伴　呀！……保罗哥哥……

保　伴霞民道姊？……

伴　我们不幸得很，喥！

保　是的。

伴　告别了……

———————

① 达赖干（Tarragone）在西班牙，近地中海。

保　在未分别以前……也许我们可以……作最后一次的接吻……

伴　如果您愿意的话……

保　（拥抱她）我爱你！……

伴　我万分爱你！

第十一出

出场人：保罗、伴霞民、费理湘、罗赛德。

罗　（指他们一对儿给费理湘看）你瞧！

费　我早就说过了的！

保　奇怪，奇怪！每逢我吻您的时候，老是给人家捉住的……

伴　俾达利特先生，我向您宣告我的婚姻。

保　好，您听我说……我承受了……却不要您的嫁奁！于是，我呢……我将来再找一个位置。

伴　您的位置已经找好了。您将来做赖丕斯多糖厂的副经理。

保　也罢，好的！

伴　俾达利特先生，至于您呢，我任命您做糖厂的秘书长。这是特创的位置：每年二万五千法郎。

费　您要求我毁了我的调色板吗？

伴　为的是二万五千法郎的年薪。

费　我在考虑……我自问：假使第先①处在我的地位，他该是怎样做？

伴　他该是把二万五千个金饼子收了。

费　那么，用不着迟疑，我承受了。

伴　而且，他该是娶了罗赛德做妻子。

费　您以为吗？

伴　我敢断定！而且，您该懂得……想要使我们四人都好好地与爸爸往来，须得使你们像我们一样做……你们非过了正路不可……

----

① 第先（1477—1576），意大利的大画家。

费　我很愿意……

罗　这太好了！……（向费理湘）我的爱，赖丕斯多所给的二万五千法郎，应该马上还他。

费　不！嗳呀，她真是教不变的！

伴　罗赛德，您就收了吧，这算是画像的酬金。

费　好极了……这么一来，这钱是我的了！……

伴　喂，只有一个条件……乃是不许您把这画像展览……

第十二出

出场人：保罗、伴霞民、费理湘、罗赛德、赖丕斯多。

赖　（向伴霞民）到底……我找见你了！

伴　日安，爸爸；你来得恰好，我有好些重大的消息报告你。先说：我不出家了。

赖　好极了。免得我去请求上帝恕罪……越迟越好！

伴　还有就是：我同保罗·诺尔孟先生结婚。

赖　这不行！他给总长辱骂了之后……不行！

伴　你错了！……他变成一个佳婿了……刚才他已经被任命，做你的糖厂的副经理。

赖　我免他的职！

众　赖丕斯多先生……

赖　而且我不同意于你们的婚姻。

伴　我们不要紧。

赖　为什么？……

伴　因为明儿你就同意了。

赖　她真了解我！

幕闭

十九年七月三十一日译完

我的妻

[法]嘉禾　著

剧中人物

男

安德烈·特尔奈,简称安

达我·巴拿尔,简称巴

阿里斯特·华洛丕耶,简称华

杜不赖先生,简称杜

卓爱·杰克生,简称卓

圣达西斯,简称圣

夏拉梵尔,简称夏

吴尔邦——安德烈的男仆,简称吴

丕托赖,简称丕

旅馆主人,简称旅

一个听差,简称听

女

淑赛德,简称淑

米丽恩,简称米

圣达西斯夫人,简称斯

杜不赖夫人,简称赖

赖安婷——安德烈的女仆,简称婷

托托斯,简称托

玛利——淑赛德的女仆,简称玛

地　点

第一、第三、第四幕皆在巴黎安德烈·特尔奈的家里;

第二幕在美景旅馆,高沙吴华省,摩诺提耶乡

著者小传与本剧略评

嘉禾的小传已见于所译《卖糖小女》篇首，兹不赘及。

嘉禾的剧本以轻狂胜，令人看见便从头笑到尾。他的杰作《淑赛德小姐，我的妻》(Mademoiselle Josette, ma femme, 兹声称《我的妻》)逸趣横生，有奇峰突起之妙，所谓乐而不淫的戏剧。1906 年11 月 16 日第一次在詹纳斯戏院开演，巴黎士女奔走相告，故院中常卖满座。其后改在国立奥迪安戏院开演，1929 年几乎每周演一两次。今年因改演嘉禾所著《卖糖小女》(la Petite Chacolatière)，然后停演《我的妻》；但是本剧的声誉至今尚脍炙人口。

巴黎私立各戏院竞尚轻狂之剧，嘉禾的戏剧虽经国立戏院采用，然其作风可以代表巴黎士女的趋向与嗜好，兹特译出，以见一斑。

译者
十九年九月十八日

第一幕

布景　特尔奈先生的府第里的一间客厅——台之第二行,左角上,是厅的正门。——火橱在后方。台之第一行,右方有门直通特尔奈先生的卧房。家具雅丽。厅之中央有桌子。左边一张长凳子。还有座子、靠背椅等等。

第一出

出场人:吴尔邦、巴拿尔、(其后)赖安婷。

巴拿尔自左角上的正门入,很伤感,手里拿着一个小袋,袋为丝制,缘以彩结。袋里有一只很小很小的狗儿,名叫华尔斯舞之王。这狗穿的是红色的长大外套,绣着黄金色的英国军徽。吴尔邦随入。

巴　喂,安德烈不在家吗?

吴　是的,先生,他还没有回来……他在杜不赖先生与杜不赖夫人家里吃晚饭。平日他遇着这种情形,非到十一点钟以后决不回家的。

巴　呀! 吴尔邦,今天晚上,陆离戏院里的事好不把人气煞!

吴　夫人给人家吊膀子吗?

巴　这与平日没有两样,但是关系不在这上头。

吴　那么,是什么事?

巴　您不看见我把什么带了来吗? ……

吴　（看见那小狗）华尔斯舞之王！（上前欲抚弄它）

巴　不，不……今天晚上请您不要抚弄它。

吴　它做了坏事吗？

巴　糟透了！

吴　请您告诉我，巴拿尔先生。

巴　好，我就说了吧。吴尔邦，您知道那一幕戏剧的情节吗？

吴　呃，先生……试演的时候我还在场呢。

巴　好的。那么，您记得：第二场不是有"修改宪法"一幕吗？

吴　我记得很清楚。

巴　表演的男女伶是布成一个半圆圈的……

吴　是的，夫人是左边第二个。

巴　那福星说："夫人小姐们，你们真是妙人儿，只可惜你们缺少了
　　一样东西。"于是爱神进来说道："你们所缺少的乃是我；我是
　　宪法的尾巴。"①

吴　那爱神是伴松姑娘扮的。她是编剧者的情妇。

巴　正是。好，她正在唱着的时候，华尔斯舞之王趁着那化妆奴的
　　一个不提防，竟自登台！

吴　有趣！有趣！

巴　伴松唱着，华尔斯舞之王舞着，观众嚷着！不料这小狗儿一时
　　发疯，竟跑到监戏位前，当众撒了一泡尿，它哪里顾及那五千
　　六百法郎的收入！

吴　好不教人笑痛了肚皮！

巴　人家把幕闭了，只听得观众乱嚷："再来！再来！"

吴　这是值得喝彩的。

巴　后来花了一刻钟的时间，才能够使观众安静了，把监戏位揩干。

吴　结果是怎么样？

---

①　法文 codal 字是"宪法的"的意思，caudal 是"尾的"的意思，二字声音相近，故以为戏言。

巴　那管场的罚了米丽恩五百法郎。

吴　罚了姑娘!……

巴　而且把华尔斯舞之王驱逐了。那时节,我照常地在她身边,她哽咽着把它交托给我,——所以我把她的儿子带给你们。

吴　姑娘该是气极了?

巴　还用说吗!然而她毕竟还很硬撑,工作直到完场。她的脑筋刺激了一下子,而她还晓得利用休演的时间,不至于当场出丑。半个钟头以后她就来的。

吴　巴拿尔先生,您知道姑娘是否在这里住?

巴　当然啦。您想想看:米丽恩这样伤感之后,还能独自度过这一夜吗?

吴　那么,先生,让我通知赖安婷。(按铃)

巴　唉!惨啊!惨啊!最令人伤心的乃是:当这一场祸事发生的时候,恰是安德烈·特尔奈先生在杜不赖家安静地吃晚饭的时候!

婷　(入)晚安,先生,有什么事?

巴　等一下吴尔邦再告诉您;姑娘快要来了,她这一来,十分伤感,请您给她预备她的水药。

婷　先生,水药共有两种……要哪一种?

巴　要那安神药!……那安神药!

婷　好的,先生,我即刻就去预备。呃,华尔斯舞之王也来了……让我引它睡觉去。

巴　不!我赌过咒:在米丽恩未回来以前,我决不离开它一秒钟。

婷　好的,先生。晚安,华尔斯舞之王。

吴　晚安,小冒失鬼!

婷　它做了什么事来?

吴　(出时偷偷地向赖安婷)赖安婷,您看这一条小泥鳅①!

―――――――――

①　法国的隐语,把 cabot(鱼名,姑译为"泥鳅")当做"狗"字讲,亦当做伶人讲。

婷　是的。

吴　您看……明天,所有的报纸都要登载它的!(二人出)

第二出

出场人:巴拿尔、(其后)安德烈、(又后)吴尔邦。

巴　(向华尔斯舞之王)现在,伙计,我们评一评理吧!看你的样子,似乎你不晓得你闯了大祸。唉!我把你恨煞!你教我处在一个难为情的地位!我正在去向侯爵讨些巧古力糖给你吃,而你竟利用这机会做坏事,真是无聊!……在我们二人中间不妨说:是我让那化妆室里的门半开着……人们都以为是化妆奴不小心,于是我用钱买她闭口,花了十个法郎!呃,伙计,是的,十只金饼!……你竟惹了这一场大祸!……唉,这是不可原谅的!你每天在化妆室里,有我伴着你坐三个钟头,你还烦闷吗?你是不关心于我的话的,我偏要告诉你:我爱你的女主人,爱到发狂,假使她不是我的老朋友的爱人……我早已……你不要这样舔我,越舔我,我的心越动了。当然,我不恨你……然而我们到底要过七天暴风雨的生活。不是你,却是安德烈!……尤其是我,我天天在他们身边,很忠心,很灵敏,却毫无希望……你只是一个乖狗……而我却是一个忠狗。(吻它)唉!我们原是老兄弟!

安　(入)呀!罪人们来了!

巴　你瞧!……

安　吴尔邦告诉我的是什么话?我们有了一场意外了?

巴　一场悲剧!

安　唉!不要说得太过了。

巴　一场惊人的悲剧。你信我的话吧。

安　请你就事论事吧。华尔斯舞之王这一次的玩意儿只值得十五生丁,而它却给人家罚了五百法郎。我们把钱付了还要名扬四海!

巴　你不晓得,米丽恩此刻是什么情况!

安　她不久就安静了的……(按铃)

巴　你在做什么?

安　①

巴　我同米丽恩赌过咒:无论如何,我不离开它……

安　(把外套交给进来的吴尔邦说)请您安放好我的外套。而且,
　　(指狗)把这位"先生"领去。

巴　(抗议)我赌过咒……

安　你真讨厌。

吴　(捉那狗)好,来吧,我的乖乖;来吧,我的儿,(走到门阈上,背
　　着他们说)来吧,脏东西!(出)

第三出

出场人: 巴拿尔、安德烈。

巴　我曾经赌过咒……

安　老友,你听我说:平常的时候,你与米丽恩的孩子气,我都甘心
　　忍受;今天却不同了,因为我有事在心。我劝你做个明理的
　　人,让我休息休息吧。

巴　你有麻烦的事情吗?

安　不……我有几分心焦,如此而已。

巴　你遇着什么事情了?

安　很简单的:淑赛德订婚了。

巴　你的义女吗?

安　是的。今晚大家吃一顿有用意的饭,吃到快完的时候,与杜不
　　赖先生合股开转运代办公司的都提惠尔先生,正式地请求淑

---

①　编者注:此处对白原缺,疑或为"让人把它带它"之类。

赛德做他的唯一的儿子伯洛斯比的妻子。

巴　好,那么,你该快活才是道理,因为你所爱的义女已经有了好人家了。

安　依理是该快活的。但是我觉得未免太早了。淑赛德还没有十八岁。我似乎觉得再等一等也不妨。

巴　但是我想杜不赖有这计划已经很久了。

安　唉! 不错,他始终只是这计划。就说我吧,当初我也赞成他。淑赛德一出世我就认识了她,以我的年龄说来我快到四十二岁了,她很可以是我亲生的女儿,所以我很关心于她的前途。呃,老友,我有四十二岁了,你不会晓得一个人上了我这年纪……

巴　上了我们这年纪……

安　随便你说。

巴　我并不固执。

安　我再说淑赛德吧。当初的时候,我以为这一种婚姻的计划是合理的、方便的,而且差不多是照例的。那小伯洛斯比在十岁的时候很好,后来越大越不行了。在现在看起来,却是一个庸材。

巴　是的……非驴非马①。

安　淑赛德呢,恰恰相反,她越大越标致,越发达,越鲜艳。她长得好到这程度,有时候我却诧异起来,像杜不赖这一双夫妇,一个粗牛,一个瘦狗,在这臭水沟里,竟能产出这一朵名花来。

巴　她其实是一个妙人。

安　巴拿尔,你是一个有眼力的。我所爱于她的乃是:她非但身体长得美,她的心灵也美。你不晓得,她的性情很像我的性情,很伶俐,很自由。她做事往往喜欢首倡,虽则有几分古怪,却不失为光明磊落的人! 而且她还有艺术家的习气,我不晓得

---

①　此句原文系用英语 Yes… half and half。

她是从哪里学来的……

巴 也许从你学来的……因为你总算是把她教养成长的了!

安 巴拿尔,你是一个聪明人。你说得很对,所以几天前我领他们三人去看古代图画展览会。

巴 呀! 他们真是不幸!

安 (微笑)是的……我也不再说了。老友,有些理由你是不懂得的,总之我不满意这一头亲事。再说,我喜欢不喜欢,是不值得注意的,然而我看淑赛德一方面,与其说她应承,不如说她迫不得已。

巴 不要说吧!

安 我也不要说什么幸福的曙光了,只一些喜气也不曾上过她的眉头,这是我注意到的。非但如此,当她仔细看伯洛斯比先生的时候,她的眼神总有嘲笑或不顺从的表示。假使我是他,我只有一半儿放心。

巴 因此你……

安 因此我莫名其妙地担心起来……

巴 你没有意思想要探淑赛德小姐的口气吗?

安 还没有机会。有两三次,我觉得她似乎要同我说话,但是我老是在商场里打牌,没有功夫听她说。这个可惜得很,因为假使我同她四眼相对的时候,她一定会对我说道:"义父,无论如何,我……"

外厅有喧嚷的声音。

安 呃! 米丽恩来了。

第四出

出场人:安德烈、巴拿尔、吴尔邦、(其后)米丽恩、夏拉梵尔、托托斯、(又后)赖安婷。

吴 (开门)是的,姑娘,先生与巴拿尔先生都在这里。

米　（飞跑而入，托托斯与夏拉梵尔随入）我的狗呢？

安　你放心……你的狗睡着了……

米　我同您说过……

安　日安，托托斯……日安，夏拉梵尔。

巴　（向米丽恩）我所以敢离开它者……

米　您不要理我吧，您的话只有使我动气而已。

安　我的爱，我似乎觉得你对于这一场意外，未免看得太要紧了些。

托　（向安德烈）她刚才很伤感……

夏　只因为这个缘故，所以我与托托斯才一定要陪她来。我们洗了化妆之后，即刻……

安　你们太客气了……其实可以不必……

米　真的吗？……（向托托斯与夏拉梵尔）我同你们说了什么话来？我说他一定归罪于我，不是吗？好吧，算了……

安　嗳呀，米丽恩……

米　人家把我的狗抛出了门外，那管场的辱骂了我一顿，那经理把我处罚了……你还说我把这一场意外看得太要紧了！我走吧……

巴　米丽恩……

米　你们告诉我：我的狗在哪里？……

安　我请你揭了帽子，尤其是不要管你的狗……

米　我要走了。

托　不要走吧，爱！……陪我们在这里吧……

夏　假使人家老是服从他的脾气……

米　我不走了，但是我不走只为的是看朋友们的情面……

安　我替巴拿尔道谢，我自己也谢谢你。

托　（向安德烈）她说这话，其实她爱您爱极了。

夏　当然啦。

安　我也相信。而且我一方面……

婷　（入）夫人的水药来了。

托　爱！吃水药吧，吃下去就舒服了。你看，安德烈想到这个。

米　唉！我分明晓得这是巴拿尔的意思。

巴　天！是的……

婷　夫人可以吃了，这药不很热。

　　米丽恩吃药。

米　呀！……我觉得舒服些了。（她把杯子递给赖安婷，赖安婷出）

巴　（向夏拉梵尔）这药很灵验……乃是我所开的单子。

米　喂，你！……你打算怎么办？

安　吓？

米　呃……你打算怎么办？

安　我吗？我打算贡献香槟酒给他们这两位好人——托托斯与夏拉梵尔，每人一杯，谢他们肯见爱，直到这里来……

米　我问的不是这个……你是我的情人……我给人家辱骂了……你打算怎么办？

安　好，我把你从戏院里拔出来吧。

夏与托　呸！

夏　她会因此死了的。

米　你不要说呆话吧。

安　我到底不能去与那管场的寻仇啊。

米　不，但是你可以要求戏院里辞退他。

安　我用什么名义？

米　用股东的名义。

安　我不是股东。

米　你可以买股票啊。

夏　恰好股票的价值要增加了。在下次的剧本里，我做一个好角色……

安　（微笑）我决定了……达我替我办理去吧。（按铃）

巴　晓得了。（掏出日记簿）你要买多少股票？

安　我不晓得……买一把就是了……（向进来的赖安婷）请您在饭
　　厅里摆香槟酒。

婷　好的,先生。（出）

托　（向米丽恩）你去吻他吧。他这人真好。

米　你以为吗？

托　当然。

米　（走向安德烈）谢谢,我的乖乖。（吻他）

夏　这才是好举动。

安　有这好举动,还有陆离戏院的股票……①
　　吴尔邦入,捧着托盘,盘上有名片。递给安德烈。

安　（接过名片）在这时候吗？……是谁？……（读名片）"阿里斯
　　特·华洛丕耶",我不认得。

夏　（抢着说）这是高特古先生。

米　是斯加拉穆虚报馆的。

夏　是一个访员！……

托与米　是一个访员！……

夏　请他进来！……

安　（看见吴尔邦迟疑）是的……是的。
　　吴尔邦出。

米　天啊,我此刻披头散发的！

托　还有我呢！

巴　你们披头散发都好……

米　总未免……来吧,托托斯。

托　我跟你走。

_____

①　在法文里："举动"与"股票"同是 action 一个字,所以安德烈说这一句谐声的滑稽话。

米　烦你们请他耐心等一等。

夏　有我们负责。

　　米丽恩与托托斯出。

第五出

出场人：安德烈、巴拿尔、夏拉梵尔、吴尔邦、华洛丕耶。

华　（由吴尔邦引导入）对不起，先生们……我原打算在这里找见米丽恩姑娘——陆离戏院的。

安　她就接见您的，先生，请您等一等好不好？

华　我愿意得很……

夏　（与华洛丕耶握手，华洛丕耶不认得他了，于是他自己说出名字）夏拉梵尔！……

华　这一位大约是特尔奈先生了？

安　正是我。

华　久仰久仰。我的来意您是知道的。那狗儿的历史乃是巴黎之夜的资料，我们不轻易忽略过的。所以如果您愿意的话……

安　天！先生，我只是她的情人，但是巴拿尔是在场的，他可以报告您……

夏　如果您容许我……我习惯了……

安　好极了，好极了。先生，等到您把这事记录完毕之后，您陪我们喝一杯香槟，如果您肯见爱。

华　深感盛情。

安　夏拉梵尔，等一下您指点华洛丕耶先生到饭厅里来。一会儿见。巴拿尔，你来吧？

巴　我跟你走——我们让你们工作。（他们二人出）

第六出

出场人：夏拉梵尔、华洛丕耶、（其后）米丽恩。

华　那么，您是陆离戏院的夏拉梵尔先生吗？

夏　是的,亲爱的先生。

华　好,先生,我听您说。(掏出笔记簿子)

夏　好,我就说:我是 1871 年生的,1889 年开始做戏。这两个大年头都不是好年头……1871 年有大战事……1889 年有……在这情况之下,怎能博得人们注意呢? 也罢,这且不说了。我开始做戏是在北滑稽歌场,像穆奈与兰特一样①。

华　不胜钦佩之至。那么,那狗儿……

夏　我们就说到了。——我第一次的拿手好戏……

华　我请您恕罪,最要紧的是那狗儿……

夏　我很晓得。那么,我把陆离戏院聘我的故事略过了吧……

华　对了。那么,那小畜牲……

夏　那时候,我恰在我的化妆室里,与界雅卫、佛莱尔两位先生谈话②,谈的是我下一次所扮的角色……

华　在什么剧本里?

夏　我们还找不到好的名字。

华　好的。在你们谈话的当儿,您听见人家嚷起来? ……

夏　唉! 先生,当我专心于我的艺术的时候,我的周围的声音都不能走进我的耳朵里。

华　(担心)那么,我的调查……我们也许可以找……

夏　不,不……我可以使您满意的。在我们二人之间不妨说,这一段历史是很平常的,当不起您记载的光荣。再者,那小米丽恩虽则是可爱的女孩,还没有什么技能,也没有什么名气。

华　她现在却出风头了。明天她就著名了。所有的报纸都要谈论她的,亲爱的夏拉梵尔。

夏　您以为吗?

华　这是一定的。

---

① 穆奈与兰特都是当时的名伶。

② 界雅卫(1869—1915)、佛莱尔(1872—1927)都是大戏剧家。二人合作。

夏　那么,先生,这是可痛哭的。

米　(入)晚安,我的亲爱的华洛丕耶。呀！您这人真好,马上就跑了来！真所谓好朋友。

华　我的亲爱的米丽恩,您是最近的新闻资料,我不得不……

夏　(自语)这是讨好的话！

米　夏拉梵尔同您说过了？

夏　(连忙地)一切都说过了！

华　只说了一个大概。

米　请您来先喝一杯香槟,我再给您说个详细。(向夏拉梵尔)你来吧？

夏　我来。

华　(出时,向米丽恩)真的,我调查狗的事情,他却同我说他做戏的历史。

夏　(跟他们走)多么倒霉！……呀！……假使我有两条美丽的腿！…(出)

第七出

出场人:淑赛德、吴尔邦、玛利。

吴　(开左方的门)夫人小姐们,你们可以进来,这里没有人。

淑　(入,玛利随入)谢谢,吴尔邦。那么,您听我说,烦您即刻去告诉特尔奈先生,说他的义女来了,有秘密的事情告诉他。

吴　但是,小姐……因为……

淑　什么？

吴　先生正在与好些朋友就席。

淑　已经用夜饭了吗？

吴　唉！这是意外的事,临时款待。

玛　真的,小姐,我顺从了您,是我错了,我们不能停留在这里……非走不可。

淑　玛利,我同您说过了,一切都有我担当。(向吴尔邦)去吧,吴

　　尔邦,您悄悄地给我传话去,犯不着使我的义父的宾客知
　　道……

吴　小姐,您放心。(自语)客厅里有天真烂漫的人,饭厅里有花天
　　酒地的客……这就是巴黎!(出)

玛　呀!假使先生与夫人知道我们出来了……

淑　爸爸与妈妈正在安静地睡着,而且,我再申明一句,我负责保
　　护您。

玛　这没有关系……总之,小姐太不谨慎了……

第八出

出场人:淑赛德、玛利、安德烈、(其后)巴拿尔。

安　(入)是你吗?淑赛德……此刻到这里来,有什么事情发生了?

淑　您不要怕,义父……事情是很简单的,却是很紧急的。

安　好,那么,说吧。

淑　是的,是的……但是,玛利,请您先到厨房里会见赖安婷,等一
　　下我再按铃叫您。

玛　(向安德烈)先生该想一想:假使小姐不坚持要来……

安　这不消说得。淑赛德有这种举动,一定有她的理由。去吧,
　　玛利。

玛　我就去,先生。(出)

安　现在,我的孩子,我听你说。

淑　义父,我不幸得很……

安　为什么呢?

淑　人家要我嫁伯洛斯比,而我并不爱他。

安　好的,给我猜中了。

淑　是不是?我早就相信我给人家看得出来的。

安　因为要对我说这心腹话,所以你才在半夜里逃到这里来吗?

淑　我这步骤是延缓不得的。

安　我不懂。

淑　因为您不让我有向您解释的时间。无论如何,这一场婚姻是应该阻止的。

安　好,那么,亲爱的孩子,事情是再简单没有的了。你的父母并不是野蛮的人,明天我就把你不敢亲口对他们说的话对他们说了,伯洛斯比先生的事就不成问题了。

淑　这样说了还不够。

安　吁?

淑　我不爱伯洛斯比先生,但是我爱另一个男子。您看,这事情怎么得了?

安　有什么了不得呢,这另一个男子是谁?

淑　是那少年卓爱·杰克生先生。

安　呀!……是那少年的英国男子,你今年冬天同他跳过许多次舞的,是不是?

淑　是的……他这人很不错,不是吗?

安　很不错。他是杰克生公司主人的独子,而且他很规矩,很出色,像一个君子。

淑　对了。

安　好,亲爱的孩子……你们就结婚了吧。

淑　因此之故,事情就麻烦起来了。

安　有这么厉害?

淑　而且我们要在明天以前决定主意。

安　唉!唉!

淑　卓爱·杰克生明天早上八点钟就要离开巴黎,要旅行一年才回来。

安　唉!他在海船上干些什么事情?

淑　他要去参观他的公司的支店,因为东西半球都有支店,照例,公司的将来的总理在未成年以前,应该周游世界,观察一次。

安　好极了！我承认英国人是实用主义的。

淑　所以杰克生先生非在一年后不能得他的父母赞成他结婚。

安　你才十八岁，再等一年有什么要紧呢！

淑　我至多只能再等两个月，如此而已。

安　呃，你在十九岁结婚……岂不是好！

淑　（很镇静）这是不可能的。

安　是什么理由？

淑　理由是：……我须得在未满十八岁以前就结婚。

安　谁强迫你？……

淑　这是金钱的关系。

安　呀！……如果你把金钱混合在爱情里头……

淑　不是我要混合的。

安　是你的父亲吗？

淑　义父……请坐下来再说。

安　这因为……我有很少的时间……

淑　哪里！唉！……我的姑母阿迷里，她死了十二年了，留下给我五十万法郎。我的父亲是我的保护人，他用这一笔款子做生意了。

安　我晓得。

淑　是的，但是，您所不晓得的，几天前爸爸才告诉我的，乃是：要我在十八岁以前结婚才有享受这一份遗产的权利。否则将来不知是哪一种慈善事业把这款子拿去了。

安　这条款真奇怪！

淑　唉！这是很容易了解的。我的姑母阿迷里……

安　我的小乖乖……外面有人等候我。

淑　呃！由他们等候吧！……（后台有喧笑声）这些人是不会烦闷的……我的姑母遭了不幸，所以她不愿意我有同样的遭遇。她在恰恰满十八岁的时候，拒绝了一个可爱的少年的求婚。

自此之后,直到九十二岁,一辈子也没有人向她求婚。(后台又有喧笑声)您听我说话吗?

安　当然啦……可怜的姑母阿迷里! 你的情形也许不同,但是我很懂得那老女的遗嘱的用意。

淑　你看见有难题发生了吧?

安　我看得很清楚。难题在乎不令你的父亲忽然不得不把五十万法郎投入现代的慈善事业。

淑　对了。而且在生意场中,您是晓得的……爸爸也解释给我听过……想要突然赚得五十万法郎,乃是不容易的事情。

安　那么,怎样?

淑　那么,我自问良心,是应该结婚。

安　好的,你就结婚吧。

淑　是的……一年之后,同我所爱的结婚。

安　不,在两个月内……同……

淑　吁? 同谁?

安　糟糕!

淑　呀! 您看……

安　是的,这是很讨厌的事情。

淑　是不是?

安　不用说,这是没有出路的难关了。

淑　呃,义父,我半夜来找您,有没有道理?

安　说良心话,在这情形之下,我不见得我能够帮助你。

淑　恰恰用得着您。

安　我不是好奇的人,但是我想要晓得是怎么样的?

淑　您很晓得是要打破这难关的。

安　什么法子都没有。

淑　有的,有一个法子……很简单,很容易。所以当卓爱·杰克生先生发现了这法子之后,我自问这样现成的法子,为什么我自己竟想不起来?

安　呀! 我是不是一个傻子? 我总想不起!

淑　我依您的话看来,您是预备无论如何一定肯为您的小淑赛德
竭力的了。

安　当然啦。

淑　那么,完了……一切都妥当了。

安　怎么样?

淑　安德烈·特尔奈先生,我不胜荣幸,谨此请求您与您的义女淑
赛德·杜不赖小姐结婚。

安　你说什么?

淑　我说是您快要同我结婚了。

安　呀! 岂有此理……岂有此理……

淑　当然只是一种儿戏的婚姻。这么一来,合了遗嘱的条款,我的
亲爱的卓爱可以安静地完成他的旅行,将来回到巴黎的时候,
恰是我离婚的时候,很自由,预备再嫁……那一次才是真的!

安　不行,不行,不行……决不! 这种想入非非的计划,要我考虑
一下我也不肯,何况实行! 你想一想:我是一个独身惯了
的……

巴　(把门半开)喂,老友。(瞥见淑赛德,吃了一惊)

淑　晚安,巴拿尔先生!

巴　呀! ……对不起,小姐,我谨此表示敬意……(向安德烈)人家
委我来问你是否……因为是不是? …因为……为的是……

安　好的,你不要唠叨,我能来的时候就来。

巴　好的,好的……好的……行了,行了……很好……对不起……
小姐,请您原谅……行了,很好。……(出)

安　你不疯了? 二十五年以来,我很爱我这老童子的生活,我习惯
了,安排好了……我很爱我这生活。

淑　义父,我劝您的精神不可如此紧张。我要求您些什么? 一年

的光阴,在您的生活只是小小的一片段。这种婚姻,并不花费您的什么;只算您好心做好事,大家并不起淫邪的念头。您的生活仍旧是照常的生活。我以人格担保,决不使您有一点儿不舒服。

安　哈!哈!真滑稽!你要我把你怎么样?

淑　您可以把我放在一个小角儿上,我倚傍在您的身边,一声不响……您甚至于不知道有我。

安　不!但是你看!好像我已经答应了似的,我看见你的影像在我身边往来了……

淑　而且您该晓得……我是一个很知礼的女子,现代教育的神髓都给我得到了。我高等毕业文凭,我很会说英语,还会说几句意大利话。去年我在万国烹饪比赛会里得了"雪蛋"的二等奖。我又很会调护战场上的伤兵。您同我相处,一定很幸福的。

安　淑赛德,我不许你再说下去了!……我恨煞那些"雪蛋"!……

淑　假使爸爸妈妈不得已而离家许久,他们会把我交托给谁呢?

安　当然是我啦。

淑　好,我们假定有了这事情发生就是了。

安　那与这个完全没有关系。

淑　这完全是一样的事情!

安　总之,我就假定我一时疯了,赞成这一件没道理的事情……

淑　您总会赞成的。

安　……谁敢担保卓爱·杰克生先生一定回来呢?

淑　他不能失信啊!

安　好!还有沉船呢?风寒呢?损伤呢?遇着吃人的民族呢?

淑　(正色地)如果杰克生先生不回来,我就把自己认为寡妇,我就离婚,你不要怕,我到尼姑庵里度过我的余年。

安　您的父母呢,他们以为你这妙计如何?

淑　(连忙地)他们该是永远不知道才好。

安　妙极！为什么？

淑　因为……请坐下来再说……我忘记对您说：爸爸妈妈决不会
　　赞成我与杰克生先生结婚。

安　呀！你只忘记了这个吗？

淑　我家的公司与他家的公司是敌对的。

安　对了。

淑　因此之故，我的计划越发显得妙了；因为离过一次婚之后，我
　　不需要爸爸赞成了。

安　（自语）您想要怎样答复这女孩子呢？

淑　应该回答说："我应承了！"

安　我不应承。

淑　那么，这是决定的了？

安　是的。

淑　我要求您一件小事，您竟拒绝了。

安　不错。

淑　好的，义父。呀！我料不到您这样对待我……我的幸福完全
　　在您的手里，却给您破坏了。好的，我一句话也不说了……

安　嗳呀！……嗳呀！……你不要因此哭起来吧。

淑　呃，我偏要哭！……

安　我不晓得怎样做了……我的脑筋翻了。

第九出

出场人：安德烈、淑赛德、吴尔邦、（其后）卓爱。

吴　（入）有一位先生来，他一定要见先生。

安　又来！今夜真不得了！

淑　这一定是我的未婚夫。

安　是你叫他来的吗？

淑　（向吴尔邦）请他进来。

安　我已经不是我家的主人了！

吴尔邦引卓爱入，然后出。

卓　（入，走向淑赛德，用英语）晚安，密司。

淑　（亦用英语）卓爱，您来了？您收到我的信了吗？您来得这样快，我很感谢您。

卓　（用英语）怎么？这是很自然的。我是盼望得怎么似的！在我动身以前，事情非办妥不可。

淑　（用英语）好了。一切的进行都顺利了；我的义父刚刚应承了……

卓　（上前伸手向安德烈，用英语）唉！……谢谢您，先生。

安德烈不答。

淑　（用法语）这可怜的少年，请您不要使他难为情吧。

安　唉！……对不起，我以为你们在说私话……而且，请您恕罪，先生，我不懂英语。

卓　（仍用英语）请您原谅我！

安　这没有什么，只是我的不是……我本该学英语的。

卓　（用法语，间杂些英国字，下同）淑赛德小姐刚才告诉我，说您已经赞成我们的计划了。

安　先生，您听我说，你们两位把我对于淑赛德的感情经过了一次严格的试验了。

卓　我早已料到您的感情是不怕试验的。

淑　呀！义父，您已经应承了，现在不能改口了。

卓　再者，只有您是我信得过的，您决不会……

安　蒙你信任，不胜荣幸！请坐吧！

卓　把一个妻子交托给一个男人同居一年，乃是一件很费考虑的事。

安　当然啦。

卓　然而我呢，我可以放心地走了，没有危险。

安　谢谢,感谢之至!那么,如果我答应了,您明天就动身吗?

卓　是的,八点钟。

安　您去很远吗?

卓　唉!远得很!我要绕地球一周。

安　糟糕!在这种游历的期间内,很可以有事变发生。

卓　请您不要说这个。我们英国人是很会旅行的。

安　这没有关系,只小心些就是了。我希望您一定回来才好。

卓　唉!我也是这样希望!

安　请您晚上记得盖被单,把一件薄绒衣服、一支手枪、一些金鸡
　　纳带去。

淑　我的义父很关心于您。

卓　我很感动。

安　请您费心:每到一个码头,给我们打一个电报。而且您每到一
　　个城市,便买一些明信画片寄给我们。

卓　画集吗?……画集吗?……(他把"画集"一字念成英文的音)

安　不,不是的。但是,您该懂得:我多么关心于您的命运啊。

卓　我懂得。那么,我想我们没有什么话说了吧?

安　真的……没有话说了。

卓　事情告了结束了。好,今天是4月17日。等到明年4月17日
　　我就敲您的门,问您偿还我的权利。

安　只还要看方法如何……

卓　这却是您一方面的事了。告别了,先生。您容许我向我的未
　　婚妻告别吗?

安　请便!

卓　再会,淑赛德,我满心爱您。

淑　再会,卓爱。

安　对不起,先生……

卓　怎么样,先生?

安　在法国，一个人同未婚妻要分离一年的时候，是可以接吻的。

卓　（用英语）淑赛德，这是法国的风俗吗？

淑　（用英语）我想是的，卓爱。

卓　（用英语）这真奇怪。好的，来吧。（吻她，又用法语）保重。
　　（又用英语）再会。（出）

安　他竟不向我道谢！

第十出

出场人：淑赛德、安德烈、（其后）巴拿尔。

淑　您这人真好！在法国有这样的一个义父，真值得重重地吻几
　　吻！（吻他）

安　淑赛德，今天晚上我做的事，乃是我一生中最没有道理的
　　事了。

巴　（把门半开）喂，老友……对不起，只是我……呃……没有……
　　什么……人家委我来问你……我很惭愧，但是……应该……
　　是不是？……你是否……还要多少时候？

安　只一分钟！我把淑赛德交给她的女仆的手之后，我就来。

巴　好的……好极了……让我报告去……对不起……行了……很
　　好！（出）

安　赶快，淑赛德，穿上你的外衣就走吧。时间不早了！……（助
　　淑赛德穿衣）

第十一出

出场人：安德烈、淑赛德、杜不赖夫妇。

杜　（入，杜不赖夫人随入）她在这里了！

赖　呀！天啊！险点儿不吓煞了我！

淑　（很快活）晚安，爸爸！晚安，妈妈！

杜　用不着请安。你来这里干什么？

安　（向杜不赖）我的亲爱的米提尔，让我解释给你听……

杜　她这样不守规矩，无论是什么情由，我先此声明，她是不可原
　　谅的。

安　在未晓得以前，你不要责骂她……

杜　你让我做去吧。（向淑赛德）我们带了那老维克杜华来了，她
　　在底下，你出去会见她，跟她回家睡觉去吧。

淑　好的，爸爸。晚安，爸爸！晚安，妈妈！晚安，义父！晚安，众
　　人！我快活死了！（出）

杜　看她的样子，是想要气我们！

赖　安德烈，我们忍耐不住，就想要您告诉我们……

安　用不着两句话，你们就明白了些。你们请坐……淑赛德不愿
　　意嫁伯洛斯比先生。

杜　（严重地）安德烈，她先来告诉你吗？

安　是的，米提尔，是我。我还说：你们的女儿有别的计划。

赖　这是可能的吗？

杜　她有计划，也先来报告你吗？

安　是的，米提尔，是我。

杜　你该承认我们夫妇有愤激的权利！我们的女儿逃走了……在
　　半夜里……到这里来……

第十二出

出场人: 安德烈、杜不赖夫妇、巴拿尔。

巴　（把门半开）喂，老友……（瞥见杜不赖夫妇，吃惊）唉！对不
　　住……杜不赖夫人……杜不赖先生……唉！料不到！真料不
　　到！……（向安德烈）你今夜招待宾客吗？……（向杜不赖夫
　　妇）久违，久违！……你们身体可好？……好的……行
　　了！……

安　又有什么事？

巴　没有什么……这是时间的关系。华洛丕耶先生与夏拉梵尔要

走了……托托斯"先生"也要走了①。所以,如果你能够……

安　你分明看见我此刻是没有功夫的。

巴　是的……好……我原谅你……你们从那小客厅出去就是了……行了,很好!

杜　但是……该是我们让位才是。

安　没有的事!

巴　这没有什么。行了……你们不必起动……对不起……祝你们身体好……这是很要紧的!……(出)

赖　我们妨碍您了。

安　没有的事。

杜　那么,淑赛德小姐还想要结婚的,不过她所选中的人与我们所选的不同而已,是不是?

安　是的。

杜　而且她不得不先报告你,然后报告我,是不是?

安　是的!

杜　好,你既然是我们的女儿的心腹,烦你把她的意思说给我们知道吧。

赖　您认识那少年吗?

安　我同他很熟。我应该告诉你们……这不算一个少年了。他正在壮年……十分强盛的时候。

杜　那么更好了。

赖　是好人家吗?

安　上等的人家。

杜　他的父母呢?

安　他没有父母了。

杜　他的家财呢?

----

① 托托斯原是女人。

安　很能令人满意。

杜　究竟有多少？……

安　每年有八千厘佛的收入。

杜　（动心）这很好。

赖　但是，既然这位先生样样都好，都有保证，为什么我的小淑赛
　　德不亲口同我们说出来呢？

安　呀！亲爱的夫人，这因为她希望在事前得到确定的协议。

杜　究竟你在这事情里头是一个什么角色呢？

安　颇重要的角色。

赖　您是那先生的媒人吗？

安　不……我是那先生的本人。

杜　（跳起来）你！？

赖　您！？

安　是我。你们愿意把淑赛德给我吗？

杜　给你做什么？

安　自然是做我的妻子啦！天！

赖　您要做我的女婿？我真做梦也梦不到！

杜　我呢！

安　（自语）我呢！（高声）总之，你们肯不肯？

杜　你让我们恢复精神，再考虑考虑吧。

安　你们能够找出什么反对的论调呢？

赖　天啊！这很不容易说！

杜　让我来说：我的亲爱的安德烈，你是一个好朋友，我与你相识
　　多年，但是你的年纪……

安　什么？我的年纪？……我只三十岁零十二岁！

杜　对的，加起来差不多是四十二岁了。总之，你是一个老童子，
　　喜欢不受拘束的生活，养成独身的习惯，执迷不悟，以至于今
　　日……所以……

第十三出

出场人:安德烈、杜不赖夫妇、巴拿尔。

巴　(把门半开)对不起……万乞原谅……只一分钟……我只来取
　　这一副纸牌……好……在这里了……(在桌子拿了一盒纸牌)

安　好,赶快去吧。

巴　是的……(向杜不赖)这因为安德烈丢我在饭厅里伴着他的一
　　个老同学,他烦闷得不得了……

米丽恩的声音　喂,达我,这么久!

杜　这位老同学的声音未免尖了些。

安　去吧。

米丽恩的声音　您找不见吗?

巴　找见了……(向杜不赖)是的。真奇怪,晚上的时候,他的声音
　　变尖了。(出)

杜　(向安德烈)你瞧! ……我们突然到你家里……所以……所
　　以……你看! ……

赖　这种求婚的步骤,似乎很难令人放心。

杜　一场夜宴!

安　是绝交的夜宴。

杜　那么,你与淑赛德都十分决定了吗?

安　绝对地决定了。

杜　(向妻)亲爱的,你想怎么样?

赖　我十分诧异,但是……天啊! 如果淑赛德看见这里头有她的
　　幸福……

安　而且有我的幸福。

赖　而且有你们的幸福……您要说怎么说呢? ……同我们接吻
　　吧……我的女婿……这没有什么好说了……一个钟头以前谁
　　晓得……

杜　我呢！

安　（自语）我呢！

杜　女孩子的心理真是不可测量的！

安　喂,你们尽管诧异吧,这是很自然的,但是……在我却是好
　　意……

杜　是的……（掏出表来）两点钟了！

赖　我们回去吧。

安　好的,否则你们要向我说许多不好听的话了。

杜　好,那么,晚安,明天见。我们再谈这一切吧。呀！ 喂,我想起
　　来了,你是晓得的:都提惠尔存有二十万法郎在我处,预备作
　　为他儿子的聘金的。现在你占了他的地位,那么……

安　糟糕！

杜　这条件是不可通融的。

安　那么,我只好应承了！

杜　你尽管怨命吧,这是有百分之十二的利息的,你晓得吗？

安　我恰恰怕这个呢！ 也罢！

赖　喂,米提尔,你来吧？

杜　我们走吧,明天见。（与杜不赖夫人出）

第十四出

出场人:安德烈、（其后）巴拿尔、米丽恩。

安　唔唏！ …… 真是荒唐！ 但是我怎好看见淑赛德受困难
　　呢？ ……她很晓得我满心疼她……所以她越发得寸进尺了！
　　（踱来踱去,精神紧张）

巴　（入）对不起……呀！ 你只一人在这里了……到底！ ……（回
　　到门口）米丽恩您可以来了。

米　（入）你真有胆量,敢教我们坐一夜的冷板凳！

安　我请你们二人恕罪,刚才我实在没有功夫。

米　真的吗？你做了些什么事？

安　我订了婚了。

米　你订……呀！（叫了一声，倒在椅子上。巴拿尔连忙跑上前小
　　心调护她）

幕闭

第二幕

布景 摩诺提耶的一间旅馆的台子。台的后方有门洞,从此可以瞭览阿尔伯山全景。门洞的中央有一玻璃门,正对楼梯,花园更在其下。台之第一行左右各有门。台子上有桌子、座子等等。

第一出

出场人:圣达西斯、旅馆主人、(其后)安德烈。

幕启,圣达西斯坐在一张小桌之前,桌上有两副刀叉。他一面阅报,一面把他的巧古力糖喝完。旅馆主人在台的后方,安德烈自左方入,坐在另一张小桌之前,此桌位置与彼桌的位置相称。安德烈作势叫旅馆主人走近。

安 (掏出表来)巴黎的报纸来了没有?

旅 来了,先生。

安 拿来给我看!

旅 有人在看着,先生。

安 所有的报纸都有人在看着吗?

旅 是的……其实我们只收到一份报纸。

安 好的,好的。(又掏出表来)八点半钟了……请您到十九号房间去请问特尔奈夫人,问她已经梳妆好了,预备下楼来吗?

旅 好的,先生。(欲出)

圣　（很客气地）先生,这是毫无用处的!

安　为什么呢,先生?

圣　因为今天早上我们二人都成了鳏夫了。

安　真的吗?

圣　在一个钟头以前,特尔奈夫人与我的妻子出去游览去了,同行
　　的还有丕托赖先生与华洛丕耶先生——就是您在这里遇见的
　　那很客气的新闻记者。

安　是的,不错。

圣　他是您的好朋友,我想。

安　是的,先生。

圣　他们走的时候,您没有醒来,所以他们拜托我通知您。

安　我谢谢您。

旅　先生们用不着我了吗?

安　是的,此刻用不着。

　　　旅馆主人出。

圣　（离了桌子,走到后方门洞前,向外瞭望）今早阿尔伯山的风景
　　美极了。您瞧! 我们看得很清楚那白山。

安　是的。不错。

圣　这似乎是下雨的预兆。

安　我替游览的人们可惜。

圣　是的……在您却没有什么为难。您与我是一样的,我们都不
　　喜欢这一种运动。

安　我老实说……

圣　（走到安德烈的桌前坐下）我曾注意到:您甘心放任您的少年
　　妻子陪伴着比您更勇猛的游览家出去践踏沙吴华的名胜的
　　山脉。

安　在我一方面……

圣　呀! 我了解您! 就说我吧,我决定放弃了陪伴圣达西斯夫人,

而且我很喜欢有丕托赖先生肯……

安　（起立）至于我呢，我……

圣　（跟着他）同理：特尔奈夫人觉得您的朋友华洛丕耶很勇猛，很快活……

安　天啊，我与我的妻子早已打定主意……

圣　当然，当然！我的意见与您一样。狂妄的热情，让新婚的夫妇享受去吧。像我们这种人，把终身伴侣带到了海边，又带到了陆地，游览了好几年之后……

安　请您容许我……

圣　我结婚九年了。您大约也……

安　不，不。我与您不完全相同。

圣　呀！说哩！

安　我结婚才一个月。

圣　不要说吧，您令我吃惊了。

安　为什么呢，先生？

圣　我不晓得，叫我怎样同您说呢？……是了……我看见你们二人很熟……所以我想……

安　总之，您没有猜着我与特尔奈夫人正在度蜜月吗？

圣　没有……真的，我猜想不到……但是，因此我更恭贺您了……因为您很快就变成一个哲学家……像我一般。

安　我们两家的哲学似乎相同，其实大有分别。

圣　无论如何，其中总有相同的好处，所以才能把我们二人连络。

安　您太客气了！

圣　刚才您问巴黎的报纸，是不是？

安　是的。

圣　让我奉献给您吧！这报纸仍旧是毫无趣味。请您赏玩报纸吧，如果您容许我，我要喝我的妻子的巧古力糖了。

安　您没有喝过您自己的吗？

圣　喝过的……只剩下圣达西斯夫人这一份。因为价钱已经总算
　　在内了,我平日是不肯放过的。(就桌)谢上帝。我的胃口很
　　好。一个人有了好胃口……

安　(自语)将来我岂不是变成他这样?……趁早挽回,还是时候。
　　外面有喧嚣声。

圣　(嘴贴着杯子)呀! 我们的快活的游览家来了!
　　淑赛德与华洛丕耶入,像两个队长。其次是圣达西斯夫人,又
　　次是丕托赖。丕托赖佩着照相机。

第二出

出场人:安德烈、圣达西斯、淑赛德、圣达西斯夫人、华洛丕耶、
　　　　丕托赖。

淑　(她撑着阳伞,挽着华洛丕耶的臂入。华洛丕耶光着头,她手
　　里拿着阿尔伯山的一枝花)话是说定了,亲爱的华洛丕耶,您
　　就可以得到报酬。

华　(没有看见安德烈)我是念念不忘的。什么时候呢?

淑　如果您愿意,即刻也行。吻我。

华　(瞥见安德烈)这个……

淑　(呈上脸孔)来吧……赶快。

安　日安,淑赛德!

淑　呀! 我的丈夫在这里。(跑向他)日安,我的亲爱的丈夫! (揽
　　颈)我给您介绍一个英雄。

华　(不肯承认)亲爱的夫人……

斯　是的……是的……刚才他实在值得赞赏。不是吗,丕托赖?

丕　是的,夫人。

华　我请求您,夫人……我觉得我几乎是一个可笑的人了。

淑　您有这么大的功绩,还可笑吗!?

安　唉,这是什么来由? 先生,您救了什么人的性命吗?

淑　比这更强呢！他为着我的爱情，竟把他自己的性命去冒险了！

安　呀！

淑　我们刚才爬上了那洒泪岩，真可爱。我不知道您是否晓得那羚羊小路旁边有一个可怕的深潭……

安　是的……

淑　好，我们正在爬山，我忽然看见小路旁边相离一米的空中有这一枝阿尔伯山的花。唉，好美丽的花！华洛丕耶对我说："您喜欢这花吗？"我说："当然啦。"他说："用它换一个吻，您肯不肯？"我说："还用说吗？交易的条件议妥了。"

安　唔！

淑　他伏下地去，像一条水蛇一般地向潭里爬，有一半身体俯在潭上。个个人都叫道："华洛丕耶……华洛丕耶，当心！"我扳住他的靴子。他达到了那花，折断了花枝，爬起来，很胜利地把花摆在草地上，我的脚边。只一层，在那时候，他的帽子——一顶第洛尔的新帽子，两边各插着一根雉鸡毛——这可爱的帽子，竟落在瀑布里去了！华洛丕耶，我的手在这里。

华　（吻她的指头）我有了百倍的报酬了。亲爱的夫人。

安　对不起……我欠您的帽子……淑赛德，你这般孩子气，竟累我花了一个路易。

华　呀！先生……

安　先生……我的妻子的债就是我的债，该是我付钱。（把一个路易递给他）

华　（拿钱）也罢……拿来救济一个穷人也好。

斯　您该晓得，这一段故事是很可纪念的，应该留传子孙。（指丕托赖的照相机）我希望您的相底有很好的成绩。

丕　是的，夫人。

安　是您所照的吗，先生？

丕　是的，先生。

安　您很喜欢照相吗？

丕　不是的，先生。

斯　他只因为要博我的欢心。

圣　丕托赖是一个忠心的人。他为着要博我的妻子的欢心，他做什么都可以。

丕　（向安德烈）是的，先生。

圣　你们就拿去洗吗？

斯　……当然……我如饥似渴地想要看见这很有诗意的一幕剧。华洛丕耶先生跪在草地上，把一枝阿尔伯山的花奉献给特尔奈夫人……是多么妙啊！……（向淑赛德）等一下您看，洗相片的手术是很有趣的。

淑　但是，我简直是个生手……

斯　恰因这个呢！……华洛丕耶先生经验很富，他可以当您的教员。

安　今天早上我还没有看见我的妻子，如果您容许我，我就把她留下了。

斯　您是一个自私的人，特尔奈先生。

华　假使我们再三请求，也许……

安　那么，我就生气了。

斯　这实在太可惜了……那么我们不要你们两位，我们到黑室里去，等一下你们看见了我们的相片，你们会惊奇起来的……因为我们还有其他的……一共三打。

圣　这越发好了！从前我们只保存了五百张。

斯　我取了好景，很调和。

安　我不怀疑您的艺术。

斯　谢谢！……那么，一会儿见。

淑　对了！

斯　（向华洛丕耶与丕托赖）你们来吧？

华　我们跟你走。(临出的时候)你们不觉得特尔奈先生有几分杀风景的样子吗?

丕　是山里的空气把人的脾气弄坏了。

圣　我呢,我到车站去……此刻是火车的时刻了……我非常喜欢看火车走过……(安德烈与淑赛德不答。他临出时自语)我非常喜欢看火车经过。

第三出

出场人:安德烈、淑赛德。

淑　真令人开心,不是吗?

安　你说你自己好了。

淑　你有生气的样子是不是?

安　是的。

淑　天啊,您的脾气真要不得! 幸亏我们不是当真结了婚,否则我要给您糟蹋了。

安　我吗?

淑　总之,我做错了什么事了?

安　你还问我? 唉,刚才你在这里,当着我的眼前,做了的事,比一个最不懂规矩的女孩也比不上了! ……

淑　是因为那一枝花与我的报酬,所以你说这话吗?

安　还不是吗!

淑　您真是个时代的落伍者! 假使卓爱听见了您的话……

安　那么,他一定说我有理……

淑　不,他会惊奇起来! 我把我所做的糊涂事都写信告诉他,他回信说他很满意。您看,在昨天,我所收到的一封信里,他写得很多情,很热烈,他说……

安　他吩咐你给一切的人们接吻吗?

淑　他没有吩咐我,但是我相信他就是知道了也不觉得有什么害

处。义父,要风情乃是现代的婚姻的基础。我结了婚,我要风
情,这是很自然的。

安 将来杰克生先生做你的丈夫的时候,你们关于这个,要如何定
夺都可以。至于此刻呢,我因一时发狂,把你归我保护,在道
德上我是该为你负责的,所以我觉得此后……

淑 我忽然有了一个奇怪的念头。

安 你又要说什么废话了?

淑 您是不是为我而吃醋?

安 吃醋?我吗?……为我的义女而吃醋吗?……嗳,淑赛德,你
这人真可笑。

淑 那么,您为什么动气?我不很懂。

安 因为有一件事是我所最不放松的,也是你所不关心的,像不关
心于一只破烂手套一样……这是什么事呢?原来就是我的
体统!

淑 我失了您的体统吗?

安 嗳,淑赛德,我的好孩子……请你仔细想一想,你同华洛丕耶
招是非,我像一个什么人?

淑 但是我并没有招是非啊……我要风情……像圣达西斯夫人与
丕托赖先生一般。您还没有看见他们二人在一块儿的时候
哩……人家没有看见过她隔了五分钟不允许他一次报酬的。

安 她这人真可恶!有些事情是我不能向你说的,因为你是一个
女孩子……

淑 我是一个结了婚的妇人了。

安 你是一个女孩子,你应该服从我,信仰我的话,我请你如何做,
你就该如何做。

淑 好的,爸爸!

安 我答应了你那事之后,我想现在你至少……

淑 呀!如果您现在责备我那事……

安 我不责备你什么。我只觉得我是你的义父，我为爱义女之故，至于甘心让步。你骗得我答应你的无理的条件了，而你却忘记了你答应了的条件。

淑 我忘记了吗？

安 你本该在我家寄宿，直到卓爱回来的时候；你本该把身子缩小，不至于妨碍我……我此刻还看见你踡跼在我的客厅的椅子里，低头发誓，说要使我甚至于不知道有你。

淑 对不起……对不起……是我要离开巴黎的吗？这一种儿戏的蜜月旅行，是我出的主意吗？

安 不是你，是我。这一来，在我是杀风景的事情。因为我临时把我平日所不肯丢开的许多事物都丢开了……

淑 这许多事物里头，我认识一件。这一件乃是很可爱的。它名叫米丽恩。

安 我请你住口吧。

淑 如果您尽管说话，结果一定是您有理……

安 唉！还说呢！我们不得不离开巴黎，只因为要避免你的父母的歪缠！这里，我们很安静，我相信他们决不会来追寻我们……

淑 （难为情）当然啦！

安 除非你同我开玩笑，把我们的地址给了他们。

淑 唉！不！……

安 我的小淑赛德，如果你做了这事……

淑 是的……但是我没有做。

安 我希望你没有做。既然我们离开巴黎专为的是避免……

淑 避免什么？

安 不，但是你看，假使在我家里——在我们家里，结婚的第二天，我们二人一块儿起床……

淑 好，那么，我们就互相道个日安，像在这里一般。我还是一样地吻您,向您问好……我是一个知礼的人啊!

安　是的……是的! 我再申说一次,有些事情是我所不能向你解
　　释的……

淑　为什么? 我有我的高等毕业文凭。

安　我请你相信我的话:我们本来不能停留在巴黎的。

淑　吓?……

安　我们不得不避免好些问题……譬如视线与微笑,以及仆人们
　　的窥探,千种意料不到的缪辕会使我们弄假成真的。

淑　呀! 岂有此理! 我自问:一对夫妇有意离婚,别人怎样猜得
　　着呢!

安　人家要猜,并不是猜这个。

淑　那么,是什么呢?

安　你真讨厌。

淑　也罢,我在这里也住得很满意。人人都对我很客气,而且……

安　而且?……

淑　而且我是结了婚的人了,人家不避忌我了。人家同我说些心
　　腹话,好些心腹话……

安　怎么样的?

淑　可以使一个元老院的老头子脸红的。

安　淑赛德!

淑　呃,就说今早吧……华洛丕耶先生对我们叙述一件很轻狂的
　　故事……

安　淑赛德小姐!

淑　是的……是一男,一女,又一个军人的故事……真令人笑弯了
　　腰! (笑)

安　怎么?

淑　我本想把这一段故事告诉您……但是我不能,因为我是一个
　　少女……您懂吗?

安　我懂得。我懂得我们即刻就要与这一班人绝交。

淑　与圣达西斯夫人绝交吗？

安　首先就是圣达西斯夫人。

淑　为什么？因为她有一个情郎吗？

安　你说什么？

淑　呃，是的……她有一个情郎，但是这与我有什么相干。

安　不幸的！

淑　我犯不着因此就不去看他们洗相片啊。

安　同华洛丕耶在一起吗？

淑　是的。

安　在那……

淑　在那黑室里。

安　这事断断不可以的！……一间黑室……

淑　您给我说中了。您绝对不会迎合新潮流。

安　吓？

淑　您是一个老腐败，呃！

安　老腐败！……我，老腐败……特尔奈夫人，请您使我快乐好不好？……

淑　我愿意极了。

安　请您回您那明室——十九号房间里去，您在房里等候我。

淑　您罚我忏悔吗？

安　当然啦！自此之后，如果你要出外游览，只许同我出去……只许同我一人在一起……

淑　好，那么，我们二人还可以寻开心！

安　一个情郎……一个军人……一间黑室……呀！不行！请您回房里去吧，夫人！去，去……

淑　我就去，义父，唉！不要说了！……我料不到您是这样一个不合时宜的人！

安　不合时宜？……杰克生夫人……

淑　特尔奈先生，您尽量地装做发怒的样子，而您的眼睛里却有笑容。您要不要我说出来？……您就正在装扮那军人！……（出）

第四出

出场人：安德烈、（其后）圣达西斯夫人。

安　很好！好极了！……我真想不到！……奇哉怪事！……唉！假使我不整顿一番，一礼拜后我岂不成了一个最可笑的丈夫……还只是儿戏的丈夫哩！……人家会说淑赛德这么一个女孩子……

斯　（入）淑赛德不在这里吗？

安　不，夫人，不。特尔奈夫人回房里去了。

斯　唉！可惜得很！我恰想要把这相底给她看……这是她的相底……我们偶然先把她这一张显出来了！成绩很好……（她对着日光透视那片）

安　让我看……（接过相底）真的。这是有诗意的一幕剧。

斯　请您看这详细的美妙的情节……淑赛德……华洛丕耶……那花……

安　这真可爱……（故意失手，相底坠地）唉！……

斯　摔破了！……这是一场不幸！

安　我希望这是修补不得的了。

斯　（赌气地）也罢，我们今天下午再拍照同样的一张。就完了。

安　我抱歉得很，您没有再拍照的机会了。

斯　真的吗？

安　特尔奈夫人忽然觉得头痛，她一定很抱歉，不能再奉陪你们游览。

斯　这真是一场急病……但是既然我们一定希望有淑赛德作伴，

我们可以展期到明天。

安　用不着，夫人，我的妻子的病一定延长几天之久的。

斯　吓？……这又是另一个问题了。这是一场压迫的病，是不是？

安　也可以说是真的病。

斯　亲爱的特尔奈先生，这事几乎是无礼的了，您晓得不晓得？

安　没有的事，夫人。而且，我常常自禁，绝对不肯过问别人的行为，同时我希望人家对于我所决定的事不加以干涉或批评。

斯　这种连珠论法很奇怪，而且缺少几分大方的气概。

安　我看见您如此批评我，我很抱歉，但是我做事并不是没有考虑过的。

斯　也罢，先生。但是您忽然翻脸的原因，可以说给人家知道吗？

安　夫人，这个太费口舌，我们越说，话越长了。我再申说一句：我们各有行动的自由，将来您不理我，我不理您，再简单没有了。我不奉陪了。（自语）假使她没有懂得……（出）

斯　真无礼！我要教他看我的手段！谢上帝，我要使他倒霉，容易得很！

第五出

出场人：圣达西斯夫人、华洛丕耶。

华　请你把相底给我好不好？我要把它连同其他的都放进水里去。

斯　如果您不嫌弃的话，请您把这些碎片拾了去吧。这里不是？……

华　唉！可惜！可惜！

斯　因为特尔奈先生故意失手，所以如此。

华　故意吗？为什么？

斯　您向他妻子献殷勤，十分得罪了他，您看，这就是他赌气的痕迹。

华　糟糕,这讨厌得很!

斯　做了这种事,不免有这种小危险……您应该好情好意地承受,而且谋个报复。

华　这是不容易的。

斯　哪里!……有我这样一个助手……

华　唉! 夫人……有没有助手,我恐怕特尔奈夫人的心始终是打不动的。

斯　您以为吗?

华　我常常自负,以为自己还有些手段,但是,这一礼拜以来,我努力想要接近她,终于找不着下手的地方。

斯　让我来帮助您。

华　您也不能使她失节。看这妇人的行为,很自由,几乎是太不检束了,然而她却是绝对的正气的妇人,为我生平所未见。随便你从正面来,从侧面来,她只等候你,向你微笑,向你招手……结果却是给你碰钉子。

斯　好,让我答复您:特尔奈夫人太伶俐了,绝对扮不得尼姑,也装不得假道学的女圣人……不,不……恰恰相反……她有……我怎样说才好?……是了……她有外面的假正气……这才算更狡猾……她表面上很有体统,其实是任人调戏……是一种假冒的骄傲……她因此能够骗得过许多老实的人,这个我承认……

华　唉!

斯　您不要不服气!……我对于妇人心理的经验多得很,这一场小把戏,经不起我一眨眼,就看穿了。

华　不要说了吧!

斯　我的亲爱的朋友,请您相信我的话吧。您须知她挂着坦白的招牌,其实她的不可动摇的心只是一种可以得到的货品。

华　然而我要发誓……

斯　当心……不要发一个假誓。

华　我可以把手放在火上①。

斯　那么您就错了……您的手会被烧伤了的。

华　要我怎样想呢？……要我怎样相信呢？

斯　华洛丕耶，您要知道一切的真相吗？

华　当然啦。

斯　请您留心听我说……特尔奈夫人有一个情郎。

华　您说什么？

斯　我说……特尔奈夫人有一个情郎。

华　我听清楚了……但是……（半晌）

斯　怎么样？（半晌）

华　您认识那男子吗？

斯　差不多。

华　您晓得他的名字吗？

斯　也差不多。

华　但是您毕竟知道得不很确实，是不是？

斯　岂但确实？……关于这段故事，我有一个证据。

华　一个证据？

斯　不容非难的证据……

华　什么证据呢？

斯　这证据，给给您的眼睛看见了之后……给您的手摸着了之后……那么，您这不信人家的话的，您将要如何说法？

华　我要说我的一切的幻想都消灭了，我要快活得发狂了。

斯　那么，来吧……我的亲爱的圣杜马②，让我把这地方的钥匙交给您。

华　如果您这样做，您真是可爱极了。

　　二人出。

---

① 法国风俗：发誓的人把手放在火上，如果他的誓言是假的，手就被火烧伤。

② 圣杜马（Saiut Thomas），使徒之一，以不信仰著名。

第六出

出场人：巴拿尔、旅馆主人。

巴　（入，旅馆主人随入，巴拿尔容色憔悴，头上一顶退了光泽的高帽子，衣服亦揉皱了好些地方。他的手巾围着他的颈）朋友，您这旅馆不差一个人到车站接行李，幸亏我是不带行李的，否则……

旅　请先生原谅我，我们有一个听差在十一点钟到车站接客，十一点钟的车是经过凡利耶与摩诺提耶的，但是先生您竟取道安纳马斯与伊特浪比。从来没有一个旅行的人是……

巴　还有换车的地方呢？先生，我本该要怎么办，才赶得上换车的地方去换车？

旅　假使先生在巴黎乘了那七点二十分的快车……

巴　旅馆主人，我是乘第一班车来的，因为事情太紧急了……再者，这些都与您没有关系。请您预备一个房间给我吧。

旅　是的，先生。

巴　（自语）我失了我的手巾了。

旅　二十一号房间……

巴　二十一号……随您的便。请您马上通知我的朋友特尔奈先生，说巴拿尔先生来了，想要同他说话。

旅　好的，先生。（巴拿尔打呵欠）先生肚子不饿吗？

巴　我只眼困了，想要睡觉。因为我是在火车里睡不得觉的人。

旅　假使是在七点二十分的火车里，您倒可以找得到睡炕。

巴　去吧！呸！去吧！

旅　是的，先生！

巴　再者，我不曾把事情告诉了安德烈之前，会不会想到睡觉呢？……而且这与您不相干。

旅　您看，特尔奈先生恰恰自己出来了。

第七出

出场人:安德烈、巴拿尔、(其后)淑赛德、旅馆主人。

安　(入)达我!……你来了!……真是意料不到!

巴　呀! 老友……我这旅行! ——特尔奈夫人好吗?

安　是的! 你没有看见她吗?

巴　没有。我才来。

安　(向旅馆主人)烦您去请特尔奈夫人来见我们。

旅　好的,先生。

安　你的行李呢?

巴　我没有行李。箱子没有,替换的内衣没有。领子没有,什么都没有……(摸自己的领)呃? 我的手巾原来在这里……(拭鼻涕)昨夜我像疯子一般跳上了第一班火车,这车是开向瑞士去的。

安　这是什么来由! 你不能先回到你家里,换了一套旅行的内衣服才来吗?

巴　我没有时间。当我们觉得我非对你说话不可的时候,已经是七点欠十分,我在米洛妹斯尼路。那火车是七点十五分在里昂车站开的。所以,老友……我就赶来了。

安　唉。你真令我担心。米丽恩病了吗?

巴　她很好。却是我病了。昨夜我没有睡觉。

安　究竟有什么事情发生了?

巴　呀! 你不要迫我了。你不迫我,我已经很难集中我的思想了。

安　说呀! 说呀!……

巴　是的。我就说……慢慢地……不要忙。好,我说了:糟糕……巴黎方面糟糕得很!

安　怎么?

巴　不是我说,你真是个妙人! 你结婚不先提醒人家……你保留着你的情妇……这是最不道德的事……总之……这是你的事情……呃? 这里有一张椅子! 天! 我疲倦极了!

安　你就解说给我听吧!

巴　等一等……我说到……是了,说到最不道德的事情。好! 你把米丽恩交托给我,你同我们说你在半个月以后就回来,叫我领她出去玩,使她开开心。你竟领了你的义女,做蜜月的旅行……好一个幸运儿……两个你都要! ……我呢,我一个也没有! 但是这是另一种思想,如果我不走正路,我就完了。

安　说到本题吧,巴拿尔,说到本题吧! 米丽恩等得不耐烦吗?

巴　如果只是这个缘故,我只须同她打打牌就完了。但是还有别的事情。还有危险……可怕的危险……我看见危险在我的面前,我一阵忙乱,像疯子般地走来了。

安　你把我吓煞。

巴　老友,你再也不该让我独自一人伴着米丽恩了。

安　你说什么?

巴　我说的是真情! 当你在家的时候,很好……什么都好。我是你的反光……我给你遮盖了……她只看见你,不看见我。及至你不在家之后,呃,就变了。

安　真的吗?

巴　是的。我更有价值了……米丽恩注意到我了。最后一次我们在一块儿的时候,我们的眼睛互相望着……说来真可恶。那时是七点欠十分……七点欠五分……

安　不要说了吧!

巴　老友,我是一个诚恳的人。我不愿意同你捣乱,不先通知你……

安　你是来通知我的吗?

巴　对了。

安　好,亲爱的巴拿尔,你做这事,时髦得很。

巴　是不是？

安　谢谢你。你的话十分有理，米丽恩再也不能与我离开太久了。

巴　我也是这样想。

安　因此，你就可以去找她。

巴　唔！……

安　领她到这里来。

巴　怎么？……

安　我们把她安顿在一所小村舍里，当做你的情妇，一切都妥当了。

巴　你不疯了？你的妻子呢？

安　淑赛德吗？……这一点儿也不要紧。

巴　好，算了，我也不惊奇，我早已晓得我在睡觉。我所听见你说的话，只是我的怪梦的一部分……

安　你是十分清醒的，而且你听得很明白。（掏出表来）开向巴黎的下一班车是五点钟，你可以就搭这车。

巴　（嚷）不，不行……我不能！在我这情形之下，我不能。我非睡觉不可。

安　好，那么，你先睡觉去吧，在车开的前一刻钟，我再唤醒你。

巴　好的……好的……因为这是你的命令……那么，我就找我的房间去，第二十一号……

安　是从这里走去的。

巴　你看，这路程……加上了担心……我便站着睡觉了。

安　倒运的巴拿尔！

巴　你不怕我这次回到巴黎之后，独自一人同她一块儿，我会……

安　呸！请你不要老是想这个好不好？

巴　真的，我这样疲倦了，当然不……

淑　（入）巴拿尔！您来了！……您这一来，真好，我的小达我！

巴　是的……我这一来真好。

安　他来向我们问安,就要搭下一班车走的。

淑　不要说吧! 您没有瞧见山谷一眼就走了吗? 您不晓得,这里的风景好极了。

巴　我预备带些风景片回去。

安　让他休息去吧……他疲倦了。

淑　可怜的达我。

巴　让我试一试……但是我是晓得我的……我的精神如此紧张,一定睡不成的。

安　你很有睡得着的机会。我的皮篋里有一瓶催眠药。你可以喝上三个羹匙,在火车未开以前,天崩了也惊不醒你。

巴　谢谢……我领受了……亲爱的夫人,请您原谅我……我跑了不少的路,是不是? ……而且车室里我们一共是八个人。所以要伸一伸腿,也不……

安　来吧,不要多嘴了!

巴　是的,是的……要伸一伸腿也不可能……所以我……

淑　巴拿尔,请你休息去吧,而且在这里住几天更好些。

安　呀! 不,不……他不能……但是他可以再来…

淑　好啊! ……安德烈,我在这儿等你。

安　一会儿见……

　　他与巴拿尔出。淑赛德独留,走向左方的桌子,伸手要拿一本书,忽见华洛丕耶进来。她欲从后方出。华洛丕耶止住她。

第八出

出场人:淑赛德、华洛丕耶。

华　我来赶走了您吗?

淑　没有的事……我拿了一本书到房里看去,因为我的丈夫罚我在卧房里忏悔。

华　忏悔! ……唉! 不好的丈夫……

淑　是不是？……而且一切都为的是您……

华　我吗？

淑　是您……他以为我对您未免疯狂了些。

华　这是什么意思！总之，夫人，如果只为的是我，他不久就宽待您的……因为我特来向您告别了……

淑　您走了吗？

华　是的，今天晚上。

淑　（向他伸手）再会，华洛丕耶先生……

华　告别了，夫人……请您承认了吧！从前您一定觉得我不懂世故，我觉得我曾经在你跟前做了一个呆子……我很惭愧，请您原谅……

淑　您的话，我一句也不懂。

华　哪里，……哪里！……总之，现在我快要与您分别了，请您容许我恭恭敬敬地向您进一个忠告，尽一个小小的义务。

淑　尽义务吗？……忠告吗？……

华　我劝您将来不再在山中小路上散布您的情书……

淑　什么？

华　今早您是不是失了一封信？

淑　一封信……卓爱的信吗？

华　（微笑）卓爱的信……正是。

淑　您看过了那信吗？

华　我不得不看……因为那信是没有封面的，我不得不看一看，然后知道是寄给谁的……

淑　您懂英文吗？

华　（用英语）是的，我的能力尽可以翻译一封英文信，（仍用法语）我晓得 love 是爱的意思，kiss 是……接吻的意思。

淑　对了……

华　（把信递给她）请您捏紧这一封信……天啊！幸亏不曾落在他

人之手!……否则就累了您了。

淑　累了我吗?

华　说哩!

淑　真的……真的。(笑)天!这真好玩!

华　您觉得吗?

淑　当然啦!……当然啦!……您就晓得的……您看见了这一封信,得了什么结论?……

华　我没有下结论的权利。

淑　哪里!……有的……有的……您有什么意思,请告诉我……说呀……—说我就喜欢了……

华　您一定要我说吗?

淑　是的……是的。

华　呃,我曾经想得透彻,我以为是……(游移)是……

淑　是我有一个情郎!(大笑)这很滑稽!……很滑稽!

华　有这样滑稽吗?……

淑　滑稽极了!……您真猜想不到……继续说下去吧……怎么样?

华　这已经说完了……

淑　不……不……还有别的事情。

华　我对您发誓!……

淑　呀!华洛丕耶!……

华　好,我说了吧,是的,夫人……还有别的事情……我自己说过……

淑　说呀……说呀……

华　我自己说过:卓爱先生住得很远……信是从印度来的……他要许久才回来……他说要等几个月……

淑　那么,怎样?

华　那么,我想别离总是不好的……我想也许……也许……

淑　也许人家可以暂时替代他,是不是?

华　淑赛德!……淑赛德!……您真是一个妙人儿!

淑　别胡说,华洛丕耶先生! 您的笑话很妙,但是如果您再说下去我就不开心了。

华　我请您恕罪。

淑　为着避免误会起见,我要即刻同您说明:您的假定完全是错的。

华　夫人,只要您一说我就相信了。

淑　再者,请您不要用这种嘲笑的口气,好像口不对心似的。

华　我不知道您在哪里见得……

淑　我的亲爱的华洛丕耶,我很正经地对您说,虽则这一封信尽可以使您作任何的猜想,其实我是一个正气的妇人,我很爱我的丈夫,而且十分尊敬他,我决不容许您有丝毫的猜疑,以致伤了他的人格。

华　晓得了。

淑　我不愿意您仍旧用这嘲笑的口气……我不愿意! ……我不愿意您竟敢猜想到……

华　要我怎么说,才见得我不猜想呢? ……

　　二人谈到这里,安德烈入。

淑　喂,先生,我的丈夫来了,您就可以得到证据……

安　什么事?

华　没有什么……没有什么! ……

淑　有的:是我丢了一封信,给华洛丕耶先生拾着了,我想要您收起这信,而且看一看。

安　(接过信来)卓爱的信……好的! ……先生,您懂英文吗?

华　是的,先生。

淑　是的,他懂得。

安　妙! 妙! 他懂得而我完全不懂!

淑　请您在这里说明白：说这信是我们收到的，而且一块儿看过了的。

安　不错。

淑　（向华洛丕耶）呀！您看……您看，我没有说谎。

华　夫人，您误解了我的话，我很痛心。

安　既然您偶然有了机会，我只好向您说一个明白。

华　用不着。

安　哪里话？这是不可少的。淑赛德，请你走开，让我们在一起吧。你不要担心，不要害怕。

淑　安德烈，我是一个糊涂人……

安　不是的。你听我说，你一时胡闹，不会有什么很坏的结果的。你去看那催眠药是否在我们的朋友巴拿尔身上发生效力。我就来会合你们！

淑　是的……我就去。

华　夫人，我向您表示敬意。

淑　告别了，先生！（出）

第九出

出场人：安德烈、华洛丕耶。

安　先生，此刻您只一人在这里，我就向您说明了吧……

华　亲爱的特尔奈先生……

安　我一说您就知道了，这很简单。您很有礼，把我的妻子丢了的一封信还了她。我很懂得信内的语调很够使您惊奇的。

华　没有的事。没有的事。

安　当然……当然……一眼看见的时候……

华　我请求您，先生，这一场小意外早已完结了，我竟记不起了……我不要求您说个明白。

安　您不要求，我也要说。

华 这很没有用处。

安 哪里！这正是我的好机会，我趁此把真情告诉您，同时请您此后对于特尔奈夫人应该放端重些。

华 您说什么，先生？

安 我说：您不知道您的举动的乖谬，您曾经与她玩了一种不合礼的游戏了。

华 呀！这又是另一件事。先生，我不十分高兴人家教训我。

安 也许吧，但是一个人在非受教训不可的时候……

华 当心，先生。

安 倒是您生起气来吗？……

华 除非您把您的语气改一改。

安 我喜欢什么语气，就用什么语气。而且，如果您要知道我的真意思，我老实说：您在潭边采花的事情，乃是最不高雅的！

华 真的吗？

安 这种举动，显见得您不知礼……

华 您要马上取消这一句话，先生……

安 绝对不能。

华 那么，我要报复您这无礼的话。

安 什么？

华 我们决斗去。

安 随您的便。

华 今天晚上我的证人就来找您。

安 我等候他们。

华 或者不花费了时间更好。我今晚回巴黎去。如果您愿意的话，半点钟后，请您与您的证人们到那棠球树林里散步，就可以看见我，我们就完结了这一件小事，我向您施礼了，先生！

安 先生……

华洛丕耶出。

第十出

出场人：安德烈、(其后)旅馆主人。

安　这事情真把人累煞！(按铃)

旅　(入)先生按了铃吗？

安　是的，烦你到二十一号房里唤醒巴拿尔先生，请他来与我说话。

旅　好的，先生。

安　料不到这女子与我结了婚，同时又很疏忽地把她的未婚夫的信件散布在路上……唉！她与我结了婚……此刻却累我决斗了！我分明晓得这原来是不很严重的，然而我竟与一个笨人吵起嘴来了。呀！如果再有人强迫我代理婚姻！……

第十一出

出场人：安德烈、巴拿尔。

安　呀！你来了！

巴　老伙计，如果你同我开玩笑……

安　不要说废话！

巴　废话！……开玩笑，人家把催眠药给我服了，恰在我打瞌睡的当儿，人家又匆匆忙忙地把我拉起床来。

安　我需要你……我要决斗。

巴　你决斗？

安　是的……同华洛丕耶……

巴　真糊涂？你为什么决斗？

安　这你不必管。

巴　我睡觉去。

安　请你不要走……这因为一种辩论……糊涂的……

巴　喂，你为什么叫我做糊涂的？

安　不是你糊涂，只是那一种辩论糊涂。

巴　这才对啊，你已经向我道歉，也就罢了。

安　刚才我与他谈白山……他把白山归入瑞士，你须知……

巴　叫他同地图争斗去吧。

安　我已经矫正了。

巴　矫正了那白山吗？

安　不，矫正了华洛丕耶！于是他同我挑战……请你替我找两把剑与一个证人……不要耽搁了事……这里十米之远，有一个棠球树林，很适宜于决斗……华洛丕耶在那边等我……我先走了……你快做去……一会儿见。

巴　你说什么？

安　跟我来，快做去……

巴　怎么！

安　跟我来，快做去……（出）

第十二出

出场人：巴拿尔、（其后）旅馆主人。

巴　（独留）快做去……快做去……（懒懒地倚在墙上。电铃频响）他这人妙极了。在这一千二百米的海拔之上，在我不认识一个人的山里，叫我怎能找得出两把剑与一个证人！旅馆里有一位先生不耐烦……而且这催眠药……（打呵欠）也罢。

旅　（入）我请先生恕罪，刚才我不得闲……先生按了铃吗？

巴　我吗？不！（他不倚墙了，电铃也就不响了）唉！是我按了铃！请您把旅馆里的两把剑带来给我。

旅　先生说的是？……

巴　一副剑，我要你的一副剑……

旅　这个我不晓得还有没有，先生……

巴　这太不行了……在这高沙吴华省——国家的边境里，竟没有剑！……唉！这个！但是您这里什么也没有吗？我限您五分钟找到我所要求的东西，否则我要告你一状！

旅　请先生原谅我：我这里的剑，除非是在板壁上的兵器古玩……

巴　您有板壁上的兵器古玩，而您却不早说！……快跑去，不幸的，快跑去……呀！等一等……证人呢？……请您替我把旅馆的证人领了来。

旅　（嘲笑地）唉！先生，没有证人了！

巴　没有证人了！……我完了！等一等……请您把这饭巾放下……把眼望着我。

旅　是，是，先生。

巴　把这一双手套带上……不，带一只就够了……留一只给我……好……您有没有大礼服？

旅　我有一件常礼服。

巴　也罢，管它呢！……请您掉转身……而且，山里的事该当做山里的事办……您就可以做一个很适宜的证人了……去找剑给我吧……而且穿上您的礼服。

旅　我就去，先生。

巴　（把饭巾掷给他）还有这个，拿了去！……

旅　旅行的人毕竟有很滑稽的。

第十三出

出场人：巴拿尔、圣达西斯、丕托赖、（其后）旅馆主人。

巴　（坐）尽管这么一来……我还是要打瞌睡！……

圣　（与丕托赖入。丕托赖拿着一副剑，用绿绒裹着）幸亏您的汽车里的东西应有尽有。

丕　我是一个爱提防的人……一个人旅行应该事事如意才好。

圣　（指巴拿尔）这先生显然是特尔奈先生的证人中之一个了。

丕　我们上前接洽吧。

圣　是的……（走近巴拿尔的椅子，巴拿尔正在打盹）先生……呃！
　　先生！

巴　（开眼，歪嘴）这催眠药太不行！……你们是什么人？

圣　您是不是特尔奈先生的证人？我们不胜荣幸……

巴　不错……

丕　我们是华洛丕耶先生指定的……

巴　幸会，幸会……我看你们带有剑吧……

丕　上好的剑……

巴　这越发好了……

旅　（入。肩上担着 15 世纪的两把很大很大的剑，剑柄是十字形，
　　须用双手拿的）你们看，我们所有的剑就是这样的了……

众　吓！

巴　不幸的！看这记下来的年月，乃是查理·特迈莱①时代的。

旅　依传记里说，那最长的一把原是威廉退尔②的旧物……

丕　唉！那么，怎样？

圣　这未免太庄重了！……

旅　请先生注意：我实在竭尽能力了……

巴　把这两把剑拿去仍旧挂起来吧……或者，不，挂在这雨伞架上
　　吧……不要走……先生们，我们在外地方……在旅行的时候，
　　只好将就些……匆猝间，我们缺少了一个证人……我们的旅
　　馆主人……（向旅馆主人）施礼吧……呀！不要这样……您像
　　是要给我擦靴子似的……也不要这样！……这样！……先生
　　们，你看，我们的旅馆主人……

圣　可以充数。

丕　毫无疑义。

巴　那么，我们什么都齐备了……呀！一个医生……（向旅馆主

---

① 查理·特迈莱（1433—1477）是 15 世纪法国的贵族。
② 威廉退尔是古代传说中之英雄。

人)旅馆的医生。

旅　这可容易了,我们有一个医生。

丕　你们不必操心……我的汽车夫乃是一个医院学生。

圣　算您有见识!……

巴　那么,一切都妥当了……先生们,我们走吧,在路上再商量条件……

圣　很和平的条件,不是吗?

丕　当然,因为没有人观场。

巴　(向旅馆主人)您的手套,扣上您的手套……您不能吗? 妙,妙! 您的手太粗了! ……

　　他们出。

第十四出

出场人:杜不赖、杜不赖夫人、一个听差。

杜　(入,其妻随入)我同你说,他一定是住在这里的。

赖　你相信吗?

杜　你看淑赛德的信:"我们在摩纳提耶,美景旅馆。你们千万不可告诉安德烈说我把地址给了你们,否则他要责骂我的。我同你们接吻……淑赛德……"

赖　这爱守秘密的安德烈,真令人不懂!

杜　幸亏淑赛德泄露了……(向进来的听差)喂,您把我们的行李运来了吧?

听　是的,先生。

杜　现在请您给我们一个房间。

听　烦先生与夫人到办公室里来……是从这里走的。

杜　我们跟您走。(向杜不赖夫人)我们悄悄地去,要把他们吓得又惊又喜的。

赖　对了。

第十五出

出场人：听差、(其后)淑赛德、(又后)圣达西斯夫人。

铃响，一会儿又响，更急。

听　(入)呀！这个！旅馆主人干什么去了？(注视旅客表)这是十九号的房客不耐烦……让我去看……唉！做人家的奴仆真是不幸。

淑　(入)喂……这是什么来由？为什么不回答我？旅馆主人不在家吗？

听　是的，夫人。如果夫人需要些什么……

淑　我须要知道特尔奈先生在哪里。

听　我没有看见他，夫人。也许他在亭子里。

淑　您去看一看。

听　好的，夫人。(出)

淑　(拿一张报纸)呀！精神这样紧张，何苦呢？

斯　(入)亲爱的，您独自一人在这里吗？

淑　是的。我在等候我的丈夫，他说过就来会我的。我不晓得他到哪里去了。

斯　那么，今天是隐藏的日子了！我也正在寻找我的丈夫与丕托赖先生。

淑　他们二人都抛弃了您吗？

斯　天啊！是的。而且他们没有说他们到哪里去。

淑　而且……华洛丕耶先生呢？

斯　也不见了。

淑　他们决斗了!?

斯　您说什么？

淑　我说刚才我的丈夫与华洛丕耶先生有了一场小小的争论，我预先料到结果是不好的。

斯 唉,真是废话! 他们不会去得很远,而您却疑心生暗鬼了。

淑 不是的,不是的。忽然间……我敢断定我没有误会。

斯 嗳呀,亲爱的……

淑 呀! 我担心到发狂了! 我要到附近的地方找寻去……您须知,假使有祸事发生,乃是我的罪过……

斯 我同您走,但是我敢断定……

第十六出

出场人:淑赛德、圣达西斯夫人、巴拿尔。

巴 我的亲爱的淑赛德……夫人,幸会,幸会。

淑 (跑向他)他要决斗了?

巴 不是的。他已经斗过了。

淑 怎么样了?

巴 很好。好得很。他受伤了。

淑 呀!

斯 重伤吗?

巴 不……只伤了手指……破了一片皮。我给他用薄绢包裹了手指…很可以放心。

淑 呀! 巴拿尔……刚才您把我吓煞! ……

斯 现在您放心了,我也快乐了,再会吧,亲爱的朋友。

淑 谢谢。再会吧。

巴 再会,亲爱的朋友……不久再见……她这人很可爱……我不认识她……

第十七出

出场人:淑赛德、巴拿尔、安德烈。

淑 但是,他在哪里? 他在哪里? ……呀! 他来了! ……(跑向进来的安德烈)刚才我害怕极了,您须知……(滚入他的怀里)

巴 他刚才很妙。

安　你想要说我很可笑,是不是? 我本想教训这无礼的人……而结果却如此!

淑　安德烈,我所做了的事,真像一个昏头打脑的人,但是我与您约好,下次再不做了。

安　我们就如此希望吧。

淑　您不怪我吗?

安　我什么时候怪过你!? (巴拿尔以手轻敲桌子——安德烈说)请进。

巴　喂,我是懂得事体的。你们要大感动了,要热烈地接吻了……但是,我呢,我还有两个钟头的好光阴……我可以睡觉去,是不是?

淑　对了,巴拿尔,您休息去吧。

巴　(向安德烈)再者,你呢……你须知……在火车未开以前,我再也不许你搅扰我了! ……

安　我向你发誓了。

巴　否则我要咬你。

安　好的。

巴　我预先向你声明了……(出)

淑　唉! 我将来该如何学好,才能使您忘记了今天的事情啊!

安　这是过去的事情了,淑赛德。他再也不想起了。

淑　您对我真好! 此后我要很规矩地同您过生活。

安　对了!

淑　我希望您在这美丽的山水之间,很安宁,很平静,很幸福。

安　真的,我享些安静的福也不为过分……

第十八出

出场人:淑赛德、安德烈、杜不赖、杜不赖夫人。

杜　(入)咕咕……

赖　咕咕……

杜　呀! 我们来了!

淑　爸爸！妈妈呀！真有趣！……（跑上前，吻他们）我是何等快活啊！

安　你们来了……两位都来了！

杜　是的，两个都来了。你没有料到吗？

安　说良心话，是的！

赖　我们来陪你们住半个月。

安　只半个月吗？

杜　你可以用你的汽车载我们游览去，一定很有趣的。

安　呀！不，不……这未免太过了。

杜　喂！……你们这一对鸳鸯过的是好日子，是不是？

淑　我们很幸福……很幸福。

杜　（拉安德烈到一边）喂，亲爱的安德烈，你没有话告诉我们吗？

安　没有什么。

赖　没有……

安　什么？

杜　没有希望吗？

安　你们说话不知深浅！……

赖　我们似乎觉得还有问你的权利……

杜　女婿，你虚度了光阴，而且像你这样年纪，如果不顾到这一层，未免是没有见识……

安　你真啰唆！

杜　（向杜不赖夫人）我这几句话是不得不向他说的。

安　（向淑赛德）我们明天就启程。

淑　随您的便。

杜　你们住得很好吗？

淑　当然啦！

赖　你们的卧房对着阿尔伯山吗？

淑　是的，我的卧房对着阿尔伯山。

赖　怎么？

淑　安德烈的卧房却对着山谷。

杜　我听不清楚。

赖　你们不会分住两个房间吧？

杜　我想你们该是同住一个房间，不是吗？

淑　不是的。

杜　呀！亲爱的安德烈……（向杜不赖夫人）怪不得他不……

赖　我们很不满意。

安　是的，但这尤其是我的事情……

杜　对不起……我干涉你……我是岳父，有权利要求女婿同我的女儿要好。

安　这话未免太厉害了！淑赛德，我请你开导你的父母……

杜　我想不会是淑赛德反对我……

淑　好……这因为……我们养成习惯了……

杜　呃，这是可惜的习惯。

赖　这习惯非改不可。

杜　还不是吗！

安　那么，你们这一来，为的是侦探我们的行为，利用我的汽车去游览……而且扰乱我们的家庭的秩序……

杜　我的亲爱的安德烈……

安　好，我受够了！（按铃，呼唤）伙计！……巴拿尔！……旅馆主人！……（向进来的旅馆主人）请您赶快去唤醒巴拿尔先生。

旅　是的，先生。

杜　你说什么？

安　我说我生气了，我说我忍受不住，非走不可。

淑　您走吗？……

赖　先生，究竟您到什么地方去？

安　什么地方吗，夫人？我到巴黎去再会我的情妇！（向进来的巴拿尔)呀！你来了！

淑　安德烈……

杜　特尔奈先生……

巴　又有什么事？

安　有的，是：一切都变了。我带你回巴黎去。

巴　不行，不行……我不走。

安　随便你！

巴　我要睡觉！……倒霉！……

幕闭

第三幕

布景 同第一幕。

第一出

出场人:安德烈、吴尔邦、赖安婷。

时在晚上九点钟。安德烈穿着晚礼服,预备出去。奴仆们站在他的旁边,听他吩咐。

安 你们两个都懂得我的话了吗?

吴 是的,先生。

安 我要完全恢复未结婚以前的生活。

婷 先生在家里吃饭,不是吗?

安 有时候是的……

吴 先生在半夜还没有回来的时候……

婷 那就是有人留宿了……

安 不错。

吴 先生您容许您的忠心的吴尔邦劝您一句话吗?……

安 说吧,吴尔邦,说吧……如果我不满意,我只不依你的话就完了。

吴 先生今天下午从瑞士回来,路程辛苦,也许可以休息一晚……

安 休息吗? 我并不疲倦啊! 我是一个老青年,经过这一片段拘束的生活,谢上帝,现在我已经把这生活结束了。我这一次旅行,非但不疲倦,而且是长期休养的好机会,所以我此刻的身体壮旺极了。

婷　那么,姑娘从陆离戏院出来之后,要来向先生问晚安了?

安　是的,姑娘今晚要来向我问晚安,请您明早给我们预备两杯巧古力糖。

婷　好的,先生!

安　您先预备好她的小食,她一到来,你们就可以不必在这里伺候了。

吴　总之,一切的事务都照常,好像不曾经过什么事故似的。

安　还不是吗? 其实也没有什么经过! (电铃响。吴尔邦去开门)呀! 巴拿尔来了!

婷　先生领了巴拿尔先生来吗?

安　是的,他一连睡了十四个钟头……我想他这一来,大约为的是邀我到俱乐部里去。

婷　他来了……我不奉陪先生了。

安　去吧,赖安婷!

第二出

出场人:安德烈、巴拿尔、吴尔邦、赖安婷(只一会儿)。

安　(向进来的巴拿尔)喂,达我,你竟穿好衣服预备好了。
　　吴尔邦与赖安婷出。

巴　(晚礼服,雨衣,手杖)你瞧……

安　你从陆离戏院来吗?

巴　当然啦!

安　你告诉了米丽恩,说我们回来了吗? 她喜欢吗?

巴　是的,也可以说不是的……她喜欢,因为你回来了;她抱歉,因为她在树林里游玩久了些,以致你去拜访她不着;她发怒,因为你没有先打电报叫她到火车站接你。

安　唉！我最恨的是腮上的接吻！

巴　是的，我晓得。再者，在你这一段姻缘上头，是你爱她，是我多情。

安　她今晚一定来吗？

巴　一定来的！而且，我一看见你们互相拥抱之后，我……

安　你回家睡觉去，是不是？

巴　不，我找托托斯去。

安　呀！你竟对不住我们吗？

巴　终于到这地步的！……我为你们守节了两个月……现在……

安　老友，你有道理，我了解你。我这一次回来，乃是受恋爱的饥荒所迫……真的恋爱。

巴　还说哩！——你是结了婚的人！……

安　唉！不算数！……

巴　什么？

安　没有什么……

巴　喂，你是打定了主意的了？

安　什么主意？

巴　离婚的主意。

安　呀！离婚？妙啊！我像一个没有决断的人吗？

巴　妙，妙！你以为你的妻肯答应忽然与你分离吗？

安　她满意极了，我们的意见完全相同。你放心吧。

巴　你们当初何苦结婚呢？

安　当初是应该的……我承认表面上不应该，而实际上却是应该的。

巴　我不多说了！我不多说！因为我不懂。只一层，你叫了米丽恩来……

安　她不是来过三个月吗？

巴　那与这个没有一点儿关系。从前她来的时候你没有结婚！

安　你怕人家捉我们吗?

巴　人家会很严厉地批评你的。

安　那么越发好了!因为这样一来,一切的罪名都在我身上,恰是很适宜的。

巴　你可以说你已经有了罪过了,因为你在山上那么忽然发怒,匆匆跑回巴黎!……以我看来,淑赛德就会再来的。

安　(按铃)巴拿尔,我讨厌你。她今天不会再来,明天也不来,永远也不来,我敢绝对地断定。我们到俱乐部去吧,我极想输去二十五个路易。

巴　把这二十五个路易借给我吧。

安　不行,比不得输了快活。

巴　那么,走吧!

吴　(拿着安德烈的外衣、帽子、手杖,入)来了,先生。

安　你瞧,吴尔邦早已懂得了!(披上外衣,呼唤)赖安婷!……(吴尔邦助他穿外衣,他向吴尔邦说)谢谢,吴尔邦!(赖安婷入)如果姑娘比我们先来,请您陪她打一圈牌吧。

婷　好的,先生。

巴拿尔与安德烈预备出去。

安　(在门槛上)请您打牌只要输不要赢!……

婷　请先生放心!

安德烈出。

第三出

出场人:吴尔邦、赖安婷。

吴　赖安婷!

婷　吴尔邦!

吴　我有遇大事不吃惊的习惯!

婷　我也一样。

吴　自从我到这一家以来，我看见先生东找一个棕色发的，西找一个金色发的，我毫不在意。

婷　我也一样。

吴　所以我敢说我是一个巴黎气十足的仆人。

婷　谁说不是呢！

吴　好，现在我却摸不着头脑了。除非我是一个呆子，否则我敢说先生的婚姻是爱情的结合……

婷　对啊，吴尔邦，爱极了才结合的。

吴　好，他做蜜月旅行，六个礼拜之后，他独自回家，声称离婚，再去找米丽恩姑娘来代替正式的妻子。

婷　厉害得很！

吴　我们二人独自在家……不是吗？……这不成体统。令人猜是……

　　有人按铃。

婷　呃？先生忘记了些什么了。

吴　大约是的。对不住！（去开门）

婷　什么呢？……是了……大约是他的香烟盒子！

第四出

出场人：吴尔邦、赖安婷、淑赛德、（其后）朱丽恩。

淑　喂，我的好吴尔邦，怎么？您的脸色惊呆了？

婷　（自语）夫人来了！……鸡狗同笼了！……

吴　不错，夫人，因为……

淑　那么，先生出去了吗？

婷　是的，夫人，他出去一会儿了。

淑　吴尔邦，请您照料我的行李。我的箱子不用说是要搬到我的卧房去的。

吴　不过……

淑　什么？

吴　我们料不到夫人来。

婷　先生同我们说过……

吴　总之，我们没有受命令。

淑　因此我才命令你们。

吴　请夫人恕罪，今晚您真的不能在这里住下。

淑　岂有此理！你们大概不会叫我到旅馆里住去吧？

婷　这样办还好些，夫人。

淑　怎么？

吴　只因一场偶然的事，以致夫人与夫人的奴仆都处在困难的境地了。

淑　您怎么见得呢！

吴　我觉得我有通知夫人的责任：您如果坚持要在这里住下，一会儿您须得接见一个客……

淑　一个客？

婷　这客一来，夫人心里一定不受用。

淑　米丽恩姑娘吗？

吴　正是她。

淑　先生吩咐你们，说她要来吗？

婷　是的，夫人。

吴　（向赖安婷）她要把家具都打碎了的。您当心照顾着那些花瓶吧。

淑　好，你们不必担心，让我接见她。

吴　奇了！

淑　此刻你们放心了，依照我的话做去吧。

吴　好的，夫人！（出）

婷　请夫人原谅，我想恭恭敬敬地向您贡献一个意见：我觉得在这情形之下，一场大闹是值不得的。

淑　您以为吗？

婷　夫人尽可以于明早与先生见面,把这一场误会……

淑　赖安婷,谁说我与先生之间有一点儿误会呢？

婷　这是我设想的……先生说过……

淑　您误解了特尔奈先生了。我劝您将来不要再把您这种好意思说出来才好。

婷　是,是,夫人。

吴　(入)夫人,我恐怕……

淑　什么事？

吴　米丽恩姑娘来了。

淑　好极了！您同她说过我在这里没有？

吴　唉！没有,夫人！

淑　好,请她进来,而且你们退出去。

吴　(自语)她的巴黎气越发十足！(走向门口)姑娘,请进……
　　(吴尔邦闪在一旁,米丽恩入)

米　(瞥见淑赛德)怎么！一个女人在这里？

淑　姑娘,请进来,不要怕,原是我想要同您说话。我是特尔奈夫人。

米　但是,夫人……

淑　您不会拒绝我吧？

米　(向吴尔邦)您的胆子不小！

淑　(向吴尔邦与赖安婷)你们可以退出去了。

吴　是的,夫人！(向赖安婷)我们快可以看热闹了！(二人出)

第五出

出场人:淑赛德、米丽恩、(其后)赖安婷。

米　夫人,我想我告退了还好些。

淑　(固请)请不要走……米丽恩姑娘——陆离戏院的名伶,您到了特尔奈夫人家里,只有受欢迎而已。

米　夫人,请您相信我的话,我原不晓得……

淑　不晓得我在这里?当然!我是突然到来的!……

米　您将来会明白……

淑　我再申说一句,姑娘,我很快乐,得偶然与您相逢,与您谈话,如果您愿意,我们可以推心置腹……

米　然而我恐怕……

淑　您不要怕……我是很坦白的人……我很喜欢透明的境地……我要请您帮一个忙……您肯听我说吗?

米　天啊,夫人……如果是要我帮忙……

淑　请您好好地坐在这椅子上,而且我哀求您听我说……您肯不肯?

米　遵命,夫人!

淑　米丽恩姑娘,我不是不晓得在我们未结婚以前您是安德烈的……特尔奈先生的……一个可爱的、聪明的女伴侣。

米　您晓得吗?……

淑　我的丈夫告诉过我……

米　呀!

淑　是的……现在我觉得他的眼力真不错!……

米　夫人!

淑　我说的是真话……安德烈宣告结婚,该是您所不及料的事。

米　(微笑)不错,我没有料到他结婚。我曾经有几分不如意……然而您须知……男子们都是负心的……

淑　真的吗?

米　唉!对不起!……我以为他是突然变了心!……

淑　您错了。特尔奈先生娶我,纯然为的是帮我一个忙。

米　(微笑)这倒不是常有的事。

淑　这是奇事,其实却是很简单的事……是的,我有特别的理由,

这理由不仅属于我一人,请您原谅我,我暂时不能向您露泄,
但是我很须要假装一个结了婚的人。

米　真的吗?……

淑　是的……我的义父非常爱我,把我从小就娇养惯了,我要什么
　　他没有不依的………后来我同他说一定要把他当做我的丈
　　夫……表面上的丈夫……只做几个月……

米　于是他即刻应承了……

淑　唉! 不是即刻应承的……先是为着您,他就不依。

米　这算是他对我还好……

淑　后来,过了一个钟头……

米　不,两个钟头……

淑　(笑)是的,两个钟头……当时您恰在旁边的房间里……好,过
　　了两个钟头之后,他终于像平日一般地让步了……这就是我
　　们结婚的历史……

米　有趣得很!

淑　有趣得很……自此之后,在一切的人们看来,我们居然做起夫
　　妇了……这把戏玩得还不坏,只一层……

米　有些不方便吗?

淑　可惜我的义父不久就厌倦了,不肯玩这把戏了。

米　呀?

淑　他把我撂在一旁……

米　哦!

淑　把我丢在瑞士! ……

米　我懂得! 我也被他丢过一次,在意大利! ……

淑　最麻烦的乃是因为我还需要他一些时候。您肯把他再借给我
　　几时,我就感激不尽了!

米　小姐……

淑　请您为我做了这事吧,我一辈子忘不了您……我同您发誓,将

来一定把他奉还您……

米　但是……

淑　说肯吧！……说肯吧！……如果您拒绝了我,不知我是何等的不幸啊！

米　累您不幸,我怎样过意得去！

淑　唉！您的心地真好！我晓得您是一个好人！

米　您的话不错……我不是一个没良心的女子！再者,女与女之间是应该互相帮忙的……您一定要这样办吗？ 如果我肯了,您就非常快乐吗？

淑　唉！是的！

米　好,那么……我应承了。

淑　唉。谢谢……谢谢！……

米　小姐,您还要用您的丈夫多少时候呢？

淑　夫人,我希望在两三个月以后把他奉还您。

米　好的！ 那么,您就要了他吧……而且我细想起来……如果您要永远占了他……

淑　谢谢您……不……您太客气了。

米　好的！ 那么,您就保留他两三个月吧,您不要难为情……您须知……在戏院里,凡是年纪还轻,容貌不错的……

淑　何况您是长得这样美！ ……

米　要一个男子并不难！

淑　还不是吗！

米　我们每一个人便是几个化身……依我的意思,凡是认真做戏的女伶,每演一本戏,应该有一个情郎……每次的情郎应该恰合剧中的身份……假使我们要对得住编剧的人,只有这一个法子！ ……因此之故……如果您愿意的话……

淑　不,谢谢,米丽恩姑娘！ 您这人很好,我满心爱您！ ……喂,如果您肯博我喜欢……您不至于不肯领受我这小小的戒指。这戒指没有什么价值,是我在教养院里戴的,直戴到少女时代。

米　呀! 这个………我很愿意领受,我相信带了您这戒指一定有好运气。

淑　也许吧! ……我年纪小的时候很幸福……

米　还有我呢! ……您想想看,我的父亲原是一个陆军大佐……

婷　(入)夫人们,先生回来了,我听得出他的汽车的号笛的声音。

淑　安德烈来了! 叫我怎样同他说好?

米　您不必担心。我在这家里很熟,我可以出去,不让他看见我。

淑　好,就是这样办吧……再谢谢您,而且向您表示我的友谊。

米　无论如何,您已经招待了我,我总是感激您的。(施礼)夫人……

淑　姑娘……

米　这女子真可爱。(与赖安婷从右方出)

淑　这妇人妙极了! ……唉! 我真呆! ……我的政策实行了,而我却有几分怕起来了! 他回来了! (犹豫一会儿之后)唉! 让我躲起来。(连忙地跑进了右方的房间里)

第六出

出场人:安德烈、(其后)淑赛德。

安　(入)怎么? 没有人! ……(呼唤)米丽恩! ……我的小乖乖,你在这里吗?

淑赛德的声音　是的!

安　你与我分别了两个月,还不快来拥抱我接吻吗?

淑赛德的声音　来了!

安　你不爱我了吗? 这是你不好,我呢,我万分爱你!

淑赛德的声音　真的?

安　一会儿你就见,坏了头! ……喂,米丽恩,进来吧!

淑　(入)原来只是我。

安　淑赛德!

淑　您毕竟还可以吻我一吻啊!

安　淑赛德,你在这里!……

淑　是的,安德烈,我累您这样大失所望,请您恕我的罪,但是我没有别的办法。

安　呀! 岂有此理! 我料不到……倒霉!

淑　米丽恩姑娘来过了。

安　米丽恩! 你看见她了吗? 同她说过话了吗?

淑　是的。

安　这是不合规矩的……

淑　您教我关门不许她进来不成? 我已经接见了她,同她说:如果她有话同您说,可以在几天后再来。

安　妙极了! ——但是你呢? 淑赛德,你呢? ……你来这里做什么?

淑　我来求您再留我住些时候。

安　唉! 不行,这个无论如何是不行的! 怎么! 一切都妥当了! 我已经得了绝交的最妙的口实,重新组织了我的生命……呼! 淑赛德小姐收拾行李,竟突然又来了!

淑　来的是特尔奈夫人。

安　总之,亲爱的孩子,我想这一场把戏,已经玩得够久了。

淑　不,安德烈,不! 我这一来,恰要请您把时间再延长哩。

安　请问你:为什么呢?

淑　因为您已经替我招了是非了。

安　我吗?

淑　您走了之后,爸爸妈妈很伤心,严重地质问我。我说有一位先生打我的主意,您同那先生决斗了。

安　谁叫你告诉他们!

淑　于是他们举手向天;我尽管说我没有大错过,没有什么可责备的地方,然而他们不相信,因为您决定与我离婚,把他们吓昏了,您须知……而且……

安　而且怎样?

淑　而且他们以为我失了节!

安　呸!

淑　他们对我声明,如果我不得您恕罪,他们再也不收留我了……您看!……

安　我的可怜的小淑赛德!

淑　我们从前约好的:我们离婚的时候,一切的罪过都是您担承。请您回想一下……

安　当然啦!

淑　现在我似乎是一个失德的女人……爸爸、妈妈、我,我们三个人都十分伤心。

安　我的可怜的淑赛德! 你的话不错,现在我仔细想来,我这一次的举动,显然是太疏忽了…

淑　一个人为着一个妇人而决斗,就是替她招是非。

安　当然,尤其是为着自己的妻子而决斗。

淑　因此我才回来。

安　你回来得好。我不责备你,甚至于觉得你迟了些。

淑　因为没有别的火车。

安　不久以后,我们再假托别的原因就是了。

淑　唉! 您放心。这很容易。最要紧的乃是您应该装一个凶神恶煞。

安　对了!

淑　我呢,一个遭殃的女人!

安　不错!

淑　还不是吗?

安　此刻你可以安心在你的义父家里再住下……赖安婷大约已经

收拾好你的卧房了……

淑　是的,安德烈……唉!对不起……是的,义父。

安　请你草一个电稿,预备打给你的父母,说一场风雨已经平静了……

淑　这个吗?

安　还不是吗?

淑　您喜欢看见我吧,吓?

安　我料不到你回来,但是我却很喜欢看见你……好……

淑　好……

安　(看表之后)亲爱的,睡去吧,像一个乖乖的小女孩……

淑　我原是乖乖的小女孩。

安　不错,晚安。

淑　晚安,义父。

安　至于我呢……

淑　您出去吗?

安　当然啦!

淑　在这时候?

安　说哩!

淑　我归家的第一夜,您就让我独守空房吗?

安　你听我说,淑赛德,您该懂得道理才好。

淑　我的眼不倦,您须知。

安　好,那么,拿一本书看吧。

淑　您到哪里去?

安　这个你管不着。

淑　去看米丽恩吗?……

安　呃,是的……去看米丽恩……而且巴拿尔在等候我。

淑　唉!巴拿尔……

安　这是一个忠心的朋友,我不愿意因他的性情很好就欺负他。

淑　这一场夜宴席上还有别的妇人吗?

安　谁说我赴夜宴去?

淑　我的小指头说的!

安　你调查错了,可惜。

淑　如果您肯做好人,您就牺牲了您的夜宴吧。

安　呀!这个!……不!一千个不!……在巴黎我要完全自由,谁也阻不得我的行动。

淑　您有道理。您打算还收留我多少时候?

安　我不晓得!……一个月吧!总之,亲爱的孩子,我们该为前途着想。我们越迁延下去,将来卓爱回来之后,你的订婚期越要展缓。

淑　您以为吗?

安　说哩!还有那十个月。你忘记了那十个月。

淑　哪十个月?

安　法律上的十个月。一个妇人在离婚或丈夫死了之后,应该等十个月才能再结婚。

淑　呀!奇哉怪事!为什么呢?

安　"为什么"吗?……为的是……(用拉丁语)为的是避免血统的混杂……你满意了吗?

淑　不很满意……我不懂!

安　将来卓爱可以解说给你听……唉,我尽管说,尽管说,(掏出表来)我至少要迟到半个钟头了。晚安。

淑　(吻他)晚安……那么,您不愿意在家住下了?

安　不,迷人的丫头!今晚你真美,你不晓得,你美到令人喝彩了!

淑　这才好哩。

安　呀!卓爱先生真有眼力!

淑　然而我到底不够美,不能与米丽恩姑娘相比。

安　天!你多么傻啊!这哪里可以相提并论的!好,这一次我可是真要走的了,晚安!

第七出

出场人:安德烈、淑赛德、吴尔邦、(其后)巴拿尔。

吴　(入)先生……

安　什么事,吴尔邦?

吴　巴拿尔先生来在下面。

淑　达我来得恰好! 您用不着去会他了。

安　这因为他等得不耐烦才来找我的。

淑　(向吴尔邦)请他上楼来吧。

吴　不过……

淑　不过?……

吴　巴拿尔先生不止一个人。

安　唔! 我就去!……

淑　不,不,我请求您……(向吴尔邦)您不必说我在这里,请他上楼来一下子……自然是独自上来。

吴　好的,夫人! (出)

淑　(向安德烈)您有什么麻烦的事?

安　淑赛德小姐,你是一个淘气的女孩,我对你声明,我是不能顺从你的脾气的。

淑　不得不如此。假使您丢了我,去找米丽恩姑娘,巴拿尔该是怎样猜想?

安　你知道我不能对巴拿尔吐露真情,你就想要趁此挟制我……

淑　我是所谓有刀用刀,有枪用枪……

安　淑赛德,这不是正大的举动。

巴　(入)怎么样,老友?

安　(指淑赛德)你看,这是邮政寄给我的包裹来了。

巴　(瞥见淑赛德)呀! 这个! 这是料不到的事……料不到,料不到……

淑　是不是?

巴　当然!……杜不赖先生与杜不赖夫人好吗?

淑　很好。谢谢您。您来接安德烈出去吗?

巴　是的。

淑　唉!

巴　不过……也罢……不是的。

安　哪里! 是的!

巴　也罢,是的……或者……

安　我就走……来吧!

淑　不,安德烈,不! 我留您住下! ……(向巴拿尔)您须知,我们重归于好了……所以我要留他住下……

巴　这是很自然的。

安　哪里!

淑　请您开导那一位陪您来的客……

巴　是一个老法官,我们烦他预备一种法律上的手续。

淑　在这时候吗?

巴　他要等到半夜以后才有功夫,因为白天他要会审……(向安德烈)是托托斯!

安　我恰是这样猜想。

淑　达我,请您不要拆散我们。这不是好事,我会怪您的。

巴　唉! 夫人,我是没有能力的! ……(低声向安德烈)这事真令人闷煞! 米丽恩呢?

安　她来了,却给我的妻子赶走了。

巴　糟糕!

安　再见,达我。

巴　我懂得了。我走吧。

安　(低声)等一等。(向淑赛德)也罢,既然我不得不让步! ……

总之,这未免太厉害了!

淑　您不要给人家看出您的不如意的面色来……我在这里!

安　(生气)算了吧! 但是无论如何我总有一句话对巴拿尔说,你
　　容许我吧?

淑　说吧,我不听你们的话。

安　你出去把托托斯打发走了。

巴　好的! ……妙,妙! ……这一次……踌躇了许久之后……我
　　决定了……她也决定了。

安　而且……你赶快跑到米丽恩家里去。

巴　既然这是一道命令……

安　你去安慰她,说我明早八点钟一定到她家里。

巴　她一定愁闷极了!

安　你同她打牌,直到她眼倦为止。

巴　好一种夜里的娱乐!

安　她眼倦之后,你就回家睡觉去。

巴　呀! 假使我不爱你们三个! ……

淑　你们商量好了吗?

巴　完全妥当了,亲爱的夫人,你不晓得我是何等快乐,能够……

淑　去吧……去吧,那老法官要等得不耐烦了。

安　再会!

巴　我很喜欢再见夫人! 真的! (低声)我同你说过什么话
　　来? ……她果然回来了……

安　谢谢!

巴　没有什么……却是我……不,实际上不是我……(出)

第八出

出场人:安德烈、淑赛德。

淑　看您很有脾气的样子!

安　其实也是的。

淑　您陪着您的淑赛德挨肩坐几分钟,竟会这样讨厌吗?

安　先说你就不是我的淑赛德! 你是卓爱·杰克生先生的淑赛德。说起这少年人,好不叫我恨煞!

淑　您不是个好人。

安　你好好地听我说。我不愿意在达我眼前显得我是一个无礼的丈夫,半夜里抛弃了妻子,去寻花问柳!

淑　这样说,您又是一个好人了。

安　但是,天! 你听我说:这是最后一次我顺从你的怪脾气,最后一次!

淑　唉! 您不要对我说凶话吧。我还没有这习惯。

安　我想你不会就哭起来吧?

淑　不……我忍着眼泪。

安　然而,可怜的孩子,我为了你,过的是难堪的生活,我天天在挣扎不安,你没有注意到吗?

淑　这是您的不是。您从来只顺着我的意志,并没有考虑,也不曾拒绝过我。

安　于是你索性播弄我。

淑　有几分,为的是要保守着您……您对我笑一笑好不好? ……

安　不,我生气了。

淑　您赶快乖乖地笑一笑好不好? 笑一笑吧。

安　(不由自主地微笑)孩子气! 你听我说,无论如何,我要同你确切地约定:一个月后我们就离婚。

淑　也罢! 我答应您了,一个月后就离婚。但是在这一个月,我希望您做个好人,很有感情……不要骂我!

安　唉! 这也因为有时候我忍耐不住……而且我……

第九出

出场人:安德烈、淑赛德、赖安婷。

婷　(入)唉! 对不起! ……

安　又有什么事了？

婷　请夫人恕罪。我来搅扰您,因为我刚才注意到:今天早上到的一封信是寄给夫人的,而夫人还没有看见。

安　大约是卓爱先生的信了？

淑　(接过信来)是的。

婷　这信原放在火橱上,我以为也许有紧急的话在里头。

淑　您做得好,赖安婷……现在您休息去吧。

婷　晚安,夫人! 晚安,先生!

安　晚安!

婷　(低声向安德烈)明早还要两杯巧古力糖吗？

安　是的……但是分开送来。

婷　好的,先生。(出)

第十出

出场人:安德烈、淑赛德。

淑　(看过信之后)唉! 不……这是不可能的!

安　又有什么事了？

淑　您不晓得……一场大祸!

安　他不回来了吗？

淑　不是的……不是的! ……

安　呀! 好了! 我只怕他不回来!

淑　他回来的,却不就回来,不像他意料中那么快。

安　呸! 究竟什么时候他才来呢？

淑　四年后!

安　吽？

淑　(读信)让我翻译给您听:"5 月 1 日,自桑西巴尔发。——我们无意中忽然遇祸。昨天我在城里的马路上误撞了一个回教徒,他把我辱骂;我打伤了他,法庭把我判决坐监牢四年。原来他就是桑西巴尔国王的首相……不久再会吧……我一切都

　　是您的！……"

安　怎么！还说不久再会！四年后！……我要找他这位先生去！

淑　您看，他也很抱歉了。

安　他做了这事！

淑　真不得了！

安　这孩子真糊涂！

淑　他哪里料得到！……

安　好，我们进了大难关了？

淑　也许他能够请求减等处罚。

安　人家还说英国人会旅行哩！

淑　您有挖苦他的，倒不如可怜他吧。

安　他还任人处置！他不能到领事馆诉冤吗？他不能请英国派舰
　　队去吗？

淑　大约他已经试过了。

安　四年！这四年内，我能在这可笑的、无理的、恼人的情境里生
　　活吗？唉，不行！唉，不行！不行！

淑　但是，亲爱的，您放心吧……这祸事只能害我一人……无论什
　　么时候，您要我们分离，没有不可以的……

安　你预备到哪里去呢？

淑　到修道院里去。

安　你不想一想！现在你是独身的了，我替你招了是非了，你有了
　　痛苦了，我还能够抛弃你吗？

淑　您的心地真好！您肯收留我在您的身边，我能在您的心中占
　　一个位置，我永远不会觉得不幸！（上前吻他）

安　你这人真好！

淑　我很爱您，您须知。

安　你这话是真的吗？

淑　是的，不错，我非常爱您。

安　我也非常爱你,然而我的情况却很可怜,(半晌)请你不要坐在
　　我的膝上。

淑　您不愿意吗?

安　你的年纪不小了!

淑　如果您赞成的话,在这四年内,我们可以生活得很安静,很幸
　　福。我可以变成一个很会理家的内助……

安　(站起来)我再说:我不愿意你坐在我的膝上……好……

淑　为什么?……您不爱我了吗?

安　但是,唉!我的亲爱的孩子……我的亲爱的义女……

淑　我的亲爱的妻子!

安　你不懂得吗?现在我为情势所逼,不得不……不得不在外
　　面……在外面找些事情消遣,好教我不……不致于想到……

淑　想到什么?

安　想到许多事情,使我心烦意乱……唉!……我四十二岁
　　了!……我还不完全失了雄心……你是……(连忙改口)你将
　　来是,我说你将来是一个可爱的妇人;我对您有一个热情,往
　　往按捺不住!……所以我不愿意你坐在我的膝上!我不愿意
　　在这四年内,每天晚上瞻仰你的容貌……你明白了吧?

淑　为什么?……如果您喜欢她,为什么不可以呢?

安　因为……因为我是一个正气的男子、善良的男子……然而到
　　底是一个男子!现在我看见这时候是……是……

淑　说呀,说呀,说到我懂才好。您可以一切都对我说,既然我是
　　你的妻子……儿戏的,不错……然而到底是妻子。(她走近
　　他)

安　(离开她)淑赛德……我请你走到对面很远很远的一张椅子上
　　坐下。

淑　随您的便,安德烈……我晓得您因为有我之故,得不到幸
　　福……我伤心极了,您让我走了吧……

安　是的,你的话有理,走了还好些! ……你去选,我去选……我
　　们去选一个好的修道院,要那里头容许接见宾客的……每逢
　　礼拜天,我去看你……我带给你一些蜜柑与果子酱……还有
　　讲时装的杂志……你要什么我就买什么带去……至于不是礼
　　拜天的时候……

淑　你做什么事情呢?

安　我到花天酒地里胡闹一场。

淑　很有趣吗?

安　我要杀畜牲①,非杀畜牲不可。

淑　什么畜牲?

安　畜牲就是畜牲! 再者,我们该开始说一个晚安才是。

淑　随便您。

安　这是不得不然的,我老实对你说。

淑　(走向他)安德烈,我是您的一日的妻子,我很忠心,很抱歉,请
　　您不要怀恨,我服从您的话,明天我就躲到很远很远的地方
　　去了。

安　亲爱的,到底你还吻我一吻吧,吻一吻你的儿戏的丈夫吧。

淑　晚安。

安　(紧抱她)晚安,淑赛德。你走了之后,不晓得我是怎样痛
　　苦啊。

淑　那么……假使我不走呢?

安　呀! ……(他吻她,唇与唇相触。忽又推开她)不……去吧!
　　去吧……

淑　(心很震动)是的。此刻我才懂得了……我就走! ……不得不
　　走……告别了! (骤出)

安　我做的好事! ……这一场火灾酝酿了许久,现在爆发

---

①　法国俗语,"杀畜牲"意思是说到花天酒地里逛去。淑赛德年纪小,还不懂这话。

了！……唉！这是避免不了的！（倒在靠背椅上，两手捧头）
我爱这女子爱极了……现在叫我怎样好呢？

淑　（悄悄地入，走向他）安德烈！……（很低声）我想要不走。

安　淑赛德，我的淑赛德！……我的妻！……

淑　我爱你！…

　　他拉她进怀里，作长时间的接吻。

幕闭

第四幕

布景 同前幕。

第一出

出场人:吴尔邦、赖安婷。

幕启,吴尔邦拂拭家具的尘埃。赖安婷入,手里捧着一个托盘,盘上两杯巧古力糖。

婷　喂,吴尔邦?

吴　怎么样,赖安婷?

婷　先生仍旧没有按铃要他的巧古力糖吗?

吴　是的。

婷　夫人也是一样。此刻已经九点半钟了,我有几分不放心。

吴　没有的事……没有的事……他们二人都旅行回来,都疲倦了,所以各自休息。

婷　像旅行以前一样。

吴　当然啦。

婷　也罢,我总想把夫人这一杯送去。

吴　随便您。您要向夫人讨好吗? 何苦呢? 他们不久就离婚了。

婷　谁晓得呢? (她敲门。不应,又敲)

吴　让您的老板娘睡觉吧。

婷　(悄悄地开门,注视房内)可笑,可笑。

吴　什么？

婷　还说他们要离婚……

吴　怎么样？

婷　怎么样？夫人不在她的卧房里。

吴　唔！

婷　大约是讲和了。

吴　多么滑稽的夫妇！

婷　叫人一点儿不懂。

吴　如果先生爱上了他的妻子，教米丽恩姑娘如何是好？

婷　她还有巴拿尔哩。

吴　巴拿尔？他老是不敢动手的。我现在相信了……（外面铃响）
　　我现在相信了……（铃又响）呃，有客来了！让我开门去……
　　您容许我吗？

婷　说哪里话来！

　　　吴尔邦出。

第二出

出场人：安德烈、赖安婷。

安　（在后台）我就去，淑赛德，我就去。（他入，在门槛上）你说一
　　句你爱我吧。

淑赛德的声音　我万分爱你。

安　呃！（送她一个远吻，把门掩上。瞥见赖安婷）呀！您在这里？

婷　是的，先生。夫人想要她的巧古力糖吗？

安　不，不！您预备一些……呃……一些……

婷　一些橘子花？

安　不是的。一些头晕药水，用清水混合，加上些白糖，要很甜的。

婷　夫人不是病了吧？

安　不……只有几分疲倦。

婷　我就去,先生。此刻是差不多十点钟了,先生知道吗?

安　十点钟又怎样?

婷　先生平日起得早些,所以我恐怕……

安　怕什么?

婷　没有什么,先生。我预备头晕药水去。

安　赶快吧。

婷　我马上就预备好了拿来。(她出,安德烈亦出。台上一时无人。其后,吴尔邦引卓爱·杰克生入)

第三出

出场人:吴尔邦、卓爱。

卓　我希望就得接见。

吴　但是,先生,我再说一句:在特尔奈先生未按铃以前,我是不能进他的卧房里的。

卓　好的。那么,我要同特尔奈夫人说话。

吴　夫人也在休息。

卓　烦您叫那女仆把夫人唤醒。

吴　但是,先生……把夫人唤醒,岂不是把先生也唤醒了?

卓　唉!……您这话使我十分惊奇。总之,我在这里等候。

吴　这是不可能的,先生,我没有受命令。

卓　那么,我在别一个房间里等候。

吴　我不能,先生。

卓　我老实对您说一句:如果您迫我走了,特尔奈先生一定把您辞退的。

吴　先生尽可以先把名片留下,等一会儿再来就是了。

卓　好的。这就是我的名片。请您即刻交给特尔奈先生,说我在一刻钟后再来。(以下用英语)再会。真糊涂,我来了还迫我走! 天,真糊涂! (出)

吴　我不认识这英国人,并不能因为现在是英法邦交很好的时代,
　　我就……

第四出

出场人:安德烈、吴尔邦、(其后)赖安婷。

安　(入)有什么事?刚才吵些什么?

吴　先生被惊醒了吗?

安　不是的,但是您妨碍我们。刚才有一个人同您说话很高声,这
　　是谁?

吴　这是一位先生,从前有一天晚上来过的,今天他拼命要在这里
　　等候先生。

安　岂有此理。

吴　这是他的名片。

安　(接过名片,念)是他!……他来了!……这是不可能的……
　　那先生长得怎样?

吴　一个英国人,很高,不胖,倒还大方。

安　呀!这个!那么,他是逃出监牢的了?

吴　这是一个贼子吗?我原是这样猜想呢!

安　我们做的好事!……我们做的好人!

婷　(入)来了,先生。我预备得很快。

安　把这药水交给我……你们都出去吧。(向吴尔邦)如果那先生
　　再来,您说我们不在家。

吴　好的,先生。

婷　(出时,向吴尔邦)又吵嘴吗?

吴　是的……这一次却是国际的吵嘴了。(二人出)

第五出

出场人:安德烈、淑赛德。

安　(走向房门,呼唤)淑赛德!

淑赛德的声音 我的爱神!

安 来!爱!快来!

淑 (入)来了。呀!天啊,看你很有心烦意乱的样子,有什么事情发生了?

安 我就告诉你的。但是我先问你:你爱我,是不是?

淑 你还要我!……

安 你是我的妻子了?

淑 我是你的妻子,我拼命爱你,此后我只为你而活着。

安 我的淑赛德……我的淑赛德……

淑 怎么样?说呀……既然我们相爱,还怕什么,还有什么祸事能够降临到我们身上呢?

安 淑赛德……杰克生先生到巴黎了。

淑 卓爱吗?

安 这是很难信的,是不是?然而事情竟是如此。

淑 你知道得的确吗?

安 刚才他还在这里与吴尔邦谈话。

淑 但是,他怎么不预先通知呢?如果他恢复了自由,他怎么不先打一个电报来呢?

安 这个我不知道。但是他在巴黎,他来问我要你,却是事实。

淑 问你要我吗?

安 说哩!你试设身处地想一想看。

淑 (悄悄地)原是你担保无事的。

安 淑赛德!淑赛德!我哀求你,这是很严重的事情。你不晓得,我只一想到会把你失掉,已经够我寒心了。

淑 把我失掉!你怎么会把我失掉呢?我是你的人了……完全属于你了……而且这么幸福,这么骄傲……

安 我的亲爱的爱神!

淑 这没有什么……可怜的男子。

安　是的……假使他早到了二十四小时，那就没事了。

淑　你后悔吗？

安　（吻她一吻）你呢？

淑　现在不得不同他说……

安　可怕的就在这一点！同他说什么？

淑　呃！说他原不该旅行去……说一个人真的想要一个稍为美貌的女子，便不该毫不谨慎地周游世界……说事情弄到这地步，乃是势所必然的。

安　但是如果他叫我回想当年曾经以人格担保……你也一样……如果他要求我们尊重我们的盟约……在可能范围以内……

淑　自然！唉！安德烈！你怎么想要……我……我……现在还做别人的妻子！

安　我请你相信这一种意见非但你不赞成，我也一样地不赞成。

淑　我很希望你是这样。

安　也罢！还有什么好说的！我要去接见他……唉！叫我晓得怎样对他说……

淑　我正在想……假使他发怒……

安　那就是他倒霉。

淑　呀！不，不……我再也不愿意你决斗了…从前那一次我已经吓得半死，现在……

安　爱！

淑　我有一个意见，好得多了。

安　什么意见？

淑　我们预备逃走，很远很远，这一次决不留下地址给任何一个人。

安　嗳呀，你不疯了？我不能叫人家说我……

淑　说你怎样？说你爱我吗？我们这一次真的度蜜月去……你肯不肯？

安　妙啊,我还不肯吗! 但是须在事后!

淑　不,在事前。这英国人,我与他只一面相识,我讨厌他。这是真情……而且他是爸爸的商业上的敌人……我不能嫁一个对敌的商家啊!

安　你说呆话越见得你可疼。不,你须知,这是不可能的,我非等候他不可。

淑　刚才你允许过我什么来? 你说我第一次的要求,无论如何,你总……

安　不错……我允许过你。

淑　好,那么,我第一次的要求就是要你同我逃走。在路上我们写一封短信给他道歉,于是我们赶快掉转方向,好教谁也不知道我们的脚迹。唉! 这该是多么有趣……将来你看。

安　总之,这一次,也许是有见识……时间往往把事情弄妥了! ……将来我们回来的时候,也许他已经得到安慰了。

淑　一定的。而且,先说我就不愿意停留在巴黎。

安　呀!

淑　不为的是卓爱……只为的是米丽恩……我不愿意你再看见她……决不……她太美了。

安　你不信任我吗?

淑　不是的……我很晓得你不会使我受这种大痛苦……但是我毕竟觉得离开巴黎好些。

安　我们也该写给她一封信,在换火车的时候寄给她。

淑　是的。但是这一个却是我给她写信才好。

安　依你吧。我们什么时候走?

淑　越早越好。我们的行李还没有卸开,这是一极好机会。我就穿衣去。在一个钟头之内我就装扮好了的。

安　淑赛德!

淑　什么?

安　你须知我其实是心花开了。

淑　那么,吻我吧。

安　(吻她)我只二十岁,你晓得吗?……

淑　这是我的年纪……我的青春已经给你了。(出)

第六出

出场人:安德烈、吴尔邦、(其后)巴拿尔。

安　说良心话,逃走也好的。

吴　(入)先生,巴拿尔先生来了。他可以进来吗?

安　怎么不可以呢?……他来得恰好……我恰用得着他。

吴　好的,先生。(引巴拿尔入,出)

安　呀!亲爱的达我,你来了!(巴拿尔入,有难为情的样子,而且有愁倦状)老弟兄,你来得恰好。我有许多事情告诉你,请你指教。(伸手给他)

巴　不,请你不与我握手。

安　为什么呢?

巴　安德烈!我是无赖中的无赖!

安　你吗?……你?我的忠心的巴拿尔?

巴　我做了的行为,对于你……不……不……这是很可鄙的……

安　总之,说呀。

巴　是的,我就说,因为在这情况之下,不得不鼓起勇气来说这丑事。我的良心不安极了。

安　唉,你吓煞我了!

巴　特尔奈先生,我特来报告您一个消息,这消息,您该是知道的第一人。我从米丽恩姑娘家里出来,便一直来通知您:昨夜两点钟……三点钟……四点钟……早上十点钟,我已经背着你与你的情妇要好了。

安　(假装气愤)您做了这事情吗,先生?

巴 (流泪,哭着说)在我这情形之下,最可恶的乃是:我尽管勉强,
　　终于不能后悔我的行为。我恨我自己,然而我却等不到今晚!

安 唉!您真是人间的丑类!

巴 特尔奈先生,我向您施礼。不用说我是听您处置的了。您要
　　斫我一剑,我也不躲开。烦您代我向您的妻子问安吧。(欲
　　出)

安 用不着这样……不要走,糊涂虫。

巴 糊涂虫!你仍旧爱我哩。

安 来,让我吻你……刚才你所做了的事,乃是你一生对我最显著
　　的功劳。

巴 我吗?

安 就是你。我原恐怕摆不脱米丽恩,现在她有了主了,我快乐极
　　了,老朋友。

巴 真的吗?你不要她了吗?

安 呀!不要了,绝对不要了!

巴 你把她让给我吧?

安 全盘出让。

巴 妙妙!你竟这样顾全友谊……我说不出怎样感激你……
　　我……(又哭起来)

安 呀!不!你不要再哭了吧。

巴 其实你失了米丽恩,该是如何痛苦啊……你承认了吧……

安 我对你说,我喜欢得不得了。假使我被困的一切难关都这般
　　地解决了,岂不是好!……

巴 你有困难的事情吗?

安 是的。昨天夜里,当你背着我与米丽恩要好的时候,同时我也
　　背着某一个男子,与……

巴 与哪一个?

安 与我的妻子要好。

巴　这真滑稽！滑稽得很！

安　然而这竟是最真确的事实。你肯答应我，不露泄我的秘密，像一块墓碑般哑口无言吗？

巴　不，只像一尾鲤鱼，鲤鱼比墓碑快活些。

安　好，我说吧，亲爱的达我，今早从桑西巴尔来了一个英国少年，是淑赛德的未婚夫。我娶了淑赛德，不过是替他保留着。

巴　他回来的时候，你应该还他的完璧吗？

安　对了……

巴　这么一说，事情就显明了。那么，恰在他回巴黎的前一夜，你……

安　恰在前一夜……我！……

巴　那英国人不免撅唇歪嘴了！

安　正是。

巴　活该！淑赛德是你生平最疼爱的，而你又是四十余岁的风流男子，谁叫他把她交托给你！

安　总之，你此刻是晓得我们的地位的了。

巴　那么怎样？

安　那么，我与淑赛德预备逃走，到一个没人知道的地方……譬如梵尼斯。

巴　妙！那英国人会再来的……

安　他一定是很凶地跑进来，摔破了一切的家具，打杀了那向他报消息的人……但是我们已经高飞远走了。

巴　那真是一场大闹了！

安　我已经想过，只有你对我忠心，不会不肯代我接见他吧？

巴　呀！不行……呀！这不行！……

安　朋友间有应尽的义务……

巴　然而我要顾全我这一块皮！我也恋爱啊！……米丽恩……

　　有人按铃。

安　这是那英国人来了。

巴　再会吧。

安　你不要走好不好？……

吴　（传报）卓爱·杰克生先生到。

安　你瞧……你要逃也逃不了。放出一点儿勇气来吧！

巴　你说得何等容易。

安　你说我们走了……不晓得哪里去了……如果他一定要见，好，你放心，就说我在家吧。

巴　对了，你不要走开。（安德烈出）您也不要走开，吴尔邦……您请那先生进来，您也停留在这里……如果他作势要擒我，我们有两个人，就够抵挡他了……

吴　我请他进来吧？

巴　随便您。

吴　（开门，引卓爱入）先生！

第七出

出场人：巴拿尔、吴尔邦、卓爱。

卓　（用英语）先生，我请您恕罪。（用法语）我希望同特尔奈先生谈话。

巴　先生，虽则英国人的拳术是天下闻名的，我毫不迟疑同您说：特尔奈先生走了。

卓　真的吗？

巴　这是如此的。他到外国去了，预算非十年或十二年后不回来。好！

卓　（十分镇静）这不是真的。

巴　（向吴尔邦）他说的是什么！（向卓爱）你说的是什么？

卓　我说您是一个说谎的人！

巴　先生，当我肯定了一件事之后，我不许人家加以否认的。

卓　我呢，我否认。

巴　我请您出去。

卓　我呢,我不走。

巴　好的,先生。

卓　我已经在门外等候了足足一刻钟。我没有看见一个人出门,所以我敢断定特尔奈先生与特尔奈夫人在这屋子里。我坐在这里等候,直等到看见他们为止……好!

巴　好的! (向吴尔邦)这个……这可糟了!

吴　如果先生愿意的话,我们可以每人捉着他的一只肩膊,推他出去。

巴　也许他带有兵器!

卓　我不懂他们为什么死也不肯见我。我这一来,无非为的是贡献给他一种大利益。

巴　不要说吧!

卓　这是千真万确的。

巴　您以人格担保吗?

卓　是的。

巴　那么,情形就变了。特尔奈先生也许没有完全离开此地。

吴　(低声向巴拿尔)这是一个圈套!

巴　您以为吗?

吴　我宁愿用我的办法。

卓　他来呢不来,这特尔奈先生?

第八出

出场人: 巴拿尔、吴尔邦、卓爱、安德烈。

安　我来了,杰克生先生。

卓　呀!……

安　(向巴拿尔)亲爱的朋友,我谢谢你,你曾经想要替我避免这一场会见。但是,既然杰克生先生不曾懂得这一见面会有悲惨

　　的结果,那么,好的。我就同他谈话吧。

卓　先生,我想这样好些。

巴　你打算独自陪着他吗?

安　是的。请你去会合淑赛德吧。

巴　他真勇敢……没有……他真勇敢。（出）

安　吴尔邦,您也出去吧。

吴　（低声）先生当心坐近电铃才好。

安　去吧。

　　吴尔邦出。

卓　好的。

安　杰克生先生,您是容易猜得着的,我所以极力要避免与您相见者,无非为的是我受一种最严重的理由所驱使。

卓　我不知道,先生。但是,我呢,我十分希望与您展开一场谈判。

安　是了!

卓　特尔奈先生,一个上流人对于另一个上流人约了某一件事,后来这一个上流人失信了,您以为他怎么样?

安　（十分难为情）天啊!先生……在未判定这人以前……我认为应该先审察他的境地,看他为什么有这样的行为。

卓　很好。如果这上流人的境地是可以原谅的,您是否以为在可能范围以内他可以用一笔很大的赔偿金来补救他的罪过呢?

安　赔偿金?……呀……赔偿金……

卓　是的。

安　先生……依理,这种的缪辘是金钱所不能补救的。

卓　但是,在例外,有时候也可以……

安　也许吧,真的。（自语）我觉得他有几分可鄙。

卓　很好。那么,我假定这一个上流人贡献二十万法郎,加上了许多道歉的话……这事情就妥了吧?

安　这还不坏……咸了些……还不坏。

卓　您觉得不够吗？那么,三十万法郎,仍旧加上许多道歉的话……

安　这一次却好极了。我们把事情结束了吧,先生。三十万法郎,
　　这是您的数目。我应承了,不要再加了!

卓　我以为应该即刻办妥才好。

安　听凭尊便。(他坐到桌前,执笔就写)我需要些时间通知一个
　　银行家,好教他预备好……

卓　(从衣袋里掏出一本册子)好! 我已经预备好一张支票了。

安　对不起,我不懂。

卓　这是二十万法郎……我要再写一张。

安　您把钱给我吗?

卓　您已经应承了。

安　我吗!?

卓　我已经失信了。

安　您?

卓　是的,特尔奈先生,一个例外的境地竟迫我在路上结婚了。

安　您结婚了吗?

卓　很好。

安　当真吗?

卓　我没有说笑话的习惯。

安　呀! 先生,您救了我们的命了。

卓　真的,我喜欢极了。

安　(呼唤)淑赛德! 达我! ……呀! 你们来吧!

第九出

出场人:安德烈、卓爱、淑赛德、巴拿尔。

巴　(与淑赛德入)他要杀你吗?

淑　杰克生先生,看上帝的情面……

安　他? 啐! ……他已经结婚了! ……

淑　您做得真好!

巴　可以说给我们听吗?

卓　我进监牢的第二天,那首相以我娶他的女儿为条件,才肯放我出来。我考虑了许久,结果是应承了……

淑　呀! 我的亲爱的旧未婚夫,您真考虑得不错!

卓　我生怕你们会生气……

安　我们吗?

　　淑赛德躲入安德烈的怀里。

卓　唉! ……也许你们偶然? ……

安　是的,先生。

卓　唉! 这真奇怪!

淑　您不能怪我们吧?

卓　我? ……没有的事。我生了第一个孩子的时候,我希望先生做个义父。

安　太客气了!

巴　老友,你应承了吧;但是,如果是一个女儿……请你千万不要在她十八岁的时候同她结婚! ……

幕闭

爱

[法]奢拉尔第　著

剧中人物

 爱莲——亨利之妻,简称爱

 亨利,简称亨

 夏南杰,简称夏

著者小传与本剧略评

奢拉尔第(Paul Géraldy)的小传,译者在译成《银婚》时已有叙述,兹不赘及。

奢拉尔第著《银婚》之后,复写成这一部《爱》(Aimer),于1921年12月5日第一次在法兰西戏院开演,比《银婚》更有声誉。直到现在,几乎每周开演一次。

上次说过奢拉尔第专从事于刻画爱情。《银婚》里是亲与子之间的爱;《爱》里是夫妇的爱。《爱》这戏剧很简单,同时也很曲折。简单处是布景随便,演员只有三人;曲折处是剧中人的情绪屡起波澜,有千变万化之妙。

至于著者的艺术,译者未敢深谈,谨留以待真能鉴赏者。

译者

十九年八月十七日

第一幕

布景 一间客厅。门开着,外面是法国式的花园。

第一出

出场人:亨利、(其后)爱莲。

厅内无人。亨利自花园入,手拿看些书信。

亨　(向邻室)爱莲,你在这里吗?(他在阈上止步。观众看不见爱莲,也听不见她的声音,半晌)我恰把这个送来给你。(他上前,把手里的书信的一部分给那观众所看不见的爱莲。仍旧回到门阈上)不,没有什么了不得的事情。(一面下来,一面拆开那些书信。扬声)呀!有的!妈妈的一封信!

爱　(观众仍旧看不见她,但此刻她已扬声)你母亲的?她近来好吗?(亨利只管看信,不答。于是她出现于门边)她好吗?(走近亨利)我可以看不?

亨　当然啦,呆子!

爱　站正些。(倚着他,与他同时看信)

亨　她预备在下月里到我们家里来住几天……

爱　你让我看下去吧!(半晌,二人同看。他想要翻过一页)等一等。(半晌)翻过去吧!(他翻过一页。又同看。同时微笑,笑的态度同,所笑的地方亦同。末了,她离了亨利的肩。二人相视,有快乐而感动的样子)她这人真好……

亨　你呢,你的信里说什么?

爱　没有什么。马尔德心闷,胥珊怪这一季的空气没有力量。

亨　你的姐姐老是没有消息吗?

爱　你晓得霞痕从来不写信的。

亨　你可以请她到我们家里来住几天,与妈妈同时。

爱　站正些!

亨　(站正)你令我不舒服,爱莲! ……说呀! 你愿意请你的姐姐
　　来吗?

爱　唉! 我吗? 我愿意得很。

亨　总之,你愿意不愿意?

爱　随你的便!

亨　天! 我真可恶这种答复! 你没有意见吗?

爱　说良心话,我没有意见! 你自己决定吧。我预先赞成你。

亨　我实在情愿你勉强给我一个主意! 天天依我的主意做事,讨
　　厌得很。真的! 我喜欢不喜欢没有什么关系! 我宁愿博得你
　　的欢心!

爱　好,那么,我们就请她吧。

亨　爱莲,你晓得你有的是什么态度吗? 我看你很有不如意的
　　样子。

爱　你真呆。(吻他)

亨　呀! 夏南杰打了一个电话来。今天晚饭以前,他上楼来看你。

爱　我吗? 他要见的是我吗?

亨　他特别说明了的。他想在这几天内,请我们吃一顿饭……我
　　告诉了他,说下午将近吃饭的时候你在家。

爱　为什么你这样同他说了呢? 我绝对没有见夏南杰的必要! 前
　　天他已经来过了!

亨　请你原谅我,我以为你喜欢他来拜访你。直到现在你总还喜
　　欢他吧?

爱　是的。但是我不愿意每礼拜见他三次。我不喜欢勉强拜访的
　　人们。

亨　我常常怕你纳闷。这一次来了一个机会,你可以得一个钟头
　　的消遣。于是我擒住了这机会,料不到你却不高兴……然而
　　每逢你独自一人过了一个下午之后,晚上你的脾气就不好
　　了……真的,我曾经注意到……你的邻居怎样了? 左弗夫人
　　呢? 唐珊夫人呢?

爱　她们令我不舒服。妇人就都令我不舒服。

亨　我承认,有趣的妇人是很少的。但是,至于谈到衣服的问
　　题……

爱　真的,我却醉心于此道!

亨　不,我不能以此责备你。

爱　唉! 非但你不责备我,我自己也不厌这个。我并不敢说我能
　　离开这些问题。在生活里,自有这些问题的位置。但是,同妇
　　人们谈衣服,只能令人心中作呕。至于同一个男人谈起,同你
　　谈起的时候,却能令我开心。

亨　你却说我没有一点儿鉴赏的能力。

爱　然而我到底留心于你所指摘的话……你听我说,你有的是鉴
　　赏的能力,只你要许久才能够鉴赏。每逢我做一套新衣服,你
　　毫不觉得好。后来呢,你却不许我丢了它。你好像不懂音乐
　　的人们,只晓得爱旧调,不晓得爱新腔。

亨　真的,在我不懂得的时候,我实在觉得不舒服。翻一句话说,
　　我爱上了的东西,却不容易厌倦,你承认我这话吧。(吻她)

爱　就说我自己,你也费了许久的时间才了解我。我们新结婚的
　　几年,吵闹的次数真不少!

亨　那时节,你想要离婚。

爱　你也一样。

亨　那时节,你可憎到什么地步! 老是不听我说话!

爱　我保护我的嗜好与我的个性。那时,你太专制了。

亨　因为我爱你,所以不许你与我两样。

爱　何等厉害的吵闹! 你记得吗? 何等激烈的风雨! 然而我们到
　　底是爱情的结合啊。

亨　正因这个,所以我们相互的要求更大,我们要求一切。

爱　有一天,你激烈到那地步,我以为你就要下手打我。

亨　只因为我受过好教育,否则……

爱　否则你已经打了我了,是不是?

亨　说哩! 怕不像打石灰一般!

爱　(动气)哦! ……(半晌)你回想当年,并不懊悔吗?

亨　说良心话,我不懊悔。

爱　真的,那时候,算是愁惨的阶段。家里几乎是空的。花园只是
　　荒芜零落的一块地皮……

亨　那时节,你憎恶这地方,觉得彷徨歧路。

爱　现在我却不愿意住别的地方了……真的,现在好多了……但
　　是,当年我美些。

亨　你从来没有像现在这样美。

爱　你所说的不是你所想的。

亨　真的。你的美貌发达了,更广大,更完全……而且更清醒。

爱　(听了最后一句,诧异)清醒? ……喂,这是一句责备的话了?

亨　没有的事。这是很自然的。

爱　唉! 我不久就到三十岁了! 说来令人寒心。

亨　三十岁吗? 恰恰相反,这正是妇人的妙龄,这是最完满、最准
　　确、最高度的时期。

爱　是少年的末期。

亨　呃! 是的,少年的末期! ……自私的、艰难的、提心吊胆的少
　　年期已经过了……现在是夏天,平静而富裕的夏天……正是
　　心情旺盛的时节! ……过去的让它过去,切莫悲愁。最能令

　　人伤心的,乃是虚度了的日子。至于快乐的日子,绝对不算是
　　虚度……譬如最近的几年,我觉得过去的日子并不曾过去,常
　　常存在,谁也抢不了去……将来尽可以有比较坏些的日子;然
　　而过去的好日子终不因此而有所伤损……你听我说,一个人
　　真的很富裕之后,穷了也不妨。

爱　你觉得你很富裕吗?

亨　我吗? 是的,很富裕。

爱　你幸福吗?

亨　幸福到了完满的地步。你呢? ……呃,你不回答吗? ……你
　　不幸福吗?

爱　哪里话!

亨　你缺少了什么吗?

爱　唉! 什么也不缺少! 我所希望的都有了,甚至于不曾希望的
　　也有了。我有你……当我把我与别的女人比较的时候,我觉
　　得她们都可怜。

亨　爱莲,如果你不幸福,我也跟着不幸福了。我是少不了你的幸
　　福的。

爱　我岂有不幸福的道理!

亨　你所埋怨的是不是我?

爱　我已经说我幸福了!

亨　你不像从前一般地爱我了吗?

爱　唉! 我现在爱你,当然不像从前一样爱法。然而爱情并不
　　减少。

亨　请你说明其所以不同的地方。

爱　从前我怕你。我在你跟前,觉得自己像一个小女孩。

亨　我真料不到这个!

爱　那时节,我反抗你,我不听你的话。但是我心里晓得你有道
　　理。我嘴里硬,心里万分爱你。

亨　至于现在呢？

爱　现在，我仍旧赞成你的话，而且不反抗你了。然而我也不怕你了，我了解你了。再者，我自己的思想也发达……我继续地相信你比我高，但是我却不觉得像从前一样低。我觉得我……我说出来你会笑我的。

亨　说呀。

爱　我觉得我差不多与你相等。

亨　什么！你不崇拜我了？

爱　（多情地向他微笑）是的。

亨　说哩！你天天与我见面，现在你认识我的不伟大的地方与我的怪脾气了……而且，为什么你要崇拜我呢？我并不比你高。有许多事情，是你比我更懂得……我以为我们是互相补足的。

爱　我是不是聪明的人？

亨　我所认识的女人里头，算你最聪明了。

爱　你这话没有什么意思。我所想要晓得的是：我是不是聪明的人？

亨　你不很努力求学，读书不很多。这很可惜……

爱　我晓得。但是，说呀！

亨　呃，是的，你……是的，你是很聪明的人。

爱　（愉乐地）真的吗？

亨　真的。

爱　我爱你，呃，我爱你！……（沉思一会子）真的，当年不像现在好……当年很令人发愁……不能相爱。

亨　（颇带愁容）但是……我在细想刚才你说的话……到底你没有觉得我……我退步了吧？

爱　你不疯了？

亨　请你告诉我：自从你不崇拜我了之后，你爱我是怎样爱法？

爱　呃，我说了吧。现在我少不了你。我少了你便不觉得有生命。

我每逢有一句话,非告诉你不可。如果我为一件事而感动,而你不在场,不与我同时感动,我就觉得这一次的感动是不完全的、不确定的。加上了你,我的一切的感觉都变为准确了、决定了。我需要你在我跟前审定我的心情……(他很钟情地,吻她的发)你是我的伟大的朋友①。

亨　(像忽然惊醒的样子)你的朋友?

爱　是的。你怎么样了?

亨　我不喜欢这字眼……真的吗? 我只是你的朋友吗?

爱　当然啦! 智识上的朋友,精神上的朋友……总之,是朋友,是我的朋友。你有什么不舒服的?

亨　(拥抱她)我只是朋友,没有别的了?

爱　唉! 那时代已经完了! 现在我们太相了解了!

亨　(面色变)呀!

爱　呆子! 我同你开玩笑罢了!

亨　(沉思,正色地)也许我太没有情趣了……也许你觉得我们的生活太单调了,太平衡了。我们看见很少朋友,天天只是那么几个……

爱　你以为我爱繁华吗?

亨　我常常主张止步,自己划定一个疆界:我们所认识的,其实不认识得彻底;我们所爱的,其实可以爱上加爱……但是,唉!……

爱　我了解你的意思,你分明晓得我的意思也是一样的。

亨　你相信吗? 每一次的事情,我不晓得争执了多久,你才服我! 也许有时候你给我缠得不耐烦,结果自以为服我……刚才你同我说起你的三十岁,好像觉得你的生活还有几分空泛似的。

爱　我说的是笑话。

---

① 　法文里所谓朋友(Ami),有時候与"爱人"的意义差不多。

亨　有许多人的意见与我不相同。你试看我们的左右的人们:他们的心多么不知足,心心念念只想要重寻新生命! 多少通奸! 多少离婚!

爱　你想起那可怜的安段娜德吗? 她呢,她有她的理由,她的丈夫不算爱她。

亨　她也不算爱她的丈夫。

爱　从前她爱过他的。

亨　他呢,当她是少女的时候,他爱她爱到万分……实际上乃是他们二人都不曾晓得保养他们的热烈的爱情,使它在生活里不生冲突。婚姻乃是一桩难事! 完全是一种艺术……预先爱上了的时候,容易得很! 那时候,互相不了解。难关在乎互相了解后的爱情。互相了解之后,假面具没有了,骗局也没有了! 一个人要求他人的爱情,先要自己当得起……安段娜德以为爱情与幸福是很远的,不晓得在什么地方……要拼命地跑,才赶得上……你试看一般旅行的人:他们认识了全世界的名胜,终于喜欢他们的故乡。

爱　为什么你对我再三说起这个呢? 我的意见始终是如此的啊。

亨　我为不知足的灵魂说法。

爱　几点钟了?

亨　请你正眼望我一下子……你疲倦了吗?

爱　为什么而疲倦?

亨　为我们的生活而疲倦。

爱　(多情地)呸! (二人拥抱。一会子之后)你叫夏南杰来,是什么意思啊!

亨　好了,不要说吧!

爱　我觉得这先生太爱歪缠了!

亨　先是我们常常授意给他。

爱　太多了。你是没有限量的。当你喜欢一个人的时候,你再也少不了他。

亨　这样有价值的人是不多见的啊?

爱　他真的有这许多价值吗?

亨　他做事欠深思,普通的做事的人,大半是这样的。但是他的果敢善断,却可惊人。这是一个领袖的人才,是毫无疑义的。

爱　但是看他似乎太晓得这道理了。太自负的人往往有不成功的危险。

亨　唉!忽然间,你对于夏南杰就这么严厉起来!

爱　他喜欢说斩钉截铁的话,而且他评判人物总用一种十分肯定的态度,结果使我讨厌他……你对他太谦虚了。几天前,我听你们辩论,他似乎压服了你,其实我深信是你有理。

亨　他的论据不是没有价值的。

爱　这个我不管!我不愿意你有投降他的样子!

亨　我并没有投降他。

爱　我要你永远是最强的!

亨　你真骄傲!

爱　是的。我骄傲得很……今天晚上我很想要叫头痛。

亨　你不能如此做的!如果你希望的话,将来我对于夏南杰可以少献殷勤。但是,今天,既然我说过叫他上楼来……

爱　但是,假使我头痛呢?

亨　不要孩子气,这与你不适宜的。

爱　假使我有不能接见他的理由呢?

亨　假使你有一个理由,你就告诉我吧。

爱　我有一个理由。

亨　说出来看。

爱　夏南杰打我的主意。

亨　我很晓得。

爱　(非常诧异)怎么!你注意到了吗?

亨　当然,我注意到了。

爱　不!真的?但是……你于何处见得?

亨　你呢?

爱　唉!这真非凡!……这是什么时候起头的?

亨　是一个月以前,当他到这里来,第一次在我们家里吃晚饭的
　　时候。

爱　那一天晚上,有很少很少的痕迹。

亨　是的,只客气过分了些,笑了几笑……

爱　你看见了这个吗?

亨　像我现在看见你一样。第二个礼拜,在唐珊家,稍为有些不
　　同,殷勤的情意显明些……

爱　(觉得有趣,引起无味)但是,你怎样看得出来呢?

亨　末了,像前天,在这里,耍弄一下子态度,向你说话的声气特别
　　些,而且会说话些,尤其是说"再会"的那种神情。

爱　(低头)那么,你怎样着想?

亨　你呢?

爱　我吗?……我不能阻止这个。

亨　(十分和婉地)假使你肯阻止的话,你早已能够阻止了。

爱　我自问为什么他这样做!

亨　你很美……真的,爱莲,你美得很。你分明晓得!然而直到现
　　在,胆子最大的男人们在你跟前都十分知道自重。

爱　也许他们不喜欢我。

亨　他们是喜欢你的。但是,直到现在,人家看见你的态度很贞
　　洁,明白到了十分,所以人人知道打你的主意是不合理的,而
　　且是无用的。

爱　那么,现在我不贞洁了吗?不明白了吗?

亨　你还贞洁,还明白,只不像从前那般强……你对于夏南杰,有
　　几分风流。

爱　这个你也注意到吗!?……呃,是的,我曾经有几分风流,不错。让我解释给你听。你常常说我长得美,然而在客厅里,凡是恭维的话都给别的女人占了去,所以我想要试一试看。

亨　男人们的恭维话,表面上说得好,其实暗藏着一种侮辱女人的用意。哪怕最大胆的男人们,他们只能对于他们所猜为可犯的妇人们下攻击罢了。

爱　不要说吧!男人们不见得常常有这种口是心非的习惯!

亨　真的,爱莲!

爱　总之,只有夏南杰一人能够使我觉得……——唉!小心谨慎地来,不愧是一个有修养的人……——使我觉得他注意到我,他喜欢与我谈话。起先我以为我误会了。你同我说过他是一个高尚的人,我心里想:为什么这样的一个男子竟关心于我?

亨　你多么谦虚啊!

爱　唉!你不相信我吗?

亨　哪里话!我相信你。

爱　当时,我看见他是一个非常客气的人。而且,我的眼睛时时刻刻遇着他的眼睛。他总托故走到我的身旁坐下……但是我还不相信是真的……于是我……我想要试一试看。你懂吗?

亨　你真是孩子气!你听我说,像你这样一个强硬的、有志的妇人,你的聪明令我时时叹赏,而你竟是这样孩子气,真是我从来所未见!

爱　(多情地)你不生气吧?

亨　我不生气,但是你该晓得,拿这种事情开玩笑,是很危险的。只稍稍不留心,就可以很快地造成不可原谅的境地!既然你可惜我叫夏南杰来,可见你自己也觉得你一时的糊涂已经造成重大而恼人的空气……你不觉得吗?一个男子得与你亲近,发生了希望,相信事情是可能的……这是多么令人丢脸的事啊!

爱　唉!

亨　而且他不即刻碰钉子! 这事丢了你的脸,丢了我的脸⋯⋯真令人发愁。

爱　这显然是我的不是,我没有考虑。但是我也不懂你的用意。既然你觉得这一切,为什么你一声不响呢?

亨　我等你先对我说!

爱　既然你看破了夏南杰的态度,为什么你能够继续地接见他?而且还邀他来呢?

亨　因为我不承认夏南杰是危险物! 我不肯使他猜说我怕他,说我以为你遇着了稍为有手段的男子就由他摆布!

爱　我呢,假使我处在你的地位,我早已想出一个法子,使他懂得⋯⋯

亨　这法子只是你个人所应该有的。

爱　你是我的丈夫。

亨　那么,怎样?

爱　总之,维护妻子,乃是你的责任!

亨　你还不够大,不能自己维护吗? ⋯⋯好了吧! (举起双肩)再者,我了解你。我敢断定,假使我干涉,你一定凭着你的自负心反抗我。那么,却是他有理了。像你这样一个妇人,是不受看管的! (越说越兴奋)干涉! 我对于你,能像狱卒般看守犯人,像地主般看守田产,使你服从我吗? 我有这种权利吗? 你容许我对于“丈夫”二字加上这些原始的、野蛮的意义吗? 不,爱莲! 在爱情上头,没有权利,没有条约,没有合同! 有的只是爱! 假使我监视你,防御别人,适足以使你喜欢别人而不喜欢我⋯⋯你在这上头,有一种与我不同的见解,我很惊奇。

爱　(有几分不知如何是好的样子)好一个信仰的表示! 但是,你这话要归结到哪里去呢?

亨　维护你吗? 我的爱! 假使我以为我有维护你的必要,假使我

不像平日那般相信我是你的一切,那么,我再也不能与你生活
下去了。

爱　假使是如此的,我们就离婚了吗?

亨　还有什么好说的!

爱　你说的是老实话吗?

亨　老实之至,爱莲。我们的孩子已经失去了,维系我们的只有我
们的自身。假使你不爱我了,我们还有什么理由继续地过共
同的生活?

爱　不,但是,真的……请你望着我……你能够想到这地步吗?

亨　世上一切的幸福都是可以消灭的!

爱　请你住口吧! 再说下去,你怕不要说我已经犯了罪! 你放心!
这一段可笑的历史已经完了! 完了! 今天晚上我就要给夏南
杰碰钉子。我不愿意因这位先生之故,以至我们吵起嘴来!
这先生并不能引起我的兴味! 从此之后,我要请他停留在他
家里不要来。

亨　不! 不! 这一次你又说得太过了。你没有关门不许他来的必
要。你没有理由,因为他并没有什么不是。他做的是男人的
常事。他觉得你有趣,这事我并不觉得稀奇。他本不该这样
露出意思,而他竟露出了,这是你的错处,却不是他的错
处……你只消改变你的态度对他,如此而已! ……我想你该
注意到:你粗蛮地干涉他,将来有许多不便。我们与他的关系
岂不断绝了? 他在这地方住下,现在他是我们的邻居,还住许
多年月……

爱　依你说,我们的一生都有他牵连着了?

亨　这似乎是很可能的。

爱　好生活! ……假使我再也不愿意见他了,我还不能够不见
他吗?

亨　你为什么再也不愿意见他呢? 将来你改变了你的态度对他之

后,我们的交情便变了适当的交情,换句话说,是可喜的交情。

爱　如果他一方面,他不改变态度呢?

亨　你会使他改变的。我不担心这个。

爱　你以为容易到这地步吗?

亨　一个妇人,只笑一笑,便可以使一个男人碰钉子,使他的举动
　　成为可笑的举动。

爱　这要看情形。

亨　对了,这要看女的方面!

爱　总之,假使他到底爱我呢?

亨　(有三分动气)假使他爱你? 这话是什么意思? 他了解你吗?
　　他知道你什么? 他晓得你长得美? 你把你的美貌亲近他,乃
　　是最可喜的事情! (爱莲耸肩)只要你一方面对他表示像你这
　　样一个妇人另有其他高尚的意义……在他那一类人与我们这
　　一类人之间,老早就有一种误解。独身的人们绝对猜不中婚
　　姻是怎么一回事! 他们对于正式的配偶,有一种……文学上
　　的见解……你可以唤醒他。你可以对他表示你是什么人,我
　　们是什么关系。他不是呆子,他会懂得的。

爱　(半晌之后)你以为假使起初我对他就很冷淡,他不会像现在
　　这样殷勤吗?

亨　我完全不晓得,而且这与我完全没有关系。过去的让它过去,
　　懊悔徒然花费了时间。

爱　你怪我吗,吖?

亨　哪里! ……哪里! ……

爱　(倚怀)喂,我不是一个不正气的妇人吧?

亨　不是的,呆子!

爱　请你望着我。

亨　好。

爱　你的心里以为我怎么样?

亨　（双手捧她的头,注视良久,多情地说)我爱你。

爱　是的,但是……你以为我怎么样?

亨　我已经答复你了!"我爱你",这一句话在我的意思是说:我赞美你,我为你而自负,我对于你有绝对的信任心。

爱　（愉乐地)真的吗?

亨　还说呢!

爱　我万分爱你,呃!……我同你说了,恰像卸了一个重担子! 真的,当初我受了一种压力,此刻完了,我觉得轻松多了。……（她坐在他的膝上)当时是我糊涂,我不晓得为什么我那么做了。（他向她微笑)你不晓得,在我眼里,别人都不算数! 好,你尽可以放心! 我爱你,超越一切! ……呃!

亨　这没有什么好哭的……

爱　（掉转头,拭泪)我不哭! ……（笑)你以为我这样呆吗!?

亨　（向花园望去)当心……揩干你的眼睛……我让你们二人在一起,不是吗?

爱　不! 不! 我请求你陪我在一块儿!

亨　他并不是来看我的。

爱　尤其是因为这个。

亨　如果我不在这里,你的态度更有意义些。（他走向台子,作势欢迎来宾)日安,亲爱的。

第二出

出场人:爱莲、亨利、夏南杰。

夏　（入)日安,夫人!

爱　（冷冷地)日安,夏南杰。

夏　您的屋子真漂亮!

爱　我承认给您听:我可以说您的意见与我完全相同。但是这并不是我的功劳,一切都是我的丈夫做的。

夏　我晓得他有很妙的鉴赏能力……（从那开着的门望风景）天边的景物,何等有情! 何等天籁,何等纯洁!

亨　（夹着他的臂,很有感情地把他引到门槛上）您看,在这旖旎的风光里,一绺一绺的垂杨不多不少地点缀得恰恰相宜。

夏　你们的地位恰恰得妙处。

亨　亨利第四把这地方叫做他的法国境内最美的地方……这里有很多水,所以我们有这许多茂盛的树木。

爱　我的丈夫没有告诉您的乃是:这产业都是他一手造成。池塘是他掘的,这瀑布乃是他要做的……

夏　什么! 这一切都是人造的吗?

亨　不,我并没有逆反自然。恰恰相反,我帮助自然界的发展,以至于一切的美景都因为我的热心与我的恒久的爱情而宣露它们的美妙。

夏　人家可以说这地方的神秘都给你们发现了。

亨　一个人永远不能彻底认识一个地方。我努力想要认识我的地方……认识越深越好……因为越认识越能证明这是我之所有……这里的乡民,他们所以原谅我占领这华丽的地方者,因为他们把我看做最能认识地方的一个人,甚至于颇远的人也来请教于我。我因此自负……我所以认此地为乐土者,因为我常常赏玩的缘故。

夏　夫人,您也一样吗? 您也很爱这地方吗?

爱　我吗? 我再也不能在别处生活。我愿意在这里整年住下! ……我不喜欢巴黎了。社会的人变成我所憎恶的人了。在这里,我有整个的丈夫归属于我。我们独自二人。（说着,上前倚亨利的肩）

夏　但是,冬天呢?

爱　冬天吗? 冬天才可爱哩! 外面有的是赤裸裸的风景,屋子里有的是野树的枯枝的暖火……

亨　（向夏南杰）亲爱的,您须留心! 我的妻要学诗人般赞美自然……我让您自己在这里与她辩论。

爱　你就来吗?

亨　我一会儿就来……我有一句话要向刚第耶说①。（出）

第三出

出场人:爱莲、夏南杰。

爱　真的,夏南杰先生,您真对我太好了! 这礼拜我已经欣幸与您相见过。我料不到这么快,您又……

夏　夫人,我晓得我是不曾顾虑到通常的习惯的。我晓得我是不知进退,如果您也觉得我讨厌,那么,我真是一个不幸的人了。再者,今天晚上,我这一来,并不是无所借口的。大约您的丈夫已经告诉您了?

爱　请您说看……我记不清楚了。

夏　唉! 说来很简单,您肯不肯赏脸,后天到我家吃晚饭? 我问过您的丈夫,他叫我来问您。

爱　既然该是我答复您……那么,我不能。此刻我有几分疲倦,我需要休养,需要安静。

夏　好吧! 我拣错了日子了。请您原谅我……假使我走的时候,不能带着可赞美的印象走,以至于我的良心不安,时时懊悔,不能自慰,那么,我真是不幸的人了……夫人,您这衣服真漂亮啊!

爱　（冰冷）您这人太客气了!

夏　您的衣服毕竟是很朴素的,然而这里头却有惊人的艺术! 您的衣服像您自己。您有的是朴实与旖旎的调和,您的衣服也是一样……

---

①　刚第耶是他的园丁,看下文自明。

爱　先生,请您免了我,不说这些恭维话吧! 您恭维我太过了。

夏　我所说的只是我所想的。

爱　那么,您太客气了!

夏　您只喜欢有限量! 出门的次数不可太多,恭维不可太多,诚意不可太多……夫人,我一想起您,就联想到法国式的美丽的花园。一切花木都排列得齐齐整整,非常文明。连树液的出路都没有! 自然的景物都受规律的限制,只晓得服从。

爱　这是批评的话了?

夏　您不许我恭维哩!

爱　您呢,您喜欢树林吗?

夏　您不然吗?

爱　我最怕走到树丛里扯破了衣服,走到树荫里闷煞,走到小路上不住地拐弯,不能一直走去,而且不知走向什么地方!

夏　唉,夫人,在花园里才是打回旋呢! (半晌。二人相视)我不奉陪了。

爱　假使我不知道像您这样的一个男人的时间很宝贵,我一定留您再坐。但是,使您失了宝贵的光阴,我的心实在不安。

夏　我既然说我不奉陪了,您为什么还有催我走的样子? 今天您怎么样了? 听您的声调,很像要寻事的样子……我对您有了不是吗?

爱　呃,是的……我很坦白地说……我认识您的时候,我很欢喜。您一回到法国来,我的丈夫就向我谈起您。他用来形容您的字眼,是他很少用的字眼。我的丈夫的意见很容易变成我的意见,于是他赞赏您,我跟着也赞赏您。我曾经很坦白地向您说过我欣幸得认识您……好,我如此诚恳地对您表示意气相投,却不见得您以光明的态度报答我……呃,我们直说了吧:男女间的风流的关系,乃是今日的男女的通病,而您却想在我们二人之间试造这种关系。唉! 这是区区小事,我赞成您,然而末免太过了。

夏　好,夫人,既然您忽然这样严厉地批评我的态度,如果您容许我的话,我想向您解释……

爱　用不着! 我不能与您辩驳这问题。刚才我变了态度,您觉得奇怪,问我是什么道理,我把理由告诉了您,如此而已。

夏　请您容许我向您……

爱　不! 如果是我误会了的,那更好了! 您要证明我的误会倒很容易。此后我与我的丈夫都欣幸得接见您,表示我们的敬意……(半晌)喂! 我们是好朋友吧? ……(他不答)还用说吗? 我们是好朋友!

夏　也罢! 是的!

爱　只须我们互相了解就是了! ……(很要好地)请坐……(他犹豫未决)请坐! (他坐)天气多么好啊!

夏　(黯然)是的……日子过去了! ……这么好的日子,失落了,消灭了,多么悲惨……大好的时光失去了!

爱　不,不是失去。"快乐的日子,绝对不算是虚度。"

夏　真的。您很幸福!

爱　唉! 幸福到了十分!

夏　您是一个讲理的人! ……时间给予您的东西,您只要求能够保守! 您把没有灾害的生活叫做幸福!

爱　您弄错了,我把幸福叫做幸福。

夏　无所希望,便不是生活。

爱　希望呢,便不会幸福……我很幸福。过去的日子回给我美满的回忆,所以我并不可惜过去的光阴。刚才我与我的丈夫恰谈起这个……一个人,如果不曾虚度少年的时光,心里时时有宝贵的回忆,每天有增无减,那么,年纪越大,生活越甜蜜……

夏　回忆!?

爱　为什么您有这种神情?

夏 回忆不是良好的东西! 我呢,我最恨的是过去! 所以我甚至不留一张字纸或一封书信,我不要存案的文件! 我把我的生活里的痕迹都抹杀了,幸福的、光荣的,与其他种种的同归于尽。我以为将来的生活里还有许多乐事、许多光荣……我们的本能已经是爱开倒车,我们也就不该顺着本能了! 我们的脑里保存的印象已经太多,我们渡过后的航迹已经太深,再也不该弯着腰停留在一个地方了。我们应该挺直了身子,站在船头,向前划去!

爱 将来终有一天我们的回忆成为我们唯一的宝藏。

夏 那时节再算账不迟。在未到那时节以前,我们应该尽量地制造他年的回忆,应该过强烈的生活,不可虚度了光阴……生命一天一天地缩短了! ……滑溜溜的日子,层叠地失落了,您不觉得吗? ……现在我想起第一次到这里的情景,历历如在眼前:我问路,迷路,找不着您的家门……我记得第一次看见树林里您的屋子的外貌,与今天的外貌大不相同,因为当时我看事物的另是一双眼睛……再者,我记得与您相逢……您从玫瑰圃里来……手拿着一个花篮……一切的一切,只是一刹那间的事! 只是刚才的事! ……谁知已经是一个月了……一个月了! 您想到这一层吗?

爱 真的……算起来有一个月了。

夏 那一天,滑溜溜的日子,像一个贼子般溜走了,您想到它有什么留下给我们吗? 我们只有一次的生命,我们的能力不住地消磨,您注意到吗? ……眼前的一切,转瞬间便不是我们所有! 我们一天一天地在生活之路上向前走去,时时刻刻丧失了些我们所有的东西,您不觉得吗? 一个人,年纪很轻的时候,以为一切都是可能的。谁知步步荆棘,处处藩篱! 我呢,我一想到将来我不能做的事情,也就万念皆灰。海军轮不着我做了,学者轮不着我做了,艺术家轮不着我做了……太迟了！一切都没有我的份儿了！不可能了！……我常常想到别人所做一切的事情……一想起就怕！夫人，有别人在世间，而我依然是个故我！……我似乎觉得我们每天总放弃了一种能力！……呀！每一秒钟也是宝贵的！整个的生命只是一刹那！

爱　是的，一刹那……尤其是我们做女人的晓得这道理，因为我们这一刹那比您们男子的那一刹那更短了一倍！……因此之故，我们应该好好地度过这一刹那，温和地、安静地、深深地领略其中的滋味。生命小得很，只容得下一个幸福。要求多福的人，结果却是一无所得……所以我们遇见了一件事物，就该热烈地搂抱着，时刻当心，不让它掉下地来。

夏　只一件事物吗？不得了！疲倦就会来的。

爱　真是好的事物，我们绝对不会厌倦的……您看，这风景，我每天早上从房子里望出去，已经望了许多年，然而我天天都眉飞色舞，叹赏新奇。每天早上我都对着它想道："多么玄妙的风景啊！"真所谓日日新。真的幸福是层出不穷的。有了这一个幸福，一切的幸福都包括在里头。一个人爱上了一件事物，便觉得一切的事物都在里头。一个花园便是整个的天地。

夏　不！不！事物有种种不同的事物！地方有种种不同的地方！把全世界缩小了，放进人类的狭小的界限里，乃是一种罪孽！

爱　但是，如果一个人不知止步，世上怎能有完满的事情实现呢？

夏　呀！对了！完满！

爱　当然啦。

夏　唉，完满的事情乃是一面墙壁！请问您达到了这墙壁之后，还有什么好做？您只好领略那"完满"，今天领略，明天领略，天天领略！……目的地不换新，乃是一个界限！须知达到了一个目的之后，还有其他的目的，得到一次的完满之后，

还有千万次的完满！您没有听见吗？你的胸中该有许多妇
人在叫烦闷！如果您容许她们有生命，也许她们会自己出
头！……您想起吗？还有另一个妇人！您只是您自身的一
小部分罢了！还有别的事物！您觉得我这话玄妙吗？在别
的陈设里，别的脸孔中间，还有另一个自我！呀！我晓得，您
所有的是完满！您的夏浪特，从前是府第，是完满的。您的
产业经您的丈夫用他的恒心与信心去装点，是完满的。您的
屋子，配置得宜，颜色、陈设都是完满的！这风景也是完满
的！……然而还有甘第啊！还有哥伦布啊！……唉，夫人，
还有世界啊！

爱　请您住口！您扰乱我的脑筋了！……别的事物？另一个人
吗！……不行！不行！说来真可怕！……世界吗？世界只是
海市蜃楼！当然！您这人真浪漫！您以为您可以摇动我吗？
不！不！让我来答复您！"你试看一般旅行的人，他们认识了
全世界的名胜，终于喜欢他们的故乡！"

夏　他们是这样说的，然而不是真情，这上头，您可以相信我的话！
故乡吗？我们一踏着故乡，两脚就发烧。每一次回乡，只赚得
更热烈的离乡的情绪……而且，造物偶然把我们生在某一个
地方，并不是我们所择定的，我们怎能爱故乡呢?!

爱　但是，我这夏浪特是我所择定的！……是我的丈夫择定的，还
不是一样吗？

夏　您相信是一样吗？

爱　当然啦！我与我的丈夫的嗜好相同！我所以嫁他者，正因为
我与他的嗜好相同！

夏　您在几岁结婚的？

爱　二十岁。

夏　您以为二十岁的人便晓得爱什么了吗？……您容纳了他的嗜
好，因为当时他在您身边，而且妇人们本来就有信仰与容纳的

需要。您因为偶然遇着了这么一个男子,于是您就信从了他的话了。

爱 当心! 不要忘记了我们的约言! 再者,您该晓得,我是为爱情而嫁他的,我们是恋爱的结婚!

夏 二十岁的少女的爱情是什么东西! 您真的以为一个少女能够认识自身,能够懂得委身于他人吗!? ……我常常自问:一个自负非凡的男子,怎能满意于一个少女的爱情! 我呢,我绝对不能同一个少女结婚,因为她是蒙昧的、不完成的,我不能为这种不懂世事的人而用我的热情。以妇人而论,只有第二次的爱情才算爱情。第二次才是选择的,男的亲自来求她,她懂得他有什么价值,他有什么用意,一个妇人委身才算委身! 至于一个少女,不算委身,只算给人家要了去!

爱 够了! 您说的话真无礼! 这话无礼,而且不是真情! ……您伤损我了! ……您看,同您自由地谈话,非后悔不可! ……而且,您非放肆到了极点不止!

夏 请您恕我的罪。但是,您该晓得,我所说的一番话,我是十分相信的!

爱 好,请您保存您的信心吧! 这种谈话,委实令人不舒服! (她离开他,走近门口,呼唤)亨利! ……请您在过路的时候顺便告诉我的丈夫……他在那边同园丁说话……告诉他,说我要他来……您愿意吗? (他鞠躬。她冷冷地)谢谢。

夏 您的手! (她作势拒绝)您真不好相与!

爱 您不愿意叫我的丈夫来吗?

夏 (在尊敬中微露忤逆之意)愿意的,夫人。(出)

第四出

出场人:爱莲、(其后)亨利。

爱 (兴奋地)唉! 你这么久! (亨利入)好一个晚景,吓? ……你不觉得天气很温和吗？……你爱我吗？

亨　是的。

爱　我同他说了,你晓得!

亨　呀!

爱　他来邀请我们后天吃饭,我已经拒绝了。

亨　呀!

爱　于是他开始对我说了些恭维的话,我请他住口。而且我痛痛快快地把我所要说的话都说了:我说我们对他有友谊,有敬意,但是他的态度令我不喜欢。假使他愿意同我们要好,须得请他改变他的态度。

亨　好极了。他怎样答复你?

爱　唉! 我不曾让他答复! 我说:"我不愿意与您在这上头辩论! ……"后来我谈到别的事情去了。

亨　再好没有了!

爱　那么,你不怪我了吧?

亨　我并没有怪你!

爱　当真?

亨　当真。

爱　你瞧! 地面都成了玫瑰色了,树身都成了紫色了……又看这天空! 教人家猜是海岸的平沙,傍着金黄色的小山崖!

亨　这是真的话。

爱　看来丰盛像一堆火焰,而柔腻像一团旧丝……令人醉心,同时令人奋发! (偎倚着他,作想入非非之貌)我恨不得走进这热烈的醉乡里! ……(半晌,二人仰视天空)你来我身边坐一会儿吧……你应该多来我身边坐,同我表示亲热些……如果你常常同我疏远,教他怎能觉得你是我的什么人呢?

亨　今天我不得不如此……而且,我是你的什么人,要教他在你身上觉得才对!

爱　他真是一个奇人！令人觉得他爱生活，爱活动！他努力想要装作安静，然而我对他说的话都在他的心上。人家觉得他胸有成见，他不肯说，无意中也说了出来！……唉！他说的话，没有一句我听不见！他谈的是平常的事情，但是每一句话之内，一定包含些隐语……然而我到底懂得答复他！你放心！……他有的是儿童的见解。他说了许多话！……然而，要同他争，却不方便得很！他往往突然一攻击，令人来不及提防，一时不知如何是好……我有时候找不着话答复他，找不着适当的论据……

亨　这用不着什么论据。只要他同你说的话，落在你的心头，不能使你感动，而且他也知道你不为他所感动，这就够了。

爱　当然啦！但是，我为着要争豪气，到底喜欢能够答复他……他呢，他是旅行过的，看见了许多事物。所以每逢他说一句话，表面上总像是真理，但是我相信如果你在场，你只用一句话就可以驳倒他！我呢，我变成懒惰了，不能传达我的意见。这是很自然的。我所感觉到的事物，一经你说了出来，总比我自己说的好得多。

亨　他同你说了些什么？请你给我举一个例子。

爱　唉！他说……我记不得了！……他说一个人应该过强烈的生活，应该时常存着进一步的希望，应该追寻新的幸福……

亨　他以为达到一个幸福乃是容易的事情！他不晓得一个幸福达到了，完成了，已经是一种灵异的事情，非常的成绩！

爱　我也是这样说他的。然而他回答说："只有一件事物吗？那就不得了！"这话却有几分真理。所以，你看：孩儿多，是好极的事情；至于只有一个孩儿，那就可怕了，那就不得了了！孩儿只有一个，说起来令人寒心！……（静默一会子）他又说：困守在疆域之内，乃是自己限定自己。他说每一个人身上有种种的人物，该让这些人物出头。他说我们猜不到将来我们换了一个新环境,进了一个新天地,该是怎样的美妙。

亨　安段娜德就是这样想的。你看她的二重经验的结果如何?……一个人是不可以革新的,东奔西走的人终于误入迷途。

爱　这话我也同他说了。

亨　我们应该沿着一条路直走去,专心料理一件事物,将来终有一天我们能够满足我们的内心深处的欲望,关于确定的欲望,关于完满的欲望。

爱　完满……

亨　只有完满可以令人满足。

爱　这话我也同他说了……但是他说:“达到了这完满之后,终久只是这完满吗? 永远是一样的吗? 老是这个吗? 老是这个吗?”……你看我们的家。这夏浪特也是完满的……那么,今年是夏浪特的屋子,明年也是夏浪特的屋子,后年又是夏浪特的屋子,年年夏浪特,一辈子也是夏浪特了!

亨　(变色)呃,是的,不错……你还想要别的什么?

爱　他说世界这样大,社会上有种种美妙的地方……他说还有别的事物……他说有……我不晓得……总之……你懂得……有别的事物!

亨　当然啦! 凡是远的东西都是美妙的! 凡是未经认识的东西都可以满足我们的美梦……美梦……我们童年时代的幻梦还天天在我们的内心深处搅扰……今天我们还谈起我们当年很呆,要求人间的乐园……你说你喜欢我们现在的生活更现实些,更近人情些,尤其是更幸福些! ……是不是? 刚才你不是喜欢这个吗? ……你听我说吗?

爱　(神情不属)是的,我听你说。

亨　(静默了一会子之后)他说的就是这些话吗?

爱　他还说:“一个少女……”

亨　一个少女怎样？……

爱　不……不……没有什么……

亨　他说一个少女怎样？……

爱　我记不得了……

亨　（静默了一会子之后）当然，在现实的生活里，总有多少强烈的
　　成分……好的成分与不很好的混合，甚至于与坏的混合，往往
　　分辨不清楚……二人的共同生活总不免有多少危险。每一段
　　时间都不是完满的，往往是双方面都走错了多少路途……最
　　要紧的乃是保存信任心，不可记念旧恶，应该利用人家借给你
　　的不讲人情的明镜，照见你的无价值的或不良的部分，然后好
　　从事于淘汰……世上一般没有耐心的人，他们灰心或愤愤不
　　平，因为当他们走到某一条新路途的时候，仍旧只得到同样的
　　结果，始终不曾成功。婚姻所以有得到幸福的机会者，恰因为
　　婚姻是确定的结合。一般以为可以重寻生命的人，他们一生
　　只在寻觅之中……我说的话你听见吗，爱莲？

爱　是的，是的……

亨　你没有听我说。

爱　哪里！……

亨　我说的是什么？

爱　你说的是完满，是唯一，是故乡……

亨　还有呢？

爱　没有了。

亨　你看！你并没有听我说！

爱　你天天只说那么几句！

亨　呀！……呃，刚才我恰恰同你说了些新的、合理的话，假使你
　　听了，你一定会感动的……你应该听的恰是这几句。我说的
　　是……（她有不耐状，却不很显）你怎么样了？

爱　我没有怎么样啊！

亨　你讨厌我说的话吗?

爱　没有的事。

亨　刚才你要我说理由……

爱　你坐下来吧!

亨　你怎么样了?

爱　我没有怎么样啊!

亨　(静默了一会子之后,和婉地,然而吃力地)你在想什么?

爱　请你暂且住口! ……(末了,她像对自己说)美啊! 小屋里的
　　窗子亮了……仆人们在未关窗子以前,偏要先开灯……不用
　　说,飞蛾就要进去了……说也奇怪,刚才天时还早,只这窗子
　　一亮,便把花园照成晚景了。

亨　你晓得,天时已经很晚了。

爱　是的。但是在这灯未亮以前,我们不觉得……(他走近她,她
　　不关情地,想入非非地,转身向那开着的门,正对晚景。他注
　　视她,半晌)

幕闭

第二幕

布景　园子里的一个台子。时在 9 月。

第一出

出场人：爱莲、(其后)亨利。

爱莲独自一人,坐在花园的一张椅子上,膝上一本书,然而她并不看书。有聚精会神的样子。忽然有所感触,突然起立。走向台子的栏杆,如饥似渴地用双睛搜寻乡村的景物。末了,她又回来,预备重到椅子上坐下。但是,未达到椅子之前,先已止步,打了一个寒噤。她连忙回身向着树荫,然而台下的观众并不见有别人。

爱　怎么! 你在这里! 你在做什么?

亨　(上前)我走过。你不必起动。

爱　你在这里很久了吗?

亨　不,我才来的。你放心。

爱　我不喜欢人家当我不晓得的时候在我的后面望我。

亨　你怕人家猜透你的心思吗?

爱　你到哪里去?

亨　我下台去。

爱　你为什么打这儿经过? 你有话同我说吗?

亨　我吗? 不,我没有什么话同你说。(半晌)我看你的样子,你也没有话同我说……不是吗？你没有什么告诉我的吗？

爱　假使我有话同你说，我一定说出来了！（二人互相紧紧地注视着。末了，她低头，难为情。后来又和婉地说）我听见这里有刀斧的声音，是什么缘故？

亨　人家为我们斫白杨……我要去看它坠地。我爱听它的叶声瑟瑟，树身噼噼啪啪地响，很能动人，教人猜是树枝想要把天拉了下来……你不高兴去看吗？

爱　是的。

亨　也许你在等候一个人？

爱　是的，夏南杰说他或者会来。

亨　现在他天天来了吗？

爱　他隔了三天没有来了。再说，就算他天天来，有什么害处？我们的朋友当中，只有他是我所喜欢的。你不会觉得奇怪吧？从前你批评他是一个高尚的人，现在你觉得他的好处太多了，却不是我的错处。

亨　是的。呃，不错，该完了的！

爱　我不懂。

亨　哪里！你是懂得的。（二人相视）夏南杰追求你，他要你！（爱莲耸肩）人家既然说他爱你，如果你高兴的话，我们就假定他爱你！（她掉转头去。他再说）我想，我算是能忍耐了。我把他当做朋友款待，因为我相信你能维护你自己，相信你对我的爱情，相信你这样一个妇人，决不会……但是，结果我是不肯的了。现在是改变方针的时候了！

爱　我却比较地喜欢你当初的态度。

亨　我也一样。

爱　好，那么……你下逐客令就是了！

亨　事情不是这样简单的。我们共是二人，只把夏南杰赶出我的家还不够，应该赶出我们的家。我不承认——至少现在还不

　　承认我与你不是一体。因此之故,须得我们二人的同意。我
　　需要你赞成。

爱　疑心真大! 天啊!

亨　没有什么疑心不疑心! 如果我一个人做这举动,就把我们二
　　人的价值都灭了。

爱　那么,怎样?

亨　那么,我请问你:你是否以为试验的期间够久了? 这时候是不
　　是应该向他表示他在这里是多余的?

爱　而你主张要我……

亨　唉! 你也可以,我也可以,这上头没有关系……我再申说一
　　句:关系在乎我们一致行动,在乎使他觉得我们是一致的。

爱　这种野蛮的举动,没有什么证据做口实,我是拒绝参预的。我
　　对于夏南杰,觉得他没有可怪的地方。

亨　妙啊! 你感觉着人家拼命爱你了! ……你呢,这并没有得罪
　　你! 而且博得你的欢心! 但是这位先生的态度实在得罪了你
　　的丈夫,而你并不觉得,而你并不关心,是不是? 你是不管这
　　个的! ……你以为你尽了妇道吗?

爱　他的态度与你有什么相干? 我想你总相信得过我吧! 我做我
　　所应做的人,你也就够了!

亨　你并不做你所应做的人! 自从我对你说了一番之后,假使你
　　就表示你冷淡对他,表示你鄙薄他,那么,事情早已完了。这
　　男子,他的主意你不是不知道的,而你却诌媚他,向他微笑!

爱　你说什么?

亨　你们一块儿出游了好几次。

爱　唉! 只有过一次! 我本来要到浦第耶去的。他自愿陪送我
　　去……而且是当你的面说的。

亨　当我的面,是的,不错! 然而看他的样子,多么告奋勇,活像要
　　与我寻仇似的! 我这话并不苛刻,只是就事论事! 也不能说

我是个伪君子！他还不是欺骗！看他的样子，竟想高声说出他的用意来！……假使你曾经挫折过他的勇气，你以为他还有这样大胆吗？

爱　我曾经挫折过他了！

亨　不，你没有实行过！如果你不信，试看现在，当他到这里来的时候，我非常地不舒服。在你们二人中间，我像一个障碍物，一个妒忌人……我不愿意玩这把戏，真为这令我心中作恶，令我十分难堪……假使我看见你讨厌他的殷勤，我早已打他几个耳光了！然而你并不讨厌！……他的胆子大，我还不很要紧，至于你很舒服地忍受他的态度，那就令我面子上过不去了……所以现在我周身瘫软，这并不是他与我的斗争，爱莲，这乃是你我之间的斗争！是的，是你与我的斗争！

爱　唉，这个！但是……你以为是怎样的？

亨　我以为你着了迷了，眼睛看不清楚了……

爱　你错了。我是很清醒的。我对于夏南杰的感想是很深的，十分可敬的，很美的……我尽我的责任做去，使这种感想安静，进化，变为没有毛病的……

亨　你这样医病，需要多少时候？

爱　我不晓得！……再者，你随我去吧！你这样猜想，这样怀疑，实在污辱我！……我不许你用这口气同我说话！

亨　说话比答话还容易些！……但是，亲爱的，假使此刻你是无可责备的，你真是原来的你，那么，这男的只是一个外来人，竟使我们这样粗鄙地吵起嘴来，你还不觉得心里难受吗!？岂不是你向我嚷道："唉，完了！我不愿意再见他了！我要把他驱逐出这屋子！"

爱　并不是我先吵闹起的！你疯了就是你活该！……这男子，我尊敬他，我赞赏他，而且当初你自己也教我赞赏他，我不能把这一类污辱的话加在他的身上！

亨　唉！不幸的！你承认了吧！毕竟他摇动了你了！此刻你的心
　　灵里充满着他，你正在挣扎，正在痛苦！

爱　纵使这是真的，也只是我个人的事！你以为我是什么人？

亨　我禁止你接见这男子！

爱　呀！我们归结到这里了！原来你说来说去，只想说出这话来！

亨　总之，我本该开始就说了出来！女人本是下等的，只该像一件
　　东西一般地保管着。你不过是一个女人，与别的女人并不两
　　样！当初我实在疯了，一味信任你，以为你有良心，识道理，鄙
　　薄一般的妇人，不肯像她们甘心做男子的欲望的对象，因为觉
　　得自己是钓男子的甘饵而满心欢喜！我早就该像别的丈夫一
　　样做。假使别人处在我的地位，早就这样办：在第一天起就不
　　许那男的接近你，也不必找什么文明的办法了！……现在是
　　我去接见夏南杰！你回屋子里去！快！快！

爱　（难为情，至于流泪）我不服从你。我不受任何的命令！

亨　（作凶恶状，捏着她的手腕）爱莲！

爱　（目定，咬牙）亨利！

　　二人脸孔对着脸孔，很凶地互相注视。

亨　（末了，自抑，放手，回头）唉！我们竟到这地步！

爱　（声音断续，如有所恨）我错了。这屋子里你是主人。我服从
　　你。我不再见夏南杰了。你满意了吧？你达到了你的愿望了
　　吧！（欲去）

亨　（止住她）等一等！……不要走。是我错了。我不愿意这样破
　　坏……你心里有所怀疑或有隐藏的意思，越发令我难堪……
　　不行！不行！非要一切都很显明不可！……你见夏南杰吧！
　　招待他吧！……我不妨碍你……我希望在最短期间内你告诉
　　我你喜欢哪一个……如果你喜欢的是他，你就自己作主。你
　　年纪还轻，你可以再造你的生命……（比较和缓）总之，我们遇
　　着这事，乃是很自然的……经过了十年，你的心理成熟了，进

化了,童心越少,你越把从前不成问题的事认为问题……为什么不呢? 有时候我也想及:终有一天你把我与别人比较的……我承受斗争……承受危险。你见他吧。夏南杰有他的武器:他有的是神秘,新奇……他最占优胜的乃是因为你不了解他!……但是我也有占优胜的地方,乃是因为你了解我……(眼湿,大感动)我相信我。我也相信你,爱莲……我把你交托给你了……晚上见。我要很晚才回来。我需要外面的空气。你不必等我……我让你自己一个人吃晚饭,请你原谅……(他走开。她目送他,良久……变为沉思,眼睛转向田野的风景。半晌。夏南杰入)

第二出

出场人:爱莲、夏南杰。

夏　毕竟!……毕竟!……(跑向她,急激地说)为什么您迫着我休养了三天的恼人的日子呢? 三天以来,我坐着我的汽车赶路……我几次到了海边,疯狂地开车,像是要靠着汽车的速度把我催眠,好教日子过得快些! 好把时间消磨了……请说! 您为什么这几天不许我来呢? 您分明知道这是令我难堪的啊!

爱　请您住口! 我不愿意晓得这个! 您没有这样对我说话的权利!……我尽管对您说了许多话,而您到来的时候,一天比一天疯狂,一天比一天兴奋……您的态度不很光明……您记得我们的约言吗? 您并没有尊重我们的约言……您说过,而且天天说些话是我所不该知道的,我所不愿意听见的……您没有注意到吗? 自从您到了这里,屋子里的空气是不堪呼吸的了……真的! 真的! ……我们结束了吧! 我再也不愿意见您了!

夏　每次我重来看您的时候,我已经是望眼欲穿的人了,而我看见您的脸孔总是冷的,心灵总是闭的,这是什么缘故?

爱　您再也不会如此倒霉了……您再也不到这里来……您再也不见我……我误会了。您不能做我的朋友——我所期望的朋友……所以请您走吧,我们分离吧。这样还好些。

夏　不要说了! 这并不是您说这话。乃是您丈夫要求您,勉强您……

爱　您错了! 我的丈夫从来没有勉强我做过任何的事情! 是我,是我自己一人,您听见吗? 是我请您走,不要再到这屋子里来。

夏　这是不可能的! 我不肯……我与您见面的时间已经很少了!

爱　但是我要如此!

夏　您对我下逐客令! 您!

爱　是的,是我!

夏　我们有过长时间的谈话,我们几天前到浦第耶游过,我同您说了几番话,您还能够这样说!

爱　我是怎样回答您的?

夏　我不晓得。而且我不管! 我只晓得您把我的话听进了耳朵了!

爱　唉! 我对于您,实在太弱了……我让您说的话太多了……这因为您的话很有力量! ……当您走了之后,我再想起,就恨我自己。然而我到底再三申明,要您不再打这糊涂主意,不是吗?

夏　您所想的不是您所说的!

爱　您说什么?

夏　我的言语摇动您了!

爱　这不是真的!

夏　真的! 您的嘴里不承认,但是您的眼神已经默许我了! ……几天前,我们恰在这儿遇着雨,我把您送回客厅……您记得吗？……我凑着您的耳朵说话……您的肌肤忽然有了些什么光泽似的，您忽然变得更美，以至于我把您送到镜台前面。我一声不响，让您自己看！

爱　这是假的！我答复了您了！我说过您的胆子太大！我说过假使您再如此我就不许您再见我！

夏　是您说得不好！

爱　好，那么，现在请您望着我！我再三申明！我再也不愿意见您了！我要您走……我把门开了！您相信了吧？

夏　那么，您还不懂我怎样地爱您吗？

爱　又是这字眼！您要当我的面说破，您才快活！真是无理！真是无聊！不要管我吧！

夏　（怅然）爱莲，我不是一个青年了。我已经三十八岁，我活了一辈子，而今才第一次向您说出这字眼。我以我的人格担保这是第一次。我以为不算得罪了您。真的，在未认识您以前，我以为女人都是下等的，只晓得妨碍男子们的工作。所以我只把她们当做玩物看待。后来我看见了您……我似乎觉得忽然变换了生命。除了您，世上什么都不算数。我懂得了什么叫做大志，什么叫做工作，以及力量、财产、名誉种种的意义。您是我的太上的目的……像我这样一个男子是不晓得放弃的。

爱　那么，您希望什么？

夏　我要您变成我的妻子。

爱　您真是狂妄之至！

夏　我是一个爱您的男子！

爱　现在可够了！如果您不立刻走，我要叫了！

夏　请您叫吧！请您叫吧！如果您有胆量，您尽管丢脸，与我没有关系。我先此告诉您，您要不许我见您是不行的。我从来不曾相信爱情，到了这年纪才有爱情，您不晓得是怎么样的！千磨百折，我不管！礼法、社会、您的家庭、我的家庭、我都不

管！……您的丈夫，我不管！……我们所交际的人物是一样
的。我到处可以遇见您，到处我可以唤醒您，说我爱您，说我
这样地爱您！

爱　您敢吗！？

夏　（凶狠地）我怕什么！……（二人很凶地互相注视。夏南杰忽
　　然丧失了全身的力量，立足不稳，以手加眼，胆子小了，发抖
　　了）呀！爱莲，我们在这里脸孔朝着脸孔站着，我们互相挑战，
　　我们互相有怨恨的样子……但是，您不晓得我是怎样尊敬您，
　　尊敬到什么地步啊！

爱　（一时忘情）我相信您……（自制，找话说）我晓得您很诚
　　恳……一个人有没有某种情感，自己做不得主，我晓得……但
　　是情感总可以抑制的……自己抑制是可能的……只要您有毅
　　力就行。您可以有这毅力的……不是吗？……您不再追求
　　我，歪缠我了吧？……您分明晓得我不爱您，而且我不能爱
　　您！您要依照我的要求做去才是！（他作势表示不肯，她和婉
　　地说）嗳！嗳！您晓得我们是怎样的人！您晓得我的丈夫是
　　怎样的人。

夏　我晓得您丈夫是怎样的一个男子，我晓得您对他的感情如何。
　　但是，假使与您共同生活的男人不是一个高尚的人，那么，您
　　也就不能成为现在的您了，我也就不这样爱您了。

爱　（哀恳地）您应该忘记了我！非忘记不可！您不该再爱我了，
　　夏南杰！……我对您很有友谊，请您证明您有受我的友谊的
　　资格……您忘记了我吧！……这在您是很容易的……请您回
　　答我！……是不是？您不执拗了吧？您放弃了您的糊涂主意
　　了吧？……说呀！说呀！……您就走了吧？……唉！我真怕
　　您，您听我说，您听我说！……您把我看错了……您不了解
　　我。这并不完全是您的过失……您听我说……我要努力劝您
　　一番……请您在这里坐下……我相信我一说您就懂的……为

什么老是过这斗争的生活呢？我们不能温和地说，安静地说
吗？您的眼光不缠扰我不行吗？……我不是好战的人。我不
喜欢斗争，也不会斗争。我为着要反对您这寻仇的态度、用兵
的态度，我已经力竭声嘶了……我宁愿很平静对您说明我是
什么人，我过的是什么生活……我要对您说的话多着哩！我
敢说您不了解我，您相信我的话吧。

夏　这是真的话。此刻我想起了也有几分惭愧。我们所谈的始终
　　只谈到我一人……

爱　（又有信任心了，安静些了）这是很自然的。男子们要叙述自
　　己总比较容易些。在你们男子的举动上，外的生活上，可以看
　　得出你们整个的人。至于一个女人呢，要找她的真相，却在乎
　　很小很小的事情，乃是在内的生活，不可捉摸的情境上头！一
　　个女人要说自己，总觉得有几分害羞，因为女人只能谈灵
　　魂，……始终只是灵魂……然而到底应该使您晓得……我们
　　二人当中有一种很大的误解。您有的是奇怪的思想……有一
　　天您同我说：一个少女的爱情是没有价值的……

夏　您想过这一层吗？

爱　是的，是的，但是……这是假话！

夏　这是真话。第一次的爱情没有什么，不算爱情。

爱　您错了！我爱我的丈夫！（吃力地）我爱我的丈夫！我很幸
　　福！（半晌，他注视她，惊奇）当然，一个人在二十岁是不懂事
　　的，灵魂还不曾澄澈。然而一个人年纪轻的时候，倾向前途的
　　力量却是很强的。那时节，有的是本能的冲动，有的是发现神
　　秘的要求！……我给人家求婚不至一次了。每一个到来，我
　　都毫不迟疑地拒绝了。末了是他到来，我很感觉得非他不
　　可……我并没有弄错，夏南杰！我爱我的丈夫！十年以来，我
　　爱我的丈夫！我很幸福！……倒不晓得他的为人。他很少表
　　现他的真相！人们不了解他！谁也不了解他！甚至于他的母

亲也不了解他！……

夏　您同我说过要说您自己……请只说您自己吧……

爱　我吗？要我同您说起我吗？我说他，就是说我，我在他的生活
　　里头生活。在他跟前，没有我存在。自从第一次他同我谈话
　　之后我才觉得我有几分聪明……呃，我记起了，我们结婚后，
　　做过一次旅行。有一次晚上，我们肘倚着船边的栏杆，朝着斜
　　阳。我困倦了。我放眼望着海水，望着崖岸，望着美丽的天
　　空。这一刻，我有千情万绪涌上心头，复杂而有力量，于是我
　　迷迷蒙蒙昏乱一阵，却像没有感觉到什么似的。忽然间，我向
　　他叫起来："快！快！给我叙述这旅行！"他开始向我徐徐地解
　　说，于是我的感觉更显明，更有力。我耳朵里听着他的声音，
　　同时我的心里认识了好些事物，而且认识了自我。整个的我
　　都扩大了。我似乎觉得他的声音给我一个天地，我在此时才
　　产生，才存在……好，十年以来，我还记得当年沿着海岸往来，
　　他时时在我身边，很聪明地、很安静地给我叙述这旅行！您懂
　　吗？……（渐渐兴奋）我怎能不把一切都归属于他呢？我就是
　　他的一部分！您看见我，就是看见他。我没有一次做事不觉
　　得他在我的身边，批评我。没有一次不暗暗地希望他赞许我，
　　因此爱我。我挑选一件衣服，无非希望成为他所爱的女人。
　　我同他说话，只是同我说，只是令我反省……我对您说这些
　　话，为的是要您懂得我的为人，懂得我们是怎样的，好教您不
　　再缠扰我。我是他的妻子。我爱他。您应该相信。真的，要
　　我对于他隐藏着什么心情，掩饰着什么事物，我是做不来的，
　　因为我的内心要受苦刑。我们对于一切都是共有的，朋友是
　　共有的，甚至于家庭也是共有的！您不晓得，这种混合，这种
　　不相提防不相计较的态度是多么好啊！他的脚步合着我的脚
　　步，橐橐地声声相应，十分和谐，是何等的令人安心，令人静
　　虑！总之：没有一件事是一人独有的，所以一件事成为重复的

两件事,进步,是分有的;愿望,是分有的;痛苦、骄傲,无一不
是分有的! ……您觉得这一切都是好的,不是吗? 这乃是真
理。爱情是时间造成的,是绵延的,是人心的原质造成的,您
不觉得吗? ……我有道理,是不是? 您很懂得我的话吗? 我
同您说的是不是真的? ……(她说了,非常感动。住口,有几
分找不着话说的样子。她再说,现害怕状)喂? 喂? 您不再兴
奋了吧? 您就离开我吧? 吓? 您就走了吧? (哀恳)我爱我的
丈夫! 您走吧! 您走吧! 您走吧!

夏　(只管紧紧地望着她)唉! 您多么容易动气! 多么容易受
　　刺激!

爱　(气竭的样子)既然我叫您走了! 既然我嚷起来了! ……走
　　吧! ……离开我……离开我……

夏　(突然快活起来,现出胜利的样子)您说的是假话! ……您爱
　　的是我! ……您分明晓得您的内心要发出爱我的呼声
　　了! ……您爱我了!

爱　好,是的,呃,我给您闹病了! ……不晓得您怎样播弄我? 以
　　至于我时刻只想会着您……我的脑子里常有您的影像往
　　来……您不在跟前,生活便不成为生活! 您不晓得,这礼拜真
　　令人难堪! ……我不能够了。我的气力已经尽了……您望我
　　吗? 是的,是的,这是我。这妇人就是我! 这怪物就是我!
　　是我!

夏　爱莲! 毕竟!

爱　您看! 从昨天到现在,我只等候、希望、窥探,不住地在空房里
　　走去走来! 您看! 我不得不把房门关上,好教我把您的名字
　　叫个痛快! 您看! 我到了这地步! ……几天前,您用您的手
　　抚着这树。那时候我不敢抬头,生怕我的眼光遇着您的眼
　　光——有时候您的眼光太透明了! 于是,当您说话的时候,我
　　只望着您的手——男子的手。我不时打寒战! 直到现在我还

看见那手,我时时想起。再到这里来看这树……我的朋友,您不晓得,您不在这里的时候,这树包含着多少的寂寥啊!……后来,我听见您的车声了,人家给您开大门了。于是我重新有了生命,我的血液流溢出来。耳朵听见了一切,眼睛看见了一切……

夏　呀!您说这话!您说这话,您须知这就是我朝夕期望的了!

爱　唉!请您不要因此自负,呃!我敢说,这上头没有可以自负的!您把我的心弄成了一个杂货箱子!这真可怕!为什么我能够如此想念您!……我素来以为一个正气的女人只能恋爱一次,以为我这样的爱情可以延长到一辈子了。谁知这不是真的!这一颗心,本只有我的丈夫充满着,此刻却为另一个人而动摇!当年我的玄妙的心情又露出来了!我从来不曾到过这地步,竟令我不能自制!我记得起初的时候我还清醒。我能够把我的情感忍耐着,只让我自己知道。这是一种大幸福,然而是安静的、明显的……现在可不同了,激烈了,动摇了……说起来真可怕!教人猜是我的血液里中了毒!这是可能的吗,吁?这是自然的现象吗?世上有这种事实存在吗?我素来以为世上一切都是美善的,现在却有这类的事情发生!……唉!我们为什么而生?古人欺骗了我们了!生活原来是丑恶的!

夏　生活吗?您还不曾认识生活!现在您快就认识了……骄傲的,我劝您听之自然,到快乐的世界去吧!我早就晓得您爱我,晓得您不能拒绝我,我早就晓得,早就等候您。我爱您……

爱　(忽然又自抑制)唉,您还没有听清楚我的话!您不了解我!刚才我所承认的那一个妇人,她是我,而我却不肯应承她,换句话说,我不肯应承我自己!我所以如此向您说者,是要您帮助我把我拔出您的牢笼!……您分明看见我是一个病态的妇人，一个被领有的妇人……我用得着您！帮助我吧！把我变成原来的我吧！您看，现在我不赶您走了……我再也少不了您……我恰恰要您再来。将来您是我的好朋友。这一切都会变纯洁了的，会医好了的，我们这种人本该如此……您看，这种怪心理，像我这样一个妇人爱上了两个男子，倒不如死了干净！……我晓得您是一个正直的人，不会利用我这一番话来捉弄我！我信仰您。您不会捉弄我的，不是吗？您不会太苛求我的，不是吗？

夏　哪里！我要求一切！要您放弃一切！我恰恰是苛求您的呢！

爱　（又馁弱下来，揉她的双手）呀！那么，怎样得了！？

夏　这是什么缘故？谁拉住您？您要同什么挣扎？……爱莲，现在您爱我了！刚才您怀着儿童的坦白的胸怀，天真烂漫地承认您爱我！……那么，为什么装这可怕的样子？……我不懂！……您分明晓得我们不能要暧昧的或卑鄙的爱情，我所要求的乃是您的全生命！……既然您所爱的是我，还有什么可以阻止您做我的妻子？……我敢说我不懂您的意思……请您听我说……此刻我们正在把我们二人的生命做孤注……这种斗争，一方面是所谓道理，一方面是热烈的爱情，何去何从，还有什么好迟疑的？宗教认爱情的革新为罪过，但是，宗教本来就恨爱情，就恨生命！我懂得。宗教的目的在制欲，在放弃！这是合伦理的。宗教是合伦理的……然而您并不是教徒，爱莲！您所信仰的只是生命！……那么，您应该怎样？……社会也与宗教一样，要求人家从一而终，要求固结不解的爱情。但是社会也有它的道理，这是为儿童设想的。牺牲了恋爱的权利，顾全儿童的权利。这是好的，这是合理的……然而您呢，您没有儿童！……我敢说我不懂您的意思！……爱情在您的内心发出呼声了，我们可以触摸着人间的幸福了，而您却倒戈向自己进攻！您拒绝了这人生唯一的乐事！……爱莲，爱莲，我的伟大的朋友，我敢说我不懂您的意思！

爱　我爱我的丈夫！

夏　这不是真话！假使您爱您的丈夫，您的心里还有我存在吗？既然我是您的敌人，为什么要求我救您？为什么您这样颓唐，任我摆布？我很觉得您归属于我了，整个人都是我的了。这是什么爱情？这怎样发生的？……喂，您不要发抖，答复我吧。您说您爱您的丈夫，您在何处见得您爱他？

爱　(先是找不着话，后来欲说而无声，末了，总勉强吐出声音来) 我不能害他。

夏　(一时语塞。连忙又说) 那么，您要害了我们两个了？您牺牲了您自己，又牺牲了我……这一念的慈悲，却惹起更大的灾难，这又何苦呢？不行！您这内心深处发出的呼声，我劝您不要反抗吧！(傍近她) 您为回忆而疲倦了！这些树与这男人再也不能给您一些新意义，把您闷煞了……

爱　(终于沮丧) 您真执拗！您真执拗！您还不觉得我被征服！说这一大堆的话有什么用处，天啊！您分明晓得我是不抵抗的了！您在这里！您兴奋起来！您执意要胜利，决不动心！那么，一切都完了！拿去吧！我放弃了我了！既然我一天一天的挣扎，一天一天的疲困，既然不得不如此，那么，随您的意思做去吧。我不维护我了，我爱您，我爱您！……我不敢说我爱您爱到什么地步！……这是可恨的！然而您不管！您看见我痛苦，却与您没有关系！那么，我是被放弃的人了，您要，您就拿去吧！我是一个被放弃的妇人！……拿去！拿去！拿去！……

夏　(退后) 您把您弄到什么境地去了！……您能够同我说这话！……这不是真的吧？……这不是可能的吧？……我所给您的不是"失望"吧？说呀，我呢，我的心里多么快乐！……爱情就是快乐! 您快要得到这快乐了! ……您信仰我吗? ……喂! 请您望着我! ……唉! 这脸孔! ……爱莲,您这脸孔扰乱我的心了……爱莲!

爱 (用没有腔调的声音,漠然不关心地,如死人)这于您有什么关系? ……我归属于您了。我爱您了……这就够了……请您不必多求了……(他怔怔地望着她,惭愧,游移,不动。静默一会子)您不说话了吗?

夏 (作谦卑状,作放弃状)我不愿意要您的酷烈的痛苦! (她注视他,诧异)起初我不晓得女人的心是如此的……(静默一会子。他离开她,低头,如有内疚)是的,也许……这么一来,很不容易……但是,如果您不免痛苦……如果您只把一颗破碎的心给我……这是什么生活! ……我不愿意引您到这种生活的路上去! ……(沉思)也许我实际上只给您一些兴奋剂,一些夸张的话头……(反省)要我这里来,停留在这里,等候您,看见您,而不许我存一点儿希望,不许我要求什么,这是我的能力所做不到的……至于要我走,也许可以的……现在我爱您,不止是爱您的自身……爱莲,我可以走了……

爱 您走吗? ……您到哪里去?

夏 您不必问! ……完了……我的生命从此不算数了……

爱 您走吗!? ……却是我当不起这……

夏 谢谢您这一句话……这话可以帮助我……告别了……(她走近他,好像有人拉她,她不能不走近似的。他伤心地说)您让我走吧! (她傍近他,哑口无言,如哀恳状)您让我走吧! ……(怔怔地望她)您不能做我的妻子。(她不答)您不能,是不是? (忽有希望)请您答复我! ……您不能吗? ……请您只答复我一句:"我不能"……说了吧,教我好走……(此刻她瞠然注视他。他开始快乐,同时有几分胆怯)您一声不响吗? (伸手向她)爱莲! ……(二人互相怔怔地望着。良久)爱莲! ……

爱莲的身的全部,面的全部,都只有承受的样子。二人互视,呼吸对着呼吸,正要互相拥抱。

爱 (和缓地,很镇静的样子)当心……

半晌。亨利入,走向二人,夏南杰向亨利上前一步。后来他们两个男子止步,互相注视。一种可怕的静默。末了,是夏南杰低头。教人猜想他被征服。他懒洋洋地扭转身,在黑暗的树荫下走去了。

第三出

出场人:亨利、爱莲。

亨 喂! 爱莲……现在你还有什么话说?

爱 你让我走吧……(欲逃)

亨 你到哪里去? ……你分明晓得你有话同我说……好! 说吧……你分明晓得一切都可以同我说的……天黑了,我看不见你了……我们至少应该维持我们平日那种光明坦白的态度。好! 喂! 把你要同我说的话说了吧!

爱 我一句话也没有。让我过去吧。

亨 呀! ……好的。

爱 (走了几步。忽止。声喧,几乎令人听不见)你听我说……我须要……我想要……到巴黎去……我须要到巴黎去……

亨 呀! ……你看! 你不是有话同我说吗? ……好! 这是再容易没有的了。你要到巴黎去……你要在哪一天走? ……(静默一会子)告诉我吧……

爱 我不晓得……

亨 明天吗?

爱 是……("是"字几乎令人听不见)

亨 呀! ……而且……你要离家很久吗?是的,是的,这是显然的,你要离家很久……非常的久……你不再回来了? ……爱莲,你要走了……(静默良久)那么越早越好。我要尽我的能力做去,使你很快地恢复你的自由,越快越好……告别了……(她固执地把头掉过去,与他反面,使他看不见她的脸孔。他作势要瞥见她的脸。她躲避他的视线。他把话再说,作质问状,像要求她一个非常的肯定)告别了?……(她十分勉强地转脸向他。她怔怔地望他,想要跟着说一个“告别了”,却不能说,她的声音不服从她。于是她只能冷冷地、很笨地点一点头,算是答应了一个“是”。于是亨利用一种确定的口气再说)告别了,爱莲。(他走开,但是,走了几步之后,又说)呀!……我以为你未必要把能令你想起我们的任何事物保存,或带了去……但是,万一你要保留一点儿纪念品……随便你要什么就拿了去吧。(走开)

幕闭

第三幕

布景　客厅如第一幕。时已入夜。

第一出

出场人:爱莲、(其后)夏南杰。

一个横柜的抽屉开着,爱莲坐在柜前,不动,穿的是前幕的那
一件衣服,孤灯映照着。

爱　(突然起立)是谁? 什么事?(擎灯)

夏　(从园里来,悄悄地入。低声)爱莲!

爱　您!

夏　请您原谅我! ……我不能离开您……刚才我离了您之后,我
打算走,打算回家……结果还是走不了! 我的全生命都在这
里……我看见所有的灯光都灭了,只剩有这一盏。我晓得这
是您的灯……还有楼上那一盏……

爱　那是他的灯。他在楼上,把自己关在房里……

夏　您同他说过了吗? 现在他知道了吗?

爱　是的。

夏　那么,您是自由的了? 他同您说了些什么?

爱　他还了我的自由,是的……完了。

夏　那么,您在什么时候离开这里? ……什么时候您才是我的?

爱　我……我不晓得……我……明天离开这里。我再也不能停留

在这里了……于是我……我要到巴黎去。我预备住在我的姐姐家里,要住许久……在那边,我们可以常常见面,直等我完全自由了之后……

夏　怎么! 完全自由?

爱　总之,要等到宣告离婚之后。

夏　离婚! ……您愿意吗? ……不,您是不愿意的……爱莲! ……这是不可能的! ……您竟能想到把我们下苦刑! 您教我们的爱情在绵绵的期限里度日如年! 爱莲! 爱莲! 我却不能等候您了。我需要您,像需要呼吸一般! ……请您想一想,我不曾得过您一点儿好处! ……

爱　依您说,您要我怎样办?

夏　我要您明天就去找我! ……您的姐姐家里吗? 不行! 不行! 我的家! 我们的家! ……我早就等候您向我说这话!

爱　明天……

夏　是的,明天! ……您明天就去找我! 于是我们离开此地……我把您领了去!

爱　这是真的话! ……现在还等候,实在没有道理……我没有想到这一层……

夏　这岂是我们所应该演的戏剧! 您是分明晓得的!

爱　是的……是的……

夏　那么,怎样?

爱　我不晓得……一切都由您自己决定……我顺着您的意思做去……

夏　您明天上午就走。到巴黎之后,您就叫车径到我家去。我在家里等您。明天晚上。是不是? 明天晚上? 您来吧?

爱　明天晚上我一定到您家里。

夏　爱莲! (他想要拥抱她)

爱　(无力地哀求)唉! 不要在这里!

夏　（作罢）也罢！……我也想要服从您。那么，明天见吧……但是，在未走以前，我想要看一看您的脸孔，这美丽的脸孔，在嘴里答应了一个"是"……让我看您一看吧！

爱　您要看吗？（走近灯光）好……请看……

夏　（诧异）您的脸孔变了……您哭了！

爱　我吗？哪里！……呀！真的，刚才我哭了！……那没有什么。这没有什么。现在已经完了。

夏　为什么您哭了呢？我务必要您告诉我……看您很愁……我不愿意要您愁，要您苦！我只要您自由，要您幸福！您归向我，须是归向快乐才行。

爱　您想到什么地方去了？我很幸福，幸福！现在您在这里的时候，我觉得一切都简单了，容易了……好啊！此刻我毫无思想，也不反对自己，只听命运的支配，命运决定的是什么，我就做什么，我是盲目的、自由的……我很幸福，您相信我的话吧！……但是，在您未到来以前，我在这里独自一人，夜色包围，万籁都静，向这一切的事物告别……

夏　爱莲，什么事物！……最强的是您，最大的是您，而您却给事物感动了！……

爱　这些事物就是我的自身……这是……这是……我曾经做过那么一个妇人……不免有一时的烦恼……一个人孤独的时候免不了胡思乱想……免不了有几分害怕自己的影子……我也许哭过来……我记不得了……不要管！这没有什么……这不算数……您来了之后，我的心里就只有您！（握他的手）您这人真好，到这里来！

夏　我就要走了！唉！让夜色包围您，让您在这可怕的静默里！……

爱　唉！现在我倒很强了！

夏　谁晓得？我走了之后，也许您的烦恼又来……您听我说……

今天晚上我不能让您一人在这里……爱莲！您应该此刻就走！

爱　您说什么？

夏　呃！我要领您走！

爱　此刻吗？

夏　现在您在这屋子里没有什么事情做了。您不应该停留在这里，让这些事物惹起您的痛苦……凄凄凉凉地熬一个整夜，我劝您避免了吧……来吧！来吧！

爱　这真是胡闹！……不……不……明天……

夏　为什么还要把我们分开呢？您瞧！（他把向着园子的门大开。月夜无云，天青如洗，是夏天的夜色）您瞧，今天晚上，天为我们预备这多么好的月夜……月儿在等候我们了，在呼唤我们了！……来吧！……来吧！（他努力想要拉她走。她抗拒，变色）

爱　不！不！我不能！……请您不要说吧！请您不要说吧！

夏　您不必考虑了！让我领您走吧……辜负这时光乃是一件罪恶……我们走吧！……爱莲！爱莲！我们走吧！……亲爱的，我的妻，明天您在我的怀抱里醒来了……快！快！

爱　真的，此刻我已经自由了……（她向门口走了一步，那门真的似乎在逗引她。后来，转身向室内，看见灯罩放出金光）自由……（又转身向夜色）自由！……呀！您有道理。领我去吧！我们走吧！先说我已经不晓得不服从您了。而实际上也许这么办还好些……而且，我们不要管！而且我再也不能停留了……您说的有理，我们不再分离更好……（她缓缓地走向门口。刚要踏过门槛子，又止步，如有所阻）

夏　快！快！

爱　请等一等！

夏　您发抖吗？

爱　是的，有几分。

夏　您怕吗?

爱　不是的。但是……前面的空虚……忽然间,我的脚踏不着地……一阵昏迷……

夏　这种昏迷,譬如突然放出笼子的鸟儿,譬如逃出监牢的罪犯……

爱　是的,是的……

夏　把您的手给我!

爱　手在这里……(然而她另一手却扳着门框)请等一等!

夏　您为什么又止步了?

爱　请等一等……只一会儿!……是的,我们就走了……但是这些事物……这屋子……我的屋子……您看!……让我看一会儿……只一会儿!

夏　您同我说过,我这一来,已经把您的愁闷驱除了。此刻您又要自寻苦恼了!

爱　有您在此,我不怕愁闷来侵了……再者,也有道一声别离的必要……您该懂得,我不否认这屋子……我不恨这屋子……这里的一切我都不否认……我只走向另一个幸福,强烈些的幸福……然而我在这里已经幸福过来……您是晓得的……我爱您……您看……这里是我年年的历史,轻狂的、快活的、重大的、厉害的……

夏　(责备的语气)我呢,我只有我对您的爱情……自从我认识了您之后,以前种种的历史都消灭无踪了……

爱　我呢,我老了,亲爱的。

夏　死了的年华不算数。

爱　我进来的时候是一个女孩……

夏　请您只想现在您是一个妇人!(试轻轻地拉她走)

爱　我在这屋子里成熟了……我变了,进化了……

夏　一切都从今日始!

爱　在这屋子里,我失去了一个四岁的儿子。

夏　(放手,诧异)您吗?……(声音较低)真的,人家同我说起过!……我记得了……

爱　(没有声音,半晌。心里糊涂的样子)您早已忘记了!

夏　(忽然惭愧,难为情)您并没有提起……

爱　(伤心已极,作反语)我没有提起,真的,不错……

夏　然而,对我!……

爱　我本来预备把他的几张小照带走,刚才您进来的时候,我把它们摺在一旁。(在桌上拿起小照,紧紧地捏住)现在您懂得我为什么哭了吧?请您走近来……在这黑地里我看不见您……现在却是我须要看您的脸孔了……一个男人的脸孔是这样的无情!(她细看他很久,活像是第一次见面似的)说也可怕,您不能晓得这样的一件事情!……说也可怕,您这样的不了解我!……

夏　我哪一次看见您的面不是很快的,很不清楚的?

爱　这是真的话……我们见面的时间很少……我的心不住地对您说话,而我的口却几乎不曾同您说过一句话……您不了解我……我的事情您一点儿也不晓得!……

夏　(总想要拉她走)为什么您自寻痛苦呢?……伤心的事不要提吧……过去的事令您伤心……您不要念起它吧……不要把它放在心上吧!

爱　过去?这种事也会过去的吗?……自从我做了世上最不幸的妇人之后,一切这些都在眼前……这些事情时刻在我心头……有这些事情然后有我……您所拿去的也只是这些事情……(室中诸物引起她的愁心,她怔怔地四面望了许久)

夏　(庄重地)爱莲,我要求在您的心里占一个自由的位置,整个的位置……我想将来是我充满这位置的……(她注视他。他悲愁而多情地,用责备的口气)您要我帮助您回忆当初,而我恰想要无论如何使您忘记一切！……（爱莲把捏着的小照放回桌上。他热烈地说）我爱您！……您不觉得这一句话里头有多少生命的力量、革新的权威吗？……来吧！来吧！

爱　不！不！明天……

夏　爱莲！

爱　我明天去找您。这样好些。（看见他不肯的样子）起初您自己也说过，叫我明天去找您的！

夏　但是后来您已经觉得这是不可能的，我们非现在就走是不行的了！

爱　不！不！这是我糊涂了！像我这样一个妇人决不能如此在夜里悄悄地走了的！……亲爱的，您不要害我！……您让我在白昼里走吧，这才是应该的……再者，请您想一想……我们总免不了人间的生活……我总还要预备行李才行……

夏　（不复固执，然而十分痛苦）呀！您真是理智的！

爱　明天见！……此刻您走吧！……究竟我要求您些什么？……只要求您几个钟头……明天我们就成事了……只是一刹那的工夫……我把整个的生命给了您，您给我几个钟头也不可以吗！？

夏　您爱我吗？

爱　我爱您。

夏　明天见……

夏南杰走了。爱莲举目四顾，有烦恼而无聊的神情……她打寒战……门开着，她在阈上站了一会儿，不动……后来，她向外走一步，抬头望楼上，怔怔地呆了一会……然后复入，把门关上。走向另一门，此门向内室开着。她叫："亨利！……"后来，又高声些："亨利！……"她听见亨利的脚步，于是她走回台前，作心惊状。

第二出

出场人：爱莲、亨利。

亨 （衣服不整，容色颓唐）什么事？你要我做什么？

爱 请你听我一句话……只一句话！

亨 你的话不都对我说了吗！？我的话不都对你说了吗！？……我听你说。什么事？……我请你快说了吧！

爱 好……你晓得这里头有……这柜子里头有我所保存的好些东西……你记得吗？……有些小物件，又有他的一切的照片……

亨 那么，怎样？

爱 那么，我……我想起……我希望你晓得一切都在这里……我一件也不拿走……我都留下给你……你看……都在这里……

亨 呀！……我不懂……你因为这个，所以叫我来吗？

爱 我不能把你这些东西拿走。我晓得这不是我所应该有的。我的身边没有它们的位置了。

亨 呀！原来你留下来为的是我！……那么，你可以拿走吧。我不要！

爱 怎么！你……你不要……他的照片吗？

亨 这屋子里的东西，什么我也不要……你，你自以为你忘记了一切，我，你却要我不忘记！你所抛弃了的东西，要我都当做宝贝！……好，请你不要希望我吧！我也要忘记一切！

爱 唉！我懂得……这是自然的……我懂得你对于能令你想念起我的东西都不愿意要，而且要诅咒呢……但是，至于他！……这是不可能的！……他呢，他没有害你！……

亨 够了！住口！我已经答复你了！说也奇怪，却是你很固执地逗引起过去的事情……死了的，算是不曾生，算是不曾存在！……完了，我们的儿子死了……他死了……他死，却是你的好机会！

爱　唉！

亨　这样才恢复了你的自由……你去创造你的新生命吧！快去吧！而且请你让我忘记了我的生命……我们二人之间，没有什么经过！从前的历史一笔勾销！生命从明天开始。我不认识你。你走吧！走！

爱　你放心！我就走……但是，你为想要惩戒我，要使我痛苦，才说这些话，是不是？世上有些回忆是不能否认的，真所谓深入骨髓！……你究竟不能使他的影子不存在你的心上啊！

亨　就是有，我也要拔除了！呃，他的影子与别的事物的影子都要拔除了的！因为一切都给你毒杀了……只有最后的一分钟才算数！此刻我从这最后一分钟里头透视过去，一切其余的都可以给我看见……然而我同你说，我是要拔除了一切的！我要我的心怀成为太空！

爱　你的心真狠！唉！你的话何等令人难堪！……这是你的小儿子！……请你记起从前你所说的："我的小儿子！"你不能忘了他！……你太爱过他了！……请你记起！……亨利！……亨利！……请你记起！

亨　（痛苦而成拘挛状）呀！这是不可忍的！……够了！够了！住口！不要伤了我们的脑筋！你弄得我好痛苦！（他呜咽地哭，是男子的呜咽，有几分粗暴）

爱　（在她的泪容上，忽现一种快乐的光彩）呀！你看！……你分明晓得他还在你的心头，你不能撇开他！

亨　是的，是的……现在我明白你的用意了！你生怕我的痛苦不够！……吖？是不是？你想要看见我痛苦吗？……好，那么，你该是心满意足了！此刻已经够了！……你让我去吧！

爱　（心灵上的大痛苦的呼声）等一等！

亨　到底你要我怎样？……到了这时候，你的儿子还做得什

么？……关系不在乎过去,只在乎现在! 关系不在乎你的儿
子,只在乎我们! 到底你不再提你的儿子好不好!

爱　(上前缠住他)你听我说,我说的是他……而我心里想的是我
们……亨利! ……请你记起! ……当年我并不这样疼儿子
啊! ……

亨　那么,你有什么话说我们的? ……快说!

爱　我不晓得……但是我须要同你说话……我们太匆忙地就分离
了! 亨利! ……刚才你是看得出来的,在花园里……我
是……我那时不能说话……我并没有愿意这样就走了,我还
要同你说……

亨　当然啦! ……我们分离得太干净了,没有丑恶的现象……你
以为还不够……所以你要大家哭、闹、嚷起来……

爱　不,我要听你的声音……你同我说话吧……你说的话是我所
应该受的……说吧……说吧……

亨　我们说了那一番话,你还不能走吗? 这种廉耻你也没有吗?

爱　我试过了……而我做不来……

亨　为什么?

爱　我不晓得……我做不来……

亨　呀! (他注视她,半晌)你要我说什么呢? ……也罢! ……我
们本可以用不着吵闹,用不着这一场痛苦,而你偏不肯避
免! ……(爱莲哭。他再说,声气变和缓)我晓得了,你想在未
走以前,要向我表示你伤心……我猜着了吧? ……现在……
(欲出)

爱　请你不要走! (他回身)我害怕……你不要丢我自己在这
里……(他高傲地审视她,诧异)请你留我! 请你保存我! 亨
利! 我是你的妻子!

亨　你不记得有另一个人等候你,你已经许给另一个人了
吗!? ……我们没有什么关系了! 你走吧! 你不是我的什么

人了!

爱　如果你相信是如此的,你就赶我走吧……我服从你。你可以
　　任意处置我……但是,我哀恳你考虑一下子!……亨利,请你
　　想一想你将来怎样!……至于我,离了你就算是失了我……
　　没有你,我简直不成为我……我是你的一部分……没有你,就
　　没有我了……

亨　然而到底是你要走的啊! 你不是爱上了他,还肯立意要
　　走吗!?

爱　我曾经立意要走……这是真的……

亨　你看! 你曾经爱上了他了! 请你答复我! 喂! 你爱上了他
　　了,是不是?

爱　我不晓得……“爱”字是怎么讲的? ……我遇了一阵狂风,误
　　认了自己,竟给风刮了去。我不晓得是什么浑浑冥冥的东西
　　把我激奋起来,拐了我走,留给我的只是恐怖与不定的心
　　情……如果这样叫做“爱”,那么,我是爱过他的……然而我是
　　没有爱过他,因为我终于不能跟他走……亨利,我没有说谎。
　　我在你跟前过的是光明的生活。现在你自己判断去吧……凭
　　你决定吧……至于我呢,我所能说的乃是我受了不少的痛
　　苦……你不晓得,这两个月以来,我受尽了痛苦了!

亨　这一切都是空话! 我看见你疯狂了,心乱了! 这男子现在隔
　　开了我们,永远也隔开了! 我想要听信你的话,而我实在做不
　　来了! 我们中间已经有了裂痕! ……因为你既然自以为爱过
　　他,就是爱过他了……现在就假定你不爱他了,你教我怎能忘
　　记了你曾经爱过他呢!?

爱　唉! 假使你要做,就做得来! 因为在这种爱情之中,其实没有
　　什么爱情……当时我想起我不像从前爱你了,你不整个是我
　　的了,同时便觉得孤单! 孤单! 你不晓得,在我最疯狂的时
　　候,最兴奋的时候,同时我是怎样的觉得孤单! ……我曾经要

同他说起……好，现在我同你说了。你听我说，请你相信我的
话……一个人在这种爱情里头是觉得孤单的……刚才我再看
见你那么心硬，那么痛苦，我已经懂得我爱你，我就是你……
唉！我们二人都幸福过来，也都不幸过来！……你了解我，你
是我的家庭，你是我……我此刻大觉悟了：假使我果然跟他走
了，一定不能真的做他的妻子，他一辈子也只有另一个人的妻
子在他身边……他有时候自己也感觉到这一层！……喂！现
在，既然这一个字扰乱你的心怀，我请问你：这蹂躏我的两种
力，哪一种是爱情？喂，你以为哪一种应该叫做爱情？……你
不回答我吗？……你不说话吗？……（烦恼地）亨利！

亨　这因为……我自己不晓得我现在是怎样的……我不晓得我心
里想什么……只晓得你害我痛苦了，我只有痛苦……如此
而已。

爱　痛苦到这地步吗？真的吗？……然而今天晚上，当我同你说
起的时候，我们宣告长别的时候，你的神情却那样的安静！

亨　唉！这因为我早已想到这收场！……早已预备好了我的态
度……再者，在最后的关头，往往有一种骄傲的心理救了我
们……但是，当我独自一人在楼上的时候，只有我与我相对的
时候，人类的爱占有、爱管领、爱斗争……种种的本能都露出
来了……呀！这真不是快乐的事！

爱　亨利！

亨　险些儿不把我气死了，痛苦死了！……后来我勉强自制之后，
所得的结果只是失败……我那时不爱你了，是的，不错；然而
我也不爱我自己了，爱莲！……这一场战争之后，我失了我的
骄傲与我的嗜好……男女原是有连带性的……

爱　那么，你永远不能原谅我了吗？

亨　你分明晓得我又开始对你说话像对我自己说一般了，我的心
事又尽情向你披露了！

爱　那么……你留我了？

亨　那么……你不走了？

爱　（踊跃上前抱他）亨利！……

亨　（不由自主地推开她）不……还不行……等一等……稍为等一
　　等……等一等……

爱　（失望地）呀！你不会忘记了的！你恨我了！

亨　不，我不恨你……我不恨你，你信我的话吧……甚至于想起的
　　时候……（他游移不语，怔怔地望着她，继续地多情，然而有几
　　分胆怯）不，我不恨你……（后来，表示尊敬与赞赏之意）你已
　　经好好地维护了你自己了。（爱莲的容光焕发。然而亨利感
　　触旧情，脸色忽青）但是再迟些吧……让我有恢复精神的时间
　　吧……你上楼去吧，休息去吧……我还有几分心迷意乱。这
　　没有什么。就好了的……不久就好了的……让我歇一歇
　　去……去……你不必照料我……（爱莲后退，离开亨利……他
　　坐下，十分疲倦，以手捧头。半晌。爱莲远远地站着不言不
　　动。末了，亨利抬头。起立，四顾，如初出深渊。爱莲不动，却
　　打寒战，给他瞥见）你在这里吗？……你在这里做什么？……
　　嗳！上楼去吧！你的脸孔全白了！……你支持不住了……快
　　上楼去吧。你勉强睡一睡才好……此刻该是夜深了……天快
　　亮了……唉！唉！你休息去吧！……天气冷得很……你在这
　　里，穿的很薄的衣裳……而且门还没有关呢！……（爱莲懒洋
　　洋地走了一步，欲退。他把对着园子的门关上）等一等。你先
　　在这儿坐一坐吧。（他在火橱前的一个箱子里取出一把松枝。
　　她怔怔地望着他做，诧异而且担心）

爱　（声音带恐惧意）唉！……你预备做什么？……你要生火吗？

亨　我烧些松针……你冷得发抖了！

爱　唉！这本来用不着生火啊！（他跪在火橱前。她胆怯地走近
　　他）那么，给我！让我来做。

亨　（冷冷地，如不着意）不。

　　爱莲退，觉得亨利不用她，很难为情。亨利起立，同时火盛。

爱　**我累得你好苦！**

亨　（仍冷冷地）请坐。（她游移，含泪。亨利又像命令般地说）**请坐！**（她胆怯地听从）你取暖吧。

　　爱莲坐在火前，给火照得满面通红。亨利走开，欲出……爱莲忍着呜咽，终于不能忍，周身颤动……亨利止步，注视火前的颓唐的身体……他走近她，在她身后站了一会儿。起初还游移，终于把身俯下，忽然间，激烈地然而多情地，双手捧着她的头，先在她的头发上一吻，然后吻在她的颈上，不复抬头。她掉过身来，热烈地，把眼泪浸透了的脸孔向他一送。他把她像一个小女孩一般地拥入怀里。

幕闭

伯辽费侯爵

[法]费复旦　著

剧中人物

男

伯辽赉侯爵,简称伯

歇瑟纳,简称歇

沙维耶医生,简称沙

丕耶尔·穆兰,简称穆

伯纳班宋,简称宋

第一个男子,简称甲

第二个男子,简称乙

一个仆人,简称仆

女

华尔路拉夫人,简称华

沙维耶夫人,简称耶

歇瑟纳夫人,简称纳

一个女仆,简称仆

著者小传与本剧略评

赍复旦（Henri Lavedan），1859 年生于奥列安（Orléans），被选入法兰西硕学院。

他的戏剧可分为庄重的和滑稽的两种。庄重的如：《伯辽赍侯爵》（Le Marquis de Priola，1902）；《决斗》（Le Duel，1905）；《服务》（Servir，1913）等。滑稽的如：《新游戏》（Le Nouveau Jeu，1898）；《年老的健步者》（Le Vieux Marcheur，1909）等。

《伯辽赍侯爵》于 1902 年 4 月 6 日第一次在法兰西戏院开演。此后每年常常开演，最近一次是本年 6 月 17 日。

此剧描写一个现代的叔安爵士。叔安爵士是莫里哀戏剧中的人物，专会诱惑妇人，无恶不作，然而他的聪明是够用的，所谓："言足以饰非。"所以他貌视一切，唯我独尊。赍复旦这一篇戏剧可以说是最深刻的了；但他在剧中暗寓劝惩之意，这是与别的作家不同的地方。

译者

十九年八月三十日

第一幕

布景 一个小客厅里。此厅与另一厅相接,彼厅里有列馔处。台的后方又有许多客厅,宾客喧阗,衣冠整肃。

第一出

出场人:第一个男子(甲)、第二个男子(乙)、伯辽赉侯爵、丕耶尔·穆兰。

甲　喂,那先生,坐在那少年旁边的,是谁?

乙　是伯辽赉侯爵。

甲　是那现代的造孽鬼吗? 是那专会玩弄女性的男子吗?

乙　正是他。

甲　我常常听见人家说起他,但我是第一次看见他。我不喜欢他。

乙　男子们是不喜欢他的。

甲　他是什么来历?

乙　他的父亲是意大利人,母亲是英国人。

甲　那么,他不是法国人了?

乙　怎么不是呢? 他已经入籍了。

甲　唉! ……原来如此! 陪着他坐的那少年呢?

乙　刚才我听见他说出了名字……这是一个很普通的名字:丕耶尔·穆兰。……

甲　我不晓得他。我们到下面有人跳舞的客厅里去吧! (他们走开)这里闷煞人!

伯　(向穆兰)喂,你满意了吧?

穆　我不晓得。我在自问我是做梦呢,还是清醒?

伯　你是清醒的。你很好,今天是 12 月 12 日晚上,在意大利公使
　　馆里,刚才我还把新公使夫人——高多尼亚公主给你介绍了!

穆　是的,是的!

伯　我懂得,这几年以来,你有的只是莫名其妙的好机会,你该有
　　几分惊奇……

穆　这好机会就是您造成的吗?

伯　假定是我助成的。

穆　是您一手造成的。我的一切都是您之所赐!

伯　一切,太多了。说得太过了。先说你的生命就不是我所赐的,
　　假使你说是的,岂不污辱了你的母亲的德行?

穆　除了生命之外,其余的都是你之所赐了。当年在圣奥埌——
　　您的地方——的时候,我只是一个小孩,您已经……

伯　请你不要数吧。

穆　为什么?

伯　你会忘了些的! 我为你做了的事,我比你知道清楚些!……
　　但是,为什么我如此做了? 是什么道理? 你知道吗?

穆　当然啦。

伯　你说出来看。

穆　我是你的猎卒——一个退伍兵——穆兰的唯一的儿子。

伯　一个好猎卒。我有他的时候,我很放心。所以,当他拿着上了
　　弹子的手枪,一时不当心,自己打死了自己的时候,我忍不住
　　叹道:唉! 笨人!

穆　那时节,我才十岁。您把我与我的母亲都收留,给您服务……
　　后来她因伤心又死了,于是……

伯　我晓得你的下文了! 你想要说我因为你的悲惨的命运引起我

的慈悲心,所以我把你收留了?

穆　是的。

伯　你看,你是不知道的。这完全不是这么一回事。当你做了孤
儿,带了黄色的脸孔,穿了黑色的布衣,到我家来的时候,你真
不能晓得那时节你有何等有趣的风致啊!你像一个石印!当
时我就分明晓得慈善家就要来搭救你的。我觉得慈善事业只
能给你些可怕的害处,所以我只能做一种苦笑而已。我预先
料到你给一般慈善家的手里拿去之后,他们只用假的希望供
养你,用谦卑的道理强迫你,用约言哄骗你,用教训弄你头昏。
他们只算保护你,不算救助你。教你东住几天,西住几天。人
家收留你,也可以忘了你。于是你成了可恨的、令人低眉的赈
济的恭维者,你只辛辛苦苦地做工,过你的最难堪的生涯,活
像拖着一辆坏车子。

穆　唉!那时我的前途多么危险啊!

伯　你听我说,那时你真可爱!你的童子的面貌已经有了美貌少
年的底子。我是爱美的,所以我自己发心愿说:“也罢!让我
替这人造福!”

穆　后来您实行了吗?

伯　依我的办法实行了。而且我敢说这是好办法。起初的时候,
我同一个邻居的大地主因小事吵嘴。他是一个慈善家,名叫
歇瑟纳先生……

穆　怎么,就是他吗?

伯　是的……当我不喜欢我的妻子了之后,他便娶了她。他看上
了你!可怜的孩子,他竟想搭救你!这正是你危险的时候,幸
亏有我出头。后来是我比他强,我终于得了你。我梦想要把
你造成一种人:粗鲁,同时又是细心;好淫,有钱;风雅,轻视人
类,鄙薄思想;不要廉耻,不要信心;总之一切无用的德行都不
要。我本人只能实现了一半,我希望你能够完全实行。当然,

　　我又要你有自由的灵魂,活泼的情绪,树胶式的良心,因此我把你送到国外去受教育。若住在现代的法兰西,岂不使你度过愁闷的青春?你吸饱了外国的好空气之后,成了没有国家观念的中学生。多亏了我,你受了各国的好教育:德国两年,意大利两年,英国两年。直到上一个礼拜之末你才回到法国来;到了今天早上,你已经有十九岁了。呃,这不是我自夸,我实在满意于我的成绩!现在我提携了你,你可以努力前途了!你应该开了眼,闭了心,纵性任情,但求快乐。了末,我把一件大事告诉你:你应该在女人身上用功夫,时时刻刻只想要欺骗她们。

穆　要等她们先欺骗我,然后我才欺骗她们,是不是?

伯　这可以不管。你只欺骗她们就是了,也不要什么原因。欺骗她们为的是自己取乐,为的是觉得如此才可以自负,才可以自命风流。这只须养成习惯就行了。你自己不信,她们就会相信了。你应该制驭她们,但是千万不可以爱他们。她们好像一把火,你会给她们烧伤了的。你不可有一分钟把她们认为重要,不可使她们在你的命运上存放一根毫毛。你不要怕任何的女人。而且应该提防任何的女人,尤其是自称正气的,你千万不可信任她们。她们越自称正气,越是坏种。她们的德行只是一种破旧的假面具。你一看见她们要抬头的时候,你应该就压抑她们,践踏在她们身上。世上再没有这样柔软的地毯了。还有一层,无论如何,你不可结婚!

穆　那么,您为什么结了婚呢?

伯　为的是离婚,为的是要认识一切。

穆　然而我们到底要家庭……

伯　家庭只是一间铺子,婚姻只是铺子的门。你千万不可以要妻子。

穆　独身吗?

伯　独身也就够了。

穆　没有人在我身边吗？

伯　怎么没有？有的是仇人们、情妇们、仆人们。全人类都在你身边，你还要求什么？再者，你并不是绝对的独身，因为你还有我。

穆　真的。

伯　你在远处的时候，我忽略了你。从今天起，我希望我们是好朋友。

穆　真的，先生……

伯　不要叫先生了，你叫我做亲爱的朋友……约翰……以后你可以叫我做"你"，不必叫做"您"。

穆　我永远不敢的。

伯　你是一个呆子。有什么不敢的？喂，我在府里划了一所房子给你，你满意吗？

穆　当然啦！

伯　我的家就是你的家。除了我供给你的膳宿之外，我的钱财也是你的。每逢你需要什么的时候，你可以请求我，可以吩咐仆人们。我所有的一切都是你的……连我的情妇也在内，如果你愿意的话……我把她们允许给你。（穆兰作不愿之状）你遮掩着你的真面目吗？你不像我的朋友伯纳班宋。他呢，他不像你这样正经。

穆　我不一定要学他。

伯　你有道理。他不是一个模范，只是一个可笑的人。他摹仿我，他自以为他就是我。我们二人因此笑了不止一次。好，话说完了，你有什么话告诉我吗？

穆　呀！是的。我向您道谢一切的恩惠。

伯　快不要说了吧。你没有受我的恩。

穆　受过的。

伯　我免了你谢恩吧。你越感激我，我越不喜欢你。感恩只是假

话。受恩的人偏恨施恩的人。这是唯一的报复！世上一切的
事情都是报复的。我不要你爱我，也不要你恨我。

穆　您要我怎样呢？

伯　我要你年纪轻，容貌美。

穆　为什么我一想说起我对您的感情的时候您就叫我住口呢？

伯　因为说也没有用处。

穆　我至少希望向您证明。

伯　这是不可能的。

穆　您使我伤心了。

伯　真是孩子气！

穆　但是，为什么您这样做人呢？其中必有缘故。您这可怕的悲
观主义，以藐视他人为乐趣，这是什么来由？

伯　我不晓得。总之，我这些意思的来源似乎很远。过去的一切
的罪恶，一切的破产，一切的淫荡的事情，疯狂的、流血的悲
剧，都有伯辽赉家的人在里头。当年有一个伯辽赉是一个天
才的诗人，西萨尔波希亚①在邦白陵做主教的时候曾经宠爱过
他。另一个伯辽赉在蒲尔邦的身边，帮助他打劫罗马；又另一
个却帮助居斯在伯鲁花做事情；又另一个参加赖庄的夜宴；最
后一个伯辽赉是一个弑君的人，是那黄发的圣俞的朋友。就
说我的父母，也不会辱没了家声。我的父亲非常有钱，是一个
会赌的人。他在伦敦的马路上遇着我的母亲，收她为妻，爱
她，负她，打她。到了三十八岁，他厌恶这溷浊的世界，用钱用
到疲倦了还不败家，于是他生气起来，在纳尔泊的一个庆祝会
里开枪打死了自己。

穆　您的母亲呢？

伯　她似乎以身材说起来是可赞美的。人家曾经把她的身材画成

---

①　西萨尔渡希亚是 16 世纪西班牙的政治家，以淫荡狡狯著名。后面所引的蒲尔邦、居
斯、赖庄、圣俞都是一些恶人。

图画或塑成石像,不知多少次了。

穆 她曾经照料过您吗?

伯 她不大照料我。她还有别的更重要的事情,因为她须要培养她的美貌。所以我在童年时代,总是在女仆们的手里过生活,因此之故,我年纪很小就听见仆人们自由地议论他们的主人……到了十六岁,我就读阿列田的著作①。

穆 不懂吧?

伯 懂些;再后一年,我的母亲成了知道我的初恋的罪孽的第一个人。她见我如此,却忍不住笑。她爱我像爱一只猎犬。我生平所痛惜的唯一的亲爱的人只有她。她生活得很舒服,而她结果却很坏。

穆 为什么这样的呢?

伯 现在她在西班牙的一个修道院里。这一切都养成了我的生活。我因此很早就习惯了观察事物的真相的正面,言语的反面,心的底面,酒的糟粕。实际上,我看不惯我们这污秽的时代,有的只是假仁假义,平淡无奇。我应该生活在从前那波浪汹涌的时代,因为那时人们还不会讲廉耻与良心。那时候,铁与火,刀剑与毒药,都是人类可以用的,上帝所保佑的。那时候,人们尽可以胡为乱作,互相践踏。呃,你怎样想?

穆 我想,要达到这境界,您该是已经自己受苦了。

伯 决不。我生来就是这样。我是不受伤损的。我曾经能使男人们尤其是女人们受苦,但是他们不能使我叹息一声,休说流一点眼泪。

穆 然而您到底不是坏人吧?

伯 我是好人。只对于我自己很好。

穆 您对于我这样好,岂不是一个相反的证据吗?

---

① 阿列田(Arétin,1492—1557)是意大利的讽刺家,他的文字没有规则,又喜欢骂人。

伯 有了例外,越发可以证明常例。再者,你不能懂得我的用意。谁也不能懂得。我是一个迷楼。将来你与我相处久了之后,你会着了迷的。现在说到收场,我有一个很重大的消息在这里报告你。这消息,我特地保留到今天晚上,因为这时正是你初到世间,上了战线的时候。

穆 还有什么消息?您吓煞我了!

伯 你不要怕。没有什么可怕的。我有意把我的财产与我的头衔遗传给你。

穆 我吗?

伯 给你。

穆 但是……

伯 我没有儿子,正式的没有,私生的也没有。然而这不是我的过失!你可以继承我。将来你可以改名叫做伯辽赉,比"穆兰"二字要响亮些。

穆 我不说不是的……然而……

伯 因为——我要向你说一句真情的话——我对于世间万事都不在意,只有一件事我稍为关心,乃是我的头衔!

穆 我懂得这个。因此,我……

伯 ……我这好头衔,可以使妇人们变色,可以使我出色。我这头衔经过了许多世纪,可以来去自由,可以任意征服,所以我常常有一种闲愁,生怕我的身后便灭了家声。不久以后,我要把这头衔传给你。在未传给你以前,先要你有被传的资格。

穆 怎么?

伯 你瞧,这一群的人,赤裸了半身,风流可爱。这里头是些什么人?是些少女。

穆 是人家的妻子们。

伯 是些寡妇。

穆 是些少年的母亲。

伯　也是的。呃,这一切的女人都是男子们的!

穆　不能说都是的。

伯　都是的。没有什么分别。这些是……妇人们! 她们是你的。
　　你去要了她们吧!

第二出

出场人:伯辽赛、穆兰、沙维耶医生。

沙　(诧异)怎么! 您在这里?

伯　自然啦。当年我在基利纳尔的公使馆做书记的时候,已经认
　　识了高多尼亚公主。

沙　真的。我常常可惜您辞了职。您本来有做外交官的大才。

伯　是的。但是我找到了更好的事情。现在我给您介绍这一位孤
　　儿,受我保护的……

沙　我听人家说过……这是您的良善的举动! ……丕耶尔·穆兰
　　先生?

伯　(向穆兰)这一位是沙维耶医生,是一个多疑而轻狂的人。他
　　是我的医生,自称我的朋友。

沙　实际上也是的。(摸着伯辽赛的钻石戒指)这上等的勋章,又
　　是从妇人身上得来的吗?

伯　当然啦。

穆　这是何等的光彩!

沙　这是诱雀机!

伯　(向穆兰)你去找见伯纳班宋,代我告诉他,叫他给你介绍最美
　　的妇人。

　　穆兰走开。

第三出

出场人:伯辽赛、沙维耶。

伯　说到这里……我不看见沙维耶夫人……真的,她怕交际。她

这美丽而强硬的耶稣教徒能嫁了您这不信教的人做妻子，我常觉得神秘得很！为什么？

沙　恰恰相反，是再合理没有的了。因为她希望劝我信教。

伯　她会不会达到她的目的呢？

沙　她作为罢论了。但是我们不说这个吧。沙维耶夫人如此怕交际，然而今晚她却快要到这里来了。

伯　真的吗？

沙　是的。您晓得她同谁来吗？

伯　不晓得。

沙　她同歇瑟纳夫妇来。

伯　我的妻子！

沙　是的。

伯　呀！（一会子）那么，他们是认识新公使夫人的了？

沙　我想是的。

伯　但是您怎么晓得呢？

沙　我们曾经同他们吃过饭。

伯　真的。您同他们往来很密吗？

沙　我们常常看望他们。我的妻子本来是您的妻子的好朋友。您记得清楚吗？……我并没有同您谈起，因为谈起也没用处。今天晚上，吃过饭之后，我先走了，因为我要去看望一个病人。

伯　著名的病人。——这是说，您宁愿徒步走来，好在路上从容地吸您的雪茄。

沙　总之，几分钟后，她们就跟着我进来了。

伯　她们？同歇瑟纳先生在一块儿吗？

沙　不，歇瑟纳先生先到另一家去了，他要在夜会的中间才来会合我们。喂，您又深思了。您想什么？

伯　没有什么。

沙　哪里！您实在有一种思想……甚至于竟是不怀好意。

伯　有思想到我的脑里来,我就要了的。

沙　您的思想给我猜着了。

伯　那么,用不着我说了。

沙　好! 我希望您不要实行。

伯　为什么?

沙　理由多得很,此刻不便对您说。

伯　可惜,可惜。

沙　但是我等到……

伯　什么时候?

沙　在我家里。随便您要在哪一天。

伯　去问病吗? 您这话有趣得很! ……我不说不去。

沙　我在家等候您。在您未去以前,我先给您一个忠告,亲爱的朋友……我劝您学好了吧,精神上,肉体上,您都不该糟蹋了;您有休养的必要。您过的生活太多了!

伯　我只尽了我的义务。

沙　我呢,我警告您,也是尽我的义务。我虽则多疑而轻狂,有许多年我不说笑话了。请您告诉我……您的眼睛,是不是有时候您忽然看见一件东西成为两件?

伯　是的。

沙　呀!

伯　当我仔细看女人的酥胸的时候。

沙　您不是个正经人,我让您同您的仆人说去吧。

第四出

出场人:伯辽赉、沙维耶、伯纳班宋。

宋　(向沙维耶)医生,您就走吗? 因为我来,您就走吗?

沙　哪里话! 亲爱的朋友。(溜出)

宋　喂,你看见了她吗? 刚才她来了。

伯　谁?

宋　黛列思。

伯　哪一个黛列思？

宋　呀！你怎么就昏了？就是华尔路拉夫人，你所包围的，你记不得了吗？

伯　呀！这并不是兵家必争之地！真的，她叫做黛列思，我忘记了。

宋　你真是了不起。你现在怎么样了？事情的进行如何？说呀！你叫我闷煞！

伯　呀！你不要加重你的病势吧。你的身子已经发烧了。

宋　嗳！这不是我的错处！你是晓得的，每逢你玩一次把戏的时候，我一定有这病势。似乎地球不转了，而我也就瘦了。这不是自然的吗？……先说，我是你的朋友，自从我们有第一个情妇的时候我们就相识了。我们一块儿玩爱情的把戏，不知有多少事是一致行动的！我们是同党，嗜好相同，衣服相同……精神上，肉体上，我们差不多是相同的。

伯　这是真的话。尤其是你！

宋　我有几分你的身材，你的风度。

伯　而且更好些。

宋　总之，我可以说，我同你在一起，我就算是巴黎第一个会在妇人身上用功夫的人。

伯　我们实在是第一个。

宋　你这人真好。那么，你有自知之明吗？我常常把你的愿望记在心头，结果你的愿望成为我的愿望。我分明晓得在妇人跟前献殷勤的是你，然而这没有关系，我非常关心于你的成败，我似乎觉得我们二人合成一人。当你成功的时候，我觉得与我自己成功差不多是一样的快乐。

伯　你倒是一个容易说话的人。但是当我失败的时候呢？

宋　我们并没有失败过。

伯　可恨的捧场家！……这是令人发愁的话……丕耶尔哪里去了？

宋　在那边……在裙子底下……他有疯狂的成绩。

伯　他快学会了的。我把他嘱托给你，你监视他吧，你关心他吧。半点钟后，我不愿意人家搅扰我了。

宋　懂得！你要工作去吗？

此时，华尔路拉夫人及二男子入。

伯　是的。呃，我开始了，那小黛列思来在火边。你给我监视着吧。这并不是偶然的，她竟给两个男子引进客厅里来。（她坐，二男子站在她的跟前）她看见我了。对了，她就设法避开众人的……（二男子告辞）你瞧！你也走吧！

宋　祝你好机会！幸运儿！

伯　你喜欢她吗？

宋　我吗？呀！假使你没有选中了她……

伯　是的。但是我选了她了……

宋　那么我不要了。你是我的老板！

第五出

出场人：伯辽赉、华尔路拉夫人。

华　您找我找了许久了？

伯　我吗？我等了您许久。您同我约过的话，什么时候实行呢？

华　约的是什么？

伯　请您不要假装不知道。您说过要去看我的历书。我收集了许多美丽的历书，您不知道吗？

华　我从前不曾同您约过这样的事情。

伯　您以为吗？

华　我相信。

伯　好，那么，您就同我约了吧。

华　不行！

伯　为什么？

华　因为我要顾全我的名誉。

伯　您的名誉比您的德行更要紧吗？

华　一样的要紧。您不疯了？到您家里？白昼里去？

伯　如果您喜欢……晚上……

华　不，完了……我喜欢……不，我什么也不喜欢。

伯　谢谢……这是一句承认的话了。

华　请问您：我承认什么？

伯　承认您动心，承认您害怕。（她笑）您不相信您的心吗？……

华　您不要说我的心，这与我的心完全没有关系。

伯　我不说了。——您不很相信您的情绪与您的肉感吗？

华　好！说到我的肉感来了！……您真是胡说！无论您如何说法，我只相信我。

伯　那么，您只不相信我了？

华　当然啦。您是一个绝对败坏风俗的人。

伯　嗳唷！不要恭维我吧！

华　您的历书有很丑的声名，我绝对不能去看。

伯　这是历书的不幸！

华　也是您的不幸。

伯　我正想要说哩。

华　再者，亲爱的，看见您的历书的人太多了。巴黎人谈起一个妇人的时候，如果说"她看见过侯爵的历书"，人家就懂得是什么意思了①。

伯　这是什么意思呢？（她欲答，耸肩）您竟不敢说哩！您怕那话吗？

华　尤其是怕那事。

———————

① 法国古代王宫里有所谓历书者，乃是一种宫庭秘戏图，并非真的历书。

伯　您怕一切。当初我以为您不是这样的妇人。

华　我也不肯把我改造。再者，我自问为什么两月以来，自从您认识了我之后，紧紧地向我追求？为什么？您不爱我吧？

伯　我吗？我万分爱您，爱到发狂，从来没有人爱妇人像我一样。只一层，我很不想告诉您，甚至于不肯给您看破，因为我一说您就不相信了，至于不说呢……

华　也许您希望我相信您吗？……请您回答我，不要说谎……

伯　我一生不说谎！

华　在我们说话这时候，您有多少情妇？

伯　呀！我一说您就会吃惊的。

华　现在我不吃惊了。

伯　现在我没有一个情妇。

华　没有吗？

伯　您似乎觉得这是假话，其实却是真情。我有过三个永久的情妇，我对于她们的确舍不得丢开，所以结合了许久。但是上礼拜我已经同她们绝交了。您要不要我说出她们的名字来？

华　用不着。

伯　现在我已经五天没有人……真是不成体统！

华　您预备把我成为您的体统吗？

伯　当然啦。

华　您枉费了您的时间。

伯　我费了时间是有所补偿的。

华　您找别人补偿去吧，我是不行的。谢谢您吧！您所爱的妇人都不曾有过什么幸福。

伯　她们尽可以不爱我就是了。这是容易不过的事情。

华　在您未结婚以前，您的情妇里头有两个为您死了。

伯　对不起！只有一个是自杀了的！

华　您觉得这还不够吗？而且您的妻子呢？……

伯　她没有死啊！……

华　您怪她没有死吗？……

伯　您说得太过了！……这也是一个爱我的，比别的妇人更爱我，我不爱她，她也爱我！

华　从前的时候，也许是如此的。但是许久以来，她已经不再想起您了。她再嫁了。

伯　她的懊悔也不少了！她是我的不可慰安的寡妇！

华　不要说了吧！

伯　我说的是事实。再者，这是不得不然的。请您试想她丈夫是怎样的人……

华　您很喜欢把人家与您比较。

伯　这要看是谁。而且，我须要把人家与我比较才能使妇人们喜欢我吗？我一句不说，自然有人爱我……

华　依我听见说的，歇瑟纳先生却不是第一个……

伯　不是第一个在他的妻子怀抱里。

华　您这人真可恨。

伯　为什么您对我恭维他这笨人呢？您又没有看见过他。

华　是的，我没有看见过他。

伯　我描写给您看。这是一个村学究，头发白了，活像格洛斯①所画的老公公。人家说他受过好教育，言语庄重，心地慈祥，是一个博爱家。这是一个以道德博得人们尊重的老头子。除此之外，他有百万家财，他会教训人们，他是受了宗教的尊号的一个慈善家，五十二处慈善机关的总理。民众都钦仰他。将来您看人们给他送葬多么热闹。我一定也去送葬的。

华　我听见了。但是，您以为您所描写的乃是一个良善的人的肖

---

① 格洛斯，是18世纪法国的画家。

像吗？

伯　我很相信是的！他有几分可憎！……至于我的妻子，也是您
　　所不认识的，您刚才同我谈起她的话都不中窍，她只是一个很
　　平庸的妇人。她爱我实在是爱极了，但是当我眼睛望着她的
　　时候，心里忍不住笑起来。

华　您到底同她说过您爱她吧？

伯　当然，起初的时候，我说爱她，博取她一场欢喜，因为我是一个
　　有礼貌的人。

华　后来您又使她痛苦。假使我听从您的话，您岂不使我像她一
　　样不幸吗？

伯　不！您自夸了。先说，您不是我的妻子；再者，爱我的妇人，我
　　才能使她痛苦，而您却不爱我……至少要等到将来改变意见。
　　正因这个缘故我才喜欢您！现在我们不要谈我的妻子，
　　只……

华　恰恰相反，我们正该再谈她。她美不美？

伯　当年我曾经承认她有几分姿色。但是在我未与她脱离以前，
　　她的姿色已经与她脱离了。

华　她做了歇瑟纳夫人已经几年了？

伯　三年。

华　您再看见过她吗？

伯　没有看见过一次。

华　这真奇怪。

伯　这是如此的。

华　怎么！你们并不偶然碰见过吗？我很不容易相信您的话。世
　　界是这样小！

伯　然而巴黎是这样大。

华　只一次就够了。假使忽然间您与她对面相逢呢？

伯　无意中相逢吗？

华　当然啦！吁？毕竟……？

伯　呀！是的,我承认……这么一来,她的心里要起革命的。

华　您呢？

伯　我没有什么。我自有主张。(此时,歇瑟纳夫人与沙维耶夫人
　　入。伯辽赉窥伺已久,瞥见她们)喂……请您看证据……
　　好……

华　(诧异)是哪一个？

伯　是那棕色发的。

　　伯辽赉不动。

第六出

出场人: 伯辽赉、华尔路拉夫人、歇瑟纳夫人、沙维耶夫人、(其
　　　　后)穆兰。

歇瑟纳夫人与沙维耶夫人经过台前,走向后台,算是走向旁边
的客厅。歇瑟纳夫人忽然看见伯辽赉,呆着不动。二人相视。
后来,她大有感触,走路不稳,倚着沙维耶夫人。沙维耶夫人
还不懂。

耶　你怎么样了？

纳　(声甚低)我的丈夫。

耶　(声亦甚低)请你放安静些。(她要拉她走。她们走了一步)

伯　(向华尔路拉夫人)您瞧！我刚才说的是什么话？

华　(厉声地)请您给我叫我的车子来好不好？

伯　这么早吗？

华　我即刻就走。(挽他的臂)

伯　(微笑地向华尔路拉夫人)请您向我微笑吧。她看见我们了。

　　此时,丕耶尔·穆兰已经进来一会子,注意看了歇瑟纳夫人半
　　晌,突然走近伯辽赉,当时伯辽赉正预备同华尔路拉夫人
　　出去。

穆　（向伯辽赛耳边,低声说）先生,请您告诉我……我没有弄错
　　吧?……刚才进来的那妇人……您看见了吗?

伯　怎么不看见?……这就是她。怎么! 你还认得她吗? 你可以
　　自由地在华尔路拉夫人跟前说话……（介绍）这一位是丕耶
　　尔·穆兰先生。

　　穆兰鞠躬。

华　（伸手向他）我是知道情节了的。我们从这里出去吧。

伯　（向穆兰）你不要再进来了。

第七出

出场人:歇瑟纳夫人、沙维耶夫人。

耶　他去了。你放心吧。

纳　是的。你看见了吗? 他望我望得多么厉害!

耶　放肆得很。

纳　岂但如此!……他的容貌变了,变得年纪轻些。

耶　我不觉得。

纳　同他出去的是谁?

耶　叫做什么华尔路拉夫人。不算什么!

纳　她结了婚没有?

耶　结过也像没有结过。她的丈夫在外国住,人家从来没有看
　　见过。

纳　呀!

耶　你晓得,假使我是你,我怎样办?……好! 我一定走了!

纳　我不能够。歇瑟纳先生要来会合我们的。

耶　我可以差人去告诉他,说你忽然身子不舒服,所以回家去了。

纳　唉! 不行。再者,如果我就走了,他是怎样猜想我呢?

耶　你的丈夫吗?

纳　不,伯辽赛先生。如果我就走,似乎是我怕他。

耶　你担心于他怎样猜想你吗？

纳　我没有担心什么。

耶　(握她的手，紧紧地望着她)请你望着我……不要说谎……你还爱他吗？

纳　我吗？唉！你不疯了？

耶　那么，来吧。你来，我就相信你了。(站起来)

纳　(忽然强笑)你的话又可笑了……听了你的话，令人猜想我在这里有危险。

耶　很大的危险。

纳　同你在一块儿还怕吗？在你保护之下还怕吗？不行，请你说了吧。你怕我去亲近伯辽赉先生吗？

耶　他呢？假使他来亲近你呢？

纳　唉！(有恐惧之意，有忧虑之意，几乎可以说是有所希望)你以为他敢吗？

耶　你分明知道他是无所不为的！假使他来同你说话，你怎么办？

纳　他不会来的。再者，无论如何，我总有话答复他……当着你的面答复他！……我这样对付他，下次他再也不敢了……

耶　唉！你真是没有见识！……(瞥见伯辽赉走来)喂，你果然遂了心愿了……他来了。

纳　是的。你不要离开我！

耶　你放心。

纳　(忽然眉飞色舞)不！你去吧！我情愿你出去还好些！

耶　(决断地)我不走！

纳　(发怒而兴奋)你去吧……我要你去……去吧……否则我就离开你……

耶　(灰心，低声)呀！霞痕！霞痕！你在这里做什么！?(她走开，很伤感)

第八出

出场人:歇瑟纳夫人、伯辽赛。

伯辽赛向歇瑟纳夫人鞠躬。她不还礼,走开,然而觉得可惜,他走到歇瑟纳夫人身边,施礼。静默一会子。

纳　(勉强地)您要我怎么样?

伯　请您不要怕!

纳　我有怕的样子吗?

伯　您说得有理。您分明晓得,自从我害您受痛苦之后,您永远是我所认为神圣不可侵犯的人了。

纳　够了。现在您要我怎么样?

伯　没有怎么样。我刚才在这盛会里却是孤零零的,所以我想念及您……您不要笑!我常常想念起的。

纳　您的良心不安吗?

伯　正是……当我忽然看见了您之后……好像看见了我的破碎了的幸福。我与您脱离了四年,今天才得再会……

纳　是永远地脱离了。

伯　请您不要再唤起我的回忆吧。——于是我的心里忽然起了烦恼,我的声音与眼神都可以表示我的心情的热烈与诚恳,所以我想要走近您,同您说话……

纳　请您不再提一个字!

伯　只最后一句话。我想要同您说我后悔,说我尊敬您,说我的不可安慰的痛苦。我分明晓得您恨我,不是吗?

纳　我谁也不恨。

伯　您不恨我!谢谢您这话。我不敢希望您不恨我了。总之,您算是报了仇了;因为您很幸福。不是吗?

纳　很幸福。

伯　这样才好!我虽则心里痛苦,得到您的幸福的真确消息之后,虽苦亦甘。是的,您现在有的是真幸福、真和平,还有良善的人的尊崇钦佩。您很值得受这幸福。我呢，我配不起您。

纳　先生，我请求您……

伯　现在完了。我把这一场令您伤心的谈话告一个结束。

纳　当然啦。

伯　我因此引起愁怀，有了不可补救的苦恼。我敢断定：我们在失
　　了我们的乐园之后，才感觉到当年的幸福的价值。现在后悔
　　不及了！只成为一种苦刑。

纳　是谁的过失呢？

伯　是我的过失，我一人的过失。因此我在忏悔。我不是当年那
　　一个男子了。

纳　我也不是当年那一个妇人了。

伯　这是真的话。伯辽赉侯爵夫人……

纳　伯辽赉侯爵夫人已经死了。

伯　的确的吗？

纳　告别了？（走去会合沙维耶夫人。沙维耶夫人窥伺已久，出而
　　迎她）我们走吧？走吧！

　　她们走开。

第九出

出场人：伯辽赉、伯纳班宋。

宋　唉！喂！你晓得！（二人相视而笑）呃！这真可赞赏！这乃是
　　大把戏！刚才我让你同那金黄头发的妍头在一块儿，而我再
　　来的时候却看见……

伯　却看见我同棕色头发的正妻在一块儿。

宋　你竟先见妍头！喂！你们重新又结婚吗？

伯　还不会。

宋　她在这里！你同她说话了……你放胆说了吗？

伯　我只趁势说了两句。因为是旧相识。

宋　她同你说了些什么？

伯　没有什么。

宋　这还不够。

伯　这才更好哩。你晓得吗？她比当年更美了！

宋　唉，不要学小说里的主人翁吧，说到小说，我又想起一件事来了：你晓得这几天以来社会上的人们怎样低声谈论吗？

伯　不晓得。

宋　人家说穆兰是你的儿子。

伯　呀！人家说这个？那是他们弄错了。

宋　请你容许我！你看这孩子，你收容他，教养他，从来不拒绝他的要求……而你却以为……

伯　我没有什么以为不以为。我做这事也像做别的事情，只是我喜欢玩小把戏。再者……唉！我不自己辩护了！……因为我要博取名誉，略用诡计……

宋　怎么？

伯　我曾经仔细观察过：人生于世，要博得人家尊重，用不着创功立业，品学兼优……哪怕你有凶狠、悭吝、淫邪、偷盗等等的恶德，都不能伤损名誉的一厘一毫，只要你有了一种善举，只一种就绰绰有余。你先把这善举隐藏着，让那些愚人发现了然后欢喜。这种善举须是明显的、无疵的、有保障的。你在生活上有了这种举动，譬如军人有了徽章，尽可以昂着头，到处横行直走了。

宋　你这话很有趣。但是你说的善举，要是哪一种才行呢？

伯　这没有关系。随便我们挑选。没有创见的人们就爱他们的母亲，他们与她同居，替她切肉，扶她上楼。他们是可赞赏的儿子，除此之外，他们可以犯一千种不道德的事情，像一根毛般不足轻重。还有些人，他们或替人家拦住了一匹溜缰的马，不肯说出自己的姓名，或趁着一场火灾或水灾，救了许多人命与财产,或……

宋　(笑)是的! ……是的! ……

伯　世上的奸雄都有他们的善举。这很有趣。因为这种善举一给人家知道了,就一口传一口,付印呀,批评呀,恭维呀,张扬呀,越弄越大,弄得全世界都闻名钦仰。人家把这事传为家教,给子子孙孙做榜样。自朝到晚都用得着,好像一枚金钱。为家长的可以这事当做存款生息的事情。同仇人争斗的时候,还可以用来做挡箭牌。总之,这种善举真是万应灵丹……当然,我不替伯辽赍侯爵辩护。他是一个坏人,专会诱惑妇女,是亵渎神圣的爱情的怪物,随便你们怎样说都可以,但是他在生活里却有一种善举,真的!(向伯纳班宋)轮到你答话了!

宋　(声音与侯爵不同)不要说了吧! 你有什么善举? 我要晓得。

伯　怎么! 先生! 您不晓得吗? 唉,不幸的! 他收留了他的一个猎卒的儿子,抚养这孤儿成长,担任他的一切用途。(向伯纳班宋)轮到你了。

宋　真的! 他做了这事。呀! 我不知道! 唉! 这是很好的! 我对他表示敬意了! 道歉了!

伯　这用不着道歉。

宋　我听见了。这事很有成绩! 但是我们不要夸口吧,尽可以有另一个人来向我说:"对不起! 您的侯爵的善举并不像您说的那样好,甚至于是可疑的。"(向伯辽赍)轮到你答话了。

伯　(傲慢地,举动如前)怎么? 可疑吗?

宋　怎么不是呢,先生? 因为这孤儿未成孤儿以前,未蒙他收养以前,曾经有一个母亲……

伯　这大约是的。

宋　而且侯爵就是她的情人。你不否认吧?

伯　这是真的,但是,这值不得大惊小怪。

宋　我还没有说完。他的父亲——那猎卒,人家说他是一时失手自杀了的,其实不是的,却是甘心给自己吃手枪。这是不是真的?

伯　这也是真的。只一层,人们不说这许多话,因为人们不知道。

宋　总之,那丈夫为什么自杀了呢?

伯　你问我问得太紧了。我想他是一时发狂或失望。他已经发觉了我们的结合吗?他发现了他的妻子寄给我的某一张条子吗?他的妻子是很爱写信的。

宋　是的。你呢,你是很爱保存一切的物件的。

伯　只除了她的书信不算。我都烧了,因为信里的错字太多,没有趣味。

宋　嘘!小天使来了!

　　穆兰挽着华尔路拉夫人的臂入。

伯　他同黛列思来。

宋　他夺了我们的她了!

第十出

出场人:伯辽赍、伯纳班宋、穆兰、华尔路拉夫人。

伯　(向华尔路拉夫人)怎么!夫人,您还没有走吗?……刚才您好像很忙着要走似的。

华　这是穆兰先生的不是。自从您教我认识他之后,我们即刻成为好朋友了。

伯　这个我不觉得奇怪。

华　他游历过许多地方。

宋　(向华尔路拉夫人)您也一样,是不是?

华　所以我们即刻就有许多话说。但是现在我可要走了。

伯　当真吗?

华　是的。先生们,你们哪一位肯见爱,先下楼去替我讨我的外衣?

穆　我去。我去,夫人!

宋　(被伯辽赉悄悄地拍了一拍,表示他要独留)不,让我去!

　　他们二人抢着下楼。

伯　您看他们争先恐后的样子!

第十一出

出场人:伯辽赉、华尔路拉夫人。

华　你同歇瑟纳夫人说过话了吗?

伯　说过了。

华　我料不到她这样美!

伯　真的,她美起来了。

华　您同她谈了些什么?

伯　谈爱情。

华　像对我一样吗? 一样的诗歌……

伯　却两样的腔调。要分别诗歌,先该懂得腔调。

华　过不到一个钟头,您竟有胆量……

伯　什么胆量我都有。我有的只是胆量,这是我的特色。唉,当
　　心! 此刻您要变成可笑的人了。

华　有什么可笑的? 请您赐教。

伯　因为您吃醋。

华　我吗? 同谁吃醋? 天!

伯　同我的妻子……(她笑)当然啦……我的妻子忽然到来……

华　先说她已经不是您的妻子,而是别人的了。

伯　在我看来,她总算是我的,我是第一个……而且,凡是妇人都
　　是我的妻子……我继续地说吧:她忽然到来,您就动了气。您
　　快要走,却走不成;您去逗引我那小丕耶尔,糊里糊涂地希望
　　打动我的心……我这伯辽赉的心还给您打动吗? 唉! 唉! 您
　　多么孩子气! 而且您再上楼来,像神差鬼使似的,无非要知道
　　事情的经过,想要同我谈起。好,那么,我只有一句话向您说,

就是请您明天到我家里来。

华　我要等到明天吗？谢谢。这是一个命令。请问在几点钟？我
　　恐怕迟到了。

伯　从两点起，最晚直到五点，五点后我要到俱乐部里去了。

华　好极了。我料不到您如此放肆！呀！明天我们二人里头会有
　　一个人诧异的。

伯　是的。但是，哪一个呢？神秘得很！

华　我来您才诧异呢，还是我不来您更诧异呢？

伯　这个问题！……您不来我才诧异哩！

华　妙极了！如果我来呢？

伯　那么我就不诧异了！

华　好，那么，我决定了，我一定来。

伯　这才对啊！

华　总之我的心很安定！

　　二人皆笑。

伯　还有我呢！

华　好，话是这样说定了……您似乎不相信，是不是？

伯　我吗？我并没有怀疑。

华　明天两点至五点之间我到您家，看您的历书，请您预备好吧。

伯　我们总是预备好了的！（此时，歇瑟纳走过，瞥见伯辽赉。伯
　　辽赉也见他，二人相视。华尔路拉夫人注意看他们相遇的情
　　形）这是我的幸福的继承者歇瑟纳先生。——请您许我把您
　　送上车子。

　　二人出，歇瑟纳目送。沙维耶入。

第十二出

出场人：歇瑟纳、沙维耶。

沙　您在找歇瑟纳夫人吗？

歇　是的。

沙　她恰恰走了,我的妻子把她送回她家。

歇　呀!

沙　她觉得有几分疲倦,她吩咐我告诉您。(伴作欲出状)

歇　(拉住他)请您不要隐藏。她看见了他没有?

沙　谁?

歇　伯辽赉先生。请您不要假装惊奇。刚才我遇见了他。

沙　真的,他曾经在这里。但是我以为歇瑟纳夫人只逗留了一会
　　儿,未必注意到他在这里。

歇　您不要骗我。我敢断定她看见了他,所以她匆忙地走了。

沙　她不走,又怎么样呢? 她走得好。

歇　请您原谅我……我心中不能自主了……再者,您是不会了解
　　我的。

沙　哪里! 我恰是了解您的……太了解了!

歇　不是的。

沙　我不是您的医生。但是自从我看见您的第一天……我就猜
　　着……

歇　什么? 这不是真的。您猜着了什么?

沙　猜着了您所感受的病。您要不要我说出来?

歇　我到了这地步了,请您说了吧!

沙　好,我就说:您爱您妻子,像一个情郎对情妇的热情!

歇　请您住口。我对于她,只是一个保护人,一个父亲。我的口里
　　从来没有一句话……

沙　呃! 我很晓得! 您很英雄地尽您的职责,但是您会因此死了
　　的。这是不是真的? 您承认了吧!

歇　好,我说了吧:是的,不错。虽则她不觉得,其实我爱她爱到发
　　狂,像一个少年人,为的是她的美貌与她的奇异的风情。

沙　您用不着对我说出理由。说您爱她就够了。

歇　要说的,现在我要您都晓得了。我爱她,因为她有新奇美妙的

韵致;我爱她,因为她有自负而可喜的聪明。她的心里隐藏着
的珍宝都给我猜着了。当她是伯辽赉夫人的时候,我已经爱
她了。因此之故,她得了自由之后,我是何等热烈地想得到
她! 她有了不幸,我越发觉得她可宝贵……我晓得利用她的
失望的心情,运用艺术来说谎,隐藏着我的爱情,表面上只替
她流了同情之泪! 呀! 我用我的白发去逗引她的红颜,费了
不少功夫! ……为的是什么? 我分明晓得我的妻子曾经拼命
地爱过了伯辽赉先生,但是我以为她的爱情早已因为受他鄙
弃而黯淡了。

沙　您真不会了解妇人。

歇　我以为她与别的妇人不同。自从我做了被人羡慕的丈夫之
　　后……我不休息了,我睡不着了;我的生活竟成了无穷的苦
　　恼! 我妒忌了! 夜里很苦,睡不着的时候,我怀疑她,同时又
　　原谅她;我告发她,同时又恕她的罪! 我把自己责备得很苦,
　　我把自己诅咒。我觉得自己太老了,太丑了,太可笑了,而且
　　罪恶太多了。唉! 我真是个可怜虫,我自己轻视自己!

沙　您吗! 您是一个行善的人。

歇　是的! 呀! 我们索性说穿了吧! 先说我的德行,可说是不为
　　利益,难能可贵。然而这事不是与别的事情一样吗? 我说谎,
　　我骗人,我欺世盗名,竟博得人家尊敬。

沙　不要说了吧!

歇　我的慈善事业吗? 呀! 在这里头,用不着许多抓搔,已经露出
　　马脚……这不是好事。

沙　您的救济的工作呢?

歇　这只是我的不可少的止痛散,我的开门的钥匙。您以为是宗
　　教驱使我做这有利益的事业吗? 不是的! ——您信不信
　　宗教?

沙　唉,不!

歇　呃，我也不信。我还没有找到信仰。

沙　是的。但是您至少正在寻找信仰……因为您行善……

歇　我做别的事情不是一样吗？……与伯辽赍收集历书不是一样吗？我这事只算是高尚些的运动……如此而已！

沙　您每年的进款都用在慈善事业上头了。

歇　我每年的进款很多。人家叫我做现代的蒙堤容①，而且我是领有采地的人……不，不，我晓得我的价值，也许比伯辽赍先生的价值还低些。

沙　您心里念念不忘他。

歇　他不讲廉耻，无恶不作，至少还算坦白，不肯否认……至于我呢，人家说我很正直，很值得尊重，其实我只是一个风流的老头子，羡慕而且痛恨他人的青春。每天的夜里，人家从窗子里看见我的房里整夜有灯光，于是说道："这是歇瑟纳先生，他正在为穷苦的人而工作！"呀！好人们！如果他们知道了真情，却得了一种好教训！原来我只是对着一个相片流泪，做嘴脸……（从衣袋里取出一张相片）您看，我把这相片吻了又吻；两步之外另有一个卧房，房门并不关锁，我走近那门，不止千百次了，衰颓无力，终于没有开门的勇气！好，这所谓圣人！

沙　可怜的男子！

歇　她呢？她始终只爱旧人！她为他守身，为他保存着情绪！她今天晚上与他再遇见了。她逃走了，为的是惊喜交集，重到情场！

沙　哪里话！

歇　真的！真的！我敢断定！当我的眼睛与那人中虎狼的眼睛相遇的时候，他的眼珠里的得胜的神情已经给我看破了。

沙　那么，您也该奋斗去。

---

① 蒙堤容（1733—1820）是法国的慈善大家，甚富。

歇　我太老了。

沙　您明天就同您的夫人启程,旅行去吧!

歇　我办不到……我的工作……我的可诅咒的工作纠缠着我在这里。

沙　您把她一人送到远地方,住在亲戚或朋友家里就是了。

歇　不行。离得远了,她越发爱他。再者,我一天少了她就活不成了。

沙　那么怎样?

歇　没有怎样! 痛苦就是了!

幕闭

第二幕

布景　一个布置华丽的客厅;后方玻璃橱内,放着伯辽赍侯爵所搜集的历书。左边一张写字台。右边,安乐椅之后,有一具铜笙。

第一出

出场人:伯纳班宋、穆兰。

伯纳班宋在室中踱来踱去,赏玩某一张椅子,或某一件古玩。穆兰坐着,看一本书。

宋　做了伯辽赍这等人,不能而且不该有别的陈设,只有这路易十五的房式才相宜。古人说得好:"看人必先看他的房式。"您看,他的屋子里的陈设妙不妙?

穆　(眼睛仍看着书)是的,很好看。

宋　您看,每一件东西都布置得很合妇人的心理。家具呀、图画呀、美术品呀,陈列得井井有条⋯⋯(住口)您听见我的话吗?

穆　怎么不听见呢?

宋　您哪里听见! 您看什么书? 这样有趣? 是一本坏书吗?

穆　不要胡说!(把书递给他)

宋　是一部医书!《神经病的历史》。您对于这书很有兴味吗?

穆　我爱极了。您看,伯辽赍先生⋯⋯他就有了神经病!

宋　呀! 说哩! 他的神经有时候的确兴奋起来。

穆　他很容易生气吗？

宋　有时候简直是怒气冲冲的！

穆　他没有向您诉过苦吗？他感觉到什么激烈的苦痛没有？……

宋　有的！

穆　他晚上睡得好吗？

宋　不好！常常有些恶梦。有些时候我看见他有一件事很奇怪……在写字的当儿，他写不来……他的手发抖……他的脸色变了，闭了眼睛，捧着额角，休息了许多秒钟……后来这事过去了，一切也就好了。这是重大的病症吗？

穆　不是的！

宋　是的！……这是从胃里来的病症。再者，我曾经注意到：往往是当他恋爱不如意的时候才有这种小毛病……因为这先生他不喜欢人家反抗他，不喜欢不成功……呀！真的！他非胜利不可！失利呢，就要动气！如果他遇着一个妇女，很想要得到她，结果是被她反抗，得不到手，我想这一天就是他的末日！……但是，不，他的手段太高了！是您所猜想不到的！我看见他有过一百次是很伤心的，愁容满面，厌弃一切，说要自杀；然而不到一分钟后，为着一件女衣，一绺头发，甚至于不为着什么，他又高车骏马地出去了！……呀！这真是一个硬汉！

穆　是的，您也如此！

宋　好！还有您呢！您是另一类的人。您为人很好，然而很奇怪，您说话很少，好像您不在家似的。伯辽赉也注意到您这一层了。

穆　呀！

宋　是的，看您的眼神与您的静默，像一个老哲学家。如果您觉得这样有趣，您在别人跟前如此还有可说！至于在我们跟前……唉！您有什么心事了？告诉我吧！我只想做您的一个朋友。您爱上了人吗？病了吗？您梦想着政治上的生活吗？

什么?

穆　我没有什么。

宋　哪里! 您有些心事。我晓得!

穆　请您赐教!

宋　您的命运太好了。这所谓天之骄子! 一个人万事齐全的时候,却不知道如何享受。您晓得您该怎么办吗? 您应该在社会里要一个美丽的情妇!

穆　谢谢您吧!

宋　在妇人们里头,越正气的越好,越是结了婚的越好。天下美人不少……情妇也不少! 喂,例如沙维耶夫人! 这是有趣的工作!

伯辽赉入,听见这话。

第二出

出场人:穆兰、伯纳班宋、伯辽赉。

伯　(在伯纳班宋说最后一句话时,入,向他说)你劝他要她吗?

宋　是的。

伯　真的,她不很平凡。而且她是一个耶稣教徒,一个假贞节的妇人,像一个王妃,越发有趣! (向穆兰)将来你习惯了之后,你就晓得穿衣不露胸的、见人低着头的、谨守清规的妇人比别的妇人更好百倍,因为她们更懂得爱情,更懂得温存。看她这般假严肃,终有一天挨不得凄清,归向真宰。那时节,她的求爱的热烈的情怀,真可以令人脸红……你的年纪很轻,根柢很好……你不会害怕这个吧? 岂但不害怕,你该是何等高兴试一试啊!

宋　呀! 我呢! 假使我只少了两岁……我还要试试看。

伯　真的。你曾经爱过她吗?

宋　爱到发狂! (捧额)你结婚的那一天……在更衣所里,她穿的是什么衣服,我还可以告诉你……她的衣服是淡紫而带银光的……你记不得了……

伯 是的！……你真幸福,有这么好的记性！至于我呢……(作势表示完全忘记)

宋 在那时节,我情愿花十万法郎,换她陪我在一个角儿上坐两个钟头。呀！是的,我爱过她！

穆 总之,您是失败的了？

宋 我没有失败！她梦里也想不到我曾经爱过她,因为我从来不敢同她说起。那时我像您一样,有几分傻气。我在马路上远远地跟随了她几次。呀！其中有一天,她把我引到和希拉·伯洛麦路九十九号,那时是 12 月里一个礼拜四,天下雪,一会儿……她好像想要躲起来似的。

伯 她去听牧师说教吗？

宋 不是的。

伯 有约会吗？

宋 起初我希望是的！后来竟不是的！

穆 也许是到穷人家里去？

宋 (赞赏地)呃！给他猜着了！

伯 呸！(按铃)

宋 我是何等失望！吖？一个妇人爬上顶楼去,做一个女慈善家,穿蓝色小裙的女慈善家！呀！不行！这令我心中作呕,所以我就罢手了。

　　仆人入。

伯 (向进来的仆人,低声)两点至三点的时候,有一个妇人来,金黄头发的,很伶俐的……

仆 (懂得)来看历书的？

伯 来看历书的！

宋 (高兴地向穆兰)这是华尔路拉夫人！

仆 好的,先生。不要别人进来？

伯 她来了之后,是的！

仆人出。

宋　这样说来,行了吧? 黛列思快来了吧?

伯　黛列思允许过我了。

宋　就算她允许了,你也不能就相信她。

伯　她一定来的。

宋　好! 又有一场买卖了!

伯　是的。

宋　你总还喜欢吧?

伯　说良心话,我不喜欢。

宋　你勉强做的吗?

伯　是的。我毕竟觉得这妇人还不是值得征服的美人。

穆　那么,为什么您向她讨好呢?

伯　我不晓得……也许因为那一天有太阳,我起了这念头;也许因为我吃中饭吃得太饱了……也许因为我看见华尔路拉夫人有一顶漂亮的帽子,也许因为我与她的谈话上了邪路……还有一个原因就是:我最高兴攻打难关。这事虽没有不可超越的障碍,终不免有些很不顺手的地方。我过了困难,越发兴奋。我是一个知音者,是一个好奇者……专爱看妇人们的烦恼、游移、心神不定的情形。这是我的喜剧;我看她们笑、哭、说谎、伤心,在我的眼睛里、声音里、怀抱里,于是我就感受到最深的愉快,但愿她们这些微笑、这些甜吻、这些眼泪,都有艺术的意味就好了。

宋　好一个艺术家!

穆　不错[①]!

伯　美妙的时间到来之后,我先是心动,然后炮制我的战利品。看她感恩的神情,娇柔无力的样子,不晓得她的眼神里藏着的是恐惧呢还是要求……这是美妙而确定的时间! ……你们看!

---

① 穆兰原说的是一个拉丁字 qualis,因为古代罗马王奈郎说过 qualis artifeu pereo,意思是说"我死,艺术亦死"。穆兰此语,是嘲讽的意思。

一再失败之后,才能令人兴奋,令人鼓动热烈的心绪,这才是真爱情! 往后乃是占有的时期,享受的时期,抢劫与征服的时期,这又是另一种消遣法子。

宋　呸! 不要说坏话!

伯　我虽则自夸老手,老实说,有时候我还要这种胜利——精神上的胜利。我一面避免幻影的消灭,另一方面又可以报仇。最厉害、最自负的妇人,终于进了我的圈套。尽管她发怒,尽管她害羞,只增加了我的美妙的乐趣。

宋　是的,是的。(向穆兰)他真是了不起,吓?

伯　好! 再回说黛列思·华尔路拉吧……她并没有十分维护自己,只像一个卖帽子的妇人……

宋　但是,到底……

伯　或者可以说她太不会维护自己了,值不得我们谈论她。

宋　你同我说过,说她没有听你的话,不是吗?

伯　她想法子要专听我的话。——她口里虽则无礼,而她心里的欲望却给我猜着了。她以拒绝作为应承。她的淫荡的眼睛证明她说的是假话。她才是个没有手段的人,她诙谐地说要到这里来。她想要我,想到发狂了。这是她倒霉,其实不该进行得这样快。她太忙了。我晓得这是什么缘故。她的地位很危险,她有过许多情郎,都是平凡的,没有能力的。现在她的生活里需要一个骑士,一个李歇里欧①。她预备把我做阶梯,希望我提拔她。她这样瞧得起我,我预备用某种态度报答她……

穆　什么态度?

伯　呃? 这种却唤醒你了?

　　仆人入。

———————————

① 李歇里欧(1585—1642)路易十三的大臣。

仆　侯爵先生,一辆车子来了……我……

伯　是她来了,你们到一边去吧!

宋　(拉穆兰走)我们到您家去吧。

伯　你们不要走远了。

宋　你放心!

二人出。仆人随出。

第三出

出场人:伯辽赉、华尔路拉夫人。

华　(决定地)日安!

伯　(十分诧异,而又快活)怎么! 是您!

华　当然啦。您看见我来,惊奇到这个样子吗?

伯　说哩! 此刻您来了,我可以承认了。我实在惊奇得很。

华　然而昨天晚上您好像不怀疑似的,是不是?

伯　昨天我说谎。

华　您也有说谎的时候吗?

伯　我与普通人是一样的。

华　今天呢?

伯　唉! 今天我却很忠实了。再者,我当天不说谎的,只有一天前的话才是假话。

华　(佯为欲出状)我明天再来。

伯　请您再坐一坐,今天我真是受宠若惊。我真料不到您肯来。我晓得您虽则很动人,很能令人倾倒,然而您到底是一个无可指摘的人……比不得别的妇人可以随便要求的……

华　您尽可以要求,我不答应就完了。

伯　唉! 唉! 我晓得您很爱华尔路拉先生,他离开了您,让您自由行动,越发足以坚您的对丈夫的忠心……我晓得……

华　您晓得的事情太多了,请您住口吧。您因为恭维我,您自己快要变成无礼的人了。

伯　怎么？我如此设想，没有道理吗？

华　很有道理。

伯　呀！因此之故，您该懂得我为什么看见了您就如此发呆了。我自己这样想……我不曾看错了您……唉！不会错的……但是我也许说得太过了些……我……

华　不，我恰是您起初所猜想的那种妇人，我虽则来了，并非为的是想要您改变观念。

伯　为的是什么呢？

华　为的是要教训您一番。假使一切的妇人们都像我一般地知道检束自己，您决不能够有这许多次的成功，使您因此自负，瞧不起人，又使别人不敢近您。

伯　也许吧，我不说不是的。但是我劝您对于像我这种疯狂的、放肆的可怜虫，也不必太板起脸孔才好。您受他们这种人的恩太多了。

华　我不懂。

伯　当然啦。没有他们的恶德，怎能形容得出你们的美德？他们不来攻击你们，你们能够自夸抵抗的手段吗？这些罪大恶极的人们，恰是造成你们的名誉的功臣。假使他们不说话，不向你们丢眼睛，不动手摸你们，那么，人家永远不会知道你们保守礼教的心这样坚，不失贞操的志气这样硬。甚至于有些坏心肠的人们还怀疑你们是不贞节的呢！

华　人们信与不信，我们终不失为正气的妇人。

伯　自然！但是，没有人晓得！幸亏有了他们，你们的甘心放弃的行为才给天下人都知道了。人家替你们贴街招，说好话。

华　我们直说到我们的事情吧。今天早上我自己说："这可怪的侯爵！他以为一切的妇人们一看见了他的胡子，即刻会爱上了他。他以为没有人能够抵抗他，人家一进了他的门口就失身

了,他满心希望着。好! 我偏要到他家去,而且穿上一件最漂
亮的衣服。"

伯　还有其他的话呢?

华　"我预备坐一个钟头!"

伯　嗳! 嗳! 一个钟头!

华　"他只能要我坐一个钟头……我很晓得:一个人愿意才失身,
我不愿意,他怎能强迫我? 我偏要去给他看一个榜样,使他知
道世上有一个不怕事的妇人,教他不敢正眼看我们……"

伯　非但不怕事,而且无可责备。

华　我这一来,是无所为而来。

伯　为的是名誉吧?

华　天啊! 是的!

伯　那么,您是特开生面的了!

华　这才好呢! 我因此更自负了。现在请您给我看您那著名的历
书吧,我渴望已久了。

伯　即刻要看吗?

华　否则我就走了。我来只为这个。

伯　(背着她,作手势表示他想要说:"胡说!")好的,您就可以看。
(他引她到玻璃橱前)

华　唉! 好福气! (她开橱)可以看吗?

伯　非但可以看,而且可以摸。

华　这是杜巴丽的兵器吗①?

伯　是的,放到前面去吧!

华　嘘! 还有这个呢?

伯　巴拉媲儿②……洛桑③……都是些名人……

---

① 杜巴丽是路易十五所爱宠的妇人。
② 巴拉媲儿,未详。
③ 洛桑是路易十五的大臣。

华　这是有用的年礼……

伯　（以指指示一个人的头衔）而且是可喜的……男性女性都喜欢。

华　我喜欢那一部《旅行的诱惑者》。

伯　这一部是《爱情的深渊》。而且有些插画……（他给她看几个插画）

华　（先是注视，忽掉过头来）快拿开！……唉！（他把书拿开）您还是给我看看吧！

伯　哈！哈！

华　看一看没有什么关系。

伯　说是这样说的！看一看，往往就是一个开端。

华　也往往是个结束。（注视）呸！

伯　够了！您学坏了却是可惜的事！（接过那书）请您来看这铜笙吧……这笙当年归属于路易十五的一个女儿，名叫阿典赖以德夫人，人家叫她做克洛。您来合着这铜笙唱一首短歌吧。

华　不，先生。

伯　只一首很短的就是了。（他奏笙，成二三曲）您听当年的妙音，您不动心吗？

华　我没有好嗓子。

伯　低声唱好不好？只低唱就够了。我陪您唱。来吧。（高声念道）
　　　　"有一天，赛尔邦说：
　　　　　　我长叹也是徒然……"

华　赛尔邦！呸！（走到铜笙前坐下）好！现在您又要把什么臭诗给我唱了？

伯　臭诗！您能说这是臭诗吗？（翻检）喂，这一首《从瑞士的巴鲁归来》。

华　这还合乎礼教吧？让我先看一看：
　　　　"爱尽天下的美人，

乃是风流的命运。"

伯　　　"所谓恒久的爱情，
　　　　　恰为不钟情的人而设。"

华　　　亏您说得出口！
　　　　"假使你只爱一个女人，
　　　　　一生不留话柄，
　　　　　你试自问你的灵魂：
　　　　　是不是辜负了性的功能？"

伯　　　"可憎恶的恒心，
　　　　　不合我的脾胃，
　　　　　如果我只爱一个女子，
　　　　　人家相信不相信我是法国人？"

（他挨近她，双睛闪烁）

华　　　呃。这一首诗很可笑，而且全无道理。

伯　　　这是国粹！

华　　　我不唱这个！（掉转身）

伯　　　我们谈论这诗吧。（握她的手）在这些轻狂的话里头，他究竟
　　　　想要说些什么？

华　　　说些废话。

伯　　　他说：爱情如风驰电掣，云行水流；反复无常，乃是爱情的真
　　　　相；自由放浪，乃是爱情的极峰。总之，自由的爱情是不死的，
　　　　多一次的离魂，恰是多一次的复活。

华　　　一首诗里有这许多意思！

伯　　　一个旅行的人，到了一个不认识的城市里，很快活地住了两天
　　　　之后，他是否……

华　　　是的，巴鲁！瑞士！

伯　　　您这样说也可以……他住了两天之后，是否仍旧住下去？不！
　　　　第二天他又要游览新的地方去了。

华　新地方不一定比得上旧地方……

伯　这可以不管。他只游历，只晓得变化。您又试看战胜了的人，他大屠杀了一次之后，肯不肯就罢手？肯不肯说："够了，我们回去吧，不再要胜利了！"哪里！他还要到别的地方打仗去呢！生活的乐趣在乎有不停止的变化与刺激。旅行呀，恋爱呀，思想呀，痛苦呀，老呀，死呀，这一切都是变化。不变化的爱情乃是很笨的爱情。

华　您是一个爱变化的人，卓斯先生①。

伯　我不是假道学，我心里想什么，口里就说什么。我存着这变化的念头，是我的罪过吗？谁教我起这念头？我能忍耐吗？每次我遇着像您这样的一个新女人，我就欣赏，就动心，把她看做一个垂手可得的地方。

华　这地方您是不能进去的。

伯　您错了；当我被美貌迷醉了之后，我已经看不见了一切，只看见我的目标，只看见我的将来的俘虏。她在这里，当着我的面，向我微笑，向我挑战，无论如何，我一定要她；她归属于我了。（挨近她）

华　呀！您有什么权利？

伯　我有最大的权利。我就拿住她。（握她的手）

华　（微笑）您会放手的。

伯　当然；但是我先要说……

华　嗳！您的把戏，我都晓得！让我背给您听：先是允许永远相爱，其次是叹息，其次是合掌……

伯　不，夫人。这种旧圈套不适用于我们二人。我看见您这一双风流浪荡的眼睛，就知道我们是心心相印的了。

华　那么，怎样？……

---

①　卓斯先生是莫里哀戏剧中人物。

伯　我们用不着交换什么山盟海誓，用不着说谎，用不着扮鬼脸。我劝您像采一朵花一般地把我们的生命里的宝贵光阴采取一个片段。我们不要结合，不要盟约，不要计算将来，不要做心灵的奴隶……我们只做一种狂人的遇合！……还说不上委身……

华　简直是任人调戏。

伯　我们只是一时的嗜好，一天的罪孽……此后我们……

华　此后我们南北分飞……

伯　算是没有那一回事……说定了吧？（她用眼睛表示同意。他拥抱她）呀！

华　当初何苦唱着贞节的高调，而今到这地步！……

伯　请您住口！不要使我记起我的得罪您的话吧。我很惭愧，我知道您为我牺牲，只有感激。

华　真的！您不轻视我吗？不像对待别人一样吗？

伯　我吗？轻视您吗？您能相信这个？

华　谁晓得？

伯　（热狂地）不，不！我决不轻视您！

华　好的，我的朋友。

伯　不。我晓得您以为我轻视您。您真看错了人！您真不了解我！喂，我要给您一个证据，这证据是我从来没有给过别人的，证明我尊敬您。

华　您预备做什么？你有几分爱我吗？

伯　还问我爱不爱您！您就看见了！

华　怎么样？

伯　呃！这快乐的时间，是我热烈地希望的，您多情地赞成的……（她作势表示"是的"，现媚态）现在我不要了！

华　（先是怕听错了）怎么？

伯　我不肯了。

华　为什么?

伯　因为我尊敬您。

华　(忍怒)真的,未免太迟了些。

伯　我很晓得!我一时忘记了您是什么人。现在我懊悔了!当初
　　我实在发狂了,请您恕罪!现在我看得清楚我的心与您的
　　心了。

华　唉!我的心!

伯　我反对您,为的是保护您。请您不再反抗我吧。不要消灭了
　　我的勇气吧!我需要许多勇气才办得到啊!

华　我越发需要勇气呢!

伯　谢谢您,黛列思!您看,假使我们没有勇气,我们不晓得相爱
　　到什么程度了!(她作势表示他得罪了她)此刻我有叫您做黛
　　列思的权利了吧?您不晓得,我是一个很坏而且很难相处的
　　男子,我配不起您!但是,假使您我相爱,您一定给我黏着了。

华　大约是因为您有许多好处了?

伯　不!恰因为我有许多坏处……您因为对我诚恳,而且可怜我,
　　就爱我了……妇人的心是不可测量的!

华　有些男子的心更不可测量呢……

伯　唉!假使我顺着我的欲望,岂不害了您!岂不令我抱憾终身!
　　我不能看见一个妇人痛苦。现在完了,我硬撑起来了。我懂
　　得我的责任了。

华　(讥讽地)是的。哈,哈!

伯　您这人还不值得爱吗?我拒绝您,同时证明我爱您的强度。
　　因为刚才我同您谈一时的嗜好,实在是自己对自己说谎。像
　　您这样一个妇人,是否一个钟头的妇人?不,不,我很感觉得。
　　(抚心)假使我们结合了,一定永远地万分爱您,比任何的妇人
　　都好。

华　而且一定负心!

伯　自然啦!……那么怎样?……我们岂不是两人都受苦! 您岂不因为我妒忌或发怒而伤心! 我时而希望,时而鄙弃,您岂不更难堪! 真教这些夹竹桃也下泪了! 不行,不行!

华　够了!

伯　是的。现在我们非但没有那些烦恼,而且我们有的是……

华　……友谊。

伯　给您说着了!……这是何等美妙的情感!……

华　何等难得!

伯　尤其是在男女之间! 您将来一定感激我,因为我为您的幸福牺牲了我的幸福,真是英雄的气概。

华　是的!……您是一个……英雄!

伯　您意料不到的英雄,黛列思! 请您老实说:您这一来,您懊悔吗?

华　呀! 决不!

伯　我早已晓得的! 这样结束,一切都好了。我梦想不到您肯顺从我。这一点就够了。大家有意,已经难得! 谢天谢地,您这一出去,仍旧是原来的那一个妇人——可尊敬的、正气的妇人! 您看,这有趣没有趣?

华　妙极了!

伯　我失了一个情妇,却得了一个女友。

华　而且是一个好女友,我敢说!

伯　我也以为是的!

华　但是您晓得一句古话吗?"尽管是好朋友……"

伯　"……终久会分离的!"怎么? 您就走吗?

华　我走了! 请您不要送吧。

伯　为什么?……

华　您该是已经疲倦了。

伯　哪里!

华　告别了,侯爵。不要记恨。(出)

第四出

出场人:伯辽赍、(其后)穆兰、伯纳班宋、(其后)一个仆人。

伯　(突然说)她怒气冲冲地走了!(他走向穆兰与伯纳班宋所从
　　出的门。开门。伯纳班宋与穆兰入)我恰要叫你们呢。
　　伯纳班宋很兴奋。穆兰仍旧很平静,很冷淡。

宋　怎么样?她走了吗?

伯　是的,而且怒气冲冲地走了!

宋　为什么?请你告诉我们吧。

伯　因为我同她开玩笑。

宋　开什么玩笑?

伯　自然是好的啦。她这一来,是打算委身于我,这是毫无疑义
　　的,我早就料定了。她装腔作势了一刻钟,结果是自己奉献,
　　于是大家很客气地像好朋友一般……

宋　后来呢?

伯　后来我却不愿意。

宋　呀!

伯　我说:"呀!请你住口!这未免到了极点了!不!……我不肯
　　乱来!……我们放硬撑些吧。以友谊为前提吧!"呀!那时
　　候,我有五分钟可谓黄金的时间!她敢怒而不敢言,她的眼睛
　　像刀剑,她的微笑像毒药,她的一双小手像预备绞杀我的一副
　　链条……我觉得被她恨到无可再恨……然而我越发喜欢!

穆　结果呢?

伯　结果是走了,垂头丧气地走了。

宋　最近的时候她不会原谅你的。

伯　你可以说:她永远不会原谅。哪怕在十年以后,人家报告他说
　　我给车子碾死了,或给人家谋杀了,她看见我周身流血,脸破

头穿,她不晓得是怎样快活哩! 唉! 我了解她。但我是一个好人,我却能够原谅她。

宋 这我不管。她自己上门,你却不要,岂不是傻子! 呀! 呸!

伯 假使你处在我的地位,你怎么样?

宋 那还有什么好说的!

伯 俗人! 你应该感谢我。我这样工作,也为的是你。

宋 怎么?

伯 当然啦! 你要她吗? 你喜欢她吗?

宋 还问我哩! 现在你既然罢手了,我……

伯 好! 你可以要了她,并不很费工夫。此刻她心中无主,只想报仇……你就去拜访她吧,不要再缓了。……你要假装不晓得什么;她的自负心受了伤,你应该好好地医治她;利用她恨我的心理激她。激得她非常热烈的时候,你还不慌不忙,说些闲话去逗引她,又说我的坏话,许多许多的坏话。你可以制造些事实。或者用不着制造,只想到什么就说什么。你对于我,尽可以负心,把我大骂一场,务必令她也跟着骂我。你们尽量地把一切的罪恶都放在我的身上。假使你能够使她相信我同你吃醋,因为你比我有钱;假使你说我晓得你是她的情郎就要气煞,那么,她即刻上前揽你的颈,说你像一个骑士那么美貌! 你也就会相信她的话!

宋 (起立)我就去。

伯 现在不要去! 今天我用得着你。

穆 (佯作欲出状)也用得着我吗?

伯 用得着你们两个。你们都是我的心腹。谁叫你们就离开我? 请坐。我不笑了。我想了一个大计划……我预备重新征服我的妻子。

宋 我们明白了! 自从昨天以来,你心心念念只想着她!

伯 真的。我看见了她,像给人家打了一鞭。我再爱上了她了,她

　　也再爱上了我。再说,她本来就没有停止爱我。你们注意她
　　吧……我原是她的丈夫,将来我要做她的情人。

宋　这还不成事!

伯　不久就成事了。

宋　你有什么理由,晓得她还爱你?

伯　一切的理由。当年原是她要嫁我的。

穆　但是她离婚了呢。

伯　是我要离的。有法律在,她避免不了。

穆　她再嫁了呢。

伯　她的心已经死了。是她的母亲要她再嫁的,为的是对我示威,
　　以为将来纵使我再要收留她也办不到了。恰巧歇瑟纳在场,
　　人家就把这女的抛进他的怀里。

穆　这妇人也许很幸福。你不知道吧?

伯　不是的。她很不幸。我是知道的。她很痛苦,很失意。她想
　　要我,等候我。今天晚上,或明天,我想要她的时候,只用一个
　　口哨,她就来了。

穆　(骄傲地,用怀疑的口气)您以为吗?

宋　你太快了。而且有一层你没有想到:你的妻子给沙维耶夫人
　　守护着。沙维耶夫人是她的知己、她的心腹,她有话一定向她
　　说。沙维耶夫人很恨你,决不肯教她近你。

伯　我也想到了这一层……沙维耶夫人尽管怎样做,也阻不得
　　我! ……如果她要拦我的去路,我顺手把她也要了来就是了!

宋　妙! 妙!

伯　我从她一方面下手,然后达到我的妻子,这越发有趣了。但是
　　我却不高兴如此拐弯。(从他的座位旁边的写字台里扯出一
　　个抽屉,取出一包书信)你们看这个! 那些书信都是有信
　　封的。

穆　这是她的书信吗?

伯　是的,这是我们新婚的时候她写给我的。

宋　这是……很热烈的书信吗?

伯　这是不用说的。昨天我回来的时候就把这些书信找着了。我隔了好几年不摸着,抽屉里已经是乱七八糟的……幸亏她的书信都在底层,我一找就见了。好! 我有了这个,不怕她不到手! (拿出其中一封递给伯纳班宋)她写得一笔好字,是不是?

宋　(注视封面)好一笔英国字。(嗅那信,作势表示很香。放到穆兰的鼻下,给他闻)你闻一闻?

穆　(躲开)谢谢。我不会闻。

伯　(把那许多信排成扇面形,递给伯纳班宋)请你把那一封插进来。(伯纳班宋笑着把那信插进许多信中间)你笑什么?

宋　你好像一位玩戏法的先生。请你心里想着一张牌……先洗牌……

伯　原牌! 好! 果然是原牌! 喂,这一封信真是可赞美的……在这信里她对我说——我只说个大略——她说她是我的人,永远是我的,无论到什么地步,纵使将来命运使我们分离之后,只要我向她一招手,她即刻再跑回来。

宋　多么好的约言!

穆　可惜忘记了!

伯　因此我预备提醒她。我已经把这信抄写下来,就要寄给她。

穆　怎么! 您敢……

伯　我怎么不敢呢?

穆　您不怕……

伯　怕什么?

穆　我不晓得……怕歇瑟纳先生他……

伯　一个知礼的男子是不拆妻子的书信的。

宋　再者你应该想到将来种种的可能!

伯　总之,信笺已经放进了信封里;(在皮夹里取出给他们看)我只
　　须写上地址就是了。

穆　(镇静而坚定的样子)喂,这信是发不得的!

宋　吁?

伯　但是我偏要寄发。

穆　我请求您。

伯　你真讨厌! 这信是属于我的,是呢不是?

穆　但是,您想要这样利用这一封信,您没有这种权利。

伯　没有权利? 哈! 哈! 你看我有没有权利! (按铃)我就行使这
　　权利! (他坐在桌前写封面。在写的时候,他写不来,他的手
　　发抖了,他的脸拘挛了,于是他捧额闭目。伯纳班宋与穆兰看
　　见了病状,二人相视不言。二三秒钟后,伯辽赉恢复元气,迅
　　速地把封面写好。仆人入)请您马上把这信依照地址送去。

穆　(低声)唉!

宋　(向穆兰)这与您有什么相干?

仆　(走了一步)要不要等候回信?

伯　不! (仆人出)好了!

穆　好! 先生,刚才您犯了一种……

宋　(止住他)穆兰!

伯　你让他说完吧。(向穆兰)一种什么?

穆　您已经懂得我的意思了。

伯　不错,我开始懂得……而且懂得许多事情。

穆　我也一样。

宋　(向伯辽赉)请你不必介怀,他是一个小孩子。

穆　我不是小孩子。

宋　请你原谅……

伯　那么,你以为你是什么?

穆　我是一个成年的男子!

伯　可怜的孩子!

宋　你们听我说:我觉得你们都忍不住,要推心置腹地说一番话了。我不奉陪了。我要到华尔路拉夫人家里去。(出)

第五出

出场人:伯辽赉、穆兰。

伯　喂!我早就同你说过,说你不久就会成为忘恩的人,我的话没有说错吧?

穆　您误会了。

伯　呀!你没有枉费了时间!……你到我家没有一个钟头,我已经猜着你是我的仇人了。

穆　我吗?

伯　你的静默,你的含蓄,都对于我有仇敌之意。你起初隐藏着你恨我的心,刚才却发作了。

穆　我不是恨您……

伯　那么是什么?

穆　我愤愤不平。

伯　真的!你好!你竟这么样感谢我吗?你真所谓恩将仇报。

穆　对不起!我以为您不要我感谢的!您不是说过了吗?我现在利用您的教训。

伯　(嘲讽地)不错。

穆　也许此刻您觉得我太会利用您的教训了,是不是?唉,不!我绝对不受您的教训,所以我们不得不辩驳一场!

伯　我恰想要求你辩驳哩。

穆　是的,您对我有了许多好处,我始终不懂是什么原因。自从您收养我,一直到现在,您很关心于我,我不晓得是什么道理。当然,我不算是受过可怜的生活的人……然而我并没有感觉到您爱我!

伯　你要怎么样?

穆　我要证据。

伯　我给了你不少的证据啊!

穆　您所给的,却不是我所想要的。您没有写过信给我,我没有看见过您。我在外国读书七年,不曾接到过您的一行字……表示您个人对我的感情。

伯　我不是一个心肠软的人。

穆　起初的时候,我写了好些长信给您,您不回信。究竟您看过我的信没有?

伯　我大约是看过的。

穆　后来不久我就不搅扰您了。您始终与我距离很远,我很少看见您! 我只认得伯辽赍夫人。至于您呢,我记得您同我的父亲打猎的时候,我偶然看见过您三五次,如此而已。有时候,人家告诉我:"您的保护人身体很好……侯爵先生把本季用费寄来了。"

伯　是的。我付了钱。

穆　这是很好的。但是,就够了吗?

伯　我不能再怎么样做了。

穆　末了,我毕了业,您召我回到您的身边……

伯　这是我的好意!

穆　于是我自己想道:"我不久就接近这远处的恩人了。我早就在我的心里描写出一个清闲的、和蔼可亲的、无忧无虑的、一辈子只晓得娱乐的人。"

伯　描写得妙!

穆　我已经悬想着一个慷慨轻狂的贵族。我说:"我自有生以来,恐怕只做了他的善举的口实。"

伯　天! 你真是一个时代的落伍者!

穆　我到来的时候,满心信任您,希望与您推心置腹。现在我发现了什么?

伯　发现我是一个妖精!

穆　不,我发现了藐视世界的人……(伯辽赛举臂向天。穆兰暗笑)我们开始谈话的时候,您就嘲笑我。我很笨地向您说我感激您,您却当做笑话!……我刚才入世,您却很活活地、很殷勤地、很野蛮地把世界描写成为一幅可怕的图画!这样的世界,一个人热烈没有用处,忠诚没有用处!爱情是假的!友谊是假的!您竟没有半个字说到德行!世上没有正气的妇人,没有善良的男子!一切只是妒忌、淫荡、卑鄙的行为……后来我请求您说明为什么您肯照顾我?我不是您的什么人,您为什么有这奇怪的念头?您说这不过是一种怪脾气,只因为我是一个美貌的孩子,希望我做一个藐视一切的人,像您一般,却更完备些!……好!老实说,不行!不行!先生!您弄错了!……也许我有这资格……然而我不肯做!

伯　你说完了没有?

穆　没有。我这样惊奇,这样失望,这样痛苦,所以过了一分钟之后,我就觉得有原谅您的必要。

伯　你这人太好了。

穆　起初我以为您故意夸张,实际上未必坏到这地步。唉,我真是孩子气!您是何等老实的人啊!这一个礼拜以来,我认识了您,认识了您的朋友们,一切都使我不舒服、使我生气或使我伤心……我看见我堕落在一个丑恶的社会里,一切都令我心中作呕,令我发生恐怖。

伯　亲爱的,到处都是一样的啊。

穆　呀!不!我相信不是的!……我看见您随意诽谤妇女们,华尔路拉夫人给您欺负;歇瑟纳夫人是您所不该侵犯的,却给您调戏,给您四面埋伏!而且您做这些事只是诡计,只是儿戏,只是存心作恶,并没有什么爱情,没有什么可以原谅的地

方……所以,您要怎么样? 我奈何不得我自己! ……您虽则
是我的恩人,我终于愤愤不平,断不肯参加您这些行为!

伯　结论是什么?

穆　我要走了。

伯　离开我吗?

穆　是的。

伯　很久吗?

穆　一辈子! 请您保留着您的头衔与您的财产吧,先生。假使您
只靠我一个人承继您这伯辽赉家的家声……那么,请您放死
了心吧! 伯辽赉家从此绝嗣了!

伯　(似信不信地)真的吗?

穆　再说一层:我没有这资格。我只是一个猎卒与一个村妇的儿
子。我不是什么伯爵侯爵的血统,超等的血统。我的父亲只
是一个兵士,母亲只是一个村妇,一个可赞赏的母亲。

伯　唉! 把那些妈妈略过去吧! 一切的母亲都不算数,人家晓得!
我也不向你说我的母亲,不是吗?

穆　那是您的母亲不幸,也是您的不幸! 我呢,我光明正大地说我
的父母,以及他们传给我的正直而纯洁的心情,而且我要保守
这种遗传。自今天起,一切属于您的东西我都不要了。

伯　很高尚,可惜迟了些! 但是,你恢复了自由之后,出了我这不
名誉的家门之后,你打算做什么? 你考虑过吗?

穆　我做医生去。

伯　这职业很不高超! 但是,你还需要时间研究医学呢? ……

穆　我已经是利伯西克的医学博士。我在德国一切的考试都通
过了。

伯　你吗? 你真爱守秘密! 从前你在外国做了什么事?

穆　我做工!

伯　真无聊! 好吧,现在你是医生了,你到什么地方医病去?

穆　我不晓得。我打算先到我的故乡圣多埏住几个月。我很想要再见那地方,而且您本不该把我从圣多埏接了来。

伯　但是,在你的故乡里,你会饿死了的!将来谁照顾你?谁?

穆　歇瑟纳先生。

伯　歇瑟纳!?

穆　您曾经同我说过,说他从前愿意收养我。

伯　哈!哈!怎么!假使他当年问你愿不愿受他的保护,大约你已经甘心应承了,是不是?他的钱,你是可以用的,因为他是一个善良的人,他的钱的来路分明,是不是?是的,他的钱,是他人的血汗换来的,他人的贞节换来的!再说我的妻子,你甘心跟随她吗?你年纪很小的时候,不曾离开过她的裙下。

穆　她当年对待我多么好啊!

伯　是的。假使当年你归她收养,她越发加倍地疼爱你了!你是她家的小天使,她家的爱神,说是从魔鬼的手里救出来的!呀!你竟喜欢歇瑟纳夫妇而不喜欢我!我又受一个教训了。我后悔当年因你之故,与他们争吵不少。为着成全你们的好事,我希望如果今日还不算迟,他们就收留你做他们的儿子。我劝你就去找见他们,热烈地告诉他们,说你在我这里大失所望,他们一定收留你,把你当做浪子回头,杀一个牛款待你!

穆　问题不在这里!

伯　我请你恕罪。我阻止了你许久,此刻你可以飞跑到你那最好的父亲家里去了。你可以告诉他我是什么人!

穆　大约他已经晓得了。

伯　他晓得不完全。你可以把我的弥天大罪一件一件告诉他。而且你可以把我算计他的妻子的阴谋都向他披露……他的妻子……我的妻子……你的妻子……不晓得是谁的了!……

穆　我请求您,先生……

伯　什么?你听了这话不舒服吗?……你可以把一切告诉了他,

再加上这么几句:"亲爱的、可敬的先生,您以为我纯然因为心中愤愤不平,因为恨那淫邪的生活,就到您这富翁家里来吗? 没有的事!"

穆　您这话是什么意思?

伯　"我受了一种更动人的感触,这是人类的劣根性,但却是自然的性情。我有了这种感触,自己还莫名其妙,后来经您的朋友伯辽赍的启发,才恍然大悟了。我爱您的妻子……"

穆　我吗? 您不疯了? 您亵渎了人家了!

伯　我并没有亵渎谁。你放安静些,让我启发你。现在你何苦假装诚实,我只一句话就够推翻了! ……你现在已经心花怒发,同时又恐怖起来,向后倒退,退到一个深渊的前面,你还昂着头,蹴着脚走路,你晓得不晓得?

穆　哪里! 您乱说一场!

伯　你是敌不过宿命的了。你爱她,我说!

穆　我不爱她。我只赞赏她,可怜她……

伯　你爱她了! 这是免不了的! 这事的来源很远! 当你很小很小的时候,因为玩偶与糖果,你的爱情已经开始。起初是一个姐姐,后来是一个代母。你的天真的眼泪是她给你揩干的……这些事情,是时间所不能磨灭的;恰恰相反,时间越久,越放光辉了,越有诗意了! 因此之故,昨天晚上你在跳舞会里遇见她的时候,你的脸色变了,神情不安定了,我很容易了解这道理。你虽则没有忘记她,已经与她分别了许多年,而今你再遇着她,看见她变嫩了,不像个慈母了;你觉得她只像小说里的什么表姐,然而你还记得她的手握过你的手,她的嘴唇印过你的额……你的运气真好,得与你少年时代的代母重逢,看见她嫁了一个衰朽的老头子,而且几乎坠入一个诱惑者的陷阱里,于是你伤心了,奋激了,满心可怜她了! 像你这样年纪的人,谁不晓得这样做? 你与她重逢的时候,觉得她更华贵了,更动人了,于是你不愿意看见人家害她,甚至于不愿意听见人家说她的坏话;你一味维护她……好,你走了! 你以为你高尚的了不得,其实你只是害相思病!

穆　（很伤感）够了! 先生! 请住口! 我们实在没法子互相了解的!

伯　你说得有理。我与你合不来,巴黎与你合不来,世界也与你合不来! 你到圣多埌去吧! ……回你那鄙陋的故乡去吧! ……这才是你所做的事情! 到乡里去! 到乡里去! 当年我真不该把你从不幸中救了出来,送你到了外国,学了三国的言语,却达到这个地步! 我给人家偷盗了! 大家不要再说了吧!

穆　我晓得您为我用了许多钱,我将来总要想一个法子还您的钱。

伯　呀! 我瞧不起这个! 你不要打断我的话头! 刚才我让你任意吵了一番;我忍耐了不少的气,我这种镇静的态度该能使你惊奇! 因为你只是一个不懂世故的少年,当不起我的脾气。现在我什么都不要说了,只给你一个最后的忠告。好孩子,你用你的热烈的情感太早了! 譬如骑马,你还不会骑,而偏要骑,终有一天你会跌下地来,伤了腰骨! 我劝你先在爱河里往来观看吧。你先看世界一切都是虚无的,你先合了几个姘头,给妇人们辜负了,你也使她们痛苦。你先哭得泪流满面,等到没有一点眼泪之后,不妨再流一点血。这么一来,你才知道世界不是你梦想中的世界,你才后悔不能了解我。然而太晚了! 像你这种见解,将来只有穷困得很可怜!

穆　我不怕。

伯　在事前你是不怕的……假使你依着我的见解,你还可以得到相对的幸福……世上只有这幸福是可以得到的;作恶有作恶的艺术,行善实在是很无聊的……所以……

穆　我选择过了。

伯　好极了! 你喜欢怎样就怎样吧! 你在一个礼拜后走就是了。

(穆兰摇头)明天也好。

穆　今天晚上。

伯　这太早了！至少我劝你再住一夜,清夜自思,也许有回心转意的希望。夜里乃是我们最宝贵的时间。

穆　再住一夜也不能改变我的主意。

伯　你哪里料得定呢？在未走以前,请你帮我一个忙。

穆　帮什么忙？

伯　把这抽屉收拾一下子。

穆　我吗？

伯　是的,把这些书信整理整理。

穆　请您不要靠我做这事。

伯　我是靠你做的！你总可以替我做这个吧？这是我要求你的最后一件事。(他拿取那些信件,满握着抛在一个柜子上。有些信件从他的手里坠下地来)这是一个纸包,一切都在里头。旧文件、旧手套、旧袖章……还有些头发与花朵……这是二十五年的档案了！你把你的手放进这尘埃里吧！(拉他的臂)你还不敢做。但是等一会儿你独自一人在这里的时候,你可以在这里头随便抓取一两件,你就可以得到一个好教训,知道山盟海誓的效果,爱情的人格的热狂的收场。你可以懂得妇人的真价值！

穆　还可以知道男子的真价值！

伯　是的。男女的价值都不贵,都可以放在同上的袋子里,同一的床上！所以……有什么益处。我不陪你了。(出)

第六出

出场人：穆兰(独自一人)。

穆　呀！是的！告别了！……(走向桌前)把这抽屉收拾！(把那些信件胡乱地抛回抽屉里)在同一的毛坑里！(忽然瞥见一个

相片,拿起来看,痛苦地大叫一声,跪下来,倚着桌子呜咽)唉!
妈妈! 妈妈! 妈妈!

幕闭

第三幕

布景 一间小客厅。三门：一在后方，向着楼梯的平台，其余二门在左方。

第一出

出场人：沙维耶夫人、沙维耶、女仆。

幕启，沙维耶夫人独坐含愁，眼怔怔地望着空中沉思。膝上一书，展而不阅。举手向目。她的丈夫的室门忽开，沙维耶穿着外衣，戴着帽，入。

沙 我非出去不可。但是一个钟头以后我就回来。伯辽赉先生应该就会来的。他写了一封信给我，说他绝对地须要见我。如果我没有回来之前他就来了，就请他在我的工作室里耐心等一等。

耶 晓得了。

沙 （更注意地望她）你怎么会有这样的面容！你的身子不舒服吗？

耶 没有的事。

仆 （入）夫人，歇瑟纳夫人来了。

耶 请她进来。

女仆出。

沙 当心。你不要留她坐很久……如果那一个……

耶　他们在这客厅里相逢是没有危险的。再者，你放心，我决不会撮合他们的。

沙　晚上见。（出）

第二出

出场人：沙维耶夫人、歇瑟纳夫人。

耶　我料不到你来。

纳　我有话同你说。（把一封信递给她）这是我收到的一封信。

耶　（接过信来，拆阅）"我的最亲爱的……"（注视她）我不懂。

纳　我说你就懂。伯辽赍先生保存着我当年的书信。现在他在我们新婚的时候我写给他的信里头拣了一封寄给我。

耶　在你们同居的时期内你还写信给他，这是什么缘故？

纳　因为那时节我还不敢口头上尽情地宣露我的情感，所以悄悄地写了些信给他！是的！让你笑去吧！

耶　我不笑。往后呢？

纳　他从中抄了一封信寄给我。在这一封里头，我说无论到什么地步他还是我的主人，我还拼命地爱他。

耶　他寄到你家里去吗？

纳　昨天寄来的。人家当着歇瑟纳先生的面交给我。

耶　你总还没有露出马脚吧？

纳　你不要怕，我晓得隐藏。只一层，自从昨天以来我活不成了，心烦意乱了。

耶　没有什么关系。

纳　哪里话！我只读了两行，即刻感受了当年写信时的心境。旧事重上心头了！

耶　那么，你打算怎么办？你答复他吗？

纳　唉！你以为我是什么人？

耶　是一个快要堕落的妇人。呀！在公使馆的时候我已经同你说过:"走吧,不要回头。"你没有听从我的话。今天你却发狂了!

纳　好,我说了吧! 是的,我爱他!

耶　你以为你爱他,然而你并不是爱他,只是爱你的回忆,痛惜你的青春。却不知过去的幻象比将来的幻象更是骗人的呢!

纳　不是的。我只爱他,只爱他一个人。

耶　但是他不爱你!

纳　这有什么要紧?

耶　如果你说这话,我就没有什么好说了! ……

纳　而且他也许爱我!

耶　这是不可能的。

纳　他启程了,快要爱我了!

耶　不会的。你不要妄想吧……他有的只是一时的嗜好与好奇心,还有就是报仇的心理。

纳　天啊! 他要报谁的仇?

耶　他恨你得了安宁,得了社会上的地位。他是一个破坏者,他既然破坏了你的生活,决不甘心让你再造你的生活! 他是一个妒忌的人,看见你现在享福,所以要报仇。

纳　我享福! 假使他晓得! ……

耶　你还怨命哩! 你什么都有! 你的丈夫是一个有高尚的灵魂的人……

纳　一个老头子。

耶　是一个最可尊重的男人。

纳　呀! 他的德行与我有什么关系? 我尊重他又有什么用处? 我不爱他。而我们的关系却在乎此。

耶　是的! 但是你的伯辽赉呢? 你不能尊重他,而且轻视他……

纳　然而我爱他! 事情是这样的!

耶　他对于你这样无礼,你也不管吗?

纳　我不管。

耶　当年你做他的妻子的时候,他还同许多妇人私通。他对娼妇们说的话与对你说的话一样。他使你流了一担的眼泪,你都忘记了吗?

纳　我还记得。然而我也记得是他启发了我的爱情。

耶　什么爱情! 你敢如此谈爱情吗? 高尚而神圣的爱情,从天上降下来的爱情,使我们兴奋的爱情,决不是这一种肉欲的、兽性的爱情。你自己误入迷途,却给淫佚的人诱惑,把这个叫做爱情。你可惜失了他的温存、他的接吻;恨不复得当年的娱乐与良宵。你与这淫人相处,只赚得兽性的增加……然而你的灵魂却堕落了。呀! 霞痕! 你的少女时代的信仰心在哪里? 你理想中的宗教在哪里? 你当年的灵魂在哪里? 我找不见当年的你了!

纳　我也找不见当年的我了! 我害我,我恨我,然而我不能不恋爱! 于是我痛苦……到了极点!

耶　你痛苦,因为你有了过失。

纳　然而我的痛苦总之一样的。

耶　你压制你的痛苦吧。

纳　是的,你说得好客易!

耶　做也不难。假使我处在你的地位……

纳　你却不能相提并论。

耶　为什么呢?

纳　因为你是一个教徒,信了否定的教义,就离了恋爱了! ……

耶　宗教使我养成高尚的人格!

纳　宗教使你的心冷,对己对人都不动心,所以你没有怜悯心,没有柔情,怪不得你诅咒恋爱!

耶　诅咒你这种恋爱,是的!

纳　……又因为你只晓得尽责任,违背人类的本能,所以你不觉得我有痛苦。你的心是平坦的,你的肉是死的,心是空的!

耶　是的,不错!你何等骄傲,何等自私!你以为只有你富于感
　　情,晓得痛苦吗?嗳!你错了!我也像你一般,只是一个可怜
　　的妇人,一般地受灾难,受痛苦!你觉得我幸福吗?其实不是
　　的!你以为我的心肠硬吗?呀!我的可怜的朋友,你不晓
　　得!……

纳　我的亲爱的!

耶　而且我也受了诱惑,不止一次……几乎堕落了。

纳　你吗?

耶　是的,是我。你觉得奇怪吗?

纳　后来你怎样办?

耶　我反抗了我的欲望。

纳　直到现在。

耶　唉!非但现在,将来我也不怕了!过去的痛苦已经给我将来
　　的教训。再者,不久我就老了……而且……

纳　请你继续说下去吧……你的话很可以安慰我……我更爱你
　　了……我们同病相怜。

耶　那么你就学我吧。

纳　我不能。

耶　你不肯。

纳　我没有毅力了。

耶　好!我的毅力就是你的毅力。我一定救你。既然不免与伯辽
　　赉先生打仗,我就与他大战一场。我不怕他,我觉得他并不是
　　不可抵挡的。恰巧此刻他就要来的。

纳　他到你家里来吗?

耶　正是他。

纳　呀!为什么?

耶　唉!你不要胡思乱想,他这一来,并不是希望遇见你。他与我
　　的丈夫有约会,而我的丈夫有事情出去了。他料不到你在我

家里。当他来的时候,我在这客厅里接见他,你却躲在我的卧房里。

纳　唉!

耶　而且你听我们说话,我同他专谈起你。我不是娇媚的妇人,你是知道的。但是,你看! 不到十分钟,他就会向我求爱的。

纳　呀! 我不相信这个。岂有此理!

耶　你应承吗?

纳　当然啦。但是……

耶　你游移吗? 你怕吗? 你还不知道他的为人吗?

纳　唉! 不是这个缘故!

耶　那是什么? ……你同我吃醋吗?

纳　呸!

耶　我听见有人来了。你打定主意吧。

纳　我不走。

耶　快进去!

歇瑟纳夫人进了邻室。

第三出

出场人:沙维耶夫人、一个男仆。

仆　夫人,伯辽赉先生来了。

耶　呃,您请他等候沙维耶先生吗?

仆　是的,夫人。但是他又问夫人在不在家?

耶　您怎样答复了他?

仆　我说我不晓得……我说让我进来看。

耶　这真令人不舒服。也罢……请他来吧,让我接见他。

男仆出,引侯爵入。

第四出

出场人:沙维耶夫人、伯辽赉。

耶　先生,听说您要见我,是不是?

伯　是的,夫人。

耶　我也想要见您。

伯　夫人,这真所谓心心相印了。

耶　如果您容许我,我就先开口了……我要说的是歇瑟纳夫
　　人……在公使馆里您同她说过话,昨天您又写信给她。

伯　那么,怎样?

耶　那么,我请您罢手才好。

伯　是她拜托您说这话吗?

耶　是她。

伯　有什么做证据?

耶　我说是的。

伯　这不算证据。我以为您尽可以不让歇瑟纳夫人知道,您自己
　　独断独行。我说这话,有两个理由!

耶　哪两个?

伯　一则因为对于我的妻子有友谊,二则因为您恨我。

耶　我们不要说到友谊吧。

伯　我们只说仇恨吧。

耶　不错,我对于霞痕有热烈的爱情,像姊妹一般……

伯　我呢!您恨我!承认了吧。

耶　这没有关系。再者,您也恨我!

伯　您误会了。

耶　唉!您很可以恨我。

伯　不!世上的妇人只有您是我所尊重的。

耶　您对别人,心肠很硬吗?

伯　我仅仅对您还好。在妇女的丑恶队伍里,惟有您是高尚的,算
　　是例外。您可以驾驶一切的妇人们。

耶　我自问有什么好处?

伯　您有……贞节的力量,放弃的勇气,牺牲的精神。人家非赞赏

您不可,人家要毁谤您却不能够。当您走过的时候,男人们不敢起淫邪的念头。因为您太高了,所以人家攀不上。您具有道德上的纯洁之美,为我生平所未见,我惟有瞻仰崇拜而已……

耶　够了。您再说就使我骄傲了!

伯　我从来不胡乱恭维人家,至于您,我却非常尊敬。我为着要表白我的真诚,说话还不算数,我愿以行为证明:我听从了您的要求,与歇瑟纳夫人断绝关系了。您满意了吧?

耶　您失信不失信?

伯　既然您的女友一切都对您说,将来您看就是了。

耶　我谢谢您。

伯　用不着道谢。

耶　哪里话! 这样的一种牺牲!

伯　这是最轻的牺牲。

耶　怎么?

伯　我对您说话,没有一句瞒您。假使别人处在我的地位,他一定不要廉耻,自夸有功,说他听从您的话乃是他的恩惠,使您满心感激他,不知道他的用意。

耶　您则不然吗?

伯　是的。您该晓得,我理不理我的妻子,是完全没有什么关系的。

耶　您的话……?

伯　我的话我可以把我的人格担保的。我不爱她,我从来没有爱过她。

耶　为什么您同她结了婚呢?

伯　因为赌气的缘故,那时节我爱另一个人。

耶　那么,您应该娶那另一个!

伯　她结过婚了。

耶　那么,您应该做她的情郎。这在您是何等容易啊!

伯　她是一个正气的妇人。

耶　这是不可能的!……依您说,世上竟有正气的妇人了?

伯　(悄悄地)多着呢! 只不好说出口来。

耶　但是,如果您不关心于我的女友,为什么您努力想要再得到她呢? 为什么您同她说话,写信……

伯　(神秘地)我有我的理由。

耶　我正在寻找您的理由。

伯　您找不着的。这一切都与那人有关系。

耶　那正气的妇人吗?

伯　正是。

耶　我认识不认识她?

伯　您认识她。

耶　请您说出名字来。

伯　不行。

耶　您不相信我能替您守秘密吗? 我守秘密总还比得上您。

伯　比我强哩。但是我说了出来,您不会相信的。

耶　请说了再看。

伯　您要我说吗? ……

耶　是的。

伯　就是您。

耶　我吗? 我是高尚的? 例外的? 道德上的纯洁之美? 男人们不敢起淫邪的念头? ……(笑)唉! 不是的! 我请求您……

伯　如果我能证明我爱您呢?

耶　呀! 如果您能够! ……

伯　您听我说。我有过几百个情妇……

耶　只几百个吗?

伯　然而我只爱过一个人……

耶　是我？

伯　是您。不幸得很，当我认识您的时候，已经太迟了……您恰恰
　　结了婚。

耶　假使我早已知道了，岂不是好！

伯　那时节，我觉得我失了您了，我以为会死……

耶　悲伤而死吗？

伯　不。自杀。

耶　谁叫您不死？

伯　我的薄弱的意志叫我不死。

耶　那么，您是怕死的了？

伯　不是的。我只怕死了就看不见您。那时候，我一时赌气，便娶
　　了霞痕。自此以后，我心中只有您。没有一个钟头，没有一分
　　钟不想起您，不暗地里赞美您，不打您的主意。我结婚的那一
　　天，在教堂之内，祭台之前，牧师以为把我与她结合了……其
　　实我爱的乃是您。

耶　您能说那时候我穿的是什么衣服吗？

伯　是淡紫色而带银光的，乃是路易十六时代的衣服。

耶　您真有记性！好一双眼睛！

伯　好一颗心！

耶　是的。但是我不相信您。假使有人爱过我！……假使您爱过
　　我，时间这样久了，您没有同我说过一次吗？您等候什么？

伯　等候时机。现在时机到了，您不幸福……

耶　不是的，先生。

伯　哪里！您不幸得可怕呢。您的丈夫心肠很冷，很自私，又不信
　　上帝，他从来不了解您，他娶了您，为的是要您的钱财；他不理
　　您，他对不起您，另找女人。

耶　您说谎！

伯　您有温柔的情感，无处发泄；您过的是无聊的生活，假使您有

一个孩子,还有可说! 然而,您有吗?

耶　(十分难堪……低声)唉!

伯　您有没有一个小天使安慰您这没人了解的一颗心? (沙维耶夫人忍不住,几乎流下泪来)不! 您的丈夫非但对您没有寻常的爱情,并且没有让您做母亲! 您有没有情郎呢?

耶　(再振作起来,用力地)没有的事!

伯　我是很晓得的。您因为有了无意识的骄傲,竟为着您所谓的义务而挨苦,其实只是一种无聊的牺牲! 您丧失了神圣自由的权利,就是恋爱的权利! 有了恋爱,一切可以不顾!

耶　恋爱是应该的,却不像您说的这样爱法。

伯　总之,可怜的遭难者,您信宗教吗?

耶　幸亏我信宗教!

伯　不是的。(指着桌上的一本书)您读《圣经》,但是您的眼睛却是红的! 您并没有得到安慰。您没有能力,没有希望,只天天挣扎着。您叫:“救命!”而天主不来。

耶　他不久就来的。

伯　纵使他来也太迟了! 您在等候天主,同时鼓动您的情感,激发您的无理的怒气,为的是使您自己变为麻木不仁! 您维护着歇瑟纳夫人,您顾全别人的人格,您行善! ……您常常到穷人的家里,伯洛麦路……还有其他的……

耶　怎么! 您晓得! ……

伯　呀! 我跟随了您一百次了。在那污秽穷苦的区域里,您爬上了那恶臭的楼梯之后……您发现了什么? 爱情在破屋里! 到处皆有!

耶　不错,有痛苦的地方就有爱情。

伯　痛苦不算数! 还有挣扎,哽咽哭喊,诉冤……然而活着的人,终不免心如刀割,两手捧心,觉得心头跳动,像一只受伤的野兔……我的妻子爱我,她活着;那老歇瑟纳已经有一只脚踏进了坟墓里,他爱她,他活着;那小穆兰怀着纯洁的热情与二十岁的青春去爱她,他也活着。一切的妇人们,我所诱惑的、欺骗的、毁谤的,都活过来,而且现在她们还在回忆中与懊悔中活着……

耶　她们的良心是多么不安!

伯　您这样说也可以……她们在忏悔中活着,在诅咒中活着……都不必计较,总之她们还活着! 但是,您呢……您不活着! 您死了!

沙　我很愿意!

伯　然而您毕竟会为爱情而生的! (他走向她,她慢慢地退后,因她受了诱惑,已经渐渐不能自主了)您逃避爱神,爱神偏跟着您。您以为您恨他,其实您的脑海里常有他的踪影。

耶　您不要说了吧……

伯　您越来得远,来得迟,越容易上爱神的圈套。您是为恋爱而生的。您的灵魂在呼唤爱神呢!

耶　(渐渐被他摇动)我请求您……

伯　(加倍热烈)……这一双眼睛,这一副嘴唇,这一丛头发,这一个美丽的身躯,都没有用处,像一座虚空的庙宇! ……

耶　您走吧! ……看上帝的情面……

伯　是的,我服从您的命令……我就走……但是在未走之前,先要得到您的一种约言……一句话……一次的眼色,使我有几分希望……

耶　不行! 不行! 我不爱您!

伯　您就会爱我的!

耶　这是不可能的……我曾经恨过您……

伯　恰因这个呢! 恋爱的收场是一个恨字,开场也是一个恨字。您就会爱我的……您已经爱我了……我要您爱我,我爱您到了极点了! (搂抱她)

耶　（挣脱,呼唤）霞痕！……

　　歇瑟纳夫人入。

第五出

出场人:伯辽赉、沙维耶夫人、歇瑟纳夫人。

伯　（向后退,愕然,低声）呀！这两个坏蛋！

纳　您给我捉住了！好！您打算怎样出去呢！……您还有什么诡计、什么新的戏剧？您还敢说谎吗？……您敢说您晓得我在这门后面吗？……

伯　（忍气）不,夫人。我并不想说什么。您说的有理。我不晓得您躲在这里。

纳　到底……！

伯　我不晓得您与您的女友诱我进了陷阱。你们很强,你们得了胜利了！好！我们看结果吧！有什么结果？（向沙维耶夫人）先说您吧:您平日以道德人格自夸,竟给我推翻了。您的灵魂已经给我扰乱了。

耶　不,先生。我只尽了我的义务。

伯　您做得不好,连自己也上了当。（向歇瑟纳夫人）至于您呢,您看见了我的嘴唇凑上了您的女友的嘴唇之后,您可以懂得妒忌。此后我常常在你们二人之间,您越发加倍地爱我。

纳　不,先生。您还努力作恶,至死不变。然而您再也不能了。尽管您怎样夸口,其实您不能摇动我的女友。她玩弄了您。我感谢她晓得如此揭破了您的假面具,所以我更爱她。至于您呢,我的心里没有您了,非但不爱您,而且不恨您,不鄙薄您。您不是我的什么人,您并没有做过我的什么人！（她欲出。门开。沙维耶与穆兰入）

第六出

出场人:伯辽赉、歇瑟纳夫人、沙维耶夫人、穆兰。

沙　（看见歇瑟纳夫人,诧异）夫人,您在这里吗?（瞟了伯辽赉一眼,又瞟了妻子一眼,看见他们的脸上都有所感触）有什么事情发生了?

纳　（指伯辽赉）先生就告诉您的! ……（出）

伯　我即刻就说! 因为这两位夫人……

穆　（向沙维耶）对不起! ……您不要忘记了……

沙　真的。（指着穆兰,向伯辽赉）刚才我遇着这位先生,他找您,似乎他有很重要的事情报告您,是延迟不得的。我让你们两位说去吧。一会儿见。（他与沙维耶夫人出）

第七出

出场人:伯辽赉、穆兰。

伯　呀! 这个? 这种开玩笑法,这种神秘,究竟是什么意思? 我昨天离开了你,你正在看我的恋爱的旧信件……后来我不再看见你了。你失踪了。你到哪里去了? 又从哪里来? 我不晓得是什么缘故,我想你一定正在算计我,预备恩将仇报! 好,回答我吧! 承认了吧! 否则你就自己伸冤吧!（在他说话的当儿,穆兰走向他,在衣袋里取出他的母亲的相片,放在他的面前。伯辽赉瞟了相片一眼,发抖）这是什么?

穆　这个吗? 这是我的母亲,您做过她的情郎。

伯　你不疯了?

穆　我在您的情妇们的相片堆里发见了她的相片。她是悲伤死了的,而我的父亲是怀恨自杀了的!

伯　你不晓得你说的是什么话。

穆　（恶狠狠地注视他的眼睛）我什么都晓得! 从昨天以来,我调查得了可靠的消息了。

伯　（不敢正视）也罢!

穆　您是杀我父母的凶手! 我要报仇!

伯　怎么样?

穆　您不久就晓得的。我尽可以杀了您……我本该杀了您!

伯　那么,算你做得好事!

穆　然而我有更好的法子。二十年来,您无恶不作,没有受过惩戒……您以为您还可以作恶许久吗? 呃! 您想错了! 您不久就活不成了的。我特此报告您,好教您在天罚未来以前,先受恐怖与悲愁之苦!

伯　亲爱的孩子! 但是,我该受的天罚是哪一种呢?

穆　是死!

伯　当然啦! 但是死神是从哪里来的呢? 一个吃醋的情郎吗? 一个被欺的丈夫吗? 一个被诱的女子吗?

穆　不是的,只是您自己。

伯　自杀吗? 像我的父亲一般?……

穆　也像我的父亲一般——然而不是的。

伯　那么,是什么?

穆　死神在您身上了。

伯　我病了吗?

穆　死症!

伯　我有什么病?……(静默)说呀,既然你是一个神仙。

穆　我不是神仙,我是一个医生!

伯　真的! 多亏了我!

穆　呀! 此刻我们两清了!

伯　好! 我们把话说完了吧! 我要为什么而死了的?

穆　为荒淫而死! 您已经有了疯瘫的症候了。自从我认识您之后,我常常审察您的症候,知道您这病进步很快。您的淫荡的行为已经使您中了毒! 唉! 伯辽赉家的血统! 您所自负的血统,历代积下来的污点,您还加上您自己的遗臭万年的行为! 譬如禽兽的心灵的遗传,愈变愈坏。您一辈子只专心作恶,不顾人家的咒骂……

伯　我也以此自负!

穆　……到了今日,害人终害了自己,天理难容。

伯　呸!

穆　您使人们痛苦过了,您自己也快受痛苦。您是败坏风俗的人,您自己的身体也败坏了。这所谓公平的报应!

伯　你弄坏了我了!然而你不配教训我。你要报仇却报不成。你譬如用了湿的弹丸,开不得枪。因为你所说的一切我早已知道了。

穆　不是的。

伯　(更用力地)我早已晓得!

穆　也罢。

伯　你未说这话以前,死神早已向我招手,而且我知道的样式比你更多呢!呀!你的心肠真硬!你残忍到这地步!恭喜!恭喜!唉!罢了!我本来不是这样希望你的。

穆　您没有什么可希望的了。我明天就走。

伯　哪里!此刻你是有地位的人……是这一家的嗣子……你可以希望一切!至于我这老的……(作手势表示他活不久了)

穆　不幸的,住口吧!我因一念之差,便成了终身的余憾!但是您的不光明的劝导,与您的鼓励人家作恶然后快乐的态度,都给我看破了。我把心里一切有罪的思想都拔除了,明天我就动身,永远不回来。

伯　对了!我呢,在你到远处生活之后,你的年纪很轻。容貌很美,很光辉,很有道德,而我却在这里等死,是不是?独自一人,人们都抛弃了我……

穆　连伯纳班宋也会抛弃了您的。

伯　……病得衰颓无力,烦躁发狂,高声呼唤死神,而他偏先临到别人身上!你希望我如此,是不是?你真是不了解我!要我忍受这种半死不死的苦恼,我宁愿自杀二十次!

穆　一次也不会有的!

伯　你以为我不敢自杀吗?

穆　是的。恶人都是没有志气的。

伯　(举手,想要打他的嘴巴;后来又忍住了)呀! 假使不是你! ……

穆　(很镇静)再者,纵使您要自杀……人家也不许您自杀……所以您不能……

伯　刽子手! 纵使人家不许我自杀,总禁不得我发怒,怨恨藐视世界! 你该晓得,无论有何灾难到来,我都抵挡得住。假使是猛烈的死,我专心等候着,随处都可以,床上也可以。假使我还活着,只是天天受痛苦,手脚残废了,老境难挨,我也专心等候着,绝对不会发抖,而且挺着身子! ……(走路不稳)

穆　(拉住他,扶着他的手腕)您就要跌下地来了。

伯　(挣脱,越说,越愤激)而且我此刻还怕死吗?(病狂地笑)生活? 哈! 哈! 我在生活里要什么都到手了! 生活把一切都给了我了! ……

穆　除了爱情不算,您为爱情徒然奔走了一生,终于找不到!

伯　因为世上本来没有爱情的存在!

穆　因为您始终只在娱乐的低处寻找爱情!

伯　然而我至少可以说是被爱过的……我是给人家拼命爱过的,你一辈子也跟不上我……

穆　坏极了!

伯　我发了光辉了……现在熄灭了也用不着懊悔! 我愿意用一生的光阴专做一件乐事!

穆　什么?

伯　专从事于破坏!

穆　明儿您就是被破坏的一个。

伯　再说，既然我一生不能爱人……你们看，我却很晓得恨人！在我最后一呼吸以前，人们还可以听见我诅咒上帝。我非先向这世界吐一口痰，绝对不肯就走！因为这是卑鄙的、假仁假义的、无礼的世界，世上的人都不了解我！我要向这世界吐一口痰，表示我瞧不起它的不公平的法律、不忠实的道德以及世上一切的宗教。没有一个宗教不是骗人的，说什么天堂地狱，无非是虚无的约言……（走近穆兰，以手抚其胸，怒气冲冲地）至于你呢，也许是我曾经爱过的唯一的人……而你要走了，头也不回！……还要先刺杀我！……你看我一看！我是你的父亲啊！

穆　（又感动，又厌恶）呀！（伯辽费倒在他的怀里，他抱住他，放他卧在安乐椅上，走去开那沙维耶所从出的门）快来！快来！

第八出

出场人：伯辽费、穆兰、沙维耶、沙维耶夫人。

沙　（闻声奔赴，见状）什么事？

穆　（呆着不动，吃吃地说）我不晓得……他倒下地来了。（沙维耶趋至伯辽费身旁，跪着，俯身向他，听诊）

耶　（低声）怎么样？

穆　死了？

沙　不。只昏过去了。这是急性抽筋。半年之后，他的眼睛要瞎了，手脚要瘫了……

穆　而且失了知觉吗？

沙　不会的。这种病可以延长到二十年之久。

耶　吓煞人！将来是谁调护他呢？……谁收留他呢？……

穆　是我。

幕闭

十九年三十日译完

恋爱的妇人

[法]博多里煦 著

剧中人物

男

伊甸·费礼乐,简称伊

巴斯嘉·狄拉奴亚,简称巴

女

姞尔曼·费礼乐——伊甸之妻,简称姞

嘉特菱·卫里叶,简称嘉

夏萨尔夫人,简称夏

安利耶夫人,简称安

玛玳琏——伊甸家的女仆,简称玛

著者小传与本剧略评

博多里煦（Georges de Porto-Riche）1849 年生于波尔多，至今年——1930 年 9 月殁于巴黎。他的父亲是法国加斯干人，原籍意大利，他的母亲生于阿维让。

博多里煦少时，在戈奈斯读书，十六岁进某银行里服务。因为他只晓得读嚣俄的书，尤其是戏剧，所以人家说他不宜于营商。于是他获得父亲的许诺，再求学问。一年之后，他在大学预科毕业，报名入大学法科。

后来他回家，即开始做诗。著有《初言》（Prima Verba），《哇尼那》（Vanina），《当年偶唱》（Quelque Vers d'Autrefois），《错过的幸福》（Le Bonheur Manqué）等。

他开始做的戏剧是《瞑眩》（le Vertige），《菲力第二时代的一幕悲剧》（Un Drame sous Philippe Ⅱ），因此渐渐著名。这都是他受浪漫主义影响的作品。后来他于 1889 年著《佛朗素华的幸运》，在自由戏院开演。当时他已经与莫泊桑联合，致力于爱情的分析，所以人家叫他的戏剧为"爱情的戏剧"。他的杰作有：《恋爱的妇人》（Amoureuse, 1891）；《过去》（Le Passé, 1897）；《老翁》（Le Vieil Homme, 1911）；《照相铜版商人》（Le Marchand d'Estampes, 1917）等等。

博多里煦是马萨林图书馆总经理。1923 年 5 月被选入法兰西硕学院。逝世的时候，法兰西戏院为之停演一日，以志哀悼。译者特先选译其杰作一种，以饷国人。

《恋爱的妇人》于1891年4月25日第一次在奥迪安戏院开演，同年11月25日在同院重演。1896年3月24日、1896年10月21日、1899年6月1日，皆在和特威尔戏院重演。1904年在文艺复兴戏院开演。1908年6月5日在法兰西戏院开演。此后常在法兰西戏院开演，最近一次是1930年9月21日。

《恋爱的妇人》剧中的主人翁伊甸是一个与爱情宣战的人，结果只是失败。伊甸结了婚八年，他的妻子还是恋爱他，垄断他。他的年纪很大了，一心只想做些事业，恨他的妻子妨碍他。他顺从他的妻子，但是每次屈服之后，总不免口出怨言。后来他的妻子痛苦极了，故意与别人私通以为报复。他因此也感觉痛苦，与妻重归于好。剧中的警句是："唉！被爱是何等的苦恼！"

还有他的《过去》与《老翁》二剧，都是我预备移译的。

译者
十九年九月十八日，于博多里煦逝世十日后

第一幕

布景 伊甸·费礼乐的家里。陈设零乱的一个作业室。书籍、零乱的文件等。一盏灯在一张写字台上亮着。

第一出

出场人：玛玳琏、巴斯嘉。

巴 （戴着帽子入）先生回来了没有？

玛 （正在把一个托盘安放在一张小桌上，盘上盛着一个瓶子，几个杯子）还没有。

巴 夫人呢？

玛 夫人在家。

巴 独自一人吗？

玛 还有卫特丽夫人。

巴 （躁急的声气）老是有人的！

玛 但是，先生，今天礼拜四，乃是夫人见客的日子。

巴 （脱帽）我不进去了。玛玳琏，请您给我把火炉加些火吧。

玛 刚才我加了一块炭了。

巴 再加一块吧。

玛 （拨火）先生虽则是一个艺术家，却不容易服侍。

巴 姑娘，穷人比富人更需要舒服呢。现在请您打开窗子吧，屋子里有烟草的气味。

玛　好的,先生。

　　巴斯嘉拿了一张报纸,走到火炉边的一张靠背椅上坐下。

巴　(读报)"C夫人……"(停止读报)又是一个丈夫捉住他的妻
　　子了……C夫人……我敢打赌是克洛沙夫人……可怜的丫头!

玛　先生不要什么了吗?

巴　要的。您这瓶子里有的是什么?

玛　马拉家酒。

巴　呀! 我的马拉家酒!

玛　是的,先生。

巴　这恰凑着我的胃口了。(斟酒自饮)这里的酒只有马拉家酒是
　　可以喝的。

玛　啊! 先生!

巴　(突然地)玛玳琏,您的情郎近来好吗?

玛　我并没有情郎啊!

巴　像您这样美的女子也没有情郎吗?

玛　没有,先生。

巴　您今年几岁了!

玛　二十二岁。

巴　虚度了六年了!

玛　假使我有了人,我就不像现在这么快活了。

巴　但是您可以比现在满意啊。

玛　我认识一个画家,他往往同我说这一类的废话。

巴　一个画家吗?

玛　是的,在对面那玻璃匠的家里住着的一个画家。

巴　好说! (停一停)费礼乐先生今晚动身吗?

玛　他等一会儿就动身的。

巴　那么,这一家不会很快活了。我可要烦闷起来了。

　　玛玳琏出。

第二出

出场人:巴斯嘉、姞尔曼。

姞　(在门槛上,娇声地)你在这里吗?

巴　(在椅子上不动)不,夫人,他不在这里。

姞　呃? 原来是您! 巴斯嘉!

巴　我在等候伊甸。

姞　为什么您不进去看我呢?

巴　您有客,讨厌得很。

姞　假使您进去了,倒可以帮我招待他们。

巴　要起动我吗? 不行,不行!

姞　我走了。喂,自私者,随我来吧。

巴　嗳呀,我的小姞尔曼,您不要希望我起动吧。您瞧,我坐得多么舒服。

姞　(预备出去)肥猫!

巴　呀! 不要丢了我,此刻只剩下我孤零零的!

姞　我恐怕人家按铃叫我。

巴　不要走吧。

姞　不行。

巴　等一会儿您的丈夫回来的时候,我不许人家通知您。

姞　通知不通知都是一样的,我在窗子里窥探他。

巴　他打算在几点钟动身?

姞　(拿起一张椅子,挨近他的身边坐下)八点钟,我的巴斯嘉。

巴　呃? 您坐下来了。

姞　您相信吗,吓? 他今晚动身到意大利去。他要出席医学会,做法兰西代表团的主席。

巴　这主意真稀奇,竟这样把我们抛开了。

姞　我们结婚八年了,这是第一次我们分离。

巴　十五年来,我没有一天不见他。

姞　这一次旅行,似乎对于他的工作是不可少的。

巴　他的工作与我们有什么关系?

姞　可怜的男子,我虐待他,我磨折他。现在他要一点儿自由,也不是过分的。

巴　在我们两人中间不妨说,亲爱的,您变成难堪的人了。

姞　我很晓得。您要我怎样?一家里的两个时钟没有校准同一的时间。一个提前,一个落后。

巴　而且这两个时钟从来不同时响的。

姞　丈夫是不能不爱的!假使我不爱我的丈夫,一切的事务都可以进行得好多了。

巴　真的,您家的事都弄得乱七八糟。吵嘴呀,吃不好的东西呀……如果这样继续下去,我再也不踏进你们的家门了。

姞　将来您找一个更安静的人家。

巴　我说的是笑话,我的年纪太大了,习惯改不过来了。

姞　像您的朋友一样做吧,旅行去吧。

巴　我的痛苦把我留在巴黎。

姞　您的女骑士呢?照常吗?

巴　还照常。

姞　您不工作吗?

巴　唉!是的。

姞　可惜得很!昨天我看见那《图画杂志》的经理。他不满意您,您晓得吗?

巴　一个经理常常发怒,有趣得很。

姞　他等您的图画,等了一个月了。

巴　谁叫他先付钱给我?这是他错了。

姞　摩荔赛德是一个亲爱的情妇吗?

巴　还不曾,她年轻得很。

姞　老实说,巴斯嘉,为着您的体面起见,您应该与这妇人绝交。

巴　我专会与人绝交的。

姞　您不爱她,她给您戴绿帽子。而您却受痛苦,竟像真的爱他。

巴　她使我痛苦,但是她不给我戴绿帽子。

姞　孩子气!

巴　爱情是盲目的。

姞　然而爱情的种种颜色都给您看见了。

巴　这个我承认。

姞　如果您是有理智的人,您该听我说……

巴　您叫我同伯利索大人结婚。

姞　为什么不可以呢?

巴　一个离了婚的妇人? 一部看过了的书!

姞　但是这书已经绝版了。

巴　您一定要我娶她吗?

姞　说哩! 我的朋友,她有五万法郎的年金。

巴　您的婚姻原是爱情的结合,而您劝我这话,您羞不羞?

姞　伯利索夫人是可以爱的。

巴　太瘦了。

姞　呃! 瘦人有时候却危险得很。

巴　像鱼骨一般危险。我不肯。先说,她信宗教就教人闷煞。唉!
　　从事于宗教的女人们,我……

姞　您死也不肯要。

巴　如果上帝理她们,还可以说得过去,我还懂得,但是……

姞　好了吧,不要说上帝的坏话,这是不时髦的了。

巴　也罢,我们且说他的好话。既然他不在这里,显得我们大量。

姞　说良心话:常常不到,而人家原谅的,只有他。

巴　因为人们从来没有看见他。

姞　住口吧,您说话像一个县议员。

第三出

出场人:巴斯嘉、姞尔曼、伊甸、(其后)玛玳琏。

巴　毕竟!……

姞　他来了!

伊　(入)呀! 亲爱的,我疲倦极了!

巴　自然啦。他回来的时候老是疲倦的,出去的时候却不然了。

姞　(向伊甸)这是好教训。

巴　你向我们解释吧。为什么你去了这许久?

姞　是的,你从哪里来?

伊　我从医学会里来。

巴　这不是真话。

姞　今天医学会里并不开会。

伊　(斟酒自饮)我在一个委员会里做主席。

姞　我相信你!

巴　呀! 不要喝我的酒!

伊　我回得迟,因为我是步行回来的。

姞　假使你是一个多情的人,你早已坐车子回来了。

伊　我本来想搭电车。

巴　那么,只算是一个朋友。

伊　但是要我等了许久,我不耐烦了。

巴　所以你步行回来,很合卫生,我原谅你。

伊　(在衣袋里取出一张等车的号码)我忘记还了这号码,现在给你们看,倒可以证明我说的是真情:五十三! (仍放进衣袋里)

巴　那么,你是决定代表法国出席一个会议的了?

伊　等一会儿我就动身,到佛罗兰斯去。

巴　你不要我,你敢自己去再看意大利吗?

伊　你也来吧。——我同马尔各德与他的情妇一块儿去。

巴　那小夏娜吗?

姑　(好情好意地)她是卫里叶姑娘的女友;是从前你常常去看望的一对儿,是不是?

伊　正是。

巴　你逗得我心动了,我很想与你同去;但是我仔细想来,姑尔曼岂不更孤单了吗?

姑　你带我去怎么样?

伊　你不疯了!

巴　我们并不一定要与马尔各德他们同一个车室。

伊　(指姑尔曼)如果我带她到那边去,我是没有时间与她相见的。

巴　我呢,我可以看望她。

伊　我在一礼拜后就回来。

姑　(向巴斯嘉)您不必再三要求他了。

巴　那么,我也不走。

伊　我抛开你们原是不应该的;但是我没有拒绝这件差事的权利,这一层你们不得不承认。(越说越高兴)这一次的差遣,可以使我的意见有发表的机会。幸亏有了这一次会议,于是传染病的预防……

巴　呀! 你打算向我们演说吗?

姑　你保留着你的学理,等一会儿在车室里向夏娜小姐说明吧。

伊　说不定她会比你更关心些。

巴　呸! 你不是她的丈夫。

伊　算了,我们不谈我的事情吧。

姑　嗳呀,请你不要作生气的样子。

巴　人家很晓得你还是一个人物。

姑　请您不要笑,他的工作倒还有过成绩。

伊　也许吧。

巴　不要说吧。医学的发明很像军器的发明,只教人家杀人可以

　　　　快些罢了。

姑　但是也有些人……

巴　(指伊甸)但愿只剩下一个人就好。

伊　(好情好意地)呀！这一盏灯结灯花了。(整理那灯)

姑　巴斯嘉,您同我们吃晚饭吗？

巴　这要看您的晚饭好不好。

伊　是我叫的菜。

巴　那么我就放心了。

伊　现在是我开菜单了。我们吃一只小鸭,一盘俄国生菜。

巴　只有这个吗？

伊　是的。

巴　加上些大虾给你的妻子吧。

伊　她不须要吃大虾。

姑　(向巴斯嘉)您！(向伊甸)你经过杜赛家没有！

伊　你的衣服明天可以好了。

姑　你没有忘掉,谢谢你。

伊　说到这个……

姑　你在你的衣袋里找些什么？一件赠品吗？

伊　你猜着了。(给她一只小匣子)

姑　一个戒指！

巴　让我看。

姑　唉！多么好看。

巴　(喃喃地)我不觉得,那钻石太小了。

伊　你喜欢吗？

巴　人家从来不赠给我一点儿什么。

姑　我非吻你不可。

巴　好,快吻我吧。

姑　(多情地)接吻哪里可以快的？

巴　我掉过头去。

姑　用不着。

巴　(向伊甸)你再等也是一样的。

姑　那么,你有几分爱我了。

伊　你是很晓得的。

巴　呀! 亲爱的,请你们可怜我,我是孤零零的一个人。

伊　你今天露肩露得多么厉害啊!

姑　这一句是不是责备的话?

伊　(心醉)是的,也不是的。我现在不由自主地心醉了,突然被你动摇了;我的忧虑这样大,所以我宁愿……宁愿不想及别的事情。

　　玛玳琏用托盘捧着些信件入。

姑　有信件!

伊　(向玛玳琏)请给我。

姑　(把刚才拿来的一封信还给伊甸)唉! 你放心,我不至于拆你的书信。

伊　你已经闻了气味。

姑　这可不一样。

巴　这是一样的。信上有一种香气,一闻这香气就可以知道是什么人的信了。

　　玛玳琏出。

伊　(坐在写字台前,拆阅他的信件)这是些请诊的信,但是我不要主顾了……爱丁堡杂志……马根西的一篇文章,论咽喉炎与哥歇的方法……呃? 我的名字,好几次! 巴斯嘉,你不懂英文吗?

巴　连俄文我也不懂。

伊　将来你再学吧……勒蒲店里的一张发货单,二百一十个法郎。

姑　是我那黑帽子。

伊　（把发货单递给她）拿去。

姑　（不肯接收）你叫人家付他的钱吧。

伊　好的，我负责任。

巴　他真是一个仁厚的人；姑尔曼，这原是您的事情。那么，您整天做些什么呢？

伊　我的妻子，她料理她的丈夫，其余的是我料理。

姑　唉！你这人真好，当你发怒的时候，我深深地爱你。

伊　我的职业开始使我厌倦了。

巴　好吧，且不要骂吧。

姑　你自己不知道你有这许多好处。

巴　当她病伤寒的时候，你的行为，已经给我们知道了。

姑　可怜的朋友，您记得吗？他在我的病床旁边守了二十夜。

伊　你妨碍我看信，请不要说话。

姑　我要说话。

伊　巴里戈住在什么地方？

巴　在索尔班路。

姑　不是的，他搬家了。

伊　糟糕！我要即刻复信的。

巴　你可以在《全巴黎》里找他的住址。

伊　（躁急）《全巴黎》在哪里？

姑　在这里。

巴　不是的。

伊　呃，这是你的面网，我的写字台上常常有的是扣针。

姑　假使你没有结婚，就不会有这类东西，你就不会嗟怨了。

伊　我找不着。这屋子的东西都是找不着的。

巴　除非是尘埃。

伊　等一会儿我再写吧。呀！好一场抢劫，我的屋子里的东西都失了秩序了！我需要一个书记，把我的东西收拾好。我须得一个姐姐或一个什么外省的姨妈,虽则有几分讨厌,她倒可以巡行屋子里,收拾种种的物件。我甚至于连一个岳母也没有!

玛玳琏拿着一个包裹入。

巴　(向玛玳琏)又有什么来了?

玛　这是给夫人的一些书籍。

姞　(打开包裹)《妇人的心》。

伊　《我们的心》。

巴　《她们的心》。

姞　《三人的心》。

玛玳琏出。

伊　布尔遮、莫泊桑……

姞　赉复旦、洛得。

巴　恋爱的故事。

伊　私通的历史。

姞　妇女的痛苦。

伊　这就是她所读的书!

姞　我读我所最了解的。

伊　既然你这样好奇,便索性给我戴绿帽子吧。

巴　你耐心等一等吧。

姞　你什么也不该批评。你的少年生活告结束了,我的少年生活才开场。

伊　你的少年生活吗?

巴　自然啦,你是她的第一个情人。

伊　也就是最后一个。

姞　我满心希望是这样的。

伊　你只希望而已,不能相信吗?

巴　当心,亲爱的,有时候你很恃蛮,怕不很容易弄到她对你不住吗?

伊　一个正气的妇人是三思而后行的。

姑　我们这样希望着吧。

巴　嗳！一件丧失名誉的事,譬如一套丧服,只要二十四小时就可以做好的。

伊　我的爱神,如果你要给你的丈夫戴绿帽子,我劝你好好地选择吧,因为我们男子都是些无赖。

巴　只我不是。

伊　是的,你是一个好人。

姑　因此您绝对没有机会。

巴　为什么我绝对没有机会呢？现在我抱不平了。喂,九年前我向您求婚,您拒绝了也许是您弄坏了事。

姑　那时候,谁叫您托伊甸替您求婚呢？

伊　那时候,我却光明磊落地办了他所拜托的事。

姑　他向我求婚不止一次,很恳切。

巴　差一点儿我就造成了我的幸福。

姑　差一点儿我就成为您的妻子,（走向伊甸）而我就成为你的情妇。

巴　将来也许是适得其反。

姑　决不,我的好巴斯嘉。

伊　（戏向巴斯嘉）谁晓得？……你虽则有那许多历史,而你只爱我的妻子一人。

巴　唉！

伊　如果我弄得她太不幸了,你可以安慰她。

巴　你以为吗？妙妙！

伊　将来我们有分散的一天。爱,我预先知道你会脱离我的。

姑　脱离你？唉！决不！亲爱的,你不要存着这念头吧。你不要做这种无理的希望吧,这是用不着的。无论我做什么或你做什么,我终久住在你的屋子里依傍在你身边,一辈子同你一块

　　儿过生活,像一个小铁钩。

巴　小铁钩!

伊　你这人真厉害!

姑　我们永远是在一块儿生活的。

巴　将来人家把你与她一起埋葬。

伊　呀! 这不行,我要自己到那边去。

姑　但是,在那边,我到底不会十分妨碍你。

伊　不,我不肯。

巴　好,那么,请你先走,将来她再看。

伊　亲爱的,你们看,我等不得许久了,我渐渐老了……多么幸福!

巴　幸福?

伊　(苦恼地)是的,我躁急地等待老年,好教我的心安静下去。年老是何等的快乐啊!

姑　满头白发是何等的快乐啊!

巴　没有白发更快乐。

伊　我已经看见我满头白发,在火炉旁边,很有理智,很老成,被人轻视。桌上有书,身边有妻有子,因为将来终有一天我会有……

巴　一个儿子吗? 你可以向一个朋友要去。

伊　呀! 脑筋清闲何等幸福! 天气好的时候,尽管有许多情男情女经过我的窗前,我决不会用眼睛送他们,决不会羡慕。是的,我拍着手,默想他们的精神紧张,时时痛苦,虚度了光阴,不知道尽他们的责任,做他们的工作,用他们的思想。那时候,我有六十岁,才是真真享福的时候。

姑　是的,但是你现在只有四十三岁。

巴　而且身体还结实。

姑　还可以恋爱二十年,亲爱的,放出些勇气来吧。

伊　请你原谅我,我所说的不是我所想的。

巴　（低声向伊甸）你的话伤了她了，亲爱的。

伊　只要她能够赌气一礼拜就好！

巴　你不会愿意她如此的。

玛　（入）夏萨尔夫人与安利耶夫人来了。

姞　我就去。

　　玛玳琏出。

巴　两个上流社会的妇人。

姞　这是两只火鸡，她们不为我而来，却是为我的丈夫而来。

巴　这是家里的习惯。

姞　（向伊甸）你还没有白头发。

巴　她们想夺了您的人吗？

姞　也许她们已经得到手了。

伊　嗳呀，姞尔曼！

姞　呀！我对于我的女友们没有幻想，我晓得她们要寻找什么。

巴　而且他怪您不招待女客。

姞　（预备出去）对啊，我不给他机会。

伊　（生气）你的话没有道理。

姞　刚才有一个妇人被偷去了。她借口要请教于他一件重要的事情，再三要求允许她进他的作业室里。但是，不巧得很，多情的男子已经出去了。

伊　哪一个？

姞　那小夏以丽。

巴　是那寡妇，结婚那一天晚上就死了丈夫的吗？

姞　幸福的丈夫！

伊　说到这里，我忘记告诉你一件事：明天早上你那理发匠不能来了，请你不必望他来吧。

姞　为什么？

伊　他自缢死了，所以不能来。

姑　自缢死了!?

巴　在他的铺子里吗?

伊　因为他的妻子同别人要好。

姑　可怜,可怜! ………你不会自缢吧,吁?

伊　谁晓得?

姑　(责备的声气)唉! 绳子会断了的。

伊　天啊! 天啊!

姑　我去打发她们走了,我就来。(出)

巴　我们并不担心。

第四出

出场人:伊甸、巴斯嘉。

伊　你容许我写几个字吗?

巴　今晚看你的神情很杀风景。

伊　(一面写字,一面说)我的脾气发了。

巴　这是看得出的。有什么事情发生了?

伊　没有什么,老是那么样。

巴　(绘画)呃? 你的鼻子比平日长了许多。你像那些孩子们,当你发脾气的时候,你的脸孔就难看了。

伊　你描写我的面孔吗?

巴　这并不花费你一个铜子,但是明天却是付房租的时期。

伊　如果你需要钱用……

巴　我不能借钱,我太忘恩背义了。假使我的朋友帮我的忙,借钱给我,我一定恨他。

伊　那么,请你向一个敌人借去吧。

巴　这么办,代价低些①。

---

①　因为向敌人借钱可以不必感恩,所以代价低些

伊　嗳呀，我们独自二人在这里，不要假装不要脸皮吧。（静默一会子）说到这里，你的油画有一幅卖了二千法郎，你知道了吗？

巴　这是不可能的。

伊　真的，昨天在蒙第尼贩卖场里卖去了。我在一张晨报上看见的。

巴　二千法郎吗？我的一幅油画吗？天啊！人们是多么愚蠢啊！

伊　不见得很愚蠢吧。

巴　商人们给我这价钱的时候还没有到呢。

伊　你好好地做工，就有这么一个时候的。

巴　等到那么一天，我至少有躲懒的权利了。

伊　那时节，你可以娱乐去。

巴　那么，我每年只画三十多幅图画，不更多了。

伊　往后呢？

巴　一到我的生活安定之后，我就寻找快乐去。

伊　唉！假使你没有天才，也许你是一个很勤苦的人！

巴　那么，我自贺我有几分天才。

伊　你有很大的天才，亲爱的。

巴　你弄错了，我是知道我自己的。你晓得我一想起我的艺术的程度便作什么感想？我想要抱着臂膀不再绘画了，因为这是避免劣画的好法子。我是一个庸碌的人，像我的邻居，像许多人们，像你一般庸碌。只一层，我比你谦虚些。

伊　谢谢你。

巴　天才，现在世上的人都有天才，天才变成令人难堪的东西了。

伊　依你说，你没有什么大志愿了？

巴　没有的。我常常想到将来在外省的美术馆陈列着我的图画，随时可以撤去，这就是我的光荣正在等待我，叫我好不寒心。

伊　呃？真的，你不爱你的艺术。

巴　我觉得爱情与友谊都比我的艺术好些。

伊　朋友们与我们撒手,妇人们背着我们与别人要好。

巴　等一等再说。

伊　在我个人说起来,只能在这作业桌子前面得到完全的幸福。

巴　今天因为你肚子饱了。

伊　不,因为我的价值增高了。

巴　你以为你有进步吗?

伊　我以爱情开始,以科学告终。

巴　我为你的妻子可惜。

伊　也许我们相逢太迟了。

巴　先要顾到人类的幸福,然后顾到她的幸福,是不是?

伊　如果我是有用的人,她的责任乃是尊敬我的主张。

巴　自私者!

伊　我对于咽喉炎的研究,可以救千万人的性命,你晓得吗?

巴　你的研究还不曾达到目的,你不必张扬吧。

伊　不久就可以达到目的的。

巴　好! 往后呢? 你做的好事! 你医治好了一个病人之后,上帝
　　又遣送一个给你。这溷浊世界里,灾祸的数目似乎是有一定
　　的。我们保存着我们所认识的灾祸,比较地还好些。再者,有
　　什么好处呢? 世上永远有的是富人与穷人,坏人享福,好人遭
　　殃。你尽管关住门工作,你尽管有天才,决不能把世情改变。
　　一切的事都是值不得做的。

伊　你所开导我的乃是卑鄙的话,你说努力是无益的。假使我们的
　　祖宗像你一样设想地球至今还居住不得,男人们还是裸体的。

巴　女人们也一样。

伊　我们岂不像猴子般四脚爬地。

巴　也许我觉得这个更有趣呢。

伊　你画树木,但是你的祖宗曾经爬过树木呢。

巴　叫我爬树,我可为难了。

伊 你所嘲笑的人——博学者、艺术家、诗人,恰都是改良这不完善的社会的。他们使社会变成不像从前一样令人难堪,使享乐者安享他们的乐趣,贫苦者还可以生存。大约当时也有的是不好的丈夫,没有价值的朋友,不遵教训的子女。这算什么呢? 他们的工作与他们的理想已经在地球上播种幸福、公理以及美的事物了。他们这一班自私者,他们不曾恋爱过,然而他们已经为着后来的人创造幸福了。

巴 好,继续人类的友谊,消除痛苦与怨恨,我巴不得这样呢。

伊 我们将来可以达到这境界的。

巴 在六个礼拜之后吗?

伊 在几个世纪之后。现在我们已经把生命的疆域开拓了。

巴 这是多么残酷啊! ……谁晓得? 如果你们有一些机会,也许可以消除了死亡。

伊 战胜死神吗? 呃,亲爱的,我们有这样的进步,怕不可以战胜死神吗?

巴 我很愿意生在那时代。

伊 你还没有结婚。

巴 再者,有什么好处呢? 你们不能把青春延长。

伊 呸,自作多情!

第五出

出场人:伊甸、巴斯嘉、姞尔曼、夏萨尔夫人、安利耶夫人。

姞尔曼入,夏萨尔夫人,安利耶夫人随入。

安 (向伊甸)人家可以握您的手吗?

夏 (向伊甸)人家可以恭祝您一路平安吗?

伊 当然可以啦。

夏 (向巴斯嘉)呃? 这一位可是狄拉奴亚先生?

巴 (鞠躬)正是。

姞 (走近伊甸的写字台,问道)刚才你在写信吗?

伊　你看吧。

姞　我惹你生气了。

伊　没有的事。

夏　（向巴斯嘉）人家说您要同伯利索夫人结婚，真的吗？

巴　那真出我意料之外了。先说我就是婚姻制度的仇敌。

姞　请您住口好不好！

巴　婚姻乃是不合时宜的东西了。它有它的来源，不久也就有它的末路。

伊　（风流地）好，你千万不要立这一种契约吧……

巴　这是一种不道德的契约，因为人们自问能够实行某事才立某种契约。至于婚姻的契约，谁也不敢说能够实行。

安　（向巴斯嘉）您口里这样说，而今晚人家却在费佛利耶家宣布您订婚。

姞　（感动）呀！订婚！……

伊　这是婚姻制度上最美妙的时期。

姞　我呢，我觉得最美妙的时期乃是……

巴　乃是结婚之后……

姞　我不敢说出来。

安　（向伊甸）您看，她在恭维您。

夏　而且是在您度过了四十岁之后。

巴　他已经是一个后备队的兵士了，而人家还要他在大旗下面打仗。

伊　（为难）我没有福气，她们都爱我。

夏　一个人对于人人都有情趣，却有不能使任何人享福的危险。

巴　（调笑地）然而请你们仔细看这汉子，他长得并不美。

安　他是色衰的人了。

夏　他又不会穿衣服。

伊　我故意忽略了的。

姞　不要紧,我们并不因此减少了锐气。

夏　您的朋友们该是恨您的了,是不是?

伊　是的,满心恨我。

巴　坏汉子,好一头的美发!

伊　我因此才有仇敌哩。

巴　我认识一个秃子,他要拔尽你的头发。

伊　是一个老朋友,是一个潦倒的艺术家,是不是? ……非但他的
　　脑盖上没有毛,他的灵魂里也毫无所有。

姞　(向巴斯嘉)您看,我的伊甸还不错,是不是?

巴　(怒气冲冲地)当我们一块儿出去的时候,是我向人家丢眼角,
　　而人家却丢眼角看他!

安　可怜的巴斯嘉!

姞　(向伊甸)那些妇女,她们在路上拦住你吗?

巴　不,但是她们追随着他。

伊　撒谎鬼!

巴　这一个冬季,人家追随过你两次,我注意到了。

安　这未免太厉害了。

夏　人家追随他。

巴　像男子追随妇人一般。

姞　像追随一个卖笑的女子。

伊　嗳! 有时候我真的自问我是不是一个卖笑的女子!

姞　幸亏你还不是金钱买得来的。

伊　(风流地)呀! 朋友们,我尽可以赚千百万。

姞　(给安利耶夫人一些糖果)您要不要吃一块糖? (姞尔曼、安利
　　耶夫人、巴斯嘉都到上方去)

夏　(向伊甸)妇人们喜欢您,您却有不安的样子。

伊　"不安"二字恰恰适当。

夏　情人太多了吗。

伊　（孩子气）命令太多了。

夏　也就罢了。

伊　（向后退）是的，此刻我有许多事情做，我忙得很。

夏　在您未结婚以前，我们在某一个二层楼上相逢，您记得吗？

伊　有十五年了。

夏　没有那么久。

伊　请您容许我，现在您是在……

夏　那时节，是何等的淫荡！

伊　后来是哈佛尔的一个妇人代替了您。

夏　在同一层楼吗？

伊　嗳！

夏　昨天我从那一家经过，二层楼的房间现在空着。

伊　这是那房间有福气！

夏　我们再租那房间好不好？

伊　我要动身了。

夏　您回来的时候行不行？

伊　呀！亲爱的，我再申说一句，我现在忙极了。

夏　忙到疲倦了吗？

伊　真的，在这上头您不会满意，我是晓得您的。

夏　忙到疲倦了吗？我该不该说出来？

伊　是的，是的！我请您说了吧……好教人家不再缠扰我。

夏　假使姞尔曼知道您讨厌这个，她便不会这样妒忌了。

伊　我不理您，也不理别人。这一切都只是虚张声势。实际上我
　　是努力工作，而且不负我的妻子。

夏　您不负她，而您却令她怀疑您负她。

伊　因为我爱虚荣。

夏　您究竟爱她不？

伊　您这问题乃是刚才她问我的，大约在五分钟之内，她又要再问

我了。

夏　夸口!

伊　我们打赌吧。

姞　(上前)你们在这角儿上笑什么? 我敢断定你们在说我的
　　坏话。

夏　不是的。

伊　不是的,我的爱神。

姞　(娇声地)你爱我吗?

伊　我赢了。

姞　这个玩意儿是什么意思?

伊　我同夏萨尔夫人打赌,说你在五分钟内一定问我这一个问题。

　　夏萨尔夫人走近安利耶夫人与巴斯嘉。

姞　(向伊甸)你打趣我,你有道理,我实在是太可笑了。

伊　嗳呀,大孩子,我寻开心罢了。

姞　(愁苦地)妇人们有一种怪脾气,她们无论如何一定要你们男
　　子给她们一个良好的答复,然而她们明知这种答复是假的。

伊　(说笑话)我们讲和吧,我的寻常人。

姞　现在我是你的寻常人,将来我却是某人的非常人。

伊　姞尔曼! ……。

姞　(风流地)妇女到了感受尽种种的心情之后,才是完善的妇女。

　　姞尔曼走近巴斯嘉与夏萨尔夫人。

夏　(向安利耶夫人)六点钟了! 我要在城里吃饭,我们走吧。我
　　有的时间仅仅够换衣服。

巴　你觉得这事很难吗?

夏　不, 容易得很。

安　(向伊甸)告别了,骄傲的。

伊　我为什么是骄傲的?

安　因为您忘记了您的约言。

伊　我吗？

安　您同我约过写信给我。

伊　是的，该写信允许给您一小时。

安　对不起，两小时。

伊　就算是两小时吧。

安　我老是等候您的信。

伊　我曾经想念及您，这就是证据。

安　您的妻子眼望着我们。

伊　（严重地）拿去吧。（他把那等候电车的号码放进她的手里）

安　（气窒）五十三……一个号码。

伊　我回来的时候，也许还可以给您一个更好的。

安　不知礼的男子！

伊　（笑起来）请您原谅我，我爱恋我的妻子。

安　一个放荡不羁的男子变成这样，是何等的苦刑啊！

巴　（向夏萨尔夫人）那么，您不要我吗？

夏　是的。

巴　要怎样才可以使您决意呢？

夏　要许多东西。

安　红十字与旗牌①。

巴　尤其是旗牌。

夏　浪子！（向伊甸）一路平安，医博士。

伊　谢谢。

安　不久再见。

姑　告别了。

巴　让我把她们拥进车子里去。

　　夏萨尔夫人、安利耶夫人出，巴斯嘉随出。

---

①　意思是说要天下最难得之物。

第六出

出场人: 姞尔曼、伊甸。

姞　现在我们只有两人在这里了,你不再惹我伤心了吧?

伊　你还恨我吗?

姞　不是的。

伊　(关门)这才对啊。

姞　好福气! 两人在一块儿!

伊　是的。

姞　你有道理,该把门关上。

伊　我告诉你,我并没有完全关好。

姞　唉! 从来不是你上铁闩子。

伊　性急的丫头!

姞　(孩子气)至少该让我吻你。唉! 你不要怕,我不会拥抱得太紧。我多情地吻你,没有不好的用意,像你吻我一般。

伊　随便你要怎样吻我都可以。

姞　随便我吗?

伊　爱恋你的人容许你。

姞　是的,但是我的丈夫禁止我。(她给他一个吻)

伊　够了。

姞　再来一个……

伊　我忙得很!

姞　这是不费时间的。

伊　那么,这该是最后一次了。

姞　是的。(又吻他)

伊　呀! 你惹我动心了。快活的女孩! 你晓得一切的诡计。

姞　我尽可以发明些诡计。

伊　无耻的,请你住口好不好!? 假使一个新闻记者听见我们的话……

姞　淫邪的人偏恨淫邪。——现在轮着你了。

伊　(吻她)好。

姞　就完了吗?

伊　是的。

姞　只一个吗?

伊　再来一个就危险了。

姞　那么怎样?……

伊　改变我们的谈话吧。

姞　既然你就要出去的,还有什么危险呢?

伊　等一下吧。

姞　只一个吗? 好的! 老是这样。现在请你说话吧,告诉我吧。

伊　告诉你什么?

姞　你今天所做的事情。

伊　我没有什么可以告诉的。

姞　(多情地)仍旧说一说吧,扯一扯谎也好。现在你竟不再打你的亲爱的诳语了。

伊　我一切都向你说了,我同你发誓。(起立)

姞　(勉强使他再坐下)唉! 我请你不要动。我隔了一个礼拜没有看见你了。

伊　嗳呀,我在两点半钟才出去的。

姞　不,两点钟。

伊　现在只有六点钟。

姞　六点一刻了。

伊　糟糕! 我要错过了火车。

姞　时钟太快了。

伊　多么孩子气! 没有人相信你结婚已经八年了。

姞　你觉得我爱你这许久是奇怪的事情吗? 唉! 我很喜欢看见

你。没有人会说你与我在一块儿生活,不是吗?

伊　实际上是……

姞　你不凶恶的时候我很快活,你注意到吗?

伊　(自负地)这是真的……

姞　(赞美地)你晓得你像个什么样子吗? 你很像一个美妇人刚才
　　给人家恭维似的。

伊　请把火柴递给我。

姞　你问我要一样东西,是何等可喜! 此刻你再要什么? 我愿意
　　供给你。

伊　(燃看一枝火柴)请你坐在这里,不再说话吧。

姞　唉! 你不要看你的文件,留到路上再看吧。

伊　你说得有理。再者,今晚我也没有什么兴致。

姞　而且你咳嗽。

伊　这房间里的天气很冷。

姞　有这样的火还冷吗? 你说笑话,人家却气闷煞。

伊　我打寒战了,让我取暖好不好?

姞　对了,我们取暖吧。二人在一块儿有趣些。

伊　是的,我们取暖吧。(他们走近火边)

姞　真的,今晚你有疲倦的样子。你不觉得不舒服吧?

伊　什么话。

姞　伊甸,你应该稍为注意你的健康,我觉得你很不谨慎。

伊　不谨慎吗?

姞　因此你身上穿的是很薄的衣服。

伊　你错了,我穿的不少呢。

姞　三月的天气,这些衣服还不够。

伊　(打呵欠)你放心,我的身体好极了。

姞　亏你说,你打呵欠了,你的胃气不和了。

伊　我打呵欠,因为这是吃晚饭的时间,我的肚子饿了。

姞　尽管你怎样说,你的脸色比平常黄了。

伊　你不要说起我的健康吧。

姞　总之,一见你的脸孔很黄,就知道你近来工作太多了。

伊　这是不对的。你该很知道。我们不要再说起工作吧,一说起我就要责骂你了;幸亏我们还有两个钱! 喂,你承认了吧,你看见我的脸孔变了这许多,你不觉得有些惭愧吗?

姞　我不觉得惭愧,只觉得愁闷。

伊　我所过的生活不是我所应该过的:我睡得太迟了,起来太早了。这就是我的脸色不好的原因。你犯不着寻找别的原因来减轻你的良心上的不安。

姞　你以为吗?

伊　谁处在我的地位不会疲倦呢? 我们常常出游,在城里吃晚饭,吃夜饭,不住地自己烦扰自己。昨夜我们回家的时候已经是早上三点钟了……当然……

姞　唉! 第二天老是那么样的! 稍有一些快乐的时候,你非把些懊恼掺进去不可。你要怎样? 谁也不是完善的人。我毕竟不能纳闷,当在……不说了,说出来倒是扯谎。把最甜蜜的时间幻想成为最有害的时间! 我不赞成你这意见。

伊　好呀。

姞　总之,昨天原是你提议出去的。

伊　这个我承认。

姞　到底还好。

伊　这实在因为我们昨天恰恰吵嘴。要不吵嘴,要重归于好,不得不出游。

姞　还有呢?

伊　还有就是:你恰有这一件增加你的美貌的衣服,每一次你穿的时候,我注意到……

姞　注意到什么?

伊　我注意到：你那衣服一穿上，你要我如何便如何。

姞　呸！

伊　因此你就常常穿这衣服。

姞　这所谓感恩图报。

伊　姞尔曼，我请求你另穿一件衣服吧，你这样一来，我就着了迷。

姞　不幸得很，你不久也就清醒了。

伊　太迟了。

姞　在早上的时候。

伊　太阳终于要出来的啊。

姞　（愁容）呀！太阳乃是我的仇敌。太阳出来之后，你重新得到了你的理智与你的聪明，以及你的残忍的心理。一切反对我的，能致我的爱情的死命的事物都给你收集了来，你再发现你自己了。我的权威因遇着太阳而消灭了，我的魔力丧失了，于是在我面前的只是一个路人，只是一个我所不敢相信能够征服的男子。呀！在那最可爱的时间，我是你自身的一半，为什么这时间竟逃走了？既然肉体的狂欢是二人一样的，为什么二人的心灵却会有这许多差别呢？可叹啊！合为一体的两个人竟能分离，有时候竟成仇敌。真是糊涂！

伊　我爱，假使我们分居两个房间，也许……

姞　两个房间吗？不，我宁愿你在早上醒来的时候恨我，我要像一个小孩一般地在你的心上睡一辈子。我仔细想过，没有更好的方法可以得到幸福。假使你把我这些夜间的快乐取消了，我们还剩下来一些什么呢？

伊　（自负地）那么，当你在我这肩膊上打睡的时候，你满意了吗？

姞　不。

伊　扯谎。

姞　请你不要说了，你老是说你给人家幸福，至于人家给你的幸福，你却从来没有提及。然而，呆子，假使你像我爱你一般地爱我,你不晓得是怎样幸福啊。你放心,我不肯把我的命运与你的命运交换,虽则你使我受了这许多苦恼。

伊　(感动)我这人很无情,是不是?

姞　有几分。

伊　我冒犯你?我使你短气?

姞　常常是的。

伊　可怜的女孩!

姞　你看得出来的,我不是自负的人。你待我好的时候,我也可怜我自己。

伊　你有道理,可怜你自己吧。

姞　当我的确知道你对我多情的时候,我不再需要骄傲了。

伊　说吧,你的话令我愉快。

姞　我博得你的欢心吗?

伊　假使你没有受痛苦,不晓得已经说了多少可爱的话了!

姞　这没有什么,请你不教我多说吧。谁晓得?也许我将来会感觉到幸福哩。

伊　幸福吗?你要幸福的时候,幸福就有了。

姞　须在我不搅扰你之后的时候。

伊　在你肯不像现在一般地浪漫的时候。普通人爱丈夫不像你这样厉害。

姞　我唯一的错处乃是:我对于我丈夫的感情,与我的女友们对我丈夫的感情一样。而我却叫做妻子,这是何等不幸啊!

伊　是的,这可惜得很。

姞　总之,请你公平些,正式的结合并不是一种罪恶,只是一种事变。假使你没有娶我,也许我是你一生中的最好的情人哩。

伊　你原是我的情人队里最堪自负的一个啊。

姞　我可以助成你的贞操,也可以助成你的淫佚,比别人没有什么不同。先说你就只是一个情郎,不是一个丈夫。你所扮演的角色只是一个恋爱的男子,永远恋爱的男子。

伊　(忍耐地)我是狄洛奈①!

姞　你想要改演一种角色,因为你有四十三岁了。这是不可能的! 你一辈子只能过恋爱的生活,或被恋的生活。宿命是不可逃避的。

伊　这可怕得很。

姞　所以如果你有几分见识,与其把四分之三的时间用来避免我的爱情,倒不如用哲学的眼光来承受。假使我处在你的地位,我一定说:"现在上天判定我爱一切的妇女,与其爱别人,倒不如索性爱我的妻子,让她摆布。她对我这样好。"

伊　但是每天当人家工作,没有兴致的时候,脾气不好的时候呢?

姞　这个不要紧。在这种时候,可以停止工作,微笑,悄悄地自思:"她要来烦扰我了,但是她该是多么喜欢啊!"

伊　好,那么,你还是爱我吧。

姞　我要怎样爱就怎样爱吗?

伊　是的,但是不要再增加了。

姞　唉! 你已经先怕起来了。

伊　你以为这种热烈的爱可以永远继续吗?

姞　我恐怕是这样的。

伊　那么,直到你的晚年。你心心念念只有你的丈夫吗?

姞　甚至年老发白,我也只操心这个。我的可怜的爱人,我如此爱你!

伊　(突然地)唉! 我深深地爱你。

姞　哦! 请你再说几番! 你晓得,我却不晓得。

伊　我爱你,我爱你。

姞　比爱道理、比爱工作更强吗?

------

① 狄洛奈(1826—1903)是法兰西戏院的伶人,专扮演恋爱的角色,技艺卓绝。

伊　比爱科学更强。

姑　胜过佛罗兰斯的会议吗?

伊　我瞧不起什么会议,我不去了。

姑　呀! 不要说呆话,你还是去吧,这是说定了的。

伊　我在家陪伴你。

姑　我不愿意。你去收拾行李吧。既然你爱我,你去了我也不伤
　　心。不要孩子气才好。

伊　我们不曾分别过,不要破例吧。

姑　嗳呀,伊甸,你做事欠思量。你的责任乃是出席会议,你是分
　　明知道的。

伊　我不管我的责任了!

姑　再者,现在太迟了,你已经受了委任,非去不可。

伊　我受了委任,是的,不错;但是并不是不可挽回。

姑　扯谎!

伊　你听我说,我曾经保留临时拒绝的权利。

姑　你没有同我说过这话。

伊　我忘记了。现在让我写信给部长。

姑　请你考虑考虑,你的位置会给别人占了去的。

伊　那么我更喜欢了。

姑　请你不要这样办吧。

伊　(执笔)让我做去吧。

姑　呀! 你不要这样做好人,一个钟头之后你就会恨我的。

第七出

出场人:伊甸、姑尔曼、玛玳琏。

玛　(入)夫人,戴里和伯爵来了。

伊　戴里和伯爵吗?

玛　是那容貌憔悴的一位先生。

姑　这是爱我的男子中之一个,我就来。

伊 （把信递给她）玛玳琎，您叫一辆车，把这一封信送到克尔奈路去。这是紧急的。

玛 好的，先生。（出）

第八出

出场人：姞尔曼、伊甸。

姞 等一下你不会发怒吧？不会责备我什么吧？

伊 是的。我允许你，你放心吧。

姞 而且，管它呢！你所想的只是细节。你不走，我有你，这就是大纲了。

伊 我们一块儿过夜，大家很快乐，等一会儿你看。

姞 （预备出去）谢谢。（走回来）我们去不去看洛汉克林？

伊 我不想去，你呢？

姞 这是第一次开演，你晓得吗？我们的两张大厅座位的票子没有用处，岂不可惜？

伊 你可以赠给人家。我们不出去好些。

姞 今晚你好极了。

伊 你有什么法子？我没有别的法子爱你，只能用爱情。

姞 （调笑地）这是何等不幸，吁？

伊 （独自一人，严重地）是的，这是何等不幸啊！

幕闭

第二幕

布景　如前幕。伊甸的写字台上有一支蜡烛,烧去了一半。

第一出

出场人:伊甸、姞尔曼。

伊　(独自一人,坐在写字台前,有忧虑之容,研究火车时间表)阿力山得利,佛罗兰斯,八点欠五分……刚才我还来得及……吓! 不要想了吧,穆里索代我去了……穆里索! 一个好人物! ……唉! 妇人!

姞　(在门槛上,娇声地)怎么! 你独自一人,而你却不叫人告诉我吗?

伊　(自语)呀! 现在我该理一理她的一颗心了。(向姞尔曼)你找什么?

姞　(乱翻伊甸的文件)我的书呢? ……呀! 在这里!

伊　当心,不要翻倒了墨水。

姞　你允许我在你旁边坐下吗?

伊　随便你。

姞　我的裁纸刀在哪里?

伊　我没有摸到。

姞　(从他的手里抢过他的裁纸刀来)我用你的。这一本字典妨碍我,请你拿开吧。

伊　你觉得舒服吗?

姞　(挨近他坐下)现在我很好,谢谢。我很喜欢。

伊　这就好了。

姞　你呢?

伊　既然你很喜欢,我也很喜欢。

姞　我同玛玳琏说过叫她在这里摆饭。我们在这小桌子上吃饭,
像前天一样。你不讨厌吧?

伊　哪里话! 我才快乐呢。

姞　而且等一会儿我们把奴仆们遣开。

伊　晓得了。

姞　你可以坐在这里,把背向着火。如果巴斯嘉不请而来,你千万
不可把座位让给他。我牺牲这座位,为的是你,不为的是他。

伊　我们今天不会看见他。

姞　他一定来。我敢断定。

伊　为的是在我未走以前来同我握一握手。

姞　除非他的情妇留住他。

伊　那就是例外了。

姞　这是很可能的。

伊　可怜的男子!

姞　他的爱情不行了,他起恐慌了。

伊　他不工作。

　　一时沉寂。姞尔曼展阅一本小说,伊甸写信。

姞　刚才我看见的。那一位先生是从部里来的,是不是?

伊　是的。

姞　他没有给你带来些不好的消息吧?

伊　没有。

姞　那么,你不追悔什么了?

伊　是的。

姞　你做得好！先说今夜你就不至于像在火车上一般挨冷。

伊　不错。

姞　明早你不至于被尘埃蒙住了。

伊　大约是的。

姞　你不至于难看。

伊　这个！……

姞　明早你起来很舒服，心平气静。

伊　（不相信）你以为吗？

姞　你知道到佛罗兰斯去要多少时候吗？三十二小时，爱！

伊　从前我旅行过更远的地力。

姞　尽管你说，三十二小时的火车总是令人疲倦的。

伊　不见得，有时候却可以借此休息。我在睡车里睡得很好。

姞　（不好气地）呃，今晚你本该走了的。

伊　（发怒）为什么你说这话？

姞　不为什么。

伊　嗳，既然我不后悔，你不要令我后悔吧。

姞　你后悔了，我是晓得你的。

伊　你误会了。

姞　你自己不看见你的脸孔，亲爱的，你像一个被判决的罪犯。

伊　你老是关心我的脸孔的！

姞　请你说良心话，自从你放弃了这一次旅行之后，你就心里埋怨
　　我了。

伊　没有的事！我再说你误会了。我为你牺牲了这一件小事，我
　　很快乐。

姞　你看，这一种好思想，竟活像一种责备的话了。

伊　责备的话！什么责备的话？老实说，埋怨你却是我没有道理
　　了。你不是劝我走的吗？你放心，我还没有忘记，永远不会忘
　　记。纵使现在我感觉得某种的懊恼，这是我活该！我只该自

怨自艾,你却丝毫不负责任。我是唯一的罪人。

姞　唉! 下动员令了!

伊　当然,我仔细观察事情,觉得我听从了你的话也许还好些。天
　　啊,我不说不是的。一个学者本该趁机会施展他的才能……
　　我没有尽我的责任,这是显然的。

姞　非常显然。

伊　假使我能取消辞职,还有可说。

姞　为什么不能呢?

伊　不是时候了。

姞　你怎么晓得?

伊　我晓得。

姞　嗳,你不必灰心。火车是几点钟开的?

伊　八点欠五分。

姞　哪里! 比这个更迟些。我们可以查一查火车时刻表看。

伊　刚才我查过了。

姞　呀!

伊　再者,查它又有什么用处? 穆里索受了委任,代替了我了。

姞　穆里索医博士吗? 是谁告诉你的?

伊　是刚才到来的那一位少年所说的。

姞　穆里索吗? 他怎么能够这样快就受了委任呢?

伊　当人家把我的信交去的时候,他恰在部里。

姞　这人天天在部里守着的。

伊　他没有错过机会。

姞　穆里索,一个好人物! 这一次的任命倒可以使你减少后悔。

伊　(不好气地)穆里索教授是一个有大才的人,我相信他到那边
　　一定很有成绩。

姞　那么,当心我吧,你会怪我的。

　　一时沉寂。

伊　我的亲爱的孩子,你看,你是一个不会设想的人。

姞　我吗?

伊　请你留心,你爱我未免太过了些,使我昏乱起来,不会审察事物了。

姞　好,说到这上头了!

伊　你的意见原是好极了的,我是承认你的意见很好的第一人,但是你总设法弄到我不能利用你的意见。所以我往往莫名其妙地、不由自主地为你而改变了我的主意。

姞　这是何等埋怨的话!

伊　你弄得我的心逆着你的忠告,顺着你所不敢说出来的内心的愿望。

姞　我骗了你了。

伊　不是的。但是你却用柔情缚住了我,用温存的手段勾引我。

姞　请你诚恳些吧!

伊　我是一个弱者,自作多情,竟很笨地决定了有害于我的利益的主意,今天的事,从前有过了的,将来一定还有……唉!我不埋怨你,只就事论事。

姞　是的,不错。

伊　而且,这是一件特别的事情,我注意到了,一切的人们也注意到了:每逢人家给我干一件事,于我有益的,或能令我愉快的,我因为怕损害及你的爱情的缘故,不得不拒绝了。你对于你的丈夫的感情好极了,这个我不否认,但是假使你不改变你的行为,你尽可以成为他的仇人……人家会猜想你有一种计划。

姞　我没有什么计划,亲爱的,我不懂你的话。

伊　那么,如果你没有计划,就更厉害了。在这情形之下,没有什么办法了。

姞　请你不再说下去,否则你就成为凶恶的人了。

伊　你竟不喜欢真理!

姑　也罢,既然你存心令我难堪,你就继续说下去吧。但是这一次我可不痛苦了,我预先告诉你。

伊　(发怒)你看见我为你的过失而心里不受用,为什么你还不伤心呢?

姑　我的过失吗?是的,不错……我本该有你所没有的意志。

伊　当然啦。

姑　你的意志薄弱,你就惩戒我吧。

伊　我说大话,我自己反口,结果常常是我有不合理的样子;但是你到底很晓得是我有理。

姑　这是可能的。但是你太不宽宏大量了,爱!……你发觉我的过失,你是何等喜欢!当你以为你真的受了委屈的时候,你是多么快活!你很热心地寻机会埋怨我。刚才我说的不错,我说一个钟头之后你会恨我的。(走向门口)

伊　你走吗?

姑　我不想要吵嘴。

伊　你走,为的是不愿意听些不好听的话,是不是?

姑　还不是吗!

伊　你依照你的习惯,不答复就走了。唉,这就是你的理论!

姑　我不像你一样有机智。

伊　(拿帽子)你可以停留,我出去。

姑　你出去吗?

伊　是的,我让位给你,我放弃了我的作业室了。

姑　你不在这里吃饭吗?

伊　(戴起帽子)一刻钟后我就来。

姑　随你的便,我不阻你出去。

伊　你不问我到哪里去吗?真是例外的事!

姑　我不在乎这个。

伊　我头痛,要到马路上吸一支香烟。我想这是不犯禁的吧?

姞 你可以吸两支香烟,如果你愿意的话。

伊 你犯不着为这事流泪。

姞 (哭)你不要理我吧。

伊 你想要我带着愁容出去吗? 好! 完了! (把帽子脱了)

姞 唉! 请你不要再坐下吧。

伊 我变了主意了。

姞 去吧,再戴起你的帽子,不再在这里惹我伤心吧。

伊 在你的跟前是不能怨命的,一说你就伤心。

姞 我伤心与你有什么相干?

伊 这使我难为情。

姞 呀! 你的好心是不能久的……老是那一套把戏! 起初是可怜我,其次是心里不受用,结果是大动其气……刚才你是那么会温存,现在你是这么凶恶,你不害羞吗? 你的记忆力真不好!

伊 你要怎样? 时间相随而不相似。总该不时改变谈话的方向才好,否则生活太单调了。

姞 你有道理,专谈爱情是不行的。

伊 我们相爱,我是巴不得的;但是我们不要再谈爱情了,唉! 世上不止有爱情,还有的是工作、家庭、儿女。

姞 (吃惊)儿女吗? 给我一个吧!

伊 儿女是要调护的,是要照管的。

姞 我是你的情人,爱你太甚了,就不能做一个好母亲。你的话是这意思吗?

伊 呀! 我们庆贺我们没有儿女吧。你是一个好心的女子,你一定能尽你的义务,这个我相信,只一层……

姞 只一层?

伊 假使有了一个可怜的孩子,也许你不由自主地恼他分散了你的幸福。

姞 恼那可怜的孩子吗?

伊　是的,恼那可怜的孩子!

姞　你至少应该等到那时节,看怎么样,然后批评我!

伊　好的,将来一切都是好的。

姞　(生气)呀! 恋爱是何等不幸的事情!

伊　呀! 被爱是何等的苦恼!

第二出

出场人:伊甸、姞尔曼、巴斯嘉。

巴　(突然入)呀! 朋友,爱情是多么讨厌的东西啊!

伊　看你弄成这个样子! 你的领结斜了。

巴　我刚才与摩荔赛德吵了嘴。

伊　又来吗?

巴　但是这一次我却给她一巴掌……

伊　(大乐)这才对啊!

姞　(向伊甸)你听了这话,心就松快了!

巴　姞尔曼,您不陪我们了吗?

姞　(走向门口)请您把您的痛苦同我的丈夫谈吧,今晚他比我更能了解您。

伊　(目送她出)唔呒!

第三出

出场人:伊甸、巴斯嘉、(其后)玛珖琏。

巴　她给我戴绿帽子,我有证据了。

伊　呀!

巴　我不会再讲和的。而且她不会肯和……喂,请你明天才动身吧,我跟你到意大利去。

伊　我不去了,亲爱的。

巴　为什么?

伊 因为有了一件意外的事情。

巴 什么事情？

伊 你一定要晓得吗？我放弃了这一次旅行，为的是我对妻子的爱情！

巴 （自语）他竟把这个叫做意外的事情！（向伊甸）那么，你叫我变成怎样呢？伊甸，我是一个不幸的男子，你应该安慰我。

伊 我认识有些人比你更可怜。

巴 你又同你的妻子吵一次嘴了！

伊 你不幸，但是你可以在家里关着门哭一个整天！你是自由的！

巴 非常的自由。

伊 （兴奋）自由！你懂得这一个神圣的字眼吗？你可以去，可以来，可以上楼，下楼，随你喜欢怎样就怎样。

巴 可叹啊！

伊 你还不曾失了独居的权利！你的情妇——你那恶劣的情妇，她给你戴绿帽子，这有什么要紧！她不吃醋不歪缠，不常常质问你！

巴 我巴不得哩。

伊 （越说越兴奋）当你出去的时候，她不问你到哪里去；回来的时候，她不问你从哪里来。如果你说"我觉得冷"，她不会答说："我们取暖吧。"

巴 她甚至于不说："请你取暖吧。"

伊 你写一封信的时候，她不伏在你的肩上；你同一个妇人说话的时候，她不在你的身边兜圈子。当你在重要的时间，正该立定主意的当儿，她不消灭了你的意志。她不会说些模糊的、隐藏深意的话，这种话表面上没有什么，其实深入人心，令人英雄气短。

巴 唉！我可以钻进一个马戏场的野兽圈里，她也不至于阻挡我的。

伊　换一方面说,如果你比平常多情了些,她也不至于连忙滚入你的怀里,像第一次赴约会的情妇一般地缠绵。

巴　我从来不曾看见她缠绵。

伊　如果你偶然在外面吃晚饭,没有她陪着你,你不至于半夜里看见她躺在床上醒着,脸色不变,但是声音变了,眼睛里满藏着妒忌的神情。

巴　幸运儿!

伊　嗳! 我们不必谈爱情了,我诅咒爱情,我恨爱情。你因戴绿帽子而嗟怨吗? 呀! 亲爱的,我有时候还做戴绿帽子的梦想呢!

巴　我是戴绿帽子的,你不是,所以你羡慕我。

伊　(在桌上拿了一只小镜子,摇弄)你不要笑,一切这些都是非常令人发愁的。(生气)这妇人的生命在我的手里! 她缺少不了我,譬如空气与日光。当我在家的时候,你注意到她的脸色很好吗? 我不在场,她非但得不到幸福,而且生命也保不住了。假使我抛弃了她,我就是一个坏人。

巴　(调笑地)你真有责任心!

伊　呀! 这是慈善的心肠! ……

巴　请你不要打破了这一个镜子,打破了乃是不吉祥的,而且我一定要保存。十年前,你容貌很美的时候,嘉特菱·卫里叶赠给你这一个镜子,所以我可以借此回忆到你结婚前的生活。

伊　是不是? 我在那时节还快活些。

巴　大约是因为你的情妇比不上你的妻子爱你……

伊　那时节,人家更晓得爱我。她懂得我已经不堪烦扰,渐变老成了。所以她的聪明,使我感受工作的乐趣。那时我是一个好少年……她是一个美妙的伴侣!

巴　是的,但她却是多么不好的女伶!

伊　我们那时候在一块儿生活,然而我们很合得来。没有什么好说的,那时候我所得到的是和平。

巴　是夫妻间的和平。

伊　假使她不是一个尽善尽美的女友，也许我不至于想到结婚。忠心、安静、有见识，她样样都全。

巴　因此之故，有一天，你觉得她缺少了一样美德。

伊　我渐渐地暗中怪她曾经有过些情郎，因她而联想到一个无可指摘的妻子。（向自己说）呆子！

巴　你已经学过修道，所以你想要许愿。

伊　其余的你都知道，因为你因此痛苦过来。

巴　那时候，我迷恋着一个少女，你愿意替我去求婚。

伊　我还记得在她母亲家里第一次的谈判。我早就料到未来的烦恼。我看见她为难的样子。我自己，在这担心的少女跟前，我心跳了。我觉得一辈子只会做一个懦弱的丈夫。

巴　她即刻爱上了你。

伊　整个的我，被三年的绅士生活所昏迷，一旦清醒转来。承你容许我，于是我就结婚了。我很诧异，觉得我的幸福竟是生平所未梦见。

巴　你想要变为老成，于是受了引导。

伊　有情妇的时候，却是有规则的生活；有妻子的时候，反是无规则的生活。我与一个女伶绝交之后，乃是放弃了理智与安宁；我与一个少女结婚之后，乃是堕落在浪漫生活里。

巴　这不算是有福。

伊　假使我像她一般地专讲恋爱，还有可说。不幸一旦我把我的书籍重新展读。

巴　那一天，姞尔曼就有过失了。

伊　我呢，我不是第一次的爱情。我已经恋爱过了。

巴　嘉特菱·卫里叶吗？

伊　不是她，你是知道的，是另一个。

巴　那么，是以前的了。

伊　说来令人发愁,我结婚后半年,便如饥似渴地想要工作与
　　自由。

巴　过了八年的共同生活之后,你的妻子还是拼命地爱你。

伊　嗳呀呀!

巴　世上有些人家里的炉灶只在晚饭的时候起火,有些人家里的
　　却整天烧着柴①。

伊　可叹啊!

巴　(不放心地注视门口)当心!……假使……

伊　你放心,她听不见,或者她听见也当做听不见。恋爱我们的
　　人,不见得常常急切地要知道事情的底蕴。这乃是一个细节,
　　主要的目的在乎你在她身边,她能占有你。你尽管在她身边
　　纳闷得要死,你尽管恨她与你温存,她还不发觉,她不愿意发
　　觉;她这样有深意的谨慎,比之专从事于探听更令人可恨呢。

巴　不要说了,你也不必这样烦躁,其实你并不这样凶恶,你毕竟
　　还喜欢她。

伊　是的,有些时候。

巴　不要装模作样吧。我看见过你兴高采烈,十分兴高采烈。

伊　有些时候。

巴　总之,你常常有这神气。

伊　我有这神气,因为这是我的旧习惯。

巴　呃,你保存着你的旧习惯,这是你错了。而且我要附带地向你
　　说几句:你与你的妻子还过的是淫佚的生活,与别的妇人是一
　　样的。你的言语举动,打情骂俏,无非惹起爱情,而且妒忌心
　　便跟着来……亲爱的,请你注意,你这种反复无常的疼爱心
　　理,往往是与狂热的爱情相似。她尽管冒犯你,你尽管假定你
　　不爱她,然而姞尔曼总以为你爱她,而她也本该有这一个意

---

① 意思是说姞尔曼整天缠扰着伊甸。

念。你们所有的幸福存留在一种误会上头，假使你破除了这种误会，你就是一场大祸的罪魁。

伊　这是很可能的。

巴　(拿起帽子)可怜的女子！

　　玛玳琏入，手里捧着一个托盘。她把刀叉摆在一张小桌上，同时伊甸与巴斯嘉续完他们的谈话。

伊　你走了吗？

巴　你们快吃饭了？

伊　我竟没有谈起你的痛苦，请你恕罪。

巴　我的痛苦不比你的要紧。

伊　你到哪里去？到摩荔赛德家里去吗？

巴　我要换一换①。

伊　既然你们绝交了，当然要换一换。

巴　然而她到底不是我理想中的情妇。

伊　理想中的情妇乃是可以脱离的女人。

玛　(打断他们的谈话，把一张名片交给伊甸)这一位夫人，只有一句话同先生说。

伊　(背着他们念道)嘉特菱·卫里叶！(向玛玳琏)请她进来。

　　玛玳琏出。伊甸把名片递给巴斯嘉。

巴　嘉特菱？奇了！

伊　她在这时候到来，要打我的什么主意呢？

巴　也许有一个瞌睡虫告诉她，说你正在发愁，叫她来安慰你。

伊　你不要走。

第四出

出场人：伊甸、巴斯嘉、嘉特菱·卫里叶。

　　嘉特菱入。

———————

①　这是反话，意思是说我不能换。

伊　您来得恰巧,我们正在谈起您。

嘉　(手里拿着一只小皮箧)话总是这样说的,甚至在十年之后。

巴　这是真话,他没有扯谎。刚才我们谈起我们的爱情,大家伤感。我为他的事情而伤感,他呢……为他自己而伤感。

伊　刚才我说:您的许多可爱的美德驱使我结了婚。

嘉　这些美德都是不能造福于我的。

巴　假使他没有认识您,现在他还没有结婚哩。

嘉　(向伊甸)老实说,在你们二人之间我可以猜想您还是没有结婚的人呢。

巴　(风流地)在一块儿!

伊　三个人!

嘉　像当年一般。

伊　这是很滑稽的。

巴　(向伊甸)淫荡的汉子!

嘉　我进了这屋子里,到底有几分不舒服。

伊　然而您却进来过的。

巴　吓!吓!

伊　唉!去年来了一次。

嘉　现在……没有意思要养成这习惯。

伊　我是晓得嘉特菱的,晚上七点钟到来按门铃,一定有一种重大的事故。

嘉　对了。

伊　请坐,说吧。

嘉　(熄了写字台上的蜡烛)您容许我吗?……这烛檠快要破了。

伊　你瞧!假使她是一个妻子,岂不是好!

巴　那竟是家中的财宝了!

伊　现在请说吧,我静听您。

嘉　我这一来,为的是看医生。

巴　这医生是不听诊的,您很知道。

伊　请您不必理他。

巴　我该告退吗?

嘉　唉!天啊,我并不为的是这个!

伊　请说。

嘉　我今天在马尔各德家里吃中饭,听说您今晚要到佛罗兰斯去。

伊　我不去了。

嘉　那就罢了。

伊　为什么?

嘉　我来请您帮一个忙。

伊　帮什么忙?

嘉　在丕斯那边,我有一个害病的朋友。

伊　唔!

嘉　病得很厉害,他用得着您。

巴　是谁?

嘉　现在我们是旧相好了,不是吗,伊甸?我可以说出名字来了。

伊　是加林登吗?

嘉　是的。

巴　老是那一个吗?

嘉　已经八年了。

巴　呸!

伊　你不要多嘴!……呃,现在是穆里索替代我去,您要不要我写一封信给他?

嘉　写也好。

伊　您这上衣是多么适合于您啊!

嘉　这是从一间英国店子里买来的。

伊　您穿上了这衣服,不加美也不加丑。

嘉　您还是二十五岁的人!

伊　（坐下写信）您真令人惊奇，没有一道皱纹。

巴　您没有起动过。

嘉　用理智，讲卫生，免除无用的伤感。一个人是不会老的，假使……

巴　假使生来就老了，就不会再老。

嘉　您始终会说话。

巴　做戏的事情呢？这一个冬季，我们看见广告上没有您。

嘉　我的时间完全花费在意大利。

巴　那么，您不再在社会上活动了？

嘉　我是一个看护妇。

巴　您一天到晚只同一个男人厮守着，您不讨厌吗？

伊　今晚您到不到洛汉克林去看那第一次开演的戏？

嘉　不，但是昨天我已经看过试演了。

伊　怎么样？

嘉　成绩很好。

伊　（起立）既然如此，我不让座位给您了。

嘉　请您保留着吧，我看过那戏了。

伊　（把信交给她）信在这里，我的亲爱的女友。您打算什么时候动身？

嘉　明天或后天。

伊　穆里索该比您先到佛罗兰斯。等一下您到他家里，人家可以告诉您，说他到那边住哪一间旅馆。

嘉　（把那信放进小皮箧里）晓得了，谢谢。

巴　您丢了什么到地下来了。

嘉　呀！我的钥匙。

伊　嗳唷，竟是一串钥匙！

巴　（一面还她的钥匙，一面向她说）您应该捻白糖了①。

————————

① 嘲她太专心于家政，事事不放心。

嘉　您呢,您打碎的糖块太多了①。(向伊甸)您工作还是一样地起劲吗?

伊　比不上从前。

巴　(调笑地,向嘉特菱)喂,荆棘路大吃一顿,您记得吗?

嘉　是的,在三层楼。

巴　直到晚上十点钟。

伊　那时候玩耍得倒还痛快。

巴　这是呆板的工作! ……他在您的旁边写字,您在他的旁边缝衣!

伊　这是那时候的习惯。

巴　我看见过您给他裁几件薄绒衬衫。

嘉　请您不惹我伤心吧。

伊　(愁容)此刻我的衬衫却是丝织的了。

巴　我不奉陪你们了。

嘉　您可以不必走。

巴　(预备出去)你的妻子在等候我,我想。现在你们没有事情互相告诉了,应该谈谈心了。

嘉　再会,巴斯嘉。

巴　(止步)我要走了。

嘉　像当年一样。

伊　这是很滑稽的。

巴　(在门槛上回头)你们不要胡闹啊!(出)

第五出

出场人:嘉特菱、伊甸。

伊　请您再坐一坐。

---

① 意思是说:你说人家的坏话太多了。

嘉　（预备出去）您在预备吃饭，我搅扰了您。

伊　不。这里的饭是不按时刻的。

嘉　这于肠胃很不相宜。

伊　我失了我的好习惯了。

嘉　您记得吗？您结婚的时候，我曾经送给您一份小章程，教您讲究卫生，不可学坏。

伊　我还记不得吗？我把您亲手所写的规则很珍重地收藏在抽屉里。一切都给您料到了：工作的时间，走动，休息……

嘉　……营业……

伊　……娱乐。

嘉　您保留起来了，却没有注意到。

伊　可叹之至！这屋子里住的不是老成的人们。

嘉　（放眼望那预备好了的刀叉）只要放眼一看，就可以晓得一切了。您常常这样吃饭吗？

伊　是的。

嘉　呀！

伊　这种新花样，引不起您的兴味吗？

嘉　偶然一次，我没有什么可说的。但是，我老实说，我喜欢那饭厅里的灯光明亮，那圆桌子令人舒服多了。

伊　呃，亲爱的，我也是这样想。

嘉　我有几分村气，我需要那大挂灯。

伊　我此刻还看见您的刀叉摆在那瓷制的大灯罩之下，还有您那镀银的饭巾箍子。而且您的身边还有许多小匣子，匣子里都是些药品，因为您一生注重于您的健康。您每天检查报纸的第四页，看有没有好的补药。您一面看报，一面对我说："医博士，我试一试这个行不行？"

嘉　轻薄儿！

伊　（多情地）唉！那些好日子！

嘉 （离开桌子）那我不管，只您的晚饭惹我嘴馋，我要换一个位置。您看，这八仙桌摆在一个角儿上，那屏风多情地遮掩着它，这一瓶香槟酒，那一束鲜花，一切都令人想起淫荡的生涯，使我联想到我入世的初期。

伊 那是您与另一个男子的生活，不是您与我所过的生活。

嘉 蛋拌的鲟鱼，俄国的青菜！从前我不认识这么一个男子！真的，十年前，您比现在有理智些。

伊 十年前我比现在老些。

嘉 这是何等悲愁的语调！（静默一会子）您是不是？……

伊 （连忙地）我是幸福的，但是我心烦意乱了，虚度光阴了……总之，您须知……当年我有您的时候，至少……

嘉 您有我的时候，您睡得着吧？

伊 那时节，我没有恋爱的必要。

嘉 原来如此。（静默一会子）您要怎样？我们未相识以前，大家都饱经世故了；至于您的妻子，您遇见她的时候，她还是未入世的女子，一切都不识不知。我们恋爱过来，她也须得恋爱一次才是正理。

伊 我不见得她有恋爱的必要。

嘉 再会吧，请您不必追悔得太厉害了。

伊 （把她的小皮篚交给她）您忘记了您的小皮篚了。

嘉 呀！险些儿不把我吓煞！

伊 这里头有宝贵的东西吗？

嘉 刚才我预备到我的经纪人家里去，所以我带了来。

伊 现在您有了一个经纪人吗？

嘉 我甚至于有两个。

伊 这算您有见识。

嘉 还不是吗！（出）

第六出

出场人:姞尔曼、伊甸。

姞　（入。孩子气）我可以再进来吗?

伊　为什么不可以呢?

姞　我这一次看见的你,是一个善良的男子呢,还是一个凶恶的男子?

伊　这要看情形。

姞　唉! 唉! 已经闹起来了。

伊　我们吃饭吧。

姞　你该先请我恕罪。（她把颈递上来,他轻轻地用嘴唇印了一吻）不十分好;我毕竟原谅你。

伊　（就席）你把巴斯嘉怎么样了?

姞　没有怎么样,他早已走了;他只陪我坐了一会儿。（坐下）

伊　他是求和去了。

姞　请你把那鲟鱼递给我。

伊　（喃喃地）没有汤吗?

姞　这原是你叫的菜。

伊　巴斯嘉有没有把刚才到来的那人的名字告诉你?

姞　卫里叶姑娘。

伊　她的朋友加林登现在丕斯,病得快要死了,她来要求我在到佛罗兰斯的时候顺便到丕斯去看他的病。

姞　她晓得你要动身吗?

伊　今天上午她同马尔各德他们吃中饭。

姞　她有来求你的必要吗? 算她有胆量!

伊　嗳呀,我是医生,到那边去,而且在十年后! ⋯⋯嘉特菱已经不是一个少妇了。

姞　她还活动呢?

伊　很少活动！

姞　她仍旧是村妇的脸孔吗？

伊　她的皮肤仍旧是白的，头发仍旧是放光的。

姞　人家绝对料不到她是一个女伶。

伊　说良心话，你比她更像一个女伶。

姞　她的屋子里该是多么辉煌啊！

伊　她的屋子里收拾得很好。

姞　她的抽屉也收拾得很好，是不是？

伊　你要怎样？我是喜欢有秩序的。

姞　我看见她的装镜衣橱了：一堆内衣，白晶晶的。

伊　还有一包护衣药。

姞　一点儿不错。

伊　坏丫头，给我些面包。

姞　请你喝一些香槟，老丈夫。（静默一会子）加林登爵士很有钱，
　　是不是？

伊　百万财主。她的情妇的装饰不会使他败家的。她为人很朴
　　素……

姞　我比她花钱更多。

伊　她的身上穿的是两个铜子的衣服。

姞　亲爱的，人家有一个百万财主在身边的时候，人家不买衣服，
　　却买头衔。

伊　唉！这一盘生菜里头的胡椒粉太多了。

姞　太多！你老是把"太多"二字放在嘴上……她还同你说了些什
　　么讨厌的话？

伊　没有什么。呀！有的，她昨天去看洛汉克林的试演。

姞　演得很好吗？

伊　好极了。

姞　呀！……

伊　第一次开演一定很好看，我很高兴去看。我们赶快吃饭吧。

姑　但是！可怜的爱人，我们不要去。（她笑起来）

伊　为什么呢？

姑　因为我已经……你记不得吗？

伊　什么？

姑　我已经把入场券赠给人家了。

伊　（发怒）你打的好主意！

姑　你是同我说好了的。

伊　我只不留神说了一句……你就连忙赠送给人家！你赠给
　　了谁？

姑　戴里和伯爵。

伊　赠给这小呆子了吗？

姑　是的，在刚才他来的时候。

伊　好的，这样马上赠送了人……老实说，把这两张票子送给一个
　　比较聪明些的人岂不好些！恰巧卫里叶姑娘没有位置；假使
　　我存心在家休息，我早已把票子送给她了。

姑　我们赠送了千万人，才可以赠送到她呢。

伊　这个自然，我不至于这样做。再者，问题不在乎这上头。呀！
　　可惜！我今天没有福气！

姑　我哪里料得到你有这一场追悔！……谁猜得着你会这样不
　　受用？

伊　（恍惚地）我还有爱音乐的权利啊！

姑　我们已经决定不出去了。

伊　这不算一个理由，用不着这样急。

姑　你已经允许我，说你在家陪伴我了。

伊　你应该留给人家改变意见的余地。呀！你不错过时间！老是
　　这样！还不够，再向我冷笑，瞧我不起。

姑　看你这副嘴脸！

伊　我下了监牢了,是不是? 你却因此开心。也罢! 我们就一块儿过夜。呀! 这是什么生活!

姑　你可又来,想要再使我痛苦。

伊　我呢,你以为我不痛苦吗? 我这人不好,这个我承认,但是我却不幸得很。

姑　你不幸吗? 太厉害了! 我怎样害了你?

伊　嗳,你不要迫我说出来吧。

姑　请你说个明白,你令我纳闷了。有什么呀?

伊　(怒气冲冲地站起来,把饭巾掷在桌上)有的是我受够了,我再也受不下,我要发作了。是的,我讨厌你那吸引人的柔情、过度的热爱。你欺负弱者,用恋爱的方式来专制人家。精神上、物质上,我都受痛苦,我想要自由。

姑　你是自由的。

伊　(愤恨地)不是的,因为我从来没顺过我的嗜好。虽则有时候我可以做我所想做的事情,却从来不能做我所高兴做的、我所梦想要做的事情。我没有我的自由,只算是抢来的,偷来的。我这种自由甚至于不是你所表示同意的,却是我自私或残忍的结果。可叹之至! 当我喜欢的时候,老是像一个罪人。我的娱乐活像不道德的行为。请你自问良心:你的妒忌心与我热烈地要求自由的心理绝对不相容。我每逢你流泪或回骂,或精神兴奋的时候我只好赎罪。

姑　(轮到她也站起来)住口,这话太狠了。我知道你要说什么,不必继续说下去吧。

伊　我想起我要写信的时候,不得以竟走进一间咖啡店里,以避免你的质问;有时候我竟无缘无故地走到马路上,为的是避免你的专制! 上帝保佑我不害病,否则我简直是你的俘虏! 我从来没有见过这样的结合。我一生只要逃避你,你一生只要捉拿我。你哪里计及我的大志与我的梦想,你是一概不懂的。

什么时候我可以在这里工作呢？我们的一切的时间都消磨在吵嘴与讲和里头了。幸亏我的诳语能够抵挡了许多狂风暴雨。

姞　你的诳语？

伊　是的，我常常扯谎。有许多事情给我隐藏了，或改变了。

姞　为的是要耳边清静吗？

伊　这是你的错处。多亏了你的多疑的性情，令我心中有了扯谎的根性，现在我养成习惯了。假使明儿我找到一个情妇，要扯谎也毫不费力。

姞　呀！你是男子当中最不幸的一个，这个我承认，但是一个人卑鄙到这地步，也就不值得矜怜了。

伊　辱骂我吧，如果你愿意的话。这一次，你是不能从我的怒气里取利的，我预先告诉你：你想要我自怨自艾，很多情地、很卑鄙地向你求饶，这是不成功的。再说一层，我的愤怒只是一种细故，你的流泪也不能把事情变更；最重大的乃是我所说的话，乃是实际上的事。

姞　是的，实际上的事。

伊　我是你的丈夫，你是我的妻子，我本该对你让步。我绝不会有脱离你的勇气。是不是？我是晓得我自己的；那么，有什么用处？倒不如忍气吞声为佳！我归属于你侦探我的生活，审查我的行为，窥伺我的举动，搜检我的脑筋像搜检这些抽屉一般，这都是你的权利。如果你高兴的话，你尽可以质问我、赞成我或非难我。我惟有低头忍受，因为这屋子是我们的，这些家具是你的，我的书也是你的。我的财产、我的名义、我的友谊、我的仇恨，一切都是我们共有的，我自己却没有一样东西！你有权利打断我的工作，坐在我的写字台前，追随我从这房间走到那房间，你要见我就见，要谈话就谈，要诉苦就诉，这都是你的权利。

姞　亲爱的,这不是权利的问题,只是爱情的问题。

伊　嗳!我是为你牺牲的,八年来为你牺牲。

姞　八年来?

伊　是的,而且我受苦还没有完。

姞　你真是负心!

伊　还要许久的时间,把我们一切的日常生活的行为都做完了,直做到最可笑的举动,把我们的习惯、兴趣、失望的心情都混合起来,我是判归你的,你是判归我的,我们一辈子只谈爱情,天天只谈爱情。

姞　夜夜也只谈爱情。

伊　呀!夜间与我有什么关系!我觉得给了我的身体比之给了我的思想还好些。

姞　你不否认这些时候,这却可怪。

伊　假使不先是你祷祝这些时候,也许我还感谢上帝呢。

姞　你说谎。

伊　假使你不把价值降低,不赶紧表示同意,假使有时候你让我先迷恋你、要求你,那么就好了。

姞　我不许你再说下去了。

伊　唉!你有道理。你不是骄傲的人。

姞　你说谎,你所说的都是些可恼的诳语。并不是我求乞你,乃是你来寻我。呃,是的,是你,……

伊　因为你发怒,因为我被征服了。

姞　因为你的心地好吗?

伊　是的,我疼爱你,有十分之九是投降的心理。

姞　(嚷起来)无赖!当年你晓得我爱你,你就不该娶我。

伊　这是我错了。

姞　(又悲又愤)你已经三十余岁了,我只二十岁。一个人到这地步该考虑考虑,尤其是你这样不可和解的人。我同你说过我万分爱你,你为什么要了我? 为什么你这样好心,这样懦弱? 为什么你让我相信你的爱情? 为什么你说谎骗我? 为什么当初你不就显出残忍的真面目来? 为什么你等到此刻才说实话呢?

伊　这是我错了。

姞　但是你不过是一个爱虚荣的人,一个专从妇女身上用功夫的男子,当年你想要人家爱你。

伊　是的,然而不必到这地步!

姞　我所给你的,超过你的希望之外吗?

伊　正是。

姞　可怜的男子! 我爱你太过,你爱我不够,这就是我的罪。

伊　这就是我们的灾难。

姞　这个我不管! 今天你不要了的爱情,你所污蔑了的爱情,既然当年你曾经鼓励过我,与我分担过,现在你就丧失了责备我的权利了。

伊　这个我承认。

姞　再者,纵使你没有鼓励过我,没有与我分担过这爱情,我又有什么罪? 那么,因为我是你的妻子就不应该爱你了吗? 因为我把我的贞节、青春、忠心都给了你,因为我未遇见你以前不曾滚进过十个男子的怀抱里,所以你就不许我向你谈爱情吗? 你们所要求的,你们向娼妇们所乞请的,如今我们给你们,你们却拒绝了吗? 但是我并不因为只归属于你一人,就不值得人家垂涎,并不因为我太爱你就降低了我的身价啊!

伊　你有道理,你有道理。

姞　唉! 人家应该告诉少女们:恋爱与结婚是两件不相同的事,是合不拢来的。她们该先选择,或者像你们一样做先恋爱,后结婚。你要了我,为的是要我守你的屋子,管你的奴仆,遇必要时满足你的性欲,是不是? 我在这里是奴仆的变相。呀! 你

　　在偶然的遭遇或随意的娱乐的时候,你就懂得爱情,这所谓恋爱的奢侈品;至于婚姻上头,有了是平静的生活,人家调养身体,计算收支,时时顾到财产与职业,这种生涯,你认为不适宜的,不能忍受的,而且,如果你敢说,还可以说是不干净的。但是,可怜的爱人,你该晓得,假使我当年只求理智的婚姻,我决不至于嫁了你。

伊　为什么呢?

姑　因为我可以找得更好的丈夫!而且容易得很。我的财产、我的门第、我的年龄,都容许我选择,容许我等待。我拒绝了好些比你更有钱、更大方、更著名的男子。

伊　可惜,可惜。

姑　我嫁你,不是嫁一个学者,只是嫁一个我所爱的人。

伊　我很晓得你的自私主义。

姑　与你结理智的婚姻吗?你不想一想!如果今日你才提出这话,未免太迟了。

伊　那么,是我们倒霉。

姑　未免太迟了,因为八年以来,无论是虚是实,我所过的总算是恋爱的生活。理智的婚姻吗?你竟给我这种好生活!妙啊,这遂了你的愿了!我看见我们两个:你整天到晚关着门守着你的字纸堆,我孤零零地在另一个房间,或是接见无益的朋友。我们要与别的家庭一样。我们谈金钱,谈健康;我不该爱你,却该接受你的温存。用不着爱神宽恕我们,我们的精神肉体毕竟相粘连,直到死的一天为止。你做那么一个男子,我做那么一个妇人吗?啐!这真令人作呕!我看见一双男女这样一块儿生活,我只觉得可怜。这并不是两个爱人互相维系,却是两个同事互相算计。

伊　不见得,你说的太过了。

姑　我再申说,在我一方面,我不肯受这可怜的生涯,我要做原来

的我,专从事于恋爱,过浪漫的生活。我觉得你所责备于我的
短处比之你所要求于我的长处更能增加我的价值。

伊　多么自负!

姞　我纠缠你,我垄断你,时时刻刻扰乱你的心思,这个我承认。
我是专制的、妒忌的、惹人生气的人,这个我也承认。凭我的
理智,我是赞成你的;只我的心与身反对你、非难你,觉得你不
应该。你须知,痛苦比一切的理智更强有力。再说,我的笨拙
的爱情与你的微弱的爱情相比较,我是怎样的? 我是不是一
个善良而忠诚的爱人? 当你灰心的时候,我有没有安慰过你?
假使你不高兴把你卖弄风流或全不关心的事实来使我提心吊
胆,我会不会有这样疑心大,会不会这样惹厌? 假使你不常常
当众把些冷嘲热讽的话中伤我,我会不会这样惹人笑话? 请
你做个好人,我就不是人家的笑柄了。既然我不懂得爱你,你
就指教我吧。请你安慰我,把我当做朋友看待,不要老是这样
想入非非的。请你像对小孩般地给我自新的时日。将来你
看,我会变另一个人,很聪明甚至于很讲究实用。日常的生活
不至像现在这样累你,我尊重你的工作,也许你会得到幸
福……唉! 当初我以为你已经是幸福的了! (泪流满面,静默
一会子)

伊　嗳呀,不要哭。

姞　我常常自己说:他不像我爱他一般地爱我,但是我在他身边的
时候,他总还感觉得多少甜蜜的意味。这是我误会了。……
你不说话了吗? 答复我一两句好不好?

伊　你要我答复你什么话呢? 一切你所说的话都是对的,我深深
地可怜你。但是我是四十三岁的人了,我不是恨你的人,只是
维护自己的工作的人。将来尽管你怎样做,恋爱只能尽自己
的能力罢了。唉! 恋爱的热狂并不是一辈子都有的!

姞　你不想及这些事情。这是不可能的,你不会这样想的,否则就

请你说老实话吧,你爱上另一个妇人了。

伊　(举臂向天)呀!上帝啊,不是的!

姑　因此我应该相信你,你不爱我了,你从来不曾爱过我,是不是?我的幸福存在一种误会之上,我受骗了……这一次的觉悟,好不令人寒心!

伊　嗳呀!

姑　慈悲心,假爱情,这就是我所得到于你的一切,甚至于新婚的期间内也不过如此。

伊　我不说这个。

姑　你看,我不相信你才是!

伊　我请求你。

姑　也许你自己误会了? 你仔细想一想……也许你还有几分爱我吧?

伊　我晓得吗?

姑　一切都完了,是呢不是?

伊　(残忍地)是又怎么样?

姑　你能这样假定吗?

伊　假定我改变了,不是当年那一个人了;你虽则年纪轻,容貌美,性情正直,有种种的美德,假定我结了婚八年之后忽然完全冷淡了,又怎么样?

姑　怎么样?

伊　我有什么罪? 我对于我的情感,是不负责任的。我在行为上对你负责,在思想上不对你负责。我的心理的变化,你不能过问,谁也不能过问。刚才我说了些相反的话,乃是我一时糊涂。我的脑筋是我的,完全归属于我!

姑　这是对的,我服你了。但是,既然我失恋了,既然你不说谎了,我恃以生活的幻象也消灭了,那么,我的生命也就完了。我生也无益,倒不如自杀了吧。

伊　你疯了吗？

姞　是的。

伊　你自杀吗？

姞　是的，我要自杀。

伊　（说反话）为的是这个？

姞　呃，为的是这个。

伊　这太厉害了！一切的妇女的生活，你却不满意吗？我们是婚姻中人，就过婚姻中的生活吧。

姞　我所做的，比别人多了些——至少是我以为如此——所以我所要求的也多些。

伊　但是假使你自杀了，人家会说……

姞　说我播弄你，是不是？

伊　你很可以消灭了你，不必自杀。

姞　要我停留在这屋子里，不痛苦也不思想吗？要我压抑我的心，以求方便于你吗？唉！可惜我不能！我宁愿死了还好些。

伊　你自杀！实际上这却是合乎伦理的。恋爱的性癖本该驱迫你走那一条路，现在你所欠的只是像小说里的情女子一般地告终。你真所谓一个完人。

姞　（藐视地，愤恨地）嗳，你还不值得我为你而死。你放心，将来我决不使你有难堪的回忆，以致你的生活受了纷扰。我向你发誓，从此之后，你不会知道我痛苦了。

伊　这才好哩。

姞　今日你是最强硬的，这因为你是最不迷恋的，但是你要当心，在生活里是有报复的。将来有一天我可以在我们二人中间加上了一件不可挽救的事情，那时节你可真的不幸了，真的可笑了。

伊　（耸肩）那时节……

姞　我同你说好，你为我牺牲的时间不会延长很久了……呀！

现在我妨碍你！好,另一个男子会替你消除了你的妨碍
物的！

伊　你威吓我吗？

姞　是的,我威吓你。

伊　那么,你向我说你的两刀论法:"你非热狂地恋爱就须得戴绿
帽子……"我很抱歉,亲爱的,我不能选择。

姞　住口,伊甸,你不要与我挑战吧。你不很了解我……糊涂事我
是做得来的！

伊　(拿起帽子)随你的便。我先到外面吃晚饭再说。

姞　(绝望地)伊甸！

伊　(戴起帽子)晚安。亲爱的,一个人只打算给丈夫戴绿帽子还
不成功,应该还要有这意志才行。

姞　当心！

第七出

出场人:伊甸、姞尔曼、巴斯嘉。

巴斯嘉入。

伊　(盛怒,向巴斯嘉)喂,亲爱的,你来得恰巧。既然你钟爱我的
妻子,你就安慰她吧。我呢,我受够了,我把她送给你了。

巴　你变疯狂了吗？这些狂妄的话是什么意思？

伊　(气冲冲走出)晚安。

第八出

出场人:姞尔曼、巴斯嘉。

姞　(又愤恨又失望)呀！无赖！呆子！豺狼！

巴　岂有此理！这等人戴绿帽子也是活该的！

姞　戴绿帽子的痛苦不更大些,可惜之至！亲爱的,他把我贡献给
您了,您就利用他的大量吧。

巴　我吗？做您的情郎吗？

姑　如果不是您，便是另一个，我敢担保。

巴　好了吧，姞尔曼，放安静些，不要逗引我。

姑　我要负他！我要负他！我要负他！

巴　天啊！假使您一定要做一件糊涂事……

姑　无赖！……

巴　那么，与其找别人，倒不如要了我……

姑　无赖！……

巴　我可以受委托，污辱你们的家声，比别人好些。

姑　我的亲爱的巴斯嘉，请您不要笑，您料不到这一次却是认真
　　的了。

巴　呀！请您不要说吧，也许我还爱你呢。

姑　（发狂）什么我都不顾！

幕闭

第三幕

布景 如前幕。秩序整齐些。

第一出

出场人:伊甸、巴斯嘉、玛玳琏。

伊甸坐在写字台前,巴斯嘉站在火橱边;玛玳琏正在把一个托盘放在桌上,托盘上有一个瓶子、几个杯子。长时间的静默。

玛　(向巴斯嘉)要不要加上一块炭?

巴　(心神不在)火够了,谢谢。

玛　(拨火)先生不像从前那么怕冷了。

巴　我变了。

玛　我晓得一些来由。

巴　说着我又想起来了,您那画家呢? 您把他怎么样了?

玛　我不敢说。

巴　当心,您的身材很好,不要糟蹋了。

玛　呋! 至多不过变了一个小兵。

巴　或一个卖笑妇。……

伊　(自语)一切的前程。

玛玳琏出。长时间的静默。

第二出

出场人:伊甸、巴斯嘉。

伊　(停止写字)不行,真的,我今天没有兴致。(向巴斯嘉)这是你的最后一句话了吗？为什么你不说话？

巴　我烘着火等候姞尔曼。

伊　（站起来）你只晓得用我的丫头，却没有一句话同我说吗？

巴　你在工作。

伊　平常的时候你很好，你阻止我工作。

巴　这要看是什么时候。

伊　（走向他）唉！你的神气严重得很。

巴　（假装无事）我吗？没有的事。

伊　（妒忌）你怎么样了？

巴　没有怎么样。

伊　摩荔赛德吗？

巴　是的，摩荔赛德。

伊　你以人格担保你的话吗？

巴　（为难）你真呆。

伊　（斟酒自饮）你要不要？

巴　（拒绝）不，谢谢。

伊　这是你的马拉家酒。

巴　我认得。

伊　你不喝吗？

巴　我不喜欢这酒了。

伊　你错了，开了瓶的马拉家酒更好。

巴　许多人是如此的。（静默一会子）你又工作吗？

伊　（坐下）我已经迟了，非赶紧不可。

巴　你在做什么？

伊　我替《文库》做一篇稿子。

巴　做得好吧？

伊　（一面写，一面说）差不多。

第三出

出场人:伊甸、巴斯嘉、姞尔曼、(其后)玛珉琏。

姞尔曼入。

姞　(向巴斯嘉)您等候我吗?

巴　五点钟了,您看,我很守时刻。

姞　您从来不曾失了这一种美德。

巴　刚才您同谁在一块儿?

姞　克洛沙先生与克洛沙夫人。

巴　他们和好了吗?

姞　那丈夫宽恕她了。

伊　(一面写,一面说)滑稽的时代! 到处遇见的妇女无非是给丈夫宽恕的。

巴　克洛沙是什么年纪了?

伊　六十七岁。

姞　是做好爸爸的年纪了。

巴　他接吻是在额上的。

伊　(妒忌)假使他年纪轻些,便不像这样容易说话了。

巴　除非他爱他的妻子,少不了她。

伊　(继续写字,说)加上了几分理智,世上的一切都不是少不了的。(静默一会子)

巴　(向姞尔曼)您来吧?

伊　你们到哪里去?

巴　到俱乐部里去。

姞　我不晓得我去不去。

巴　您改变了主意吗?

姞　(脱去外衣)老实说。……。

巴　(灰心)她是靠不住的!

伊　可怜的巴斯嘉!

玛玳琏入。

玛　先生您可以来一下子吗?

伊　什么事?

玛　那糊房匠问:先生的卧房里的图画该挂在哪一边?

伊　姞尔曼,你担任这事好不好?

姞　(拿了一本书,坐下)唉! 我知道你的嗜好,比知道我的嗜好更的确!

伊　(向玛玳琏)我就去。(向巴斯嘉)自从那一天以来我们分住两个房间了。

姞　这于脑力很有益处。

伊　(向巴斯嘉)她同我赌气了。

巴　(自语)我还没有受骗。

伊　(向玛玳琏)这一封信是交邮局的。

玛　好的,先生。

伊　而且请您放些墨水进这墨水池里。

玛　(自语)他们叫把墨水池放满,好教他们可以互相把墨水射脸孔!

姞　(看见玛玳琏想要把她的外衣拿开)请您不要把我的外衣拿去。

玛玳琏出,伊甸站起来,走向门口。

伊　(走回来,向姞尔曼)如果你出去,不要回来太晚了;我们今晚到安利耶家吃饭去。

姞　你自己去好不好? 我预备在火炉边过夜。

巴　那么,我来陪伴您。

姞　用不着。

伊　(向姞尔曼)我丢你自己在家你不会发愁吗?

姞　我只会仅仅有应有的痛苦。

伊　(作反语)多么乐天安命! 真的,这一礼拜来,我看你不像从前了。

姞　将来你看,再过些时候我就是一个完善的人了。

伊　唉! 你离完善的路不远了。现在一切的美德你都有了。

巴　(自语)我不叫他说这话。

伊　我可以出去,可以回来,你不再盘问我了,你不再审查我的行为了。

姞　你是自由的。

伊　你赌气呢,还是老成了?

姞　你猜。

伊　现在我工作了,屋子里安静了。

姞　我学会爱你了。

伊　(妒忌而又自负)巴斯嘉是你的教员吗?

姞　他向我进了多少忠告。

伊　(向巴斯嘉)难得,难得!

姞　这没有什么。

伊　我请你恕罪。

巴　(从中调停)嗳呀,亲爱的。

伊　(向巴斯嘉)我不说笑话,你照管她,实在是帮我的忙。

姞　(向伊甸)恰是他该感激你哩。

伊　(预备出去)我就来。你们在这里玩私通的把戏吧,既然你们这样高兴。

姞　谢谢你的许可。

巴　(低声向姞尔曼)当心,他吃醋了。

姞　您不晓得他。他是愚而好自用的人,我们尽管怎样做,怎样不谨慎,也不妨事的。

伊　(到了门槛上,怀疑,自语)也许他们? ……(耸肩)呋! 等一会儿我再考究这个吧。(出)

第四出

出场人：巴斯嘉、姞尔曼。

巴　您愿意不愿意做个好人？

姞　这要看情形。

巴　请您丢了这一本没趣味的书，戴起您的帽子，同我到俱乐部里去吧。

姞　（冷冷地）我已经说过我不去了。

巴　您错了，那边有一副波纳的画很好。

姞　我不管它波纳不波纳。

巴　我们老是一块儿到展览会去的，为什么这一次您不同我去看呢？

姞　我没有闲心情看图画，您相信我的话吧。

巴　我也不想看。只一层，我喜欢陪您在马路上走，散一散步，你躲避我一个礼拜了。我本该向我的旧女友叙述我的痛苦，这痛苦为的是……

姞　（打断他的话头）为的是您的新情妇。

巴　我的情妇！

姞　嗳，我本来宁愿做我丈夫的情妇，而他却不肯。

巴　呆子！

姞　走吧，不要等我。今天我如果陪您走，只是一个愁闷的伴侣。而且，我宁愿不听见您的心腹话。

巴　唉！我并不是口是心非的人，我可以向您发誓。我太注意您的感情了，所以有些问题是不必谈的，您放心，我绝不会努力打动您的心。我们只很亲密地，很好心地，大家谈天，像当天一样。

姞　那么，就在这里谈吧。

巴　这里吗？我恐怕不能。

姑　为什么？

巴　现在我惭愧了，我很难为情。我觉得一切都复杂了，艰难了，可恨了。最简单的事情，此刻在我看来，却是非常的事情。这里的家私什物忽然改了外观，好像人家改变了灯光一样。

姑　可叹啊！

巴　在这屋子里，我不把它当做我的家了。我不敢坐在你们的桌子前面了。我不敢命令你们的奴仆了。

姑　您的习惯受了牵制了。

巴　我不敢穿短衣服来了。

姑　您的生活受了动摇了。

巴　刚才我冷得要命，却不敢在火炉上加一块炭。您看，这些香烟是我所最爱的，一刻钟以前我就想吸它一支；好，到此刻我还不敢动手。现在这些香烟乃是您的丈夫的了。我在不曾要了他的妻子以前，他的东西，我要什么就拿什么。

姑　"更好"乃是"好"的仇敌。

巴　如果您以为我的良心没有什么不安，那就是您误会了。我的良心与您一样地不安，也许还更甚些。我笑，我表示我的胆子大；其实我是活受罪。我以为我所说的一切都是有罪的。呀！像我这样一个人，不应该生于我们这时代。

姑　天啊！假使您不与我同时生存。……

巴　您不要嘲笑我。您始终是一个不幸的妇人，而我们的友谊却破坏了。

姑　说哩！

巴　当初我们三人是多么快活，多么亲密，多么光明正大地联合起来。唉！我们的良好的夜会从此完了！我们虽则有时候吵嘴，但总还算是好的。现在我丧失了两个好朋友了！

姑　我从来没有看见一个自私自利的人有这样的好心。

巴　呀！为什么您那一天的糊涂事竟引我上了当!？为什么……

姞　请您不要责备我引您上当吧。

巴　当初我是何等自负,我以为我能安慰您。

姞　很像可能的样子。

巴　我现在是徒劳无功的了。九年以来,我做梦也梦不到这幸福,而今一场大祸,却使我得这幸福,大约明天就丧失了,然而我始终迷恋您,热狂地迷恋您。唉!好一个结果!

姞　我劝您客气些吧。

巴　我们可以打赌:不出三天之内,你们就要关门不许我来了。

姞　这是很可能的。

巴　唉!这一定会成为事实!看您这种平静的神气,就没有什么好预兆。不久我会领受人家一剑——我不会就死,这才是不幸——于是我们三人的关系就告终了。我们各向一方面走,只剩下这屋子空着。

姞　不,还有些家具。

巴　如果我不能天天再见您,教我如何是好?我会因此死了的,您晓得吗?

姞　好,那么,您就死吧,朋友。

巴　如此而已吗?

姞　否则您就同伯利索夫人结婚。

巴　她没有胖起来。

姞　那么,您就同摩荔赛德讲和吧。

巴　但是,当我是摩荔赛德的情人的时候,我每天在这里过日子。嗳,这是您错了,您选中了一个男子,这男子乃是以爱您为手段,替您报复您的丈夫的。既然您的过失是可一不可再的,您随便挑选一个没有关系的男子就够了,何苦要了我?

姞　因为您在这里。

　　静默一会子。

巴　(差不多是快活)那么,不来了,决不再来了?

姞　是的。

巴　您做得不好。

姞　真的,您曾经发誓要使我快活。

巴　是的,呃,我要使您快活。假使您听从我?……

姞　说出来看。……

巴　请您不必考虑吧。像前次一样做,您须得先吵一次嘴。

姞　我们应该规规矩矩的才好。

巴　您放心,您的罪恶不会因此增加了。

姞　倒还可以减少。

巴　当然,还可以减少。您委身于一个过路的可怜的魔鬼的时候,您已经同他立了一个条约。为什么您要失信呢?给一个不幸的人许多好处,末了却把他推下水里,这是不应该的啊。

姞　开始了的事是要继续下去的。

巴　一则因为有仁慈的心命令您,二则因为有舆论监督您。

姞　舆论!

巴　有些罪过是可以因为再犯而减轻的。

姞　甚至于有些罪恶越能延长,越受人敬重。

巴　人家原谅一个上流妇女与另一个男子结合,却不原谅她……

姞　(完成他的话)却不原谅她一时高兴的私通。

巴　这是合理的话。

姞　偶然不小心,以至于不安本分,这乃是社会所不容的。

巴　是的,说到这里,我记起当年有一个西班牙的兵士——叫做什么名字的——他的意见我很赞同。他往往临阵脱逃,人家责备他,说他不该再三犯罪,我在旁边听见他生气地回答道:"亲爱的,一个西班牙兵士脱逃,便终身不变的了。"

姞　假使是一个西班牙女子,她不会如此回答的。

第五出

出场人: 巴斯嘉、姞尔曼、伊甸。

伊　甸入。

伊　（妒忌而又自负）请你们不必起动，继续说下去吧。

姞　假使我继续说下去，也许你不喜欢。

巴　她说得太过了。

伊　（向巴斯嘉）你须知，你可以向她再三地说你爱她，我不阻挡你。

姞　他说这些事情，说得很好，我意料不到。

伊　好一个巴斯嘉。他诚恳得很。

巴　可叹啊！诚恳的人是没有福气的。

姞　有时候也有福气。

伊　有时候吗？

姞　这要看情形。

巴　（自语）糟糕！

伊　（向巴斯嘉）妇女的事情，只要你趁机会就行了，是不是？

姞　这也许千真万确，为你意料所不及。

伊　（愤怒而又自负）不，但是你到了那地步，你叫我一声就是了……

姞　怎么？你不运用莫里哀的字眼吗[①]？

伊　用的。我想要听见说这话。这可以使我改变。

姞　（预备嚷出来）好，我说了吧，你是！……

伊　说呀，放出些勇气来吧。

姞　你不要催我，我不说还好些。

伊　说呀，你急急要把真情告诉我，而我也急急要知道真情。

巴　我们不要闹这笑话了吧。

伊　（向巴斯嘉）她恐怕博得人家喜欢。（向姞尔曼）说呀。

姞　我很愿意说，只不愿意当他的面。

------

① 莫里哀的戏剧中常用 cocu 一字，等于中国人所谓"乌龟"。

伊　（向巴斯嘉）那么，你去吧。

巴　（向婼尔曼）您赶我走吗？

婼　告别了。

伊　这是送行的话了，我想？

巴　真的，我没有福气。一会儿见。（出）

　　静默一会子。

第六出

出场人：伊甸、婼尔曼。

伊　现在你可以说了。

婼　如果你愿意的话。

　　静默一会子。

伊　（愤激）你不要吞吞吐吐的，也不必说反话了！我要知道你的
　　冷嘲热讽与他的行坐不安的情形里头有的是什么。

婼　好的。

伊　你们两人都与我挑战了一个钟头，现在是笑话告终的时候了。
　　我要事情确定。我们独自在这里，门也关上了。我们即刻互
　　相说明吧。

婼　（游移）好！我说……

伊　怎么样？……（静默一会子）你不害怕吧，我想？

婼　我不怕。

伊　（残酷地）如果你怕说出来令我伤心，那你就错到了极点，因为
　　我所怕的唯一的事情只是你的热烈的爱情。

婼　（愤激）伊甸！

伊　你尽忠于我与否，我不放在心头！

婼　伊甸！……

伊　我不爱你，你是晓得的，我没有爱过你，甚至于没有一小时的
　　爱情。八年以来，你的脾气太好了，竟不知道我讨厌你到了什

么地步。

姞　（愤激）呀！你还辱骂我！

伊　这是真的吗？是呢不是？

姞　是真的。

伊　同他吗？

姞　是的，在那一天。

伊　（作威吓状）贱人！

姞　你把我贡献给他，好，我就委身于他了。你犯不着再贡献一
　　次，事情已经完了。

伊　住口！你说谎，我不肯相信你。

姞　这是你错了。我负了你，你听懂了吗？我负了你！是的，我犯
　　了这一件不名誉的事，而我觉得很快乐，很高兴告诉你。假使
　　你要我再做，我就再做。

伊　住口！住口！

姞　不，我要说。这是你要我说的。我要把我满心的怨气都告诉
　　了你。

伊　住口，否则我要杀你。

姞　你何苦动手呢？你不是遂了愿吗？既然你执意要摆脱我，此
　　刻你该满意了。你是自由的了。

伊　你负我？我吗？

姞　是的，是你，当年我所钟爱的你，一切的妇人们所爱过的你，现
　　在你像别的男子一般地给妻子辜负了。你以为你可以永远使
　　我痛苦，而我绝对不会能够使你痛苦。当初我为我的爱情而
　　悲哀，现在你也不免为你的虚荣心而悲哀了。谢上帝的恩典，
　　你成为可笑的人了。

伊　可笑吗？

姞　现在我们两清了。

伊　你住口不住口？

姞 呀！那一天，你辱骂了我之后，你安然地进去了，你在这安乐椅上打睡，不管我的死活。你不敢跨进我的卧房一步，生怕我同你讲和，是不是？好，这是你的聪明不够了，亲爱的，让我说你一句吧。那一天晚上却是例外，假使你进了我的卧房，决不会遭殃，不会受我的疼爱，而我也就早已把刚才的话告诉你了，我不至于受苦一礼拜，这样假仁假义地忍住这一口气，你也不至于猜我会体贴你，会乐天安命了。男子们都是这样笨的！

伊 你说完了吗？

姞 是的，我说完了，此刻你可以杀我了。我要说的话都说了。我等候。你放心，尽管你怎样做，绝对不会比从前更残酷的。
（她坐下）

伊 不，我不杀你，我不给你这恩惠，杀了你，你岂不太快活了？我离了这屋子就完了。（拿起帽子）

姞 呀！

伊 我不再看见你，不再听见你说话，这就是我唯一的报仇的方法。从前我有一妻一友，现在妻也没有了，友也没有了；然而将来我忘记了这些，我工作，八年来因为你的嗟怨与吵闹使我不能实现我的梦想，将来却可以实现了。我为了你，失了的时间不少。告别了，现在我的奴隶生活完了，我自由了。你说得不错，我摆脱了你了。多亏你做了不名誉的行为，使我得了解放！

姞 告别了。

伊 无论如何，哪怕你堕落到什么地步，我的自由的代价总不算是太高。你须知，我把自由看得比我的幸福与我的名誉更要紧。

姞 你可以走了。你料不到你以一走了事作为报仇的方法还算不十分卑鄙呢。

伊 （走向她）走的不是一个被凌辱的丈夫，只是一个抛弃了讨厌

的情妇的男子。你不晓得我诅咒了多少次我的慈悲心，说我
不该受慈悲心束缚在这里。谢上帝，此刻我可以丢了你，良心
上没有什么不安了。此刻不走，将来不会再有这样的机会。
无论我怎样有责任心与慈悲心，我不该与一个坏女人过生活。

姞　随你的便。

伊　（气冲冲地）因为只有坏女人能因受激而委身于一个过路的男
　　子。你叫她负你，她就负你，这样的妻子，你不叫她负你，她也
　　会负你。可见她从前不是一个正气的女人。

姞　说大话。

伊　除非是一个坏女人，否则不能因为一时发怒就做坏事。谁也
　　没有这权利。一个人心地纯良，决不肯听从一个疯子的话，去
　　偷东西。你犯不着自夸你的好行为。你这行为乃是最可
　　恶的。

姞　我因为绝望，所以堕落。

伊　因为淫邪。

姞　因为愤激。

伊　我的过失无论怎样大，你的负心的行为是不可以原谅的。我
　　欺负你的事小，你惩戒我的事太大了。

姞　这才好哩。

伊　你敢非难我吗？哪怕我怎样凶恶，怎样不完善，我从来不曾负
　　你。我因为自私，因为残忍，因为心有余而力不足，有些事我
　　不能为你做好，但是我也不曾为别人做过。你这样多情，而你
　　所犯的罪却是一个无情的女人所不犯的。假使你不曾恋爱过
　　我，还有什么更大的罪给你犯呢？

姞　假使我不曾恋爱过，你我就不痛苦；不痛苦，我就安然地生活
　　下去。

伊　那就好得多了。唉！我何苦发怒这许久呢？人家在这里，从
　　来没有过婚姻的生活，我犯不着说丈夫的话。告别了，我不再

回这屋子里,除非你离开了。

姞　我不久就离开。

伊　我预备你这样。

姞　用不到许多时候了。

伊　一切使你联属于我的东西,我都给你解放了。你要怎样做都可以。

姞　谢谢。

伊　(在门槛上)我离开你,还保存使你痛苦的能力,我再申说:因为我不爱你,你却爱我。

姞　(激烈地)你猜错了,我的病好了,不爱你了! 你的辱骂已经消灭了我的爱情,而且另一个男子的爱情又来分我的心。

伊　请你快去找他,否则明天已经迟了,我把他杀了。(出)

姞　(多情地)伊甸! (独自一人,泪下如雨)现在我失了他了,完了。

长时间的静默。

第七出

出场人:姞尔曼、巴斯嘉。

巴斯嘉入。

巴　您哭吗? (姞尔曼抬头)您刚才把一切都告诉了他,是不是? 这男子又苦了您了。

姞　(绝望,而且藐视)我不许您非难他。

巴　您已经忘记他的错处了。

姞　他的错处吗? 他对待您,还有错处吗? 这不好的丈夫,他怎样对您不住? 为什么您要了他的妻子? 您是他的朋友,您是他的老相知,您是他的生活的证明者,您是知道他一切的秘密的一个人,您有什么权利偷了他的东西? 谁晓得他不常常对您说他爱我? 他大约已经告诉了您,而您隐藏着不告诉我。

巴　不是的。

姞　（呜咽）不是的，您也该说是的，教我相信。但是您看见我那么
　　爱他，您太妒忌了，所以您不肯说。妙啊！您耐心等候机会抢
　　夺他的人，因为您是一个被我拒绝了的丑男子，您怀恨在心，
　　要这么一来才得心满意足。

巴　我爱您。

姞　您说谎。

巴　我对您发誓。

姞　（呜咽）总之，我不爱您，您老早晓得的。一个会体贴妇女的男
　　子，能趁着一个妇人失望的时候于中取利吗？尤其是爱她的
　　时候，肯害她吗？您与其把我造成您的情妇，何不向我进忠
　　告，维护我，劝我的丈夫来就我？……唉！我想到这里……
　　（恨恨地）您去吧，我恨您，我瞧不起您，我不愿意再见您。您
　　这哭丧的脸孔，您这淫邪的心肠，您这不吉祥的友谊，请您都
　　给了别人吧。您是我一切的痛苦的主动者，没有您，我还可以
　　得到幸福；没有您，他还在这里。去吧，您是一个卑鄙的人，这
　　里的人只有您是不可以原谅的。如果我的丈夫明天杀了您，
　　这也是您活该。

巴　（预备出去）我不会抵抗他的。

姞　我也劝您如此。

巴　（在门槛上，自语）好！我这一次再来，真所谓打的好主意①！
　　（出）

姞　（独自一人，绝望地）我也一样，我在这屋子里是多余的人了。
　　我也一样，我非离开这里不可。我很晓得怎样……（她披起她
　　的外衣，向门外跑）

_____

①　开演时，取消了巴斯嘉这一段。

第八出

出场人: 姞尔曼、伊甸。

伊 （入。拦阻她的去路）你到哪里去？

姞 这与你有什么相干？

伊 我要知道。（她套手套）你去自杀,我猜着了。

姞 （矫饰）你误会了,快要自杀的妇人不会如此安静地套手套的。

伊 那么,你到哪里去呢？（她继续地套手套）请你答复我。（她上前几步,欲出,他拦阻她的去路）等一会儿,你答复了我再出去不迟。我想你不会去找那男子吧？

姞 老实说,你此刻才妒忌,未免太迟了。

伊 你现在还用我的姓氏。

姞 你驱逐了我,我要走了。

伊 请你等我与这男子讲理之后再走。

姞 我不能与你在同一的屋宇之下再生活五分钟。

伊 （大闹起来）我宁可关锁你,我宁可踏碎你,决不让你去会合那无赖！ 这个,我禁止你！（她抢门欲出,他猛烈地用臂擒住她;她喊了一声痛。伊甸惭愧,而且感动）呀！ 我捻痛了你,对不起。

姞 （有希望的样子）伊甸！
　　静默半晌。

伊 （苦恼地）呀！ 为什么我因担心与妒忌,竟把这门再开了？ 为什么我拦阻你的去路？ 我这一次回来,是多么厉害的矛盾的心理？ 此刻我还能够走吗？ 可叹啊！ 我们像仇人般地大家破了情面,说了许多不可挽回的话,我误解了你,你负了我,然而我还在这里！ 我害了你,你害了我,我辱骂了你,你辱骂了我,大家闹了一场。这是何等轻贱的举动啊！（哭）

姞 （亦哭）上帝啊！ 上帝啊！

静默半晌。

伊　（惭愧地）你说谎了,是不是? 你不去找他吧?

姑　不去。

伊　而且你爱我,你从来不停止爱我,是不是? 呀! 请你答复我,
　　你看,我是何等无聊!

姑　答复你有什么用处? 我做了的事,永远不只是我们自己知道
　　吗? 现在我们再也不能在一块儿生活了。

伊　（低头）也许吧?

姑　也许吧。那么,世上是没有公理的了?

伊　（多情地）幸亏是如此的。

姑　（奔向门外）你疯了,我还是走了的好。

伊　（拦阻她的去路）我不愿意。

姑　伊甸,请你考虑考虑,将来你是不幸的。

伊　（不敢望她,不敢近她）这有什么要紧呢!

十九年九月二十九日译完

佃户的女儿

[法]爱尔克曼、夏特里安　著

剧中人物

男

福厘慈·高仆——独身者,恃放利为活的人,简称福

达维特·西歇尔——犹太教士,简称达

弗来得力——测量委员,独身者,简称弗

哈乃佐——收税委员,独身者,简称哈

克利斯退尔——高仆的佃户,简称克

左赛夫——流荡者,简称左

一个割草的工人

女

胥赛儿——克利斯退尔之女,简称胥

嘉特菱——高仆的丫头,简称嘉

李斯比德——女佣,简称李

一个翻草的女工

还有几个割草的男工与翻草的女工们

时 间

剧情发生于现代

著者小传与本剧略评

爱尔克曼(Emile Erckmann),1822 年生于法尔斯浦,1889 年逝世。夏特里安(Alexandre Chatran)1826 年生于莫尔德省之索尔达坦乡,1890 年逝世。

他们二人的著述都是合作的,所以我们可以把他们当做一个人看待,但究竟是爱尔克曼的力量多些。

他们是浪漫主义派的后进,写了些历史上的小说,例如《黛列丝夫人》(Mme. Thérèse, 1863);《1813 年的一个新兵的历史》(Histoire d'un Conscrit de 1813, 1864);《阿尔萨斯的小说与短篇故事》(Contes et Romans Alsaciens, 1876);《和歇的故事》(Contes Vosgiens, 1877)。至于他们所做的戏剧则有《佃户的女儿》(原名《朋友福厘慈》l'Ami Fritz, 1876);《郎佐家》(Les Rantzau)等。

他们的文笔很朴实温厚,像村里的老头子,这都是阿尔萨斯人的气概。

《佃户的女儿》于 1876 年 12 月 4 日第一次在法兰西戏院开演,此后常在此院开演,最近的两次是 1930 年 9 月 14 日与 23 日。

译者
十九年十月十七日

第一幕

布景 福厘慈·高仆的饭厅。家具是老橡树雕刻成的。戏台的第一行左边是厨房的门；稍远些，是高仆的卧房的门。后方是两个大窗子，窗上是小圆格子。二窗之间有一个很大的食具橱，雕刻图画颇美。戏台的第一行右边是一张小桌，桌上文具，应有尽有。靠桌的墙上有些小架子，挂着好些烟斗。稍远些，是一个大门直对通过室。同方，后面，是玻璃门直达花园。二门之间，是陶制的大火炉，在左边。后方二窗之旁有许多小桌，为安放什物之用。

第一出

出场人：嘉特菱、李斯比德。

嘉 （手倚着桌子）现在，李斯比德，桌子摆好了，我们可以摆上桌布了。（她爬在一张椅子上，把后方的衣橱开了）

李 姑娘，你们今天有许多客吗？

嘉 不！福厘慈先生从来不请外人，只请他的老朋友们：那收税委员哈乃佐先生，测量委员弗来得力先生，还有就是那老教士达维特。十五年来，我没有看见他请过外人，除非是那流荡人左赛夫。福厘慈先生于1860年的冬天在大雪里搭救了他，每年逢先生的生日，他一定到来奏音乐。

李 他们互相很合得来吗？

嘉　（笑）说哩！……他们都是老朋友……您想想看！……他们除了达维特伯伯之外，都是没有结婚的。（拿了一张桌布，下了椅子）我们所需要的桌布来了，请您拿住那一个角儿，李斯比德。（她把桌布展开，摆在桌上）

李　唉！你们有的是好桌布！

嘉　是的。先生的母亲很爱好的桌布、好的饭巾，他的可怜的母亲，她一生的幸福都在乎这个。您瞧。（她爬上一张凳子，开了柜子）

李　上帝啊！这是可能的吗？

嘉　（作骄傲状）这是传家的什物；老夫人纺织了许多年，洗涤了许多年，才有这成绩。当年地方裁判人高仆老先生所爱的只是银器。（开了一只大抽屉）您瞧。

李　唉！我这一辈子还没有见过这许多好东西……

嘉　（把一个调羹给她）您掂一掂看。

李　（以手掂一掂那调羹）唉！重得很！

嘉　这是纯银，是好唛头。裁判先生不在乎多几个钱或少几个钱，只要买好的东西。高仆一家，子子孙孙都是如此的：一个喜欢好酒，另一个喜欢好家私，另一个喜欢好田庄与好磨坊——阿尔沙斯与和歇的好田地都给他们买完了。（停止谈话）李斯比德，请您把这桌布拉一拉，中间有一道折痕。（李斯比德拉桌布。嘉特菱用手按了几按）好了！

李　这些饭巾，该折成船只的样儿呢，还是折成主教的帽子的样儿呢？

嘉　随您的便；这可以不拘。

李　（继续工作）是的，你们有的是好桌布、好饭巾、好餐具；一所大屋子，从地窖到屋顶都充满了。但是，嘉特菱姑娘，这一切还不算是幸福……你们缺少了……

嘉　（打断她的话头）嗳，我很晓得，我们所缺少的乃是一个好主妇与几个小孩子。

李 不错啊！……福厘慈先生不愿意结婚吗？

嘉 是的。

李 这真是奇怪的见解！一个这样仁慈的男子……做他的妻子该
  是多么幸福！……呀！自从我的丈夫死了之后，他对待我的
  好处，我一辈子忘不了……假使没有福厘慈先生，我与我那四
  个孩子不知变成什么样子了！我们岂不早已饿死了吗？

嘉 （停止工作）李斯比德，您听我说，我早已告诉过您，千万不可
  说出这话来；假使福厘慈先生知道了，他一定不高兴的。

李 （诧异）天啊！为什么呢？

嘉 我一点儿不晓得。……然而却是这样的。世上的人们做恶事
  怕人知道，福厘慈先生做善事怕人知道。李斯比德，你须知，
  他与别人不同！那老教士达维特说福厘慈先生是一个奇人，
  我想他说的有理。假使他与别人相同，岂不早已结婚了？我
  们的旧第宅里岂不有了半打孩子们在这里享福？

李 有什么可以妨碍他呢？他很有家财，身体也很好……还没有
  到四十岁。

嘉 （打断她的话头）这只是他的见解，李斯比德。他自思：有了妻
  子，就妨碍他与老朋友们的交情；她或者不满意他的烟斗，或
  者不满意他的啤酒，嫌这个，嫌那个，总之，她要支配他。

李 这不算是妨碍；世上许多女人，并不安静地住在家里料理家
  务，只把时间用来拜访亲友，心心念念只要扯着丈夫的鼻子，
  拉他跟她走。

嘉 您说得有理，李斯比德，但是在未结婚以前，应该先从事于
  调查。

李 假使福厘慈先生请教于老教士达维特，他一定肯指点他的。

嘉 您想想看：这是世代的老朋友了！裁判先生在世的时候，他已
  经到这一家里来；他抱那小福厘慈在他的膝头上摇弄，让他挦

他的胡子！……唉！假使福厘慈先生肯听他说,岂不是好！

李　唉！这达维特伯伯,四十年来,他不知撮合了多少婚姻了！

嘉　您要怎样？撮合婚姻,便是他的幸福。假使只凭他一人的主意,裁判先生死了之后,福厘慈先生就结婚了。可怜的老教士！十五年来,他所提出的女子不少了！棕色发的、金色发的,天主教的、耶稣教的,富的、穷的——因为这老教士并不注意在金钱上头,但愿人们相爱以至于结婚,他就快活了。

李　福厘慈先生不肯吗？

嘉　是的。他笑……他倒在靠背椅子上嚷道:"这是第十个了……这是第二十个了。"

李　这是何等的不幸！……一个善良的女人进了这一所美丽的屋子里,这多么幸福的事……而且福厘慈先生……

嘉　(连忙地)嘘！他从地窖里来了。(她安排好了刀叉,装作很忙的样子。厨房的门开了,福厘慈出现在门槛上,穿的是早上的衣服,手里一只筐子,筐子里充满着许多酒瓶,又拿着一个烛擎,上面燃着蜡烛)

第二出

出场人：嘉特菱、李斯比德、福厘慈。

福　(注视桌子)哈！哈！行了……(吹熄了蜡烛,交给嘉特菱。又把筐子放下)嘉特菱,酒瓶子来了,我在地窖里挑选了上好的酒。饭预备好了吧？

嘉　是的,先生。

福　我希望你今天更进一步;你今天所做的饭该是……

嘉　您放心,先生,您曾经嫌过我做的饭不好吗？

福　不,嘉特菱,非但不嫌你,而且喜欢你;但是你须知,做好了还可以做更好,做得好到极点。让我看,你预备给我们吃些什么？

嘉 你们将有一碗虾仁汤，一盘牛肝，一盘竹签鱼，一盘小野鸡……

福 （打断她的话头）呷！……不要说其余的了……保留着一些不说，让我们有意料不到的快乐才好。总之，我晓得我们可以有一顿可口的饭吃的。左赛夫来了没有？

嘉 那流荡人吗？不，先生，还没有来。

福 奇了，每逢我的生日，他没有不来的。但愿他不病了就好！还有那高大的弗来得力呢？哈乃佐呢？

嘉 李斯比德已经去通知他们了；正午欠一刻他们就来的。

福 好的……好的！……还有那老教士达维特呢？

嘉 他为着一件事情出去了；他的夫人说过她可以通知他。

福 你该再去，说我在等他！……没有他，我的生日就不完美了；我是少不了这老教士的，你听见吗，嘉特菱？

嘉 是的，先生。李斯比德，您赶快去；我呢，我回厨房里去守着我的中饭。

福 对了。

李斯比德与嘉特菱自左边出。福厘慈独留。

第三出

出场人:福厘慈（独自一人）。

福 让我先把窗子打开；吃饭的时候需要空气，否则酒气就升上头来了。（开窗注视）好天气！春天报得好消息……乐事快要重来了；我们可以在收拾房里把凳车拖了出来，把轮子上了油，把新鲜的麦秆放在车的上面，克力克勒，到附近的地方看热闹去了……哈！哈！哈！我们又要乐它一场了！（打开另一窗）呃！燕子再来了……它们吱吱喳喳叫着，飞入空中，多么快活！……还有那边，山坡上，我的迈桑歇田庄的上面，枫树已经发叶了……我相信沿着篱笆的紫罗兰也开了……那克利斯

退尔伯伯与那吴尔胥妈妈,以及他们的女儿胥赛儿,他们该趁
着这好时光耕耘田园,播种花果! 好勤快的人们! ……在这
几天内,我非去看一看不可。(在右边坐下)哈! 哈! 哈! 做
一个无妻无子的人,有的是老朋友们,好酒好菜好肠胃;又有
的是许多钱放息,抵押的都是好产业;又有的是勤快的佃户
们,他们整年鼓着勇气工作,替我弄钱! 这是多么好的事! 福
厘慈,这都因为你有见识,所以能够如此享福! ……假使你听
从了那老教士达维特的话结了婚,此刻你正在愁闷到头发也
白了,与其他的丈夫一般了……(站起来,走近桌子)呀! 让我
看桌上安排好了没有……是的……什么都有了! (指那些座
位)那高大的弗来得力……那收税委员! ……左赛夫坐这一
边……达维特坐那一边……我呢,这里……(坐)是的,我坐这
里很好;厨房的门一开,我即刻看见了一切;我晓得要上什么
菜,因此我可以示意叫嘉特菱送上来或等一等……这很
好……现在要看酒了! (起立,走近筐子,抽出一只酒瓶)我们
先饮这一瓶波尔多,这是我的父亲福厘慈、我的祖父安团纳、
我的曾祖马尔登·高仆所最喜欢的酒。(他拭干了瓶底,放在
桌上;面上颇带闲愁)我一想起世上的人们,我就愁起来:他们
尽管怎样忠厚,怎样有见识,却把好酒抛在一旁,长辞了人世,
再也不能多饮一杯,快乐地感谢天主……是的,这是如此
的……我应该代替他们……总之,这一件事儿迟早是要临到
我们身上的,所以我们应该趁着能喝能吃的时候,利用好酒好
菜,大吃大喝一场。(老教士达维特自右方入,手里拿着棉布
的雨伞,在门槛上止步,注视福厘慈)

第四出

出场人:福厘慈、达维特。

福　(瞥见他,作快乐的声气)呃? 是你,老教士……欢迎……欢

迎……(老教士小步上前,摇头微笑)

达　高仆,我老是看见你在许多酒瓶中间,你老是这样的吗?

福　你要怎样?这是我的生日,我总该乐它一乐……你的祖宗沙罗门①不是这样说过吗?"空上加空,一切皆空。"他是这样说过的,老教士,是呢不是?

达　是的!

福　好,那么,既然这尘世一切皆空,最好乃是生平不做一件事,好教我们将来没有什么可以责备的,快乐地生活下去,听候天命。

达　(生气)呸!高仆,呸!……在这问题上,你的笑话是不行的……我不容许你引沙罗门做证人,便把你贪吃懒做的毛病遮盖了……这个不行……你是伊壁鸠鲁派,不要信仰,不要法律!

福　(大笑)哈!哈!哈!教士,我爱你,我所认识的人以你为最好;既然你不敢替沙罗门辩护,我们谈别的事情吧。

达　(不好气地)他不需要人家替他辩护,他自己辩护已经够了。

福　是的,现在要难为他,不是容易的事了……也罢……也罢……不要提这个吧……喂,这是你的座位,他们也快来了。

达　不,谢谢你,我不要坐,我没有时间;我特来告诉你:我只能来喝咖啡。

福　为什么呢?

达　(难为情)我有一件事……

福　什么事?……我敢断定又是一头亲事了。

达　呃,不错!……我要向你借五十个路易……

福　五十个路易!……唉!唉!……做一起借吗?

达　是的,做一起借。

---

①　沙罗门是犹太教的祖宗。

福　是给你用的吗？

达　说是给我用的也可以，因为只我一人负责还你的钱，但是我要这钱，为的是帮人家的忙……

福　帮谁的忙，达维特？

达　那负贩商人莫以思伯伯，你是认识他的；好，他的女儿给圣狄耶的沙罗门的儿子求婚；真是一对好孩子！……不过，你须知，那女孩需要一份嫁赀，于是莫以思伯伯来找我……

福　（打断他的话头）那么，你是至死不变的了！你自己负债还不够，还要替人家担负许多债务……你因为高兴撮合人们的婚姻，便糊涂起来了。

达　但是，高仆！……高仆！……你还没有看见那两个可爱的孩子哩！……这是他们一生的幸福，叫我怎好拒绝？……再者，莫以思的生意还好，至迟在一两年内他一定可以还我的钱。

福　你要借吗？好的。但是，你听我说，这一次我却要你给百分之五的利息了！我借给你，很愿意不要利息；至于借给别人……

达　（快活了）呀！天！谁说不是呢？但愿那一对可怜的孩子得享福就好了！莫以思一定还给我百分之五的利息。

福　（把右方的小桌子移到靠背椅前给他）喂，请在这儿坐下……这里是纸笔……让我去取钱来……请你在契纸上写明百分之五的利息，规规矩矩的……而且请你谨记，如果你不满意于我取笑你的祖宗沙罗门的话，我可以凭着这一片纸缠你到很远去！（他从左方出。达维特很快活地坐在桌前，戴起眼镜）

达　（写）"立约人达维特·西歇尔，明泉乡教士，承认欠同村放利人福厘慈·高仆先生的款，共一千二百法郎，将来还款时，附带纳息百分之五……"（福厘慈入，把一卷银圆放在桌上）

福　这里是五十个路易……（老教士仍旧写字，福厘慈在他的肩上看下去）你在写什么？

达　我在写契约。（念）"立约人达维特·西歇尔……"

福　老教士,你老是这样的,人家说笑话,你却当真。你要人家说正经话,像法律或《圣经》里的预言一般!……难道你不是我的最老的朋友吗?现在却要这些字纸做什么?(把契纸抢过来撕了)

达　(感动,起立,与福厘慈握手)谢谢你,高仆!(他拿了那一卷银圆,走向门口,有很忙的样子)谢谢!

福　不要忘记来喝咖啡!

达　(在门上回头)你放心。(出)

第五出

出场人:福厘慈、达维特。

福　(独自一人)好心的人!……他为别人奔走,好像为的是他自己的幸福;他看见别人的孩子们快乐,他的心也就笑了。(此时,老教士在窗前走过,手放在裤袋里,小步疾走)我到底要同他捣乱一下子。(呼唤)喂,教士……教士……(走上去)

达　(向窗)什么?……你要怎样,高仆?

福　还有我呢,你不想起我了吗?……你没有女子举荐给我了吗?第二十四个……你须知……

达　(举臂作滑稽状)呀!高仆!……你唯一的短处乃是爱开玩笑,否则你就是世上最好的人了……(小步疾走而去。福厘慈很快活地望他走开)

福　哈!哈!哈!有趣,有趣,住在这种地方,看见这种奇怪的人们,心地很好,笑口常开……

嘉特菱自左方入。

第六出

出场人:福厘慈、嘉特菱。

嘉　高仆先生,收税委员哈乃佐先生与测量委员弗来得力先生经过通衢来了。

福　好的……好的……一切都预备好了……让我穿衣去……请你
　　叫他们等我一等。嘉特菱,你可以先把汤送上来,我们在正午
　　开始吃饭。(他从左方出,哈乃佐与弗来得力从右方入)

第七出

出场人: 嘉特菱、哈乃佐、弗来得力、(其后)福厘慈。

哈　(在门上)喂!……喂!……嘉特菱,高仆哪里去了?

嘉　他去穿上一件礼服,马上就来的。先生们请进……请进……
　　我去找汤锅子来。(她从左方出。哈乃佐与弗来得力独留。
　　他们安放好了他们的手杖,挂好他们的帽子,似乎都很快活)

弗　(拍手)哈!哈!我们要快乐一场了!(弄他的领带为戏)

哈　(整理他的头发)是的,我们要快乐一场了……你喝了一杯樱
　　桃酒,开一开你的胃口吗?

弗　对啊!我喝了两杯!你呢?

哈　我吗?我用不着喝樱桃酒,我的肚子总是饿着的。(他双手撩
　　开他的背心,显得他有的是大肚子)

弗　呀!这是世间最大的幸福,肚子时刻饿着,这所谓天赋的本
　　能!……(在桌前止步,如有无限的感叹)喂,哈乃佐,你看这
　　个!……这不是一幅好图画,让有理智的、身体好的男子来欣
　　赏吗?……这个使你快乐……这个使你感动……这个使你感
　　谢造物的真宰,他造了这许多好东西给你吃!……上帝啊!
　　多么好的酒席!……

哈　是的,这酒席很丰富,很结实,这是古代的奢华!今日的人们
　　无非装饰门面,最穷的人有了假门面便可以冒充富翁……说
　　也可怜!……我们的祖宗做事比我们有意义些。

弗　(从筐子里取出一个酒瓶)这是什么?这是什么?(把酒瓶举
　　起齐眉,注视。福厘慈从左方入。哈乃佐走近弗来得力,要看

那酒瓶)

哈　教人猜是曹尼斯比酒!……

福　(拍他的肩)不,哈乃佐,这乃是1834年的利克威尔酒,是一班
　　老朋友赠的。(他把酒瓶安放在食具橱上,与弗来得力、哈乃
　　佐二人握手。嘉特菱捧着汤锅子入)

第八出

出场人:哈乃佐、弗来得力、福厘慈、嘉特菱。

嘉　高仆先生,正午到了,这里是汤来了。(把汤锅子放在桌上)

福　好的,嘉特菱,好的;我们尽可以吃着等候他们。(他又把那酒
　　瓶放进筐子里。正午了。他们各各看表,表现满意的样子。
　　福厘慈把表放回小衣袋里)好,朋友们,就席吧。今年左赛夫
　　迟到,这是第一遭;至于那老教士,他只来喝咖啡。(他们都把
　　饭巾承着下巴。福厘慈上汤)请你们尝一尝这虾仁汤,然后告
　　诉我这汤做得好不好……嘉特菱,你可以上菜了。(嘉特菱从
　　左方出)

哈　好极,妙极!

弗　好极!……呀!真是……好极……好极!

福　是的,这汤还好。

弗　(举起他的羹匙,正色地)假使我有这样一碗汤,一盘好鱼,一
　　盘好肉,两三瓶老酒,其余的菜品都相称,那么,说一句良心
　　话,我一定不出家门一步了;我让别的测量委员们测量田地
　　去,他们高兴测量就测量,我是不管的了。

哈与福　哈!哈!哈!(福厘慈打开一瓶酒,斟酒。嘉特菱入,手里拿
　　着一大束紫罗兰)

嘉　您看,先生,人家送东西给您……

福　什么东西?……是些紫罗兰……这样早!……(接过那一束
　　花)香得很!是春天的香气了;是谁送来的,嘉特菱?

嘉　是胥赛儿——您的佃户克利斯退尔的女儿。

福　是那小胥赛儿吗？……

嘉　是的，先生。她在厨房里……

福　呀！请她进来。

嘉　（在门上）胥赛儿，先生要你进来。

胥　（在后台）唉！天啊！嘉特菱姑娘，我绝对不敢进去，我穿的衣服不好……

哈　（举指）呃？……多么美妙的声腔！……你们听见吗？……嗳！嗳！嗳！造孽的高仆，您看！……

福　（把声音提高）胥赛儿，请进呀！……（大家回头向门。胥赛儿出现在门槛上，穿的是白羊毛的小裙，蓝布的短外衣；她止步低头含羞）

第九出

出场人：福厘慈、哈乃佐、弗来得力、嘉特菱、胥赛儿。

福　胥赛儿，许久不见，你竟长得这么大了！……上前些……不要怕……人家不会吃了你。

胥　呀！我很晓得，高仆先生……不过我穿的衣服不好……

弗　穿衣！……一个美女子穿的衣服还有不好的吗？……

福　（转身向弗来得力，摇头耸肩）弗来得力……弗来得力，这是一个女孩……真的一个女孩！……好吧，胥赛儿，来同我们吃饭吧。呃，你就坐在那老教士的座位上。

胥　唉！高仆先生，我绝对不敢……

福　哪里！哪里！好吧……我要你坐。胥赛儿你坐一坐我就快乐了。（哈乃佐指一个座位给她，她端端正正地坐下，福厘慈给她上菜）怎么，你想起我吗，胥赛儿？

胥　是的，高仆先生。爸爸对我说："明天你把新鲜的鸡蛋奶油送给高仆先生做他的生日！……"于是我想起您很爱紫罗兰，所以今早我起来很早,到田庄的篱笆下采了些来。

福　胥赛儿,你打的好主意。是的,我爱紫罗兰,这是我最宠爱的。如今为着尊敬你起见,我们要把这一束鲜花供在桌子上,像世宦人家一般。嘉特菱,拿一只花瓶子来,喂,那边,拣一只顶好的,让我们把胥赛儿的紫罗兰插进里头。

嘉　是的,先生。如果您愿意的话,让我去换一瓶新鲜的水来,好教这花能够耐久些。

福　(把花交给她)对了……(嘉特菱拿了花瓶与花束,从左方出)胥赛儿,庄里的人在做什么?克利斯退尔伯伯与吴尔胥妈妈都纳福吗?

胥　唉!是的,先生。谢上帝,他们都很好。他们叫我问候先生的起居。

福　这才好啊,我因此很快乐。今年你们有许多雪吗?

胥　天下了三个月的雪,田庄旁边的雪有一尺来深;后来只一礼拜就融化了。

福　那么,你们所播的种子都被雪盖得很好了?

胥　是的,高仆先生。种子都发芽了;田上都现绿色,直绿到田沟里。

福　请吃东西呀,胥赛儿;你不吃,人家以为你客气呢。

胥　唉!不是的,高仆先生。

福　那么,你们已经开始做园工了,是不是?

胥　是的,高仆先生。土地未免还湿些;但是经过了一礼拜的太阳,一切都行了。呀!爸爸很想要见您;我们不见您,大家都觉得度日如年……爸爸有许多话要对您说……

福　(斟酒给大家)我不久就去的,胥赛儿。这几天内我要去走一遭,看一看,好教我的心安定。(嘉特菱捧花瓶入)

嘉　花来了……我换了新鲜的水,可以耐久些。(她把花瓶安置在桌上。只听得屋外窗下有人奏两个梵亚铃与一个大胡琴,做

一曲初调)

哈　这是左赛夫! 我听得出他的指法! (音乐开始)

福　(举指)嘘! ……(大家静默良久。他们摇头拍掌听音乐。乐
　　止。左赛夫从后方的窗前出现,两臂伸张,一手拿着弹弓,一
　　手拿着梵亚铃)

左　高仆!

福　左赛夫! ……请进呀,请进! ……(右方的门开,左赛夫入)

第十出

出场人:福厘慈、哈乃佐、弗来得力、胥赛儿、左赛夫、(其后)达
　　　维特。

福　(吻左赛夫)呀! 我的好左赛夫! 我得与你再会,是多么可喜
　　啊……刚才我在担心……我说:"他是不是病了呢? ……难道
　　他忘了我不成? ……"

左　唉! 福厘慈,你设想到哪里去了? 你分明晓得这可怜的流荡
　　人的第一曲是为你而奏的……一个人能不能忘记救命的恩
　　人? 当年我在大雪里冻得半死,是谁收留我的? ……

福　(感动)呀! 如果你再叙述这一段历史,我就生气了……我们
　　在这里聚会,为的是寻快乐,大家开心……你们说是不是?

哈　当然啦!

弗　是的……是的……就席吧……吃了饭再说令人感动的话不
　　迟……

福　你把你的梵亚铃交给嘉特菱,坐下来吧。……此刻只少了那
　　老教士,否则我这生日就是完善的了。(开一瓶酒)请你们干
　　了你们的杯子。让我们喝一杯列克威尔,为我们的朋友左赛
　　夫祝寿。(斟酒)胥赛儿,把你的杯子给我……呀! 你怎么样
　　的? 人家会说你想要哭呢!

胥　(把杯子递过来)呀! 没有什么,高仆先生。我每次听见好音

乐总想要哭的。（达维特自右方入）

福　（起立擎杯）为左赛夫祝福！

众　（亦起立擎杯）为左赛夫祝福！

哈　（瞥见达维特）呃！达维特！……

众　（欢呼）达维特！达维特！

哈　妙啊,他来得恰好！

第十一出

出场人:福厘慈、哈乃佐、弗来得力、左赛夫、胥赛儿、达维特、
　　　（其后）嘉特菱、李斯比德。

福　（快活地）恰是时候;再迟十分钟我就叫警兵去传你来了。

弗　我们等了你半个钟头。

达　（微笑地走近桌子）总之,这不是在巴比伦的怨声中啊。

福　他专会说话捣乱！好吧,你拿了一张椅子坐下吧。可惜得很,
　　你来不及尝一尝这牛肝！好吃得很！

弗　是的,但是这是莫以思的规律上所不容许的,没有法子;天主
　　创造好的东西,只为的是我们。

达　食积病也是为你们而设的！当年你的父亲约翰·弗来得力也
　　同我说过这话,不止一次了;你们父子相传,都会说笑话,也都
　　是贪吃的。由此看来,假使你的父亲不那么讲究吃好东西,也
　　许此刻他的身体还像我一般结实,不至于到山上睡觉去
　　了……你们一班贪吃懒做的伊壁鸠鲁派,绝对不肯听信人家
　　的话。你们像贪吃腊肉的老鼠,终于会被捕鼠机捉了去的。

福　你们看,这老教士自以为怕食积病,好像并非因为《圣经》禁他
　　吃肉似的！

达　不要胡说！……（嘉特菱与李斯比德入,各捧一个大托盘,盘
　　上有咖啡、白糖、瓷杯等物）

福　（快活地）嘉特菱,请你预备咖啡！你拿樱桃酒、糖酒精、界珠

酒、哥牙克酒,凡是屋子里所有的好烧酒都拿了来;我们从来没有像今天这样童心稚气,我们非乐它一场不可……哈!哈!哈!好极了!……

嘉　(微笑地)是的,先生,正在开始了。(向李斯比德)李斯比德,请您把托盘放在桌子上,让我去拿烧酒来。(走向厨房的门)

福　请你再拿香烟与烟草来,嘉特菱……(嘉特菱出。福厘慈指着墙上挂着的烟斗)这里是些烟斗……适合种种嗜好的都有……请你们各自挑选吧……(哈乃佐与弗来得力起立,去挑选他们的烟斗。达维特走近桌子的左方,瞥见胥赛儿的花束,诧异,止步)

达　唉!好花!……是谁送给你的,福厘慈?

福　呃!是胥赛儿。

达　胥赛儿?

福　呃!是的……你不认识她吗?

达　怎么……怎么……胥赛儿,原来是你!我认不得你了……自从去年秋天以来,你长大得真快!……呀!是你把这一束美丽的紫罗兰送来吗?

胥　是的,达维特先生。

达　呃,这是我所谓的好女孩了。(胥赛儿低头)但是她的胆子还小。喂,胥赛儿,请你饮上一杯就有勇气了。

胥　谢谢,达维特先生,我已经饮过了。(嘉特菱入,捧着一个托盘,盘上许多酒瓶,一个香烟盒子,一个烟草罐)

哈　(从墙上取下来一个土耳其烟斗)我用这个。

弗　我用这个!(他们走近桌子,装他们的烟斗,同时左赛夫挑取一支香烟)

嘉　胥赛儿,你们的哥儿驱了车子来在门口了;要不要叫他再等一等?

胥　唉,不,嘉特菱姑娘,我们即刻就走的。

福　怎么,胥赛儿? 还有咖啡呢? ……你不愿意同我们喝咖啡吗?

胥　谢谢您吧,高仆先生;爸爸千叮万嘱,叫我早早回去,家里还有许多工作……此刻我已经迟了。

福　呸! 克利斯退尔伯伯再等一等也不妨……(胥赛儿有为难的样子)

嘉　(低声向福厘慈)让她走吧,她有几分难为情了。

福　真的吗? 胥赛儿,你在我们跟前觉得难为情吗?

胥　是的,高仆先生!

福　好,那么,去吧,好孩子,去吧! 我看见了你,非常欢喜。(向嘉特菱)嘉特菱,请你给她一块很好的牛肝面包与一瓶老波尔多酒,送给克利斯退尔伯伯。

胥　谢谢,高仆先生。

福　该是我谢你,胥赛儿,你送了我一束花;你很博得我的欢心,你晓得吗? 请你记得告诉那边的人,说我至迟在半个月内一定去的。

胥　(在门上)是的,先生,我不会忘记的;他们该是何等喜欢啊。

(她施一礼,与嘉特菱、李斯比德同出)

第十二出

出场人:福厘慈、哈乃佐、弗来得力、左赛夫、达维特。

哈乃佐与弗来得力燃着他们的烟斗,左赛夫燃着他的香烟。福厘慈起立,走向右方墙上的小架子。

达　(把一块糖浸在他的咖啡里)这所谓一个美丽的女孩,我希望她不久就成为一个当家的好妻子。

福　(从墙上取了他的烟斗,回到桌上装烟)一个当家的好妻子,哈! 哈! 哈! 这老教士没有一次看见一个少年女子或男子不即刻联想到给他们结婚的! ……(他走到右边的一张靠背椅上坐下)

达　（生气）呃！是的，我说了又说：一个当家的好妻子！两年之
　　后，这小胥赛儿尽可以嫁了人，生了一个粉红的孩儿抱在怀
　　里了。

福　（燃着他的烟斗）好吧，不要说了，老友，你说的是糊涂话。

达　糊涂话！……糊涂话！福厘慈，你才说糊涂话呢！你对于世
　　上一切的事情都像很聪明，只对于婚姻问题上头，你实在是不
　　通之至！

福　好的，现在我是不通的人，而达维特·西歇尔是明理的人了。

哈　（尽力吸烟斗）高仆，抵抗他吧，不要让他伤了你。

弗　（跨在椅上，如骑马状）对啊！这老教士什么也不尊重了，这未
　　免太过了。他有了撮合婚姻的毛病，假使我们不教训他一番，
　　将来我们岂不是一个一个地被他结婚了？

达　呃！结婚有什么害处？

弗　（跳在椅子上）什么害处？

达　是的！上帝创造男女，不是注定结婚的吗？上帝不是说过吗？
　　"去吧……孳生繁殖去吧！……"《福音书》里也教人把不受孕
　　的无花果树拔除了，投入火里……假使世上没有婚姻，人类岂
　　不完了！……（众人大笑。达维特愤激地）你们笑！……你们
　　笑！……笑是容易的！但是，哈！哈！哈！呃！呃！呃！当
　　你们这样做到世界的末日，事情就大了！（众人又笑，比前更
　　放纵。达维特起立，两手分放耳边）你们这样笑法，令我更气
　　了！（众人在椅上捧腹）你们只管很呆笨地笑，并不静心想一
　　想，是不是我堵住你们的嘴了？……你们笑……把你们贪吃
　　的一张嘴开裂到耳边，以为你们聪明！……不！……事情不
　　是这样的……人家一看就晓得你们对于生活上正经的事情并
　　没有考虑过。

福　（笑得满眼流泪，拭泪说）我呢，我考虑了十五年。

达　（再坐）你吗？

福　是的，教士，是我。你以为我是不懂事的。十五年来，我很安
　　静地与我这老嘉特菱一块儿生活，家里事事妥当，十分舒服。
　　我想要散步，就散步；我想要睡觉，就睡觉；我想要拿我的酒杯
　　子，就拿我的酒杯子；如果我有意邀请三个四个或五个朋友，
　　我就邀请他们。谁也不说我一句；我像空气一般自由！……
　　而你却要我改变这一切，你要把一个女人送来给我，好教她把
　　我屋子里的东西自高至低都推翻，先就把我这老嘉特菱赶走！
　　老实说，这是没有意义的。（向哈乃佐与弗来得力）对不对？

哈　妙啊！

弗　（耸肩）岂有不对的道理！……

达　高仆，依你说来，你永远可以这样做吗？

福　为什么不呢？

达　醒来吧，少年人，年纪到了；四五年后你的头发斑白了；依你现
　　在的场面看来，我预料将来你一定后悔你开玩笑的时间太长
　　了。于是你想要一个妻子了，你对我说道："教士，你给我找一
　　个妻子吧；找去吧……你不看见有适合于我的女子吗？……"
　　但是，那时节太迟了！

福　我有嘉特菱。

达　你那老嘉特菱像我一样，是过时的人了。将来你迫不得已，另
　　雇一个女仆，这女仆会吃你的家财，偷你的什物，那时候，你害
　　了脚疯，只好坐在椅子上叹气。

福　（作沉思状，吐出大口的烟）嗳！如果我遇着这事情，那时再改
　　变主意不迟。现在我是幸福的，幸福极了。如果现在我娶一
　　个妻子，假定我的福气很好，娶得一个很贤惠的，很会理家的，
　　一切都好的；然而，达维特，我有时候不得不同她散步，不得不
　　送她到市长或县长家里跳舞；不得不改变我的习惯，再也不能
　　随便穿起我的老外套，把毡帽子盖到耳边或头窝上，出门去
　　了；不得不穿一件常礼服，把头发梳得亮油油的，去逛游戏场，

放弃了我的啤酒与我的烟斗。——这乃是预言家所断定的可怕的灾难,我只一想起已经够发抖了!……(起立,走近达维特)你看,我剖明这些事情,比一个犹太老教士在教堂里说教还强呢。总之,我们努力寻快乐,这就是生活的目标。(走去坐下)

哈 (庄重地)这才是所谓议论。(饮)

弗 对了,这正是我的意思!(向达维特)老友,你打算怎样答辩呢?我很想要知道……你在这里不像在你的教堂;你在教堂里只一个人说话,别人不能答辩的……(作反语)好吧……教士,说教吧……说教吧……

达 (愤激地起立)好!是的,让我来说吧,既然你们迫得这样紧,我不得不说;你们胡闹得太久了,让我把你们打得粉粹。

众 (除了左赛夫之外,都大乐狂笑)哦!哦!达维特……哦!哦!……哦!哦!……

达 (兴奋地)是的,打得粉碎!……先说,假使你们的祖宗都像你们一般地只晓得喝酒、吃菜、寻开心——你们所谓幸福,假使他们不整天到晚努力工作来养你们、教你们,积钱给你们,那么,你们现在能不能坐享太平,享祖宗的余福?不,大约你们都是些拖着破鞋走路的穷汉子,甚至于不能享受生存的幸福。你们的聪明、你们的理智、你们的感激心,以及世上的公理——我不说宗教,因为你们都是伊壁鸠鲁派——这一切,不叫你们学着别人为你们造福一般地造福于人吗?你们的生命是祖宗传给你们的,你们不该传给后代吗?你们不该创造家庭吗?……

福 (打断他的话头,有为难的样子)达维特……我们谈别的话吧!……

达 (愤怒地拍案)假使我不高兴谈别的话呢!?我要好好地同你们说一番真理……因为你们非但是不肖的子孙,而且是不良的公民！……

众　呀！……达维特！……

达　一个好公民的责任，不是养活些勇敢的男儿来救护国家吗？国家比之好酒好菜总算是要紧些；这是我们的种族的基业，我们历代的祖先，千辛万苦，经过多少奋斗，才创下来这些基业！凡是利用这基业而不知道保护这基业的人们都是可恨的公民！……你们应该与我一般地知道，因为学校里曾经把历史教给你们：停止繁殖的民族势必逐渐衰微！换句话说，繁殖的民族永远不会灭亡。你们试看那可怜的犹太民族，他们被驱逐了，被人排斥了两千年，今日他们比沙罗门的时代更强盛。……为什么呢？……因为他们依着天主的话，不停止地孳生繁殖……还有英国人、美国人，为什么他们管领地球的一半？因为他们国内没有无花果！将来的世界乃是繁殖的民族的世界；至于有些民族，他们以享乐为前提，不顾家庭的义务，将来必被征服以至于灭亡。自有世界以来，灭亡的国家的历史都不出此例；呀！假使法国的人民都像你们，那么法国也要灭亡了。（转身向弗来得力）我说教完了。（再坐下）

哈　（沉思）这老教士说得倒还有理，像我们的先人的话一般。

弗　是的，他有的是奇怪的思想，教人说他的心与口还相符。

福　（转身向左赛夫）你呢，左赛夫，你以为怎样？

左　我吗，福厘慈，我以为老教士有道理；他所说的像一个好人的话。

福　那么，为什么你不结婚呢？

左　（起立）呀！我结婚很久了！（大家作诧异状）可惜我的妻子不喜欢梵亚铃，所以有一天早上她跟一个吹喇叭的走了。（众人大笑。除了达维特之外，他们都站起来，走到台前）

福　（走近达维特）呀！达维特……你从前没有同我说过这种话，这是你的不是！……真的，我坚持我的成见；我是独身的人，我永远守着独身主义。

达　（作激他的样子）你吗？

福　是的……是我……福厘慈·高仆。

达　（作反语）你很相信，是不是？

福　（指桌上的花束）我很相信，与相信这胥赛儿送来给我的花
　　一般。

达　真的！……（起立）好，那么，你听我说！我从来不曾说过预
　　言——我是犹太教士，本有说预言的权利……——但是今天
　　我却要预先断定你一件事。

福　（诧异）什么事，老教士？

达　我预先断定将来你必结婚！……

福　（大笑）哈！哈！哈！达维特，你太滑稽了！……哈！哈！
　　哈！……

达　（举手）将来你必结婚！……

弗　住口，老友，你只是伊斯拉爱尔的假预言家！

哈　这是一句滑稽话！……

达　（转身向福厘慈与哈乃佐）我说他将来一定结婚……你们听清
　　楚了吧？……

福　我敢打赌不是的，达维特……

达　你不要打赌……你会输了的！……

福　真的，我要打赌……我看……我用小榄坡的葡萄田打赌……
　　你须知……小榄坡是出产上好白酒的地方，在本地很著名，你
　　是知道的，老教士，我与你赌这个……

达　我把什么来赌呢？

福　你什么也不要赌……我太相信能够赢了。

达　好，我答应你了！……你们三位作证人……

众　是的……是的……话说定了。

达　这是我的手，福厘慈。

福　这是我的手,达维特。(二人握手)

达　将来我不费一个钱,可以喝上好的白酒;将来我的子孙还可以
喝。哈!哈!哈!

福　(把手按他的肩)你放心,达维特,这酒决不会升上你们的头
的!(转身向众人)现在我们做什么呢? 我们到啤酒店喝啤酒
去好不好? ……你们以为怎样? ……

哈　(整发)这是一个主意! ……(扯开他的背心)

弗　是的,吃了这么一顿饭之后,绝对应该喝啤酒!

哈　我们生活得很舒服;快乐之神万岁! ……(他们去拿他们的帽
子)

福　(呼唤)嘉特菱! ……嘉特菱! ……(嘉特菱入,李斯比德随
入)饭吃完了,你们可以撤席了;我们到啤酒店里去。(他揽着
左赛夫的臂。又止步,低声向嘉特菱)你告诉李斯比德,叫她
把吃剩的酒菜带去……穷人也须有享乐的时候,……你不要
忘记了。……(高声)朋友们,走吧! ……

弗　(揽哈乃佐的臂)好了,好了!

哈　好得很! (他们笑着说着,揽臂而出)

达　(最后出去)是的,是的……再喝几杯啤酒就行了! (嘉特菱与
李斯比德开始撤席。)

幕下

第二幕

布景 迈桑歇的田庄。

左边是田庄。大而平的屋顶,有檐。许多方形的窗,八角形的窗格子;葡萄田在屋前。外面的楼梯,木的栏杆,直通第一层楼。楼梯下,一个大唧筒,连着一个大槽,为牛马饮水之用。右边,花园的墙上有一棵樱桃树的树枝掩盖着,墙中有一个小环洞,一扇柴扉,在台的第一行。后方是荆棘的篱笆;篱笆后,一个大牧场,场中一条小河通过,河边有垂杨;稍远些,有松树浓荫的山谷。许多镰刀与钯子倚在田庄的墙上。右边,台的第二行,一张小圆桌,好些花园的椅子。后方右边,靠着篱笆一张小板凳。时在上午。

第一出

出场人:几个割草的男工、几个翻草的女工、(其后)胥赛儿。

工人们从田庄里出;他们吃过早饭,出去工作。

男　多么好的天气!傍午的时候,牧场里一定很热。(他们拿了镰刀耙子,女人们把她们的大草帽戴起来)

女　(戴帽)呀!太阳美丽,空气温和!一切都有香味!令人想要唱歌了。

众　是的……是的……我们唱歌吧。(一个男工一面把镰刀装柄,一面开始唱道:"美貌的兵士从战地归来。"其余的男女都跟着

唱。胥赛儿匆匆地从田庄里出）

胥　（生气的样子）请你们住口好不好！高仆先生要给你们嚷醒了。我不是说过叫你们不要唱歌吗？（歌声停止）

男　呀！胥赛儿姑娘，您有什么法子？我们看见了这美丽的太阳，便像鸟儿般唱起来了。

胥　你们到牧场上唱去，唱到今晚，时间还不够吗？

男　呀！牧场上可不同了，在热烈的太阳之下割草，心里还记得唱歌吗？（第一层楼的一个窗子开了，窗对着外面的回廊；高仆出现，只穿着衬衫背心，头发蓬松）

第二出

出场人：几个割草的男工、几个翻草的女工、胥赛儿、福厘慈。

胥　（拍手）呃！果不出我所料！你们看，高仆先生给你们嚷醒了。（众人转身注视高仆，现出担心的样子）

福　（好情好意地）什么事，胥赛儿，什么事？你有生气的样子。

胥　人家尽管吩咐他们早上离庄时不要唱歌，他们只当没有听见，仍旧唱他们的！……好……此刻您给他们嚷醒了！

福　你不必生气，胥赛儿，我早就醒来了。

胥　是的，您说这话原谅他们，因为您这人太好了。

福　不是的，我早就醒来了，你相信我的话；我静听花园里的黄莺儿唱了一个钟头。（向男女工）你们尽管唱好了，这并不烦扰；而且我还喜欢听见快乐的人们唱歌呢。

众　哈！哈！哈！这才好啊！

女　胥赛儿姑娘，您看，福厘慈先生很喜欢……好吧，请您陪我们唱吧。

众　对了，对了……

胥　（连忙地）我不晓得唱歌。

女　高仆先生，您不要听她的话，她唱得很好。

福　好吧,胥赛儿,不要等人家再三请求,你就陪诸位唱一唱吧。

胥　(难为情)但是,高仆先生,您听我说……

福　(打断她的话头)你一唱我就喜欢你了,胥赛儿。

胥　好,既然您一定要我唱,我就试一试,但是今天我有点儿伤风。
　　(向男女工们)你们不要忘记帮腔啊。

众　您放心,胥赛尔姑娘。(他们围绕着胥赛儿)

胥　(唱)

　　　　　　美貌的兵士从战地归来,
　　　　　　"你有没有看见我的朋友?
　　　　　　——你的朋友在地下长眠,
　　　　　　与其他许多人们同朽!"

众　(合唱)

　　　　　　他再也不回来了,
　　　　　　他再也不回来了,
　　　　　　他再也不回来了,
　　　　　　他在地下了。

福　呀! 胥赛儿,你唱得很好……我不晓得你这般会唱。

胥　(低头)唉! 高仆先生!

　　　　　　她打听得她的好朋友
　　　　　　死于敌人之手,
　　　　　　可怜的女子,叫一声母亲! ……
　　　　　　长躺在地上,再也不还魂!

众　(合唱)

　　　　　　他们再也不相见了,
　　　　　　他们再也不相见了,
　　　　　　他们再也不相见了,
　　　　　　他们在地上了。

男　好,再会吧,高仆先生……日安!

众　是的,是的,日安,高仆先生……

福　再会吧,朋友们,努力工作!(他们把他们的大草帽揭下与福厘慈施礼,自后方右边出。胥赛儿跟着他们)

胥　(在后方叫道)先从迈桑歇牧场开手,不要忘了。你们听见吗?

众　(临出时回头)是的,是的,胥赛儿姑娘!(众人又合唱第二曲,歌声渐远渐灭。福厘慈倚栏静听,沉思。胥赛儿也侧耳静听)

第三出

出场人:福厘慈、胥赛儿。

福　(自语)这些老歌曲到底还好听。是的,词句虽则简单,却有深意。(向胥赛儿)说也奇怪,胥赛儿,从前我听见音乐只晓得笑,想要跳舞;现在歌声却惹起我的闲愁;也许是年龄所致……我变老了。

胥　唉! 高仆先生,您设想到哪里去了? 您一点儿不老!

福　你觉得吗,胥赛儿? 呃! 我不是一个青年了,但是,谢上帝,我的身体很好,这就是主要的了。(他穿了外衣,出到回廊上,下楼)我打的好主意,到迈桑歇田庄来住几天,山村的空气于我的身体很有益处……这倒是老教士之所赐。

胥　(诧异)达维特先生吗?

福　是的,他料不到,然而这却是真情。(作倾吐衷曲的样子)你不晓得,胥赛儿,在我的生日那一天,我与那老教士打赌一件事……呃,就是你送紫罗兰给我那一天,你记得吗,胥赛儿?

胥　记得的,高仆先生。

福　那老教士打赌,说我将来一定结婚,我呢,我用小榄坡的葡萄田打赌,说我永远守着独身主义。这葡萄田出的是很好的葡萄酒,酒是桃红色的,很能助兴,像春天的清晨! 你想想看,那老教士还不希望赌赢吗? 所以从第二天起,他就来给我介绍一个女子,年纪很轻,容貌很美,家财很多,应有尽有,这个令

　　　我失笑。但是他天天来说一个新的,一礼拜过后,我已经受够了;只要看见那老头子到了马路上来,我即刻就发愁。然而我到底不能关门拒绝他,他是我父亲的老朋友,你须知!……于是我忽然想起我答应过你,说要到庄里来,所以一天早上,人不知鬼不觉,我就移了营!(笑)这该弄得达维特不好意思了!……他千辛万苦,天天奔走,要替我找许多门当户对的婚姻,同时我却逃到这里来享安静的幸福……我散步,我钓鱼……还有就是享受很好的调护,胥赛儿,我可以说,你调护得我很好。

胥　唉!高仆先生,我尽我的能力罢了。你晓得,我们家里没有什么好东西,比不上明泉村里,嘉特菱姑娘要什么都可以到菜市里买去。

福　(坐在槽旁)哈!哈!你比嘉特菱还强呢。你娇养惯我了……我有意在这里住下。(笑着注视她)

胥　您说的是笑话,高仆先生。

福　不,我说的是老实话。喂,假使我在庄里住下,你以为怎么样?

胥　唉!那么,爸爸妈妈一定很喜欢。

福　(注视她)你呢,胥赛儿?

胥　我也一样,高仆先生。(她低头整理她的围裙)

福　是的……是的……你现在说这话……不久你就讨厌起来了……(她摇头不语)我的脾气不是常常好的。喂,我到庄里的第一天,早上给那公鸡叫醒,假使我捉着它,怕不把它的颈扭断了!然而这到底不是它的罪过,是不是?报晓乃是它的责任,但是我却因此睡不着了!好,你看习惯厉害不厉害:现在我竟不再听见鸡啼了,我比在明泉村里睡得更好。

胥　但是,高仆先生,这因为它不再啼了。

福　怎么!胥赛儿,你已经把它杀了吗?这么好看的一只公鸡!……

胥　唉!不是的!它像别的公鸡一般,每天早上看见鸡埘的天窗里有一线太阳光透进来的时候,它就啼了……于是我拿些麦秆把天窗塞住了……你是懂得的,它常常以为天还没有亮……我等到你起来之后才把天窗开了……

福 (起立)哈!哈!哈!滑稽得很!却是它见太阳而惊怪起来了!哈!哈!哈!那公鸡窥伺太阳的时候,正是我很舒服地安睡的时候……(笑)

胥 对了,高仆先生,我因此想起今天我还没有开它的窗哩。

福 好,去给它开了吧,胥赛儿;赶快吧。

胥 是的,高仆先生,我同时收鸡蛋去。今早您喜欢不喜欢在用早饭的时候吃些新鲜的鸡蛋?

福 我很喜欢,胥赛儿;呃,我很爱新鲜的鸡蛋,很合卫生,又很有味道。

胥 我们还有很嫩的萝卜,等一会儿我打些新鲜的奶油加上去,如果您要吃的话。

福 我很愿意,胥赛儿,我很愿意。

胥 还有的是樱桃。

福 樱桃!樱桃熟了吗?

胥 (指着右方的樱桃树)是的!……您看,在那边的樱桃树上。

福 这些樱桃还很白啊。

胥 唉!这没有关系的。您放心,这些樱桃还是很好吃的!高仆先生,您须知,这种樱桃永远不会变红的。这是一种少有的樱桃。爸爸在我出世的那一天种了这一棵树……您晓得,这是我们的宗教里的习惯。

福 是的,是一种好习惯。好,胥赛儿,你试摘些下来,我们看。

胥 我就去,高仆先生。(她很快活地从花园的门出)

福 这女子真奇怪,凡是我所喜欢的事物她都猜着了……今天早上,听见黄莺儿唱歌的当儿,我自己说道:"我很希望吃些半熟的鸡蛋,同一些小萝卜合着新打的奶油。"好,她竟有同样的念

头;还说起樱桃,这乃是高仆祖孙父子所顶喜欢吃的……这真
是一个绝顶聪明的女孩。(胥赛儿在墙的另一边出现在梯子
上,把围裙翘起成为口袋)

胥　您要不要尝一尝,高仆先生?

福　我很愿意,胥赛儿;请你抛几个下来给我。

胥　等一等,让我摘了那边那一簇来。(她伸张手臂,去摘那攀过
墙上的树枝)

福　(连忙走近)你的梯子放得稳不稳?

胥　稳的……稳的……呀!到手了!您看,多么好的一簇樱桃!
现在请您伸手来。(她肘着墙,注视福厘慈。他大吃一顿。静
默)怎么样?……

福　妙!妙!

胥　是不是?

福　妙!妙!我从来不曾吃过这么好的樱桃。(坐在后方右边的
板凳上)新从树上摘下来的樱桃,放进口里是多么清凉;这上
头满是露水,樱桃的原味都保存了。(静默。他吃樱桃)喂,胥
赛儿,每天早上唱歌的黄莺鸟是不是在这樱桃树上唱的?

胥　对了,高仆先生。

福　呀!坏蛋!它很快活,它很快活!……这鸟儿可以自夸博得
我的欢心;它所唱的,比左赛夫的梵亚林还更好些。吁!胥赛
儿,假使我们能够懂得它说什么,岂不是好?

胥　这是很容易的。

福　容易吗?

胥　呃,是的……它说它很喜欢生活,说太阳很美丽,空气很温和,
说土地都绿了,篱笆上满盖着好花。它说它有一个很暖和的
巢子在很浓密的丛树里,它的孩子接受了它嘴里带来的食物
之后在巢里休息,同时它唱一首歌曲给它们开心。

福　(笑)哈!哈!哈!胥赛儿,你摆布得好,叫我开心。好像这是

实有的事。

胥 这不是很自然的吗? 难道它能说别的话不成?

福 (起立)呀! 好了! (他瞠目注视她;二人都笑起来。)我们应该
把这话问那老教士,他时时刻刻钻在他的《圣经》里,《圣经》里
的鸟兽是会说话的,也许他可以答复我们! 我呢,我宁愿吃些
樱桃;胥赛儿,再抛些下来给我吧。

胥 但是,高仆先生,恐怕您肚子饱了就吃不得饭了!

福 恰恰相反,樱桃是很能开胃的;仍旧抛下来吧,胥赛儿……(克
利斯退尔出现于后方右边)

第四出

出场人:福厘慈、胥赛儿、克利斯退尔。

克 (揭帽)日安,高仆先生;您今早好吗?

福 呃? 原来是您,克利斯退尔伯伯! 谢上帝,我很好;您看,胥赛
儿把她的樱桃摘给我吃。

克 已经好吃了吗?

福 很好吃!

克 你该挑选那些最熟的,胥赛儿。

胥 是的,爸爸。

克 高仆先生,您还没有吃早饭吗?

福 是的,伯伯,我们一块儿吃吧。

克 愿意得很,高仆先生,愿意得很。

胥 好! 我的筐子满了! 现在我去打奶油,合着小萝卜吃。

克 是的,去吧,好孩子,快去,高仆先生该是肚子饿了。(胥赛儿
下了梯子,从墙后隐没了)

第五出

出场人:福厘慈、克利斯退尔。

福 克利斯退尔伯伯,您今早出去得很早吗?

克　我在早上三点钟就出去了,高仆先生。我从明泉村回来,然后去看堵池塘的铁闸子。您须知,世上的人们答应了人家的事情却往往失信。所以我要自己去看;大约在五六天后就可以做好了。泥水匠们明天可以把池塘掘好,此外只须在河边的塘口与水门两处各安置一个铁闸子;这只要一天的工程。

福　(在右边坐下)呀!很好!很好!等到铁闸子安放好了之后,我们就可以在那里头养鱼秧,像人们在园子里种白菜与萝卜一般;而且我们只须一撒网,要多少鱼都可以。

克　对了,高仆先生,这么一来,更方便了。您要什么,尽管写信给我们,我们叫胥赛儿每周把鱼与奶油鸡蛋等等都送到明泉村给您。(此时胥赛儿从后方走过,围裙上满是樱桃。福厘慈目送她。她从左方去了)

福　(起立)克利斯退尔,胥赛儿是一个非常的女子,您晓得吗?我非但赞赏她出主意做池塘,而且我每天都发现她的许多美德。

克　是的,高仆先生,这是一个好女孩,很服从,很勤快,我们都满意她。(只听得后方有车轮声与马鞭声)奇了!这时候谁来找我们呢?(走上去)这是一辆凳车。呀!是那收税委员哈乃佐先生,测量委员弗来得力先生,与那教士达维特·西歇尔先生。(弗来得力、哈乃佐、达维特次第从后方入。弗来得力拿着一个大包裹。哈乃佐拿着鞭子)

第六出

出场人:福厘慈、克利斯退尔、弗来得力、哈乃佐、达维特。

福　呃!都是老朋友!(趋前迎接他们)日安,弗来得力;日安,哈乃佐;日安,我的老达维特。我非常欢迎你们。你们打的好主意!……哈!哈!哈!我们要大乐一场。(他一一握手,很亲热)

克　(向哈乃佐)收税委员先生,您的马要不要解缰?

哈　是的,克利斯退尔伯伯,是的;请您给它一份荞麦,再给它喝水,因为天气很热……哺呼!

克　我即刻就去,收税委员先生。

哈　好的!(克利斯退尔从后方右边出)

第七出

出场人:福厘慈、弗来得力、哈乃佐、达维特。

福　(指着弗来得力的包裹)你这里头有些什么,弗来得力?

弗　(把包裹交给他)这是些内衣,嘉特菱交我拿来给你的。

福　内衣吗?

弗　是的,你该是用得着内衣了!你走的时候只带了两件衬衫,说是第二天就回家的,现在已经差不多三个礼拜了,你还在田庄里。

福　三个礼拜吗?……弗来得力,你说笑话,是不是?

哈　哪里是笑话!福厘慈,自从那一天,我们娱乐了一场,一块儿到野人啤酒店去喝啤酒之后,到明天就是三个礼拜了。

福　奇了,奇了,时间过得很快!

达　(注视他,抹了一捻鼻烟,自语)他似乎在庄里不厌烦……难道这一次我可以成功吗?(高声)那么,高仆,你不觉得时间长吗?

福　是的!我在这里住得很舒服。这很奇怪,我自己也料不到!你们有什么法子?天气这样好,鸟儿这样会唱,而且胥赛儿给我做的这样好吃的菜!

达　你们看,我说的是什么话来?人家调养他了……人家调养他了!……贪吃的!……只有这个可以使他忘记了他的老朋友们!

哈　福厘慈,实际上你是像和尚一般胖了。

弗　如果这样继续下去,人家会看不见你的眼睛了。

福　这倒是真的！……我在这里的生活舒服极了。

达　（翘指）他承认了！他承认了！（众人都笑起来）①（克利斯退尔自后方入）

第八出

出场人：福厘慈、弗来得力、哈乃佐、达维特、克利斯退尔。

克　高仆先生，请原谅我，因为……

福　什么事，克利斯退尔伯伯？

克　我想要知道这几位先生在不在这里吃饭，您是懂得的……

福　这是不用说的。

哈与弗　不，福厘慈，不！

福　怎么？……

哈　这是不可能的！我要在十点钟到新城收税去。我在昨天上午就通知了该纳税的人们，我不肯使他们等候我，这是不合规矩的。我们从这里经过，顺便进来同你握一握手，还有几分为的是好奇心，想要看一看你的池塘，这事已经传遍了明泉村了。

福　达维特，你呢？

达　唉！我不走。我有话对你说……人家拜托我请你吃结婚的喜酒。莫以思伯伯在十五天后嫁女，因为你是……

福　嘘！

达　你是不能拒绝的，高仆。

福　也罢……我应承了！……但是我有一个条件：你须在这里陪我住到明天。

达　呃！愿意得很……愿意得很。

福　这才对啊！好，达维特，既然你不走，我要酬报你。（转身向众人。呼唤）胥赛儿！胥赛儿！胥赛儿！（田庄的门开了。胥赛

---

①　原文这下面尚有数段会话，后于开演时删去，故不译。

儿出现在门坎上,双袖撩起,一条大围裙紧系在腰间)

第九出

出场人: 福厘慈、弗来得力、哈乃佐、达维特、克利斯退尔、胥
赛儿。

胥　高仆先生,您叫我吗?

福　是的,胥赛儿;走上前些。(胥赛儿很高兴地走近)

达　这是一位很好的当家的小奶奶。(自语)呃!呃!我懂得他为
什么住在庄里不厌烦!

福　胥赛儿,你听我说,我要在众人跟前恭维你两句……你昨天做
给我吃的馒头这样好……这样好……

胥　唉!高仆先生!……

福　嗳呀,不要脸红……这是真话……

克　高仆先生,请您容许我说两句,您把这孩子恭维得太过了,会
使她骄傲起来。

福　不是的,克利斯退尔伯伯,我只说公正话,并没有夸张一点儿。
(克利斯退尔作诧异状。福厘慈向胥赛儿)喂,胥赛儿,这老教
士达维特先生今天在这里同我吃饭;(胥赛儿微笑鞠躬)我很
喜欢。你能不能给我们预备一盘像昨天一样的馒头呢?

胥　是的,高仆先生,这是很容易的。

福　等一等,胥赛儿,等一等,倒不如你所设想的那么容易!达维
特妈妈是一位著名会做菜的人……老教士给她娇养惯
了……他很分别得出糕团的好坏……是一位知味的老先生。

达　高仆,高仆,现在你要把我当做与你同类的贪吃的人吗?当
然,我宁愿我的盘子里有一块好吃的牛肉,不愿吃一条鲞鱼的
尾巴……

弗　你毕竟承认了!

达　是的!但是我不预先想起这种事情,自有我的妻子替我关心。

福　唪! 唪! 唪! 等一下馒头到了桌子上, 加上一瓶老波佐烈酒……我们看你要扮什么嘴脸!

达　呃! 天啊, 我也是一个人……馒头来的时候我是很欢迎的。

哈　波佐烈酒你也欢迎吗?

达　自然啦。(众人皆笑)

福　(向胥赛儿)总之, 胥赛儿, 你现在知道了。努力做出色些! 但愿今天的馒头跟昨天的一样好吃就好。

胥　唉! 高仆先生, 比昨天还要更好呢! (她施一礼, 跑进庄里。克利斯退尔拿了弗来得力送来的包裹, 走向楼梯)

达　(抹一捻鼻烟, 自语)呃! 呃!

第十出

出场人: 福厘慈、弗来得力、哈乃佐、达维特。

弗　福厘慈, 这小胥赛儿真的是一个会做菜的吗?

福　很值得赞美!

哈　说也奇怪! ……她从来没有出过庄外; 而吴尔胥妈妈又……

福　吴尔胥妈妈是一个好人, 却欠才干。(瞥见克利斯退尔上楼梯, 低声)欠才干。

达　那么, 这些事情, 是谁教给胥赛儿的?

福　呀! 半月以来, 我也以此自问。然而她乃是非常的女子, 她会猜……

哈　她会猜吗?

福　对了! ……她的聪明很够, 甚至于有计谋! 你们也许以为这田庄是由克利斯退尔伯伯与吴尔胥妈妈监督的吗? 没有的事! 一切都是胥赛儿! 是的, 胥赛儿! 看她拍她的小手, 听她发她的小声音, 全庄的人们都受她驱使……

达　(自语)果不出我所料! ……

哈　福厘慈, 也许你有几分是替她鼓吹, 是不是?

弗　当然啦！她小心调护他……给他好东西吃。

福　不,哈乃佐,我说的是事实……(指着自己的外衣的下角)喂,你们看!(三人皆看)

弗　什么?

达　这是什么,高仆?

福　你们看不见什么,是不是?

众　是的。

福　我料定你们看不见哩!好,让我说吧,有一天,我从一丛野蔷薇的旁边走过,我的外衣被勾破了一大块……你们看,这里有没有缝补的痕迹……来吧,老教士,戴起你的眼镜来吧。

达　等一等。(把一双旧式眼镜戴起)我看不见什么,高仆。

哈　我也看不见。

福　你呢,弗来得力?

弗　我吗,我什么也没有看见。

福　(快活地)呃!这没有什么可怪的……这是胥赛儿替我缝补的……假使我不亲眼看见了裂痕,连我自己也不相信呢。

达　这是一个仙女了!

弗　是的,缝补得很好,没有什么好说的……但是缝工……缝工……

福　她对于别的事情也是一样的!等一下你们去看池塘,就可以晓得了。

弗　怎么?

福　这是她向我提议的。

达　胥赛儿吗。

福　是的,我没有想到这一层。我每天拿着钓竿在河边守了好些时候,只钓得半打小白鱼,却给太阳烤透了!好!有一晚,我拿了几尾鱼儿回到庄里来,胥赛儿对我说道:"高仆先生,您费了许多苦工夫,都没有用处。"我说:"怎么呢,胥赛儿?"她说:

"假使您叫人家在河边掘一个池塘,上下各安一个水闸,水流得过,鱼游不过,我们可以在那里养许多小白鱼;鱼在那里生长繁殖,将来您用不着给太阳晒脊梁,给蚊子蜇肿了您的手,您只消把网子一撒,一次可以得到几百尾的鱼呢。"

弗　呀! 这却不同了;这个! ……乃是了不起的见解,是不是?

哈　是的,这乃一个好主意。

弗　好,我们马上去看这工程吧;我心急得很……(向达维特)喂,老教士,来吧! (他们预备出去)

达　呀! 我有几分疲倦。

弗　疲倦! 你是像我们一样坐车子来的。

达　不错,不错! 但是我的腿老了,不像你们年轻的人有气力! (向高仆)福厘慈,假使你不见怪,我吃了饭再去参观你那池塘吧。既然我停留在庄里,我有的是时间……(坐)嗳唷!

福　(拍他的肩)好,也罢,让你休息休息。(他揽着哈乃佐与弗来得力的臂,三人走向后方)这可怜的教士,恃老卖老的……唉! 年龄的关系真大。

弗　呋! 只要您有的是饭量……

哈　便是主要的了。(他们从右方出)

第十一出

出场人:达维特(独自一人)。

达　(起立。慢慢地走向后方上去,目送他们离开,然后抹了一捻鼻烟。又走下来)他爱她了! ……当然他自己不觉得,但是他爱她了! 一个男子觉得某一个女子有这许多美德,事情就像火一般透明了。真的,我做得好,我天天缠他,向他提亲,迫他逃到庄里来避难。在高仆做生日那一天,我看见胥赛儿长大了,美丽了,我即刻想道:这一个天真烂漫的、温和的、聪明的女孩子,比之明泉村里那些穿着长尾巴的袍子、戴着纪元前的帽子的小姐们,更能给这伊壁鸠鲁派的少年一个好印象。一个人的身向哪一边弯,便向哪一边跌。有些人们喜欢摆架子的女人;有些人们喜欢一头丰盛的美发;有些人们喜欢美丽的嘴,嘴开时露出美丽的牙齿。至于福厘慈呢,因为他贪吃之故,竟给一个女子用做菜的手段诱惑了他……(笑)好!……愿意也好,不愿意也好,大家都须得走上这一条路来。呃!这些事情都是上帝创造的。一个人决不能抵抗爱情……沙罗门在他的遗书上说:"我的爱人美丽像繁星的天空,可爱像耶路撒冷,可怕像展开旗帜正在进行的军队!"唉!假使爱情不是人间最美的、最甜蜜的、最不可抵抗的事物,沙罗门这话有什么意思呢?是的,他爱她了!……我得手了!(拍掌)哈!哈!哈!(他踱来踱去,忽然停步)现在只要看胥赛儿是不是也动了情?……她的心坎里是不是已经开始唱情歌了?(胥赛儿出现在门坎上,一只水瓮在手)她来了!(他坐在右边)

第十二出

出场人:达维特、胥赛儿。

胥　呃?……达维特先生,您还在这里?

达　是的,胥赛儿……是的。

胥　我以为您已经同那几位先生看池塘去了。

达　不,我有几分疲倦了!……你须知,胥赛儿,一个人老了的时候……

胥　是的,达维特先生,您有道理,休息休息吧……(她把瓮子放在唧筒下面取水)

达　(自语)这女子很美。(高声)好水,好水,胥赛儿。

胥　是不是,达维特先生?

达　我只看见了这水,口就渴了。

胥　呀!达维特先生,您不要客气;如果您要喝水,让我去找一个杯子来。

达　不,这用不着,我只就瓮子里喝就行了,如果你愿意的话,胥赛儿。

胥　(微笑)我很愿意,达维特先生。(达维特走近,她举起瓮子,他喝水,胡子朝天,双手在背)

达　呀! 好水,好水!

胥　这可以解渴,是不是?

达　是的! 我从来不曾喝过这样好水;这水比上好的葡萄酒还更好些。

胥　您还再要不要,达维特先生?

达　等一下吧,胥赛儿,让我先喘一喘气……我喝得太快了……

胥　也许因为我把瓮子提得太高了……

达　不,不,是我……是我喝得太快了……我太贪嘴了! (笑)

胥　呀! 原来如此!

达　是的! ……(他们都大笑。胥赛儿又把瓮子放到唧筒下。达维特自语)她真可爱。(他坐在槽边)胥赛儿,我打赌:你猜不中我此刻在想什么?

胥　(取水)这是很可能的,达维特先生,我不晓得猜。

达　好,我说了吧:我看见你在这老井旁边,张着你这一双大眼睛,瓮子里满盛着澄清的好水,我觉得你很像莱贝嘉……你晓得……莱贝嘉……当她给那老伊利耶赛水喝的时候……

胥　(惭愧)达维特先生,您当然是想要打趣我的了。

达　不是的。请你再把这好水给我一口,胥赛儿。(喝水)呀! ……(他抹了一抹胡子)你晓得伊利耶赛的故事吗,胥赛儿?

胥　(把瓮子安放在井栏上)是的! 是的! 达维特先生。我们每天晚上都在家里念《圣经》;是我念,爸爸妈妈与奴仆们听。

达　好,那么,说给我听一听看。

胥　但是,达维特先生,我的饭在火上了!

达　哈! 哈! 我们有的是吃饭的时间,而且吴尔胥妈妈也在家……说来看……(微笑)假使你很晓得的话。

胥　(难为情)天啊! 达维特先生……

达　好吧,好吧,放出些勇气来吧。

胥　(双手交叉在她的瓮子上,在井栏边)阿伯拉汉上了年纪,上帝把一切的福都赐给了他。有一天,他对他的最老的侍者——管领他所有的一切的一个侍者——说道:"请你到我的故乡去,替我的儿子伊沙阿克挑选一个妻子,我不要夏乃安民族的女儿做媳妇。去吧,上帝引导你!"于是他的侍者伊利耶赛赶着十只骆驼,载了许多礼物,到那说尔的城附近的阿蓝村去。傍晚的时候,他在路边的一口井旁边休息,遇着城里许多妇女到来汲水,他说:"上帝啊! 我的主人阿伯拉汉的上帝啊! 保佑你的侍者伊利耶赛吧! 我要向一个少女说:'请你让我在你的瓮子里喝一点儿水。'如果她回说:'请喝吧。'这就是上帝你所预定配给我的小主人伊沙阿克的。"(达维特屡屡点头,像是说:"对了,对极了!")他刚说完这话之后,阿伯拉汉的哥哥那说尔的儿子巴杜爱尔的女儿莱贝嘉就背着瓮子走近来。那少女很美丽,走下泉水旁边汲满了她的瓮子。那侍者迎上前来说道:"请你让我在你的瓮子里喝一点儿水。"她回说:"请喝吧,先生。"于是她把瓮子放下肩来,让他喝水。

达　(感动)对了,对了! (自语)这孩子受得起一切的幸福! (起立,高声)好,那么,胥赛儿,刚才你也把这好水给我喝了,假使我像那老伊利耶赛向莱贝嘉说:"我是被差遣来找你的……上帝已经把许多幸福赐给了我的主人,他成为伟大的人了;上帝给他许多牛、羊、金、银、奴、仆,……你怎样回答呢?"(胥赛儿低头不答)好吧,老实说了吧。

胥　(仍低头)我不晓得,达维特先生;我从来没有想到这一层。

达　没有吗,胥赛儿?（她摇头不答,手放在槽里。静默）

达　（又走近）你的父亲会不会像巴杜爱尔一般地说:"这是上帝预定的事情……这里是莱贝嘉,你就把她带走吧! 既然是上帝的意思,就让她做你的主人的妻子吧!"（胥赛儿咳嗽。他走近她）你呢,胥赛儿,你看见伊沙阿克来的时候,（指后方）你会不会像莱贝嘉一般地说:"这男子,从田间来迎接我们的,是谁?……"（胥赛儿回头注视,甚感动。静默）

福　（在后台）下次吧,哈乃佐,下次吧。

胥　（双手掩面）呀! 天啊……呀! 天啊!（静默）我的馒头呢?（她拿了她的瓮子,奔回庄里）

达　（自语）我们一定要把他们结婚!（拍手走下来。福厘慈从后方右边入）

第十三出

出场人:达维特、福厘慈。

福　（入）哺呼! 热得很! ……呀! 那些可怜的人们在牧场上割草,他们更难堪啊!（以手帕拭额）喂,老教士,你休息了吗?（他在右边坐下）

达　是的,好些了……好些了……我这两条腿不那么硬了。

福　你独自一人,该是很烦闷的了?

达　不,我同胥赛儿谈话来。

福　呀!（达维特把一捻鼻烟给他）谢谢,老教士,谢谢,你很晓得我是不闻鼻烟的。

达　对啊! 我老是记不得。（抹鼻烟）你晓得吗,福厘慈? 那小胥赛儿令我惊奇了! ……

福　呢! 我不是说过了吗? 你还不相信呢……

达　她是聪明绝顶的人! ……要到很远的地方才可以找到这样一个女子。

福　找不到的,教士,找不到的。

达　(坐在福厘慈旁边)这是很可能的……因此,我有了一个意
　　见……我给他说亲好不好?

福　胥赛儿吗?

达　(低头)是的……

福　不要说了吧!

达　(自语)哈!哈!(高声)为什么不呢?

福　(转身)一个女孩!真的一个女孩!

达　胥赛尔不是一个女孩。她已经过了十七岁,上了十八岁了。

福　(耸肩)好了吧!好了吧!(他欲起立,达维特拉住他)

达　没有什么"好了吧"!比她年纪更轻的,我不知嫁了多少呢!

福　她不会肯的。

达　她会肯的!如果我向她提一个少年男子,很端方,很勤快,我
　　包管她肯!(福厘慈耸肩)但是,这事于你有益,高仆……克利
　　斯退尔老了……

福　(打断他的话头)克利斯退尔比我还更结实,在二十年内,他还
　　行的。

达　呸,呸!他已经五十多岁了……农夫的生涯很苦,容易把身体
　　弄坏的。

福　克利斯退尔伯伯习惯了命令庄里的人们,做一个头目……他
　　决不愿意要一个女婿来违拗他,像普通的少年人一样,自以为
　　比老人家更聪明,要超过老人家。再者……再者,他做事没有
　　不先问我的……我是这田庄的主人翁,我不是没有挑选我的
　　佃户的权利的,我想!……

达　呀!谁说不是的?天啊!我要把那少年领到你跟前。……给
　　你看,这是很自然的。将来你看见了这少年之后,我才对你
　　说:"高仆,这就是我挑选给胥赛儿的,这就是将来替代克利斯
　　退尔伯伯在你的田庄里主持的……"我包管你马上就答应了。

福　（不好气地）我一定不答应……（起立，踱来踱去，有心乱的样子）

达　（用眼睛管住他）但是，假使这少年的美德是应有尽有的……假使克利斯退尔伯伯、吴尔胥妈妈、胥赛儿都喜欢他呢？……

福　（转身大怒）我一定不答应。

达　为什么？

福　（气冲冲地）呃！你这一套话讨厌得很！

达　（十分镇静地）这不是一个理由，高仆；生气不算答复。

福　是了，是了，我生气了！你有了这一种毛病，喜欢不尴不尬地催成人家的婚姻，真真可恼！……你让人家自由地生活好不好？（把帽子丢在桌上）这太不行了！（突然坐下，背朝着达维特。静默）

达　（起立，徐徐地走近福厘慈）呀！高仆，你对付事情是这样的吗？你对待你的最老的朋友——你的父亲的朋友——是这样的吗？你以为你把声音放大了，就可以吓得退我吗？你不要打错主意了，我这老教士是不怕事的。好！既然你没有一个好理由答复我，（高仆转身欲答。达维特举指止住他）毫无理由！既然你把我当做一个贱民对待，我就要安静地实行我的主张……我要替胥赛儿造福……这是一个善良的、可爱的女孩子……（高仆作不耐状）你不能说相反的话；你自己刚才还要说服我……说一百方里之内没有比得上她的女子……呃，我要即刻请求克利斯退尔伯伯容许我安排这事情。（走向庄里，自语）总要你把不肯的缘故说出来……（把手放在门闩上）

福　（连忙起立）达维特！

达　（自语）得了！（作不识不知的样子）什么，高仆？

福　（踌躇了一会之后）去吧！

达　（自语）你终于逃不了……你放心，你在我的掌握中了！（他进了庄里。高仆独留；向庄里疾走几步，忽然又止，以手抚心，像

要遏止心跳似的)

第十四出

出场人:福厘慈(独自一人)。

福　喂,福厘慈,这是怎么样的?怎么样的?……这女子结婚不结婚,与你有什么关系?(倒在槽边坐下)呀!(不放心地回顾)你疯了!(起立)你这年纪!……高仆,你竟爱上了你的佃户的女儿……一个女孩,门户不相当,财产也不相称……这真没有意义!假使不幸给人家猜着了,你有何面目见人?福厘慈,你十五年来过的是什么生活?嘲笑了多少人?现在要轮到人家笑你了!那老教士虽则喜欢撮合婚姻,也会当面嗤笑你的。(停止)唉!现在我懂得为什么我喜欢住在庄里!……你看!……你看!……我自己全不觉得!假使事情再延长半个月,将来我觉悟迟了,岂不成为网里的鱼!幸亏老教士这一来,真是好福气!(平静了)好!现在谁也不知道,还算很大的幸福……我需要勇气……要把这个一刀两断……起初的几天一定难堪……是的,难堪得很……但是不久你就清醒了……你的老酒可以安慰你……将来你常常请客吃饭……常常旅行,常常……(哈乃佐从后方右边入,手拿着鞭子)

第十五出

出场人:福厘慈、哈乃佐。

哈　喂,马已经上了缰,我们要走了。

福　(自语)这是我的事儿了!

哈　(伸手向他)再会,福厘慈。

福　(连忙地)等一等,我同你一块儿走……

哈　(诧异)怎么?

福　是的,我考虑过了……

哈　但是你的池塘……你的铁闸子……你说……

福　不要紧,克利斯退尔监督安放闸子,与我亲自监督是一样的。

哈　(拍手)呀! 这一次你终于决定走了……这不算是不幸。(握他的手)你这样,我很喜欢你。我们可以大乐一场。将来你看!

福　对了! 庄里的单调的生活使我发愁……我须要动一动……吃喝一顿。

哈　(把帽子抛到空中)哈! 哈! 哈! 我们快有一场娱乐了! 一场娱乐,多么开心!

福　(挽他的臂)走! (拉他向后方走)

哈　但是我们不能这样就走了的,福厘慈,我们该同克利斯退尔伯伯道别才是。

福　(拉他)用不着!

哈　还有那教士呢? ……那教士呢?

福　不久我们再见他……再告诉他……来吧……(自语)假使我看见了她,我就完了! ……

哈　(挣扎)这是不合理的,福厘慈,一个老朋友……

福　呀! 如果告诉他,不免要向他解释,他是一个寻根究底的人……他要知道原因……其余的人也都来歪缠,他们努力把我挽留在庄里,我很可以给他们感动了的。

哈　(连忙地)没有的事! 没有的事! 我得了你的允许了……呀!真的,不要做糊涂事……你说的有理,福厘慈……走吧! 弗来得力在天井里,我们走过的时候喊他一声。(欲走又止)你的帽子呢? ……

福　呀! 是的……我忘了。(匆匆地下来,拿了他的帽子。自语)可怜的胥赛儿! (庄里有人声,在后台。他有吃惊的样子)她来了! ……

哈　(挽他的臂)走吧! (福厘慈匆匆把帽子戴上;二人奔出。克利

斯退尔与达维特从左方入,在田庄的门槛上停步)

第十六出

出场人:克利斯退尔、达维特。

克　天啊,达维特先生,我不说不是的,但是胥赛儿的年纪还太轻。婚姻是终身大事,应该男女往来很久,才可以决定。如果您找着一个种种方面都适合的男子,我就允许他到庄里走动,孩子们互相见面,渐渐互相了解。我呢,我与我的妻子来往了三年;她家离我们的庄里很远,有二十里的路程,我每逢礼拜天去看她一次。有时候,天下的倾盆大雨,冬天的雪直到膝头!呃,这却是我一生的好时代!……

达　高仆,你听见吗?(左右望)他到哪里去了?

克　他也许在花园里。高仆先生往往到花园里的蜂室旁边吸他的烟斗;他高兴看蜜蜂工作。

达　(开了花园的门,往外看)我不见他。(呼唤)高仆!(更高声)高仆!高仆!高仆!

克　那么,他是进他的卧房去了。(他上楼梯。后方右边有车轮声与马鞭声。达维特连忙走上去。走到后方,惊怪地叫了一声)

达　呃!……

克　(止步)什么事?……您怎么样了?(注视)呃?那收税委员先生去了!……似乎高仆先生也在车子里。

达　呃!当然,他在车子里!他逃走了!

克　(下楼梯)他逃走了吗?为什么,达维特先生?……庄里的人没有得罪他啊。

达　(走下来,自语)呀!没志气的!(胥赛儿很快活地在厨房门口出现)

第十七出

出场人:克利斯退尔、达维特、胥赛儿。

胥　高仆先生,饭摆好了。

克　高仆先生走了。

胥　高仆先生吗？……

克　是的，与那收税委员一块儿走了……喂，你看，在牧场的尽头，车子沿着迈桑歇的树林边走……（胥赛儿连忙走向后方张望）

克　（以手盖眼作瞭望状）车子看不见了！（胥赛儿低头，倒在后方的板凳上坐下，双手捧面。克利斯退尔回头，看见胥赛儿流泪）喂！什么事？你为什么哭？

胥　（仍旧不抬头）我不晓得，爸爸。

克　（粗暴地）你不晓得？……

达　（温和地）随她去，克利斯退尔伯伯……不要骂他……（作不识不知的样子）她哭，为的是她的馒头。（只听得左边有人声，原来是割草翻草的男女工人回来，合唱）

　　　　　美貌的兵士从战地归来，

　　　　　"你有没有看见我的朋友？

　　　　　——你的朋友在地下长眠，

　　　　　与其他许多人们同朽！"

克　这是男女工人们回来了。（走向庄里叫道）吴尔胥！……吴尔胥！……快摆饭！（走进了庄里）

　　男女工人们合唱的声音渐近。

　　　　　他再也不回来了，

　　　　　他再也不回来了，

　　　　　他再也不回来了，

　　　　　他在地下了。

　　胥赛儿哽咽一声。

达　（坐在胥赛儿身旁，轻轻地扶她的头靠着他的胸）好吧……好吧……胥赛儿……放硬撑些吧！……（自语）呀！福厘慈，将来你看我的手段！……

　　男女工人们合唱的声音迫近田庄。

他再也不回来了，
他再也不回来了，
他再也不回来了，
他在地下了。

幕闭

第三幕

布景 高仆的饭厅。陈设与第一幕同。

第一出

出场人: 嘉特菱、哈乃佐、弗来得力。

哈 所以,嘉特菱,你很懂得了,是不是?

嘉 是的,哈乃佐先生。

哈 等到高仆醒来之后,你立刻告诉他,说弗来得力与我到来请他
   到加斯脱去看节期;这是一个好节期,有的是些游戏、跳舞以
   及许多娱乐,像古时一般。

弗 在这节期,人们吃的虾子像拳头般大。(捏拳)

哈 十年以来,我们一块儿去看这节期,已经成了习惯。高仆不能
   拒绝的……假使他不去,左赛夫一定很伤心;因为左赛夫每年
   到了这节期都在加斯脱指挥一个音乐队。嘉特菱,不要忘记
   说这些,这都是少不了的话。

嘉 您放心,哈乃佐先生,我什么也不忘记;等到高仆先生起来之
   后,我立刻替您说话……但是我生怕他不肯去。

弗 (很诧异)不肯去!

嘉 是的。

哈 为什么?

嘉 您晓得吗?自从高仆先生陪您去收税,旅行了一次之后,他不

是原来那一个人了。从前他是一个快活的人,笑口常开,时时欢喜;现在他却发愁了。我徒然给他做了许多他所喜欢的菜,他都不觉得好吃……他对于无论什么都指摘起来!他不吃东西了。

弗　唉!

嘉　夜里我听见他在卧房里踱来踱去,独自说话……总之,他愁闷起来了。您看,昨天,他叫了那桶匠加叔特来,把他自从他父亲死后保存在桶子里的萄葡酒都装进瓶子里去。他对我说过好几次:"这酒比得上我那最老的波尔多酒。"好!下午两点钟前后,加叔特怒气冲冲地走了;房里空空的。似乎是因为高仆先生把些热蜡倒在他的手指上……加叔特以为他故意如此的。我敢相信不是的,但是这可以证明高仆先生不注意他的老酒了。他心里在想别的事情!(她住口,把二人各看一眼)

哈　他会想到什么事情呢?

嘉　呀!……我不晓得……

弗　没有想什么!一个人不想什么的时候,往往是如此的。

嘉　我也以为他有几分病了……你们旅行的时候一定吃喝得太厉害!

哈　(挺身)嘉特菱!……请你记起,我巡行收税的时候,从来不大吃大喝的!我把政府的金钱为前提;我的娱乐还在其次。

弗　我们快活过来,如此而已!……我甚至于记得高仆不曾像平日一般拗我们的颈,他有他的消遣,他把水加进他的酒里;他叙述些令人发愁的历史。

哈　是的,弗来得力说得对!当我们在客栈的晚上,他非但不说些快活的话头来娱乐我们,而且他叙述他的父亲的结婚,他的祖父的,他的曾祖的,总之,百年来他家的婚事都拿来告诉我们。我吸着我的烟斗听他说,我想:福厘慈想要挖苦我们了!……你须知,嘉特菱,在我们独身主义的人们中间,大家觉得结婚的人是可笑的。

弗　这是一段滑稽话，只是一段滑稽话！……吃了饭之后，尽可以谈天说地，都是没有什么用意的。第二天清醒过来，又想别的方法娱乐去了。我相信高仆一定高兴同我们去看加斯脱的节期，他一定十分高兴！

嘉　我想不是的，弗来得力先生。

哈　总之，嘉特菱，你告诉他说我们来了；你还详细地解说给他听。

嘉　是的，哈乃佐先生。

哈　而且我们吃了饭之后再来看他。（走向右方的门口）

嘉　我不会忘记的！但是，我对你们申说……高仆先生有几分病了。

弗　（挽哈乃佐的臂）这越发是一个理由了！……一个人有几分害病的时候，最好是找一场小小的娱乐，可以恢复精神。

哈　（在门上）好……再会，嘉特菱。（二人挽臂出）

嘉　再会，先生们。

后方右边有呼声在后台　剪刀，刀子……磨刀子。

　　嘉特菱把门关上。

福　（左方后台大声呼唤）嘉特菱！……

嘉　高仆先生醒来了……

福　（在后台，更高声）嘉特菱！……嘉特菱！……嘉特菱！……（嘉特菱连忙向左方走。卧房门开了，福厘慈出现在门槛上，头发蓬松，有发怒的样子）

第二出

出场人：福厘慈、嘉特菱。

嘉　我来了，先生。

福　刚才你在哪里？我叫了半个钟头。在这屋子里叫人是叫不来的了。

嘉　呀！先生,刚才我在这里！……

福　你做什么来？……

嘉　我与哈乃佐、弗来得力两位先生谈话,他们来请你去看加斯脱的节期。

福　让他们去吧！我看节期看厌了！……我不要去了。

嘉　但是,先生,我答应了……

福　住口！……刚才是谁叫喊,把我嚷醒了？

后台的声音　剪刀……刀子……磨刀子……(车轮的声音)辂辂……

嘉　这乃是特尼索,先生。

福　特尼索吗？

嘉　是的,是那磨刀匠。三十年来,他每天在这路角叫喊。您从来没有听见吗？

福　没有！从前我睡着了……从前我有睡觉的福气！(自语)现在我可睡不成了！

特尼索的呼声　(在外面,甚锐)剪刀……刀子……磨刀子……(车轮的声音)辂辂……

福　你听见吗？

嘉　(笑)是的,先生,他叫的声音颇高。

福　你笑！……这是好笑的！……

嘉　呀！先生,难道您喜欢我哭吗？

福　叫他走吧！……如果他不走,我要向地方裁判人跟前告他。

嘉　(开一窗)特尼索！特尼索！

特　(在外面)什么,嘉特菱姑娘？

嘉　高仆先生身子不大舒服……听不得叫喊的声音……您去远些好不好？……

特　呀！既然扰了高仆先生……好的！……好的！……

嘉　(把窗关上)他走了,先生;您不会再听见了。

福　这算有福气!……(很疲倦地坐在一张靠背椅上,附近左边的桌子)刚才我在睡觉……恰恰想要睡着……

嘉　先生,依您说,昨夜您是没有睡着的了?

福　是的。

嘉　从前您睡得多么好!

福　是的,从前我像一个时钟,一睡就是一周,十二小时!……现在不是那时节了!……

嘉　您病了……有几分病了……

福　我这儿不很舒服。(以右手按心口)

嘉　您应该请医生来。

福　(耸肩)你不要提起医生,我听不得!他一来就按我的脉息,给我药丸吞……我用不着药丸……我晓得我的病根……我的病在这儿!……这一次旅行,我喝酒太多了……把我的肠胃扰乱了。

嘉　我也这样想,您的病是这样得来的!……我同弗来得力先生说过,但是他回说您并没有喝酒……说您把水加进您的酒里……

福　(打断他的话头)弗来得力说过这话吗?

嘉　是的,先生……他又说您叙述些历史……(她望了他一眼,住口)

福　(不好气地)什么历史?

嘉　呃!是些结婚的历史。

福　弗来得力不晓得他说的是什么话。我喝酒太多了……如此而已!结婚的历史?……我也管那些婚姻的事情吗?……这种事情只有那老教士喜欢……(强笑)哈!哈!哈!婚姻!……婚姻!喂,……我们谈别的事情吧。

嘉　今天上午您要吃些什么,先生?

福　我的肚子不饿。

嘉　但是,先生,您不能如此生活下去的,您非自己保养不可。昨天您差不多没有吃东西。

福　真的!那桶匠惹我发怒;假使我没有忍耐着,当他说我故意倒些热蜡在他手上的时候,我怕不把他的颈扭断了。

嘉　晚饭呢,先生,您要吃什么?

福　随你的便。

嘉　但是,先生……

福　(不好气地)随你买什么都可以。

嘉　那么,我可以到市场去了。

福　是的……去吧!

嘉　您不需要什么吗?

福　不要什么!……

嘉　好,那么,我去了……我即刻就去……(注视高仆,自语)他有些心事了。(她摇着头从左方出,顺手把门关上)

第三出

出场人:福厘慈(独自一人)。

福　(起立)这弗来得力真是糊涂!……把我们旅行期间的事情去告诉我的女仆,这是多么糊涂!……(耸肩。静默一会子。担心地四顾,低声)当然,我把水加进我的酒里;假使我不掺水,岂不给全村人都知道了我的心事!(把一指放在心胸上)岂不给人们笑煞!……(静默一会子。坐到右边)可怜的高仆……你何苦小心谨慎地安排你的葡萄酒?……一个简单的村女子却把一切这些都扰乱了!……(止步。静默一会子)然而我到底把提防祸患所应该做的事都做了,我不见她就走了……而她在庄里待我多么好!我以为旅行可以消遣消遣,把狂妄的心理打消;谁知我要逃避扰乱我的安宁的仇人,倒反把这仇人放在心里!(静默一会子)呀!这一次旅行,我许久也不会忘了的……我到处遇见人们在表演爱情!……(止步)在法兰歇,遇着人家行结婚礼;许多人挽着手臂进礼拜堂去,吹笛的在前引导;他们踊跃摇摆,好像都是富人似的!在迈斯尼,遇着人家行洗礼;收生婆子抱着粉红的小婴孩,代父与代母捧着许多鲜花跟随着!在伊提华,遇着一对老夫妇庆贺他们的五十生日,他们规规矩矩地在村里的广场跳舞,许多人绕着他们欢呼,声震天地!……爱情!……老是爱情!……(止步一会子,双手交叉着,像自己赞赏自己所叙述的话。又走)我希望回到我的旧习惯,就可以清醒了,谁知竟出我意料之外!从前能使我幸福的事物,现在都不在我心上了。这一所屋子,给我陈设得件件都全,预备在这里头生活直到晚年,现在我却觉得只是一片沙漠;我的朋友们是惹厌的,我的老酒是苦的了;我不能喝上一瓶不醉,醉了就乱说话;总而言之,一切都不能安慰我了!而我只想起胥赛儿!我越要不想她,她的影像越在我的眼前窈窕地溟漾,她的声音越在我的耳边委婉地歌唱……(愕然)唉!倒霉!倒霉!为什么胥赛儿在我的生日偏要把花送了来?为什么我到庄里去的时候,不折了一条腿?为什么?(达维特出现在右边的门槛上。高仆自语)好!好!可又来了!(他坐在左边,附近桌子)

第四出

出场人:福厘慈、达维特。

达 (快活地入)喂,日安,无花果;我到底找着你了,是不是?(把他的帽子、雨伞安放在桌上)喂,喂,你好吗?(走近福厘慈)你的老嘉特菱刚才告诉我,说你有几分病了……大约因为你们在旅行的时候享乐太过了。

福 (起立,走过右边坐下)是的,这个扰乱了我的肠胃,我非常不舒服。(他把手按心口)

达 （不识不知的样子）怎么，怎么，你也有害病的一天吗？呃！这
　 是该受的。我说的不止一次了："当心……高仆，当心……瓮
　 子碰水，久了也会破的……"但是你不肯相信我的话……你
　 笑……好，现在果不出我所料了……（走向后方拿了一张椅子
　 坐下）也罢，你休息休息，戒口三五天，就会好的。（福厘慈咳
　 嗽。达维特自语）他究竟有颓唐的样子，莫不真是病了？让我
　 看。（走近福厘慈，坐在他身旁，作抚慰的样子）不要紧，福厘
　 慈，我看见了你，我很欢喜。我不见你，觉得时间多么长啊！
　 再者，说老实话，我曾经很担心……那一天你匆匆地离开了庄
　 里，我生怕是我说了什么话得罪了你，当然不是有心的，然而
　 我自思道："高仆会不会恨他的老教士呢？"
福 （连忙地）你设想到什么地方去了，达维特？不！……我在庄
　 里住厌了……当然不肯说出口……他们拼命博取我的欢心，
　 我不愿意令他们伤感……但是我实在生厌了……再者，许久
　 以来，我已经答应了哈乃佐，说愿意陪他收一次税；我到底不
　 能失信，所以，老实说，我忽然间……
达 忽然间就让他把你拐走了。
福 对了。
达 好，那么，这也不出我所料。我向你的老佃户说道："克利斯退
　 尔，您晓得吗！您这样伤感，是您错了，高仆在庄里住厌了。
　 我是晓得他的……他在晚上要到啤酒店里喝啤酒打牌；他养
　 成这习惯已经许久了，怎能连隔好几天不喝啤酒打牌呢？"
福 他懂了吗？……
达 懂了之至！……那小胥赛儿很有了几分伤感……呀！她做了
　 这许多好馒头！……（静默一会子。察看高仆）高仆，你晓得
　 吗？这女子生在这等人家，算是最有学问的了。
福 呃！
达 她写字像一个书记。

福　像一个书记！她只乱图乱画就是了。

达　她写得一笔好字。克利斯退尔伯伯给我看庄里的账簿，这簿
　　子归胥赛儿掌了两年了，我不得不说：非但我的妻子，便全村
　　的妇女也没有一个能够记得这般井井有条。我十分叹赏她，
　　因为你须知，条理乃是家务的唯一的要素。没有条理，金钱走
　　了也不晓得走到哪里去，也不晓得是怎么走了的。

福　（起立，走过左边，自语）天啊，此后人家永远对我说起她了！

达　总之，我这样满意胥赛儿，所以我离了庄里之后即刻着手宣
　　传！现在成为事实了。（拍手）

福　什么？什么事实？

达　呃！胥赛儿的婚姻。

福　胥赛儿订婚了？

达　（起立）是的。（福厘慈一声不响地坐在左边附近桌子）你怎么
　　样了？你的脸色变了。

福　这是我的病复发了。（把手抚着心口，叹息）

达　（自语）呀！好的……这并不是肠胃有病……（高声）你要不要
　　喝一杯糖水。

福　（微弱的声音）我很愿意。

达　（殷勤地）你不要动……让我替你做去……（走近后方右边的
　　桌前，预备一杯糖水。自语）果不出我所料！（转身向高仆，高
　　声）加上一点儿酒精，是不是？这可以振作精神。

福　（点头）是的。

达　好。（拿着杯子来，福厘慈伸手要接）等一等那白糖溶了才喝。
　　（把小匙在杯里搅了一下子）呃……喝吧！

福　（接过杯子）谢谢。

达　当心，不要倒泼了，你的手这样发抖。（福厘慈喝水）

福　（停止饮水。呼吸）病来的时候老是如此的……（再饮）

达　这病令你发抖吗？（福厘慈一面喝水，一面点头承认）这是很

自然的。(自语)气煞他了！

福　(还杯子给他)拿去。

达　好了些吗？

福　是的。

达　你竟不得不病起来……像你这样一个结实的男子，怕不把铁
吞去也消化了！……(他在胡子里笑着把杯子放回桌上，同时
高仆揸脸；他又回来，拿了一张椅子放在福厘慈身边坐下)呃，
这差不多决定了。(举手)唉！这并没有经过很大的难关！我
认识那少年许久了……他是沙尔母的浸礼教徒查各伯·贝姆
的儿子。我晓得查各伯要给他的儿子娶妻，……所以第二天
我就启程，爬上山坡。恰好那老查各伯在家，我对他说克利斯
退尔也想嫁女；查各伯以为门户相当，即刻拜托我去请求克利
斯退尔容许他的儿子安德烈进庄里走动，——当然是秘密的。
总之，事情只到了这地步。克利斯退尔在未接待这少年以前，
要先来看你一次，因为他不肯不征求你的同意就决定了。安
德烈很合他的意，这是一个美少年，只二十五岁，长得高大结
实，很勤快，很端方……但是克利斯退尔不肯不征求你的同意
就答应了。(他住口，注视福厘慈，福厘慈眼望着地下听他说。
静默一会子)你以为如何，福厘慈？

福　(举眼如梦中惊醒)我吗？

达　是的。

福　(摇头)没有怎么样！这与我不相干！

达　怎么？你不是田庄的主人吗？这一个将来接替克利斯退尔的
人，不需要种种方面都适合于你才行吗？

福　克利斯退尔纳田租给我，我只要求他这一点……其余的事，我
不愿意干预。

达　不过，有一天你在庄里对我说过……

福　我说了这话，好像没有说一般。

达　我恰是如此猜想哩！但是我务必通知你，说克利斯退尔来拜
　　访。现在我的事务完了，不奉陪了，家里有人等我……（拿了
　　他的帽子、雨伞）你不愿意我给你叫医生来吗？我恰从他家门
　　前经过。

福　不，谢谢你吧。

达　你不觉得怎么样了吧？（以手按心口）

福　不怎么样了！

达　呃……这样才好！（自语）气煞他了！（高声）再会，高仆，小心
　　保养。（从右方出）

第五出

出场人：福厘慈、（其后）胥赛儿。

福　（独自一人）她要结婚了！嫁别人了！人家提亲，第一个男子
　　她就要了！……我还可怜她……我还后悔不该不向她告别就
　　离了庄里！……呀！胥赛儿！……胥赛儿！……我料不到你
　　是这样的……（掩目。静默。外面有按铃声，在左边。他连忙
　　抬头）有人来！……（静听）这是嘉特菱，她从市场回来。（揩
　　眼睛。呼唤）嘉特菱？（静默。他把声音提高）是你吗，嘉
　　特菱？

胥　（把门半开，微弱的声音）不是的，高仆先生。（她出现在门槛
　　上）

福　（起立）胥赛儿！……（他惊惶地退后。静默）你……你在这
　　里……做什么？

胥　（作颤音）我等候嘉特菱姑娘。

福　嘉特菱！……

胥　是的……高仆先生……我在市场上遇见她……她叫我到屋子
　　里等候她……（静默）我送奶油鸡蛋来，像每礼拜一样……（她
　　住口，面色大变，低头）

福　原来如此。(他怔怔地望着她,半晌不语。后乃自语)她的面
　　色大变了! ……(高声)请进! ……你在这里等候嘉特菱也是
　　一样的……不必在厨房里……(她徐徐地走进来,仍不抬头。
　　福厘慈自语)她不敢抬头望我……她再见我,觉得惭愧了……
　　因为她做了那事! ……呀! 不好心的! ……(高声,把声音收
　　紧)胥赛儿……自从你我分别之后……你照常很好吗?

胥　(作颤音)是的……高仆先生。

福　还有克利斯退尔伯伯……吴尔胥妈妈他们的身子都好吗?

胥　是的……高仆先生。

福　庄里没有什么新闻吗?

胥　没有,高仆先生。

福　(自语)唉! 扯谎鬼! ……(高声,作反语)呃? 呃? ……奇
　　了! 那老教士来告诉我……说你……不久就要结婚
　　了……嫁的是查各伯先生的儿子……是一个美少年! 那么,
　　他来说这话,是故意打趣我的了……(胥赛儿低头不答)这到
　　底算是新闻……十五天前还不成问题的一件事……(静默)胥
　　赛儿,你晓得我看见你有什么感想吗?

胥　不,高仆先生。

福　(用眼紧紧地望着她)我想你这一来,为的是请我吃喜酒的。

胥　(抬头,满眼是泪)唉! 高仆先生!

福　(发抖)你哭! ……你为什么哭?

胥　(双手掩面)您使我痛苦了!

福　胥赛儿……你不肯嫁这少年吗? ……也许你不爱他,是不是?
　　(胥赛儿摇头表示不愿意)那么……你为什么要他呢? 是谁强
　　迫你?

胥　是我的父亲,高仆先生。

福　你的父亲! ……却不是你的父亲结婚,呸! ……你尽可以对
　　他说你不肯嫁这少年。……

胥 （摇头）我不敢说！

福 为什么？

胥 我的母亲说这是一头好亲事……说查各伯先生有钱……假使
我反对……他们一定很伤心。

福 这算不得一个理由！那么，为着不肯使父母伤心，你竟肯一辈
子受苦吗？……你竟嫁你所不爱的一个男子吗？……因为你
刚才对我说你不爱他。

胥 您叫我怎能爱他呢？我只见过他一次。

福 好，那么，你应该反对！应该……你不能让人家把你放进罗
网，毫不抵抗！……这太不行了……这……

胥 （发作）唉！高仆先生，假使您肯同我的父亲说……假使您肯
对他说……他一定听从您的……我不敢来同您说起……因为
我害羞……但是，即然我有福气，遇见了您……我大着胆对您
说了……是的，高仆先生，我很不幸；一礼拜以来我整夜只是
哭……唉！您肯对爸爸说一句，您就是好人了……我愿意一
辈子伴着他……我做庄里的丫头……永远不嫁人！一辈子只
服侍他！……高仆先生，我唯一的希望只在您的身上……您
平日对待我很好！……您须知，如果人家迫我嫁这男子……
那么，我觉得上帝抛弃我了……最后惟有一死了事……（合掌
跪在福厘慈跟前）呀！高仆先生……可怜我吧！……

福 （连忙地）胥赛儿，你爱另一个男子了！……

胥 （惊惶地起来）不！

福 你爱另一个了！

胥 （恐怖地）不！

福 你该把他的名字告诉我……我要晓得……我须要有话对你父
亲说才好。（她低头）把你所爱的人的名字告诉我……你一定
得到那人……我把我的人格担保！……我就去找见你的父
亲，对他说："您不能为您的利益而牺牲了您的女儿……胥赛

儿爱上另一个了！"……（走近胥赛儿,很低声）说了吧！……（她抬头如欲语）说呀！……（他握她的手）

胥　（低头）不,先生……我宁愿死,不能告诉您。

嘉　（在后台）胥赛儿！……胥赛儿！……

胥　（惊惶无措）天啊……嘉特菱姑娘来了！……

嘉　（在后台）胥赛儿……你在哪里？

福　（把花园的门开了）喂……你走过花园去……我同她说你已经走了……说你等不得她了……（胥赛儿出。福厘慈连忙把门关上,同时,嘉特菱自左方入）

第六出

出场人：福厘慈、嘉特菱。

嘉　先生,您没有看见胥赛儿吗？她的筐子还在厨房里的桌子上……我同她说过,叫她等我……而她……

福　（连忙地）她出去了,嘉特菱……她出去了……她等了你许久……但是你还不来……她又很忙……很忙,所以她干她的事去了……因为你不来……你懂吗？……

嘉　真的,先生,我比平日回来迟了些;但是您须知,我每次同李斯比德回来都是这样的,叫我也无可奈何……

福　（心还未定）李斯比德？

嘉　是的,那盖屋匠的寡妇,您叫我救过她的……您记不得李斯比德了吗？

福　（精神回复）呀！好的……好的……我懂得了！（强作微笑）你今天很多嘴,是不是……你今天快活了？

嘉　不是的,先生,这只因为她的孩子们……他们很可爱……尤其是那男孩！他们叫我做"嘉特菱姑姑"。您想,我常常有东西给他们,所以我每次到她家里去的时候,他们即刻走来把手放进我的衣袋里！……（她尽情地笑）

福　（诧异）你爱孩子们吗？

嘉　是的，先生，假使我有许多小孩子围绕我的身边，我就幸福了！

福　（双手交叉在背上）奇了……奇了……奇了！你没有对我说过这话。

嘉　我不敢说！再者，我老实说……既然我们谈起这个，先生……我就老实说了吧，我常常希望……

福　你希望什么？

嘉　（大着胆子）我自己说道："那老教士是一个有计谋的人，他终久可以使高仆先生决意结婚，那么我们毕竟有孩子了。我把他们抚养成长！……（她说的时候，福厘慈瞠目注视她，作惊讶状）将来他们同我捣乱，像高仆先生小的时候一般……将来我爱他们，好比我自己生的……他们天天攀着我的围裙说："嘉特菱，我要这个，我要那个。……"哈！哈！哈！我只一想起，已经很幸福了。（静默一会子。和婉地）先生，您不爱孩子们吗？把一个男孩与一个女孩领去散步，他们乱跳乱说话，告诉您许多好笑的故事，您不喜欢吗？

福　（难为情）喜欢的……喜欢的……我不说不喜欢！你也许说得有理……但是孩子们总会天天吵嚷……闹得屋里不安宁！

嘉　呀！先生，您说的是什么话？一家里没有孩子，哪怕怎样有钱，屋子怎样华丽，总是不快活的……您看我们家里整天到晚只听见时钟的声音！假使我们有了孩子，这屋子就像满装着小鸟的美丽的鸟笼了。

福　（他双手在背，俯着头踱来踱去；突然在嘉特菱面前停步）但是，嘉特菱，有一件事你没有考虑过吗？

嘉　什么事，先生？

福　假使我听信你的话结了婚……这只是一个假定，你懂得吗？这只是一个假定；假使我引了一个女人到屋里来，她要发号施令……你就做不得女主人了！

嘉　（合掌）呀！天啊……女主人要做一切，要看管一切！呀！我希望有一个少年的主妇到来，很贤惠，很勤快，我可以把一切都卸肩了……我欢天喜地地把钥匙交给她……只要人家容许我摇摇篮，抚养小孩子们。

福　（静默了半晌之后）那么，你不会生气了……真的吗？

嘉　岂但不生气！……先生，我老了，支持不久了……我恰因此担忧……我自己说："嘉特菱，你在的时候，一切都行；但是假使一旦没有了你，谁来照管这屋子？高仆先生从来不管家务的……岂不被人家偷骗！而且假使他病了，没有人调护他，有的都是外人！"……假使您有了妻子，我死也安心。所以我想到这里就很伤感！……先生，您没有想到这一层，这是您错了……

福　哪里！嘉特菱，我哪里不想到呢？……最近我才想到……（踱来踱去）

嘉　（用眼角察看他）先生，假使我处在您的地位，假使我想要结婚，您晓得我怎么办？

福　（止步）你怎么办？

嘉　（走近他，低声）那么，我娶一个好女子，很美，很忠厚，很勤快，很会理家的；我不关心她有没有钱；您自己还算富有，用不着靠嫁奁生活吧？我娶她，为的是她的美貌、她的良心、她的美德，于是我相信一定可以享福了。

福　你认识这样的一个女子吗？……（眼紧紧地望着她）

嘉　是的，先生……而且您也认识！（福厘慈作吃惊状。嘉特菱暗笑。达维特自右方入）

第七出

出场人：福厘慈、达维特、（其后）克利斯退尔、嘉特菱。

达　（在门槛上）又是我，高仆！……我同你的佃户来了。

福　（转身）克利斯退尔吗？

达　是的！他来找我去……我不能拒绝不陪他走……你懂吗？
（转身向外面的克利斯退尔）请进，高仆先生在这里。请
进！……（克利斯退尔出现在门槛上，穿的是礼服，很规矩的
样子。嘉特菱从花园的门出）

克　（揭帽）高仆先生……我不胜荣幸……您有几分不舒服吗，高
仆先生？

福　这是不要紧的，克利斯退尔伯伯。请进吧！（伸手向他）

达　（抹了一捻鼻烟，自语）这是千钧一发的时候了！……上帝啊，
阿伯拉汉我主，伊沙阿克我主，查各伯我主，保佑你们的侍者
达维特·西歇尔！

利　（咳嗽，把帽子安放在桌上之后）高仆先生……我这一来，为的
是一件重大的事情……家庭的事情……与您也有关系。达维
特先生安排好了一切，他大约已经告诉您了……

福　是的……是的！……您来征求我的同意，是不是，克利斯退尔
伯伯？

克　对了，高仆先生……而且我与我的妻子都希望……

福　（打断他的话头）好，我不肯！

达　（跳到半空里）你不肯！

克　（诧异）但是，高仆先生，那少年是好人家的孩子；他为人很忠
厚，还有家产……这是一头很好的亲事……我们为我们的女
儿设想，是再好没有的了！

福　我不肯！

达与克　为什么？

福　因为我爱胥赛儿。

达　（举帽）呀！谢上帝！……（走近福厘慈，伸双臂）喂，我非吻你
不可。（二人相吻）

克　（吃惊的样子）高仆先生，您说的是什么话？……您爱胥赛
儿……您……您！这是不可能的！我要您再说一次我才肯

相信。

福　（坚决的声气）这是如此的，克利斯退尔伯伯。我爱胥赛儿，我
　　向您要求与她结婚。（克利斯退尔惊讶退后。达维特掏出手
　　帕子，揩眼睛）

克　（把声音提高）但是，高仆先生，请您细想您是什么人，我们是
　　什么人！我请您仔细考虑，好教您将来不至于后悔，而且我们
　　也不至于看见您因一时错误而成为不幸的人而替您伤心。

达　（向福厘慈）这是一个忠厚的人！

福　我考虑过了，克利斯退尔伯伯！半月以来我只想这个……我
　　爱胥赛儿！如果您把她给了我，我就是世上第一有福的人，我
　　要努力使她幸福；如果您拒绝了我，我就离开此地！

嘉　（从花园的门入）克利斯退尔伯伯，胥赛儿来了……她的事情
　　都做完了……我已经同她说您在这里，要不要叫她等您？

福　请她进来！

嘉　（在门上）胥赛儿，请进。（胥赛儿入，看见她父亲与那老教士
　　及福厘慈，在门槛上停步）

第八出

出场人：福厘慈、达维特、克利斯退尔、胥赛儿、嘉特菱。

克　（用堂皇的声调）胥赛儿，这里来！我有一件事对你说，这是与
　　你有关系的……是一件大事。（指福厘慈）我们的主人高仆先
　　生向你求婚。（胥赛儿双手掩面）这对于我们的家门乃是很大
　　的荣耀，我梦里也不敢着想！但是，我是你的父亲……我想要
　　看见你幸福……在未答应以前，我先要知道你是否爱高仆先
　　生。（胥赛儿倚着她父亲的肩。静默。克利斯退尔把声音提
　　高）喂……坦白地说了吧……（寂然）

福　（声音震颤，伸臂向胥赛儿）胥赛儿，你爱我吗？

胥　唉！是的，高仆先生。（她跑上前，投入福厘慈的怀里，福厘慈紧

抱她靠着心胸。右方的门开了,哈乃佐与弗来得力出现在门槛上,看见胥赛儿在福厘慈的怀里,他们止步,像吃惊的样子)

第九出

出场人：福厘慈、达维特、克利斯退尔、胥赛儿、嘉特菱、哈乃佐、弗来得力。

福　(快活地转身)呀! 是你们吗? ……请进……请进! ……你们来请我去看加斯脱的节期。……好,我应承了……但只有一个条件:我要你们做我的陪婚童子!

哈与弗　(吃惊)你的陪婚童子!?

福　是的,我要结婚了……(指胥赛儿)这就是我的妻子!

哈与弗　他的妻子!?

福　(伸手向达维特)你呢,你代替我的父亲!

嘉　呀! 先生,(拿胥赛儿的手放在自己的唇上)您选择得很好。

福　(感动)胥赛儿,吻她吧,是她使我决定的。(胥赛儿与嘉特菱互吻)

弗与哈　他结婚了!

福　(拍老教士的肩,快活地)达维特,你快活吗?

达　快活得很。

福　而且还赢了我的葡萄田。

达　不是我赢了的,却是胥赛儿……所以我把这田赠给她做嫁奁。

胥　唉! 达维特先生。

达　(举指作不许说话状)胥赛儿,如果你拒绝了,我的心就不安。

福　也罢,我承受了! ……(握胥赛儿的手)我们承受了! (胥赛儿点头)但只有个条件:要你喝这葡萄田所出的葡萄酒直到你的末日,又要你在书办处立约,务必活到马都沙冷一样的高寿①。

---

① 马都沙冷是犹太教的祖宗,寿九百六十九岁。

达　（举手）呀！高仆如鱼得水了；你们看，他的肠胃病已经好了。

福　（很快活地）是的，胥赛儿把我医治好了。（他挽胥赛儿的臂，同她低声谈话）

哈　（颓丧地望着弗来得力）我们二人怎么办呢？

达　（在衣袋里取出他的鼻烟盒子）天啊，你们像他一样做就是了。你们放心，我替你们设法。（哈乃佐与弗来得力伸臂作不服欲辩的样子。达维特愤激地）呃！这是法国人人应尽的第一义务：再造国家，需要人民！

幕闭

十九年十月十七日译完

绝交的乐趣

（独幕剧）

[法]勒纳尔　著

剧中人物

　　白兰胥

　　穆理士

布景　在巴黎。五层楼上一个小客厅里。主人是一个女子,多经
　　　　恋爱,少积赀财,室内有的只是人家赠给她的一些古玩,与雅
　　　　俗不等的家具。火橱在后方,左方有门,门上有布幔。右方有
　　　　桌子,中央有矮圆座子。一具展开的钢琴。几枝廉价的花。
　　　　墙上几幅挂屏。炭火。灯亮着。

　　　　幕启,白兰胥坐在桌前,穿的是内室的衣服。旧的花纱,就是
　　　　她唯一的奢华品,也就是她的祖传的一切。她搜索了许多抽
　　　　屉,烧了些文件,把一个小包裹的彩结系紧了,从一个小盒子
　　　　里取出一封旧信来重读。或者可以说她只读那些记得很清楚
　　　　的字句。某一句使她伤感成愁,另一句使她摇头太息,又另一
　　　　句迫她老实地笑起来。有人按铃。白兰胥不慌不忙地把那
　　　　信放进盒子里,把盒子放进桌子的抽屉里。然后她自己去
　　　　开门。

　　　　穆理士入。人家一看见他最初的举动,听见他最初的语句,便
　　　　知道他把这里当做他自己的家一般。

穆 （把字眼咬得很正确响亮）日安，我的亲爱而美丽的朋友。

白 （不是像他那么矫揉造作）日安，我的朋友。（穆理士想要吻她，一则是习惯，二则是礼貌，三则是冒险。她向后退）不。

穆 唉！只像朋友一样。

白 现在不行了。

穆 您相信我的话，我不会因此动心的。

白 我也不会。恰恰因此才用不着呢！您外面的事情办完了吗？

穆 （把帽子与手杖放在一件家具之上，坐在火橱之左，伸手向火取暖，拨火使燃，勉强装作不是难为情的样子。白兰胥坐近桌子，但不是刚才看信时所坐的那一方面，恰是对面）都办完了，我坐下来，腿疼得要命。真所谓："高枕无忧的童子，辗转反侧的新郎。"我先是到市政局里去，东走，西走，左转，右转，问了许多无精打采的先生们，他们总是不大开心我的样子；出了市政局之后，我到一间裁缝店里试穿我的礼服，那裁缝固执地劝我在这儿垫些棉花，说我有一只肩膊比另一只低些，其实不错。

白 我没有注意到。

穆 现在我可以承认了，因为这与您已经没有关系了。

白 我不会告诉人家的。

穆 出了裁缝店之后，我到教堂里，我似乎觉得要忏悔一次。

白 当然，该把您的灵魂洗刷干净。

穆 有些人告诉我，说忏悔票可以买得来的，又有些人说我尽可以落在一个杀风景的牧师手里。如果我承认我是一个上流的、意志很强的人，他会对我说道："关系不在乎此，我的孩子。您是基督教徒，是呢不是？如果你是一个基督教徒，请您跪下来审判您的良心吧。"我觉得我很滑稽，用我那一双上漆的靴子只管打地下的石砖。真可喜的一刻钟！

白 我恐怕您还不止要一刻钟呢！可怜的朋友，您的未婚妻该满意您这样的一种牺牲了!

穆　(起立,背倚火橱)我为难得很!喂,请您告诉我,(犹豫)我的亲爱的朋友,您不想躲起来吧?您一定参预我的婚礼吧?

白　您请我吗?

穆　当然啦。请您参预宗教上的仪式。

白　我一定去。

穆　我想您不会失信。(冷冷地)我们可以开开心。(更快活地)尤其是您。您可以看见我携着一个白衣女子的手走下教堂的阶沿来。

白　您一定做得很好的。

穆　我不由自主地想起……该说不该说?——唉!我对您,什么话都可以说的……(他来坐在矮圆座子上,与白兰胥对面)我想起硫酸钴的故事来①。

白　呀!您想要测量我!好,朋友,您不要起这个念头吧。这么一来,只显得您的孩子气。一个男子还怕事,羞不羞?因为您害怕,所以先拿起藤牌来取守势,诸圣要在龛里失笑了。在您是活该,……只我怕给硫酸钴渍坏了衣服。

穆　淘气的丫头!您误会了我,我并不怕您,我甚至于想把您当做我的亲戚,介绍给我的妻子。

白　或者当做您的未来的儿女的教员。将来我替你们看守儿女,让你们旅行去。

穆　笑里藏刀的话来了!起头起得不好。

白　您却令我讨厌,偏说那些补偿的臭话。(她起立,把卖花妇的名片与波兰夫人的名片交给他)我呢,我到那卖花妇家里去了来。她答应每天早上供给您一束十个法郎的鲜花。

穆　十个法郎?

---

① 法国风俗:当某人行结婚礼的时候,如果他的情妇怀恨,便到教堂里用硫酸钴向新郎的头面抛去,弄得他满脸肿痛,以为报复。

白　唉！我同她讲过价来。这样冷的天气，并不算贵。

穆　是的，如果花很美丽而又送到住宅，就不贵了。

白　人家送去给您。——我又拜托波兰夫人替您买一只戒指，一
　　把扇子，一个糖果匣子，几件小古玩。我说您要做得很阔气，
　　同时又不胡乱用钱。

穆　当然啦。有几分担心。付钱的时期是？…

白　随您的便。等到结婚后不迟。

穆　（放心）我谢谢您。（起立，二人中间有桌子隔开）真的，您不像
　　别的妇人。

白　世上没有一个妇人与别的妇人相像的。我是什么妇人呢？

穆　（握她的手）一个善于体贴的妇人。

白　既然一切都说好了，决定了，不善于体贴又怎样？

穆　说得有理。唉！从当初直到这最后一次相见，我们都是尽善
　　尽美的。然而这是最后一次，此后我们不再相见了。

白　我们将来以友谊再相见。刚才您已经说过了。

穆　是的，然而不像从前了。刚才我上楼的时候，我有一种莫名其
　　妙的恐怖。

白　为什么？

穆　因为……

白　我的心头并不跳一跳。当初我献身于您的时候，我不是早已
　　知道终有收回的一天吗？脱离虽则如此痛苦……

穆　我们实在说不完。当初我们两颗心粘得很紧。

白　现在却拆散了。我在这小包裹里放着些最后的根据：几张照
　　片，一张您的生年证——当初我想要知道您年龄的时候问您
　　要来看的——唉！……您实在年纪还轻！

穆　同您活着的人不会老的。

白　……还有借您的一部书，完了。

穆　好啊！与您绝交，倒有乐趣。

白 与您绝交,也有乐趣。

穆 我们做得很好,好得很。世上很少有这样绝交的！当初我们相爱的时候,尽量地恋爱,因为一个人一生没有两次的恋爱;现在我们分离的时候,因为不得不分离,并没有用卑劣的手段,并没有受丝毫的苦恼。

白 我们努力做好好的绝交。

穆 我们要做理想中的绝交的模范。呀！白兰胥,请您相信我的话,将来如果有人说您的坏话,一定不会是我说的。

白 在我一方面,除非万不得已,我是不会毁谤您的……(她坐在桌子的右边,穆理士在左边)您把我的相片还我吧！

穆 我把它保留。

白 您把它还了我,或扯碎了,比之丢在箱子底下还好些。

穆 我一定要把它保留,将来我说:"这是一个女伶的相片,我在某一场戏剧里看见她表演得很可赞美,所以把她的相片保留着。"

白 我的书信呢?

穆 您只写了两三封冷淡的话,像一个主顾写给他的交易惯了的商家……

白 我最恨写信。

穆 您的信我也保留,遇必要的时候,可以保护我。

白 您不要动肝火,我们平心静气地谈您的婚姻吧。您今天看见了她没有?

穆 仅仅看见五分钟。因为她忙着,料理她的嫁妆！好日子近了！

白 她喜欢美丽的东西吗?

穆 是的,美丽而又很贵的她才喜欢。

白 请您告诉她:金黄头发的女人适宜于蓝色。我有一本时装图,很合用,我可以借给您。——她有审美的能力吗?

穆 她有的是时髦的审美能力。

白　您大约吓得她怕起您来了。

穆　我很希望这个。

白　她在您跟前的时候,是什么态度,什么丰采?

穆　像没有遮尘布的一张椅子。

白　请您说良心话,您觉得她美不美?

穆　您才美呢。

白　我说的是她,您觉得她美吗?

穆　美,而且鲜艳,像春天的风景。

白　总之,您喜欢她吗?唉!您不必顾及我的情面。

穆　我渐渐地不讨厌她了。

白　请您记起:是我把她指点给您的。

穆　指点得好。

白　(翻开一本书)我庆贺我自己。——她有些怪脾气吗?(穆理
　　士心神不注,不答。白兰胥推他的臂)您在看什么?

穆　我在充满我的眼睛。我在集中记忆。这些鲜花在您的小客厅
　　里,很像做节的样子。

白　她没有怪脾气,有没有偏好?

穆　我所爱的东西她都爱。

白　这就方便了。

穆　我们用不着做两种菜了。

白　今晚您说话很聪明。

穆　这是我的最后的拿手好戏。

白　一个少女,她快做您的妻子了,您这样说她,不觉得难为情吗?

穆　却是您来责备我了!您须知,我说话用这种语气,有几分为的
　　是博您喜欢。

白　我们不要说伤感的话吧。

穆　我并不伤感。我们偶然谈谈我们的小事情。基洛先生要听也
　　可以听的。

白　请您不必提起基洛先生。（她起立，缓缓地走了几步）

穆　请您容许我，亲爱的朋友，您的婚姻与我的婚姻一样地使我关心；我不能装做比您更自私的样子。既然您顾虑及我的前途，我也应该担心您的将来。您把我安置好，我也把您安置好才是。

白　是的……但是，我们谈别的事情吧。（她坐在火橱之左）

穆　不行！不行！我把我的未来的妻子讲给您听，我也一定要您把您的未来的丈夫讲给我听。否则我就以为您别有用意了。这种相互的审问乃是我们的友谊的证据。我非但没有妒忌基洛先生的理由，而且我还想要认识他。我只看见过他一眼，我的脑筋里已经得了一个很好的印象。他常来看望您吗？

白　半个月一次，有一定的期间。

穆　这是好的预兆！他是一个守时间、守规矩的人。他的名字叫做什么？

白　叫做基洛。

穆　他的小名呢？

白　像他这样年纪，人家不叫他小名了。

穆　但是您呢？您叫他做什么？

白　我吗，我叫他做基洛先生。

穆　常常是这样称呼吗？

白　是的。您审问完了没有？

穆　我觉得这个很好玩。您肯让我开开心吧？

白　随便您。

穆　你们做些什么事情？

白　您要我们做什么事情呢？

穆　他只晓得吻您的指头吗？

白　指头也不常吻呢。我们只谈话。他很会说话。他给我许多教训，劝我不同坏人来往。还有，他是头等的音乐家，有时候他

还把他的梵亚林带了来。(穆理士四顾寻觅)奏了后,又带
去了。

穆　后来呢? 谈话告终,琴声停止之后呢?

白　您说得太远了。(起立)我有不答复您的权利。

穆　您喜欢让我猜想吗?

白　猜什么……您马上就想到那……您须知生活上还有别的事情
啊! 从今日起,我要做一个正经的、实用的人。唉! 现在我倒
不在乎了! 我已经恋爱过了,此后我可以不要爱情了。

穆　唉! 唉!

白　真的。再者,基洛先生很知自重,他是我父亲的一个朋友,他
爱我,为的是我,不为的是他自己。您须知,他能使我与他情
意相投,已经心满意足了。(坐在座子上)

穆　原来他是一个喜欢淡泊生涯的人。

白　算是我的运气好。知礼的男子很少,基洛先生还保存着前世
纪的礼教。他每次来看望我,总之前两天通知的。

穆　他对您说的话,没有一个字比别人的话更动火的吗?

白　您觉得他尊重我乃是可怪的事吗? 基洛先生能与一个毫不可
憎的妇人做终身伴侣,常常把一副快活的脸孔给他看,殷勤地
听他说话,理他的家,接见他的朋友,常常调护他,永远不惹他
讨厌,他得此已足,再也不要我允许他别的事情了。

穆　(把那包裹掭一掭)假使他知道我们的过去的历史呢?

白　他知道了也不会让人家看出来的。

穆　(起立)好一个忠厚人! 他的事情告一个结束了。我的事情告
一个结束了,您的事情也告一个结束了。三个人同时完了。
这是一场灾祸。

白　却没有人遭殃。

穆　我再问您一句。这只是开玩笑的,像问一个小女孩:"你爱妈
妈呢还是爱爸爸?"(庄重地)好,让我问您:假使我哀求您,您

肯放弃了基洛先生吗?

白　我觉得:我们到了这地步,您这问题已经毫无意义了。

穆　(坐在白兰胥前面)既然我问的是笑话,请您笑着答复我就是了。

白　您记得吗? 有一天晚上,您一时很兴奋,说要同我结婚,与我一块儿离开巴黎,住在一个清道夫的板屋里,每天只吃些面包,又说我们可以到北非洲住去。那边的生活程度低得很! ——后来我是怎样答复您的?

穆　(很慢地)您说您怕穷苦,挨不得干面包——纵使是小家庭的面包,干面包总是挨不得的。您说您最恨搬场,说您没有开拓殖民地的天才,说您那十只尖尖的指头只会抚摩温存,不会做别的事情。——这就是您答复的话。

白　所以您的事早已成了定局了。您说完了吗?

穆　说完了。(白兰胥站起来,走向火橱)婚期是哪一天?

白　谁的婚期?

穆　你们的。

白　唉! 我们一点儿不忙。

穆　假使我处在您的地位,我一定先定一个日子,这样才算有见识。

白　已经展期到明年了。

穆　您要再等一个冬天,好教北风吹冷了您的心吗? 您错了。(起立,绕着桌子走向火橱)在婚姻决定了之后,应该马上把头先钻进去,像我一般。

他们背靠着火橱,白兰胥在左,穆理士在右。

白　梦里的幻想也许是要我们在同日结婚。

穆　为什么不可以呢? 刚才我审问您一番之后,结果使我十分尊重基洛先生了。

白　在他一方面,他也会赏识您的。

穆　假使您把我介绍给他,大家见面之下,未免有些难堪。

白　我不找机会使你们相见,但是我也不避免机会。基洛先生是
　　懂世情的人。

穆　他像我的未婚妻的母亲。她也懂得世情。她懂得我是有些情
　　妇的,我是受过磨炼的,她只要我至少在结婚前一日与我的情
　　妇绝交就够了。

白　如果她的女儿为过去的历史而吃醋,也就算了。

穆　不要紧,她的母亲会解释给她听,说情妇与妻子是不能相提并
　　论的。

白　这是一个超群的妇人。

穆　这是一个有见识的、坦白的、快活的妇人。您叫她天天嫁女也
　　可以的。(他走到幕启时白兰胥所坐的地方坐下)

白　您已经说服了她吗?

穆　她非常悦服了。

白　但愿她永远悦服就好!

穆　唉! 我不敢担保那女儿,却敢相信那母亲。她看见我的相片
　　的时候,她说:"这少年决不会是一个不忠厚的男子;除非我不
　　会看相,否则媲尔德一定很幸福的。"

白　她说得有理,我相信您可以做一个模范的丈夫。凡是好丈夫
　　的美德您都有了。

穆　亲爱的朋友,您也可以做一个很好的妻子。他将来与您一块
　　儿生活,一定很幸福的。

白　媲尔德与您一块儿生活,也很幸福的;可怜的女孩! (良久。
　　白兰胥走近穆理士。他们二人隔着桌子对坐)我希望看见您
　　向她献殷勤。

穆　我不是很笨的人。

白　您进行得很好吗?

穆　像当年向您进行恰是一样。

白　您有没有进步？

穆　我有希望这事成功的理由，因为我似乎觉得她比您容易奉承些。

白　这是第二次了，您比前次更有手段了。

穆　而且，您从前抵抗我也比她厉害。

白　这并不是我卖弄风流。当您追求我的时候，我以为我的妇女生活已经完了，不愿意再把我这一颗心去过飘萍的生涯了。在未认识您以前，我的情郎都不曾使我至富；因为我虽则不专找穷人，而我所爱过的却是一班穷汉子……

穆　所以您不是因为我的二千四百……①

白　所以我有意要一个合理的婚姻，我承认这并不难，只要等机会就是了。因此之故，我抵抗了您。再者，那时候您的年龄也太小了！您像一个小兵一样的笨。而且那时候您太瘦了，太瘦了！

穆　我正因此才得了胜利呢。

白　我也因此自负，因为您是在我手里养胖了的，现在我把完美的您交给另一个女人。

穆　譬如把一所完美的房子租给人家，将来如果有所破坏，该由房客修理。

白　唉！

穆　我想要说：您要我再把我租给您也还可以。

白　我却不愿意了。您不是从前那一个了。当年我所收留的差不多是一个小孩，现在走了的却是一个男人。我宁愿要小孩。当年您可以说是貌丑，现在您的年龄把您……

穆　把我变成美貌了，是不是？

白　不是的，您变成无味的人了。现在您没有当年的浓郁的美味

---

① 意思是说二千四百法郎。

与委婉的妙音了。当年您把另一个世界的事说得很有诗意。老实说，那时候，人家猜想您说的话竟是有韵的诗歌呢。

穆　而且有时候的确是诗，只是别人的诗罢了。我只抄袭别人的，这才妥当些。我记得有一次我写一封信给您，里头有些向您表示爱恋的诗句，您竟念给您的旧情郎听，谁知这却是缪塞的诗。

白　怎么？您以为我能够这样粗心，竟把您的信念给我的旧情郎听吗？

穆　我相信是的，因为后来您曾经咬着我的耳朵告诉过我。

白　我觉得您这话奇怪。

穆　我敢断定是的。似乎您那旧情郎笑了，您也笑了。这真不好！

白　不好得很。我已经开始看轻您；这是照规矩的。而且，假使我不先下手，您终于也会看轻我的。

穆　这是照规矩的。

白　再者，在我对您的情感里头，往往可以找出些乐趣。我很高兴把您捏圆捏扁地闹着玩。不是我夸口，您当年虽则还聪明，然而您所以能变成大方些，都是我的功劳。现在您的举动很有个样子。您从来不发誓。您对妇女说话很有礼，再也不把香烟搁在嘴里了。您晓得带手套了，晓得剪指甲了，晓得应付事情了。自从我教您用袜带之后，您的袜子不至于褪落在鞋子上面了。

穆　为着交换您这些小恩惠起见，我教您写书信的封面，教您写数目字；因为从前您所写的三字活像一个单峰骆驼。

白　我呢，我把您的头发改了样子，把您的脸上的皱纹消灭了，又教您扎领结。

穆　您还教了我许多别的事情。

白　您还不算是教不懂的。

穆　我是多么注意啊！

白　您还不算是忘恩的。您感恩的证据还在我的手里,我把它当做宝贝呢。

穆　什么证据?

白　您须知。您有爱写信的毛病,这很危险,而我禁止您不得,所以我每次接到您的信的时候,即刻把它烧了。

穆　不看一眼吗?

白　看的,但是看了就烧了。

穆　报应在您的子孙。

白　呃,我还保存了一封信。这是我舍不得丢了的,因为我太爱这信了。这是我给您的幸福的证据,可以当做我们的爱情的证书,您的感恩的供状。

穆　这信该是很长的了。

白　密密的四页。

穆　长信的话是从心里出来的。

白　唉! 这一封是从您的心里出来的。您进来的时候我正在念这信,因为我实在情不自禁。

穆　信在哪里? 请给我看……

白　我的信从来不给人家看的。

穆　既然是我写给您的……

白　说的有理。我很愿意;请您走开! (她站起来,走到穆理士的原地位,拉开抽屉,取出那小盒子给穆理士看,那时他还是站着)

穆　这是一盒子的好糖果!

白　我不许您笑。

穆　您的书信都藏在这盒子里吗?

白　我只放您这一封信在里头,还有就是家传的两三件首饰。

穆　我认得这黄色信封与那不值钱的信纸,因为我是在咖啡店里写的。我从您的家——您的怀里出来。我的手指在您的玉体滚跑过了之后,指头上还有些发抖,我想这一封信的字迹一定写得很坏。

白　这里头恰是一个最好的您。

穆　呃,我记得:在这冰冷的大理石的桌子上,我的双手都冻僵了,于是我感觉得有向您道谢的必要,想要为您唱感恩的诗歌。

白　这信里没有月日,没有姓,没有名。

穆　我记起了,我记起了:这信一起头是叙述,像一首国歌。

白　(念)"您是美人,您是好人。我爱您的全部:您的身,您的心,您的灵魂,与其他附属于您的一切……"(她笑)

穆　(打断她的话头)唉!假使人家把我们的爱情这般地写成一部书,那真是一部好书!

白　(指那信)您尽可以抄去好了。(她又念,作只择几段念下去的样子)"您对于别人的短处很能原谅,所以人家爱您的短处……您绝不自夸聪明。您希望人家说您是一个妙人,不愿人家说您是一个有大才能的人……"再看这一段!"您不说别人的坏话,除非人家先说您的坏话。虽则您有时候说谎……"我有时候说谎吗?

穆　唉!很少很少,而且是无心为恶的。譬如人家把头发染成某种颜色,自以为好看,您也不过自以为那么一说便更风流而已。

白　(念)"您爱脂粉,因为脂粉与您相宜;您爱戏院,因为戏院里有说有笑;您爱交际,因为像您这年纪的一个妇人当然不能像一个狼,过独居的生活……"唉!这个!"老实说,您是一个懒人,这因为您觉得一个美女的天职只是保养她的美貌,甚至于她不必要求人家,人家也该供给她的衣服、零用钱、住居、饮食……"(她笑)

穆　有这话吗?

白　(把信递给他)拿去念吧。

穆　真的,(念)"……您从来没有动过气,您害怕恋爱的裂痕,像怕雷一般。纵使男的上前预备欺负您,眼睛冒血,脸孔变青,您也只一声不响地即刻让步,以取和平。"(二人皆笑)

白　这未免说得太过了。如果有这事,我一定是很客气地请那男的出门。但是您这样写信给我,总算是可爱的。往后呢?

穆　(他继续地念信,身倚在白兰胥的椅子上)"您喜欢人家细心体贴地爱您,不时买两个铜子的花送给您,或是一个掺酒精的柠檬糕,或是一片花纱,或是请您坐汽车游玩去。您又要人家对您事事留心,使您的心热得比那鸟绒围着的颈边热……"

白　是的,我喜欢人家这样爱我。

穆　(他随念,他的感动的心情随即增加。白兰胥渐渐转身)"今夜我还有没有什么时间吻您。我没有像我所希望的那样占有您。我像一个胆小的拜访者,出了门之后,重新经过一定要说:'我要把您从头至脚都吻过。'于是我自己说道:'我恰该在这儿接吻,这儿也应该,这儿也应该!唉,美丽而慈祥的朋友,我原不该抬头一分钟啊!'"(他不觉把信从手里溜下地去)您是我的梦想中的伴侣……而我却同您脱离!

白　(起立)穆理士,穆理士,您不念信,却说出题外去了。

穆　(握白兰胥的手)白兰胥,白兰胥,我曾经拼命地爱过您,我相信此刻您还是我的唯一的、真的妻子!

白　唉!唉!我请求您,好朋友,您热烈起来了。您再说就会说些糊涂话了。我不许您说,说来有什么用处呢?

穆　一句话,我要排斥了那女的与她的财产;我不顾礼法,不顾前程;一切都放弃了吧。

白　您会这么办吗?

穆　我马上实行。您试试看。

白　(双手放在他的肩上)谢谢,无论如何,我听了您这话总觉得快乐。但是我不愿意说出那话来。我闭住嘴,永远不肯开口的。

穆 你的眼睛。

白 休说眼睛，额角也不行。

穆 你的嘴唇，快，快！

白 什么都不行。

穆 那么，我索性什么都要了。

白 您要我按电铃吗？

穆 你按铃叫谁？服侍你的人都不在这里；替你收拾房间的妇人要早上才来。

白 那么，我自己卫护我自己。

穆 与我对抗！

白 您吓不怕我的。

穆 我如饥似渴地要再得到你。

白 我同您发誓，您要带着您的饥渴回去的。

穆 白兰胥，或只想再要你一次。这最后一次，一定要很美妙的，很新样的，很滑稽的。

白 一定是令人笑痛了肚子的！

穆 白兰胥，嗳呀！

白 是的，我懂得，这么一来，可以有一种美味。在我们互相寄请柬报告婚姻之前，先来这一次私通！您简单地请我再与您恋爱，于是我们只像同学们一般地握握手，您只一跳，便从这妇人跳过那妇人的身边去了。您真所谓妙想天开！

穆 这意思与别的意思是一样的，有什么妙想天开？

白 唉！您是可笑的人……您是不道德的人。

穆 啐！您才是可笑的呢！我真莫名其妙！请问您：这么一来，我们会害了谁？谁会知道？

白 害了我！我知道！

穆 呃，您真可笑，真不好！您这样退缩，为的是孩子的骄傲，您要装一个自重的人。其实您是受了气的，（白兰胥耸肩）当然，您为我的婚姻受了气……好像这不是您一手造成的一般！其实您是不由我肯不肯，竟把我迫到婚姻的路上去了。至于您的婚姻，您鬼鬼祟祟地预备好了，却找话来解释。您不得不离开我，因为基洛先生早已在门外等候了！

白　穆理士，我请求您！

穆　我可以给您一个证据：我呢，我毫不懊悔地马上牺牲了我所看不起的一份财产，愿意回头就您，至于您呢！……

白　这个只能证明您误入迷途；我主持正义，大家都好。

穆　唉！好的好的，不要哭了吧！

白　我并不哭。

穆　……也不要耸断了您的肩。既然我得罪了您，我就告退了。总之，刚才我要那么办，因为我以为您巴不得么办……然而我并不十分固执。此刻我却不要那么办了。日安，再会，夜安，告别了。为基洛先生祝福吧！（他预备走，其实是假的，所以他已经掌了帽子、手杖，又放回原处，如此循环不已）

白　（悲愁，不望穆理士说）我们应该弄到这种可怜的结果吗？当您来的时候，并没有谁迫您来。您无非想要光明到底，多情到底；然而您临走却把我辱骂起来！当年我为您而骄傲，您也为我而自负。情人的价值在乎互相留下好回忆，所以我们努力想要大家保存一个宝贵的印象。这是一种可赞赏的努力，却给您弄坏了！呀！笨人！

穆　（慢慢地走回来）是的，笨人。我把一切都弄坏了。您始终是一个可称赞的朋友，而我想要讨好，结果是得罪了您。在这一点，我很认识我自己。我老是允许人家些大事情，而我从来没有实行过。无论如何，在我的局面不会有什么变化的。我料定我不止害了一个女人就完了的。为着继续起见，我今晚与您分别之后，像您刚才的话，我马上去找见那一个女的，她正在那边等候我呢。她虽则不是一个柔顺的天使，凭良心说，我实在可怜她。

白　您把自己弄黑了。实际上您不是一个不好的人，但是有时候您却高兴说残忍的话。

穆　您以为我说这种话，为的是寻开心吗！

白　我相信您只这样说，心里却不这样想。

穆　是的，我不由自主地竟说出那些话来了。

白　直到今天，您的德行还是无可责备的。一切都很好！刚才您为什么突然说出那种话来？

穆　我不晓得……是一时的昏乱吧？

白　那么，您始终只有这一刹那的错误，我原谅您。（她伸手给他）

穆　您总是原谅我的！但是我终是一个罪人。（握她的手）绝交的罪总是我弄成的！……狡猾极了！……我现在不敢再把我这可怜的个人去妨碍您的事情了。但愿我明天不再来就好！……我们的账怎么样？一切都清理了吗？您不欠我的吗？我不欠您的吗？

白　唉！您要不要一张收条？

穆　呀！一张收条，记了年月日，签了名，让我在行结婚礼的那一天很大方地摆在婚篮上吗？

白　当心！

穆　是的，我觉得现在我每多说一句话，便只增加了一种笨拙的表现。时而我像与一个旅行的女伴分别的样子：我来了，此刻向您施礼，下楼，很合规矩，然而很平常。时而我又想说几句很深切的、很甜蜜的话，斩钉截铁的、收场的话。我找不到话说，然而我到底不能像英国人不辞而别啊。上帝啊，请您启发一个可怜的男子吧。还有您——我的悲愁的、大量的女友，您帮我一帮吧。

白　您使我伤心，而且令我可怜您。请您不要自寻苦恼，不必找什么话说吧。去吧。

穆　我就去。但是我至少要等到您安静了之后。

白　我本来很安静。去吧,好好地享乐吧……桌子上您那一个小包裹呢?

穆　(已走开,又回来)是的,我在想起……您的脑筋疲倦了,您可以休息吧,可以睡得着吧?

白　我试一试看。我很疲倦。您让我一个人在这里吧。

穆　请您靠着垫子躺下吧。我替您把灯光放小些好不好?

白　不。这么一来,岂不越发令人发愁!请您拨一拨炉火吧,我发抖了。(穆理士连忙去拨火,然后他蹑着脚走向白兰胥,吻她的手)您还在这里吗?

穆　嘘!您不要理我,我已经走了。您的身边已经没有人了。

白　多么空虚啊!您这一走,不知带了多少事物去了!

穆　(揭起布幔)还剩下来的乃是您所演的好角色。(他出。布幔下垂。白兰胥凝视)

　　　　　　　　　　十九年九月十七日译完